고전문학 속 영웅의 출생과 자아성취

김용기 지음

보고사

책머리에

처음 학문을 하겠다고 마음을 먹으면서, 1등은 못해도 3등까지는 해보자는 생각을 했다. 그러다가 생각을 바꿔 1류는 못 되어도 3류는 되지 말자고 다짐했었다. 1등, 2등, 3등과 같은 등위 다툼에서 앞선 순위에 들면 분명 기분 좋은 일이다. 하지만 그 순위가 나의 노력이나 진정성을 다 담지는 못한다. 좋은 등수를 받아서 나쁠 것은 없지만, 그것은 종종 나의 노력과 상관없이 운에 따라, 혹은 상대에 따라 1등이나 2등, 혹은 3등도 주어질 수 있기 때문이다. 하지만 1류, 2류, 3류의 문제는 운이나 상대를 고려하지 않는다. 이는 언제 어디서나, 누구 앞에서나 오직 나의 학문적 진정성과 세계관을 담보하는 문제이기에, 죽어도 3류는 되지 말아야 한다고 생각했다. 그러다가 다시 최근 내린 결론이, 3등을 해도 1류는 될 수 있다는 자위와 오만한 생각이다. 1등을 할 자신이 없는 못난 학생이 얻은 궁여지책이리라.

이런 생각의 변화를 거듭하면서 어느덧 20여 년의 세월이 훌쩍 지났다. 턱없이 부족한 능력이었고 화려하지 않은 경력이었지만, 잠 안 자고 오래 버티는 것은 잘할 수 있다는 오기와 뚝심으로 세상 이 곳 저 곳을 누비고 다니면서 수많은 귀동냥을 하며 배웠다. 눈으로 보고, 귀로 듣고, 그래서 울림이 있거나 없거나 가슴에 담아서 나 나름의 방식으로 되새김질을 하며 소화를 시키는 동안, 강산이 두 번 변한 시간이 지났다. 적어도 이 정도의 시간이면 범부의 티를 벗을 수 있는 시간이 아닌가?

그런데 나는 여전히 세상의 한 뒤켠에서 머뭇거리고만 있는 듯하다. 그래서일까, 나는 '영웅'이 좋다. 한 인간이 시련과 고난을 극복하고 위대한 업적을 이루는 것은 얼마나 멋진 일인가? 이런 영웅을 동경어린 시선으로 바라보면서 나도 가끔 영웅처럼 되고 싶다는 치기어린 생각도 해보았다. 아니, 정말 그런 일이 가능할 수도 있지 않을까 하는 생각이 들기도 한다. '영웅'에 대한 나의 동경과 갈망은 이 사회의 약자들만큼이나 간절하다. 그러나 내가 당장 '영웅'이 될 수 없으니 정말 답답하지 않은가?

그래서 이번에 대리만족 삼아 고전문학 속에 나타난 영웅들의 이야기를 해보려 한다. 그렇다고 여기에 실린 글들이 '영웅'과 관련하여 지금 당장 새롭게 쓰인 것들은 아니다. 이 책에 수록된 글들은, 내가 박사과정 때부터 최근까지 쓴 영웅 관련 논문들이다. 학술지에 본격적으로 논문을 게재하기 시작하던 시기의 논문부터, 최근 『고소설 연구』나 『고전문학 연구』, 『어문연구』, 『고전문학과 교육』, 『동아시아고대학』, 『우리문학연구』, 『어문론집』 등에 게재된 글들을 모아 하나의 책으로 묶은 것이다. 학자의 본업은 역시 책을 많이 내는 것이라 생각하여, 아직 설익은 생각들이기는 하지만 오랜 시간 고민한 내용들을 한 곳에 묶기로 했다. 여기에 수록된 작품 속 주인공들은 약간의 가감이 있기는 하지만, 신이한 출생담을 가지고 있고, 일정한 시련과 고난을 거친 후 위대한 과업을 성취한다는 공통점이 있다.

논문을 쓸 때도 그랬지만, 지금 다시 그러한 영웅들의 행적과 정신을 가슴에 담으면서 나는 다시 영웅의 꿈을 꾸고자 한다. 평범함은

담백한 맛이 있지만, 역동성이 부족한 듯하여 싫다. 세속적일 수도 있지만, 무언가 성취한 사람들의 욕망과 방향성이 좋다. 그래서 옛날 위인들이나 지금 현재 살아 있는 분들 중에서 내가 좋아하는 사람들, 존경하는 사람들은 무언가 꼭 하나 이상은 이룬 분들이다. 살아 있는 그 영웅들이 가끔 나에게 '노력하는 자에게 복이 있나니'와 같은 경구를 들려주시고, '진인사 대천명'의 진리를 일깨워 주신다. 영웅이 되고 싶은 자가, 앞서 영웅이 된 분들이 평생 몸으로 체득한 경구와 진리를 들으면서 오늘도 영웅의 꿈을 꾼다.

이런 나의 생각은 얼마 전 '진인사 대천명'의 소중한 진리를 들려주시던 한 영웅의 '정년 퇴임식'을 다녀와서 더욱 강해졌다. 그분이 이루어 놓은 학문적 업적을 보면서, 나 또한 학문을 업으로 삼아 20년 가까이 훌륭한 속적을 남기고 싶은 영웅의 꿈을 꾸었으니, 한 20여 년 더 꿈꾸면 그 영웅 비슷하게 되어 있지 않을까 하는 생각을 해본다. 그리하여 먼 훗날 내가 세상에서 사라질 때에, 내 묘비명에 '이만하면 되었다'라는 글을 새겨, 그 글이 세상에 부끄럽지 않고, 그리하여 내 자녀와 후학들에게 영혼의 울림을 줄 수 있는 영웅이 되기를 소망한다.

끝으로, 직장 생활과 가정 생활을 병행하면서도 한결같은 얼굴로 나를 뒷바라지 해주고 따스한 눈길로 바라봐 주는 아내 황연희에게 고마운 마음을 전한다. 많은 시행착오를 겪으면서도 방향을 잃지 않고 한길만 보고 전진할 수 있었던 것은 모두 아내의 진로지도와 믿음 덕분이다. 그리고 한창 뛰어 놀고, 여기 저기 다니고 싶을 나이임에도 불구하고, 아버지의 원고 마감을 먼저 챙겨주던 태호와 도향 두 아들에게도 고마움과 미안한 마음을 전하고 싶다. 또 직장과 학회 일로 인해 자주 고향에 들르지 못하는 아들을 두고, 사내는 바빠야 한다는 말씀으로, 철마다 신선한 먹거리를 보내주시는 것으로 아들과 며느리에 대한 이해의 마음을 전하는 어머니에게는 죄스런 마음 금할 길이 없다. 그리고 전문서적 출판계 상황이 여의하지 않음에도 불구하고, 변변치 못한 글을 기꺼이 출판해 주신 보고사의 김흥국 사장님과 거친 글을 꼼꼼하게 교정해 주시고 예쁘게 편집해 주신 편집부에도 감사의 말을 전하면서 이만 줄인다.

2013년 8월에 천명을 기다리며 김용기 삼가 쓰다.

목차

제1부

고소설 속
영웅의 출생과 자아성취

〈태원지〉의 서사적 특징과 왕조교체

1. 서론

〈태원지〉는 내용과 구성면에서 특이한 영웅소설임에도 불구하고 충분한 연구가 진행되지 않았다. 그 이유는 아마도 〈태원지〉가 중국소설의 번역일 것이라는 국적 문제 때문일 것이라고 생각된다. 〈태원지〉의 국적에 대해서는 크게 두 가지 의견으로 정리해 볼 수 있다. 하나는 이 작품이 중국소설이며, 현재 조선왕실의 낙선재에 소장되어 있는 작품은 중국소설 〈태원지〉를 번역한 것이라는 입장이다.[1] 이들은 대개 작품 내용에 대한 별다른 언급 없이 〈태원지〉가 『중국역사회모본』이라는 저자 미상의 필사본에 이 작품명이 있다는 이유로 중국 원작설을 주장하고 있다.

이와 달리 작품 속 내용에 대한 분석을 통해 〈태원지〉가 한국의 작

---

1) 曺喜雄, 「樂善齋本 飜譯小說 研究」, 『국어국문학』 62·63 합병호, 1973, 266~267쪽; 박재연, 『中國小說繪模本』, 강원대학교출판부, 1993, 156쪽, 164쪽; 민관동, 「중국고 전소설의 한글 번역문제」, 『고소설연구』 제5집, 한국고소설학회, 1998, 417~455쪽; 吳淳邦, 「韓日學者研究中國小說的一些優勢」, 『중국소설논총』 14집, 한국중국소설학 회, 2001, 255~266쪽; 민관동, 『중국 고전소설의 전파와 수용-한국편-』, 아세아문화 사, 2007, 24·28·44·48쪽.

품이라는 주장을 하는 경우도 있다.[2] 김진세에 의해 주장된 이 작품의 한국적 특성은 임치균에 의해 좀 더 심화되면서 한층 공고한 입론으로 자리하게 되었다. 그는 작품 속에 서술되고 있는 '조선에 대한 찬양', '중국인에 대한 부정적 서술', '『동몽선습』의 내용' 등에 대한 구체적인 내용을 문면 하나하나 밝히면서 그 근거로 제시하고 있다. 그리고 이러한 인식은 조선후기에 확산되기 시작한 '세계에 대한 상대적 인식'이며, 작품 속 오랑캐에 대한 인식은 조선 북학파의 의식과 상통한다고 보고 있다.[3] 홍현성 또한 큰 틀에서 임치균과 같은 맥락에 있으면서, 여기에 시공간 구성 방식에 대한 밀도 있는 논의를 통해 기존의 논의를 심화하였다. 이를 통해 주인공 임성의 건국과 통일과정에서 화이질서가 부정되었다는 주제의식을 강조하여[4] 이 작품이 한국의 것일 수 있음을 주장하였다.

이들과 달리 분명한 입장을 밝히지는 않았지만, 심정적으로 〈태원지〉가 한국 작품이라는 것을 암시하는 연구도 있다. 정병욱은 '「낙선재문고 목록 해제를 내면서」'에서 이 작품을 창작소설로 분류하고, '회장소설의 하나. 무대는 중국. 이 작품 안에 〈조선〉이란 국명이 있어 흥미롭다'[5]고 하여 〈태원지〉가 한국의 작품이라는 입장을 취하고

---

2) 김진세, 「태원지 攷-李朝後期 社會人들의 Utopia를 中心으로-」, 『영남대학교논문집』 1·2 합집, 영남대학교, 1968, 13~14쪽; 〈태원지〉, 사단법인 국학자료보존회, 1980, 서문(Ⅰ~Ⅷ쪽); 임치균, 「태원지 연구」, 『고전문학연구』 제35집, 한국고전문학회, 2009, 355~384쪽; 홍현성, 「太原誌 시공간 구성의 성격과 의미」, 『고소설연구』 제29집, 한국고소설학회, 2010, 291~319쪽.

3) 임치균, 상게논문, 361~380쪽 참조.

4) 홍현성, 상게논문, 294~315쪽 참조.

5) 정병욱, 「樂善齋文庫 目錄 및 解題를 내면서」, 『국어국문학』 44·45 합병호, 국어국문학회, 1969, 3·51쪽.

있다. 그리고 김경미는 전반적으로 임치균의 견해에 동의하고 있으며, 설령 이 작품이 번역이라고 하더라도 조선적인 요소가 많이 가미된 이런 작품이 번역되고 읽혔다는 것은 인식상의 변화를 보여준다고 하였다.[6]

그리고 최근에 이루어진 연구에서, 허순우는 〈태원지〉가 한국의 작품이라는 전제에서 출발하여, '세계에 대한 상대적 인식의 표출', '화이질서에 대한 부정', '공간 인식의 변화' 등과 같은 〈태원지〉의 선행 연구에 대해 의문을 제기하고, 이 작품의 서사를 '결의, 표류, 정벌'의 세 단계로 나누어 그 의미를 밝혔다. 그리고 표류와 정벌 과정은, 화이관을 고수하고 조선중화주의를 통해 중화를 계승하려던 계층들의 것과 가깝다고 하였으며, 동아시아 중세 질서의 전환기를 맞아 '주체'와 '중심'의 문제에 대해 고민할 수밖에 없는 지식인들의 소극적 저항과 고민을 담은 작품이라고 보았다.[7]

이상의 선행 연구를 종합해 보면, 〈태원지〉가 중국소설이라고 하는 주장은 이 작품이 『중국역사회모본』[8]이라는 구체적인 서명에 〈태원지〉가 포함되어 있는 데 근거한 것이고, 한국소설이라고 주장하는 견해는 작품의 세부 내용이 중국인의 입장에서 서술했다기보다는 한국인의 입장에서 서술되었다고 보아 이 작품이 한국의 작품이라고 주장

---

6) 김경미, 「타자의 서사, 타자화의 서사, 〈홍길동전〉」, 『고소설연구』 제30집, 한국고소
   설학회, 2010, 204~205쪽.
7) 허순우, 「중화주의 균열이 초래한 주체의식의 혼란과 극복의 서사 -〈태원지〉-」, 『고
   소설연구』 제33집, 한국고소설학회, 2012, 215~245쪽.
8) 국립중앙도서관에 소장되어 있는 이 책을 확인해 본 결과, 원명은 『支那歷史繪模本』
   이었다. 이를 박재연은 『中國小說繪模本』이란 서명으로 출판하면서 〈태원지〉를 중국
   소설이며 영웅소설에 해당된다고 하였다.

하고 있다.9) 두 견해 모두 결정적인 근거를 제시하지는 못하고 있다
는 점에서 아직 좀 더 치밀한 고증이 필요하겠지만, 임치균이 말한
대로『중국역사회모본』에는 우리나라 서책도 포함되어 있다10)는 점
에서 작품명의 존재 여부만으로는 중국의 것이라 단정하기 어려운 점
이 있다.

따라서 일부 선행 연구에서 밝힌 대로, 〈태원지〉는 작품 내용상 한
국적인 것이 상당 수 목도된다는 점에서 한국 작품으로 볼 여지가 상
당히 있다. 여기에 필자가 추가한 단서는 인물 출생담의 특징과 왕조
교체 서사 방식이다. 선행 연구와 필자의 견해를 종합해서 보면, 우리
고소설의 인물 출생담은 상당히 정형적이고 관습적인 면이 있다. 한
국 고소설의 인물 출생담은 '기자-강생담'의 성격이 강하고, 중국 고
소설의 인물 출생담은 '사물-사람 전생담'의 성격이 강하다. 또 한국
의 고소설에서는 일부 작품을 제외한 상당수에서 기자치성이 나타난
다. 하지만 중국 고소설의 경우에는 〈옥교리〉와 같이 아주 극소수의
재자가인형 작품에 기자치성이 나타나기는 하지만, 일반적으로 중국
고소설의 경우에는 기자치성의 출현 빈도가 매우 낮다.11) 또 〈태원

---

9) 최근에 나온 허순우의 연구는 국적문제에 대한 언급이 없이, 이 작품을 한국 작품이라
   는 전제에서 선행 연구에 대한 문제제기를 바탕으로 작품에 대한 새로운 입론에 초점이
   있다는 점에서 다른 선행 연구와는 어느 정도 구별되나, 이 경우도 근본적으로는 〈태원
   지〉를 한국 작품으로 보고 있다고 판단된다.

10) 임치균, 상게논문, 360쪽.

11) 최길용, 「한·중 고소설의 인물출생담과 비교 연구」, 『고소설연구』 제26집, 한국고소
    설학회, 2008, 363~395쪽. 한국 고소설과 중국 고소설의 인물 출생담이 가지는 특징에
    대해서는 최길용의 이 논문을 참고하면 되고, 한국 고소설 인물출생담의 특징과 변모
    양상에 대해서는 필자의 다음 글이 참고가 된다. 우리나라 고소설에서도 절손 위기에
    처한 부부가 祈子致誠을 하는 내용이 인물 출생담에 구체적으로 나타나기 시작하는
    것은 〈숙향전〉을 전후하여 시작되며, 이후 고소설에서는 상당수의 작품에서 기자치성

지〉는 우리의 〈장백전〉, 〈유문성전〉, 〈음양삼태성〉, 〈현수문전〉 등
과 같이 왕조교체 서사를 다루고 있다는 동질성에 근거해 볼 때, 한국
작품이라는 잠정적 결론을 내릴 수 있다.

이에 필자는 〈태원지〉가 한국 작품이라는 입장을 견지하면서, 이
작품의 서사적 특징을 왕조교체 서사라는 관점에서 살펴보고자 한다.
그리고 이러한 왕조교체 서사는 〈태원지〉의 해양 표류담과 그 속에
함의되어 있는 화이관 극복과 밀접한 관련이 있음을 탐색해 보고, '태
원'에서 천명이 실현되는 것의 궁극적인 의미와 영웅소설사적 위상도
함께 살펴보고자 한다.

2. 〈태원지〉의 왕조교체 서사 전개 방식과 특징

우리 영웅소설 중에는 〈장백전〉이나 〈유문성전〉, 〈현수문전〉, 〈음
양삼태성〉 등과 같이 왕조교체를 다루는 작품들이 존재한다. 이 작품
들은 주인공이 창업하는 새 임금을 도와서 구 왕권을 타도하는 활약을
하는 경우와, 제위 욕망을 가진 인물들이 천명을 명분으로 대결하여
창업의 주체가 되고자 하는 작품들로 크게 이대별 할 수 있다.[12]

〈태원지〉와 이 작품들은 주인공의 성격이나 입장이 다르고, 주인공

화소가 들어가 있다.(김용기, 「인물 출생담을 통한 서사문학의 변모양상 연구」, 중앙대
학교 대학원 박사학위논문, 2007, 148~162쪽 및 1~278쪽 참조)

12) 선행 연구에서 필자는, 帝位 욕망을 가지고 있는가의 유무와 왕조교체의 주체가 누구인
가에 따라 왕조교체형 영웅소설을 분류한 바 있다. 이 기준에 따라 〈장백전〉과 〈유문성
전〉을 하나로 묶고, 〈현수문전〉과 〈음양삼태성〉을 하나로 묶어 논의를 하였다.(김용기,
「왕조교체형 영웅소설의 왕조교체 방식 연구-음양삼태성과 현수문전을 중심으로-」,
『국어국문학』 153호, 국어국문학회, 2009, 126~130쪽 참조)

이 작품 속에서 하는 역할도 다르며, 작품 전체의 분위기도 상이하지만, 외형상 서사의 방향이 '왕조교체'를 향하여 진행된다는 공통점이 있다. 그래서 이 작품들은 주요 속성에서 공통되는 바가 있는데, 논의의 편의를 위해 중요 내용들을 정리해 보면 다음과 같다.

[1]	주인공의 비범한 출생13)	[3]	구(현)왕조의 실정과 왕조교체의 필연적 근거-(초월계 – 현실계 – 인간의 판단)-
[2]	주인공의 제위 욕망 의지	[4]	창업 주체에 대한 천명
[2-1]	주인공의 역성혁명 가담	[5]	구(현)왕조를 전복 후 새 왕조 창업

위 도표에서 [1], [3], [4], [5]는 약간의 경중의 차이는 있지만, 다섯 작품 모두에서 나타나는 현상이다. 다만 〈현수문전〉에서 [3]의 내용은 '송→여진'으로의 왕조교체에서만 천자(天子)의 실정(失政)이 나타나고, 같은 오랑캐 국가들끼리 왕조교체를 이루는 '여진→몽고'로의 왕조교체에서는 천자의 실정 없이 천명만 나타난다.

이러한 공통적인 요소와 달리, [2]의 내용은 〈장백전〉과 〈유문성전〉, 〈태원지〉의 특징이라 할 수 있고, [2-1]의 내용은 〈현수문전〉과 〈음양삼태성〉에서 공통적으로 나타나는 현상이다. 이 두 요소는 창업 주체의 제위(帝位) 욕망이 있느냐 없느냐에 따라 작품의 성격이 달라진

---

13) 우리 고소설에서 인물의 비범한 출생은 일반적 현상이라는 점에서 왕조교체형 영웅소설만의 특징은 아니다. 하지만 일반 고소설의 경우 인물의 비범한 출생담이 없는 경우도 있으나, 왕조교체형 영웅소설에서는 반드시 비범한 출생담이 나타난다. 따라서 인물의 비범한 출생담은 고소설 일반의 특징이기도 하지만, 이 유형의 필수 요소라고 판단하여 하나의 항목으로 설정하기로 한다. 그리고 우리 영웅소설의 경우에는 無子로 인한 絶孫의 위기, 그리고 이로 인한 積善이나 기자치성이 나타나지만, 중국의 경우에는 이러한 내용이 거의 없다는 점에서 하나의 중요한 표식이 될 수도 있다.

다. 이런 점에서 이 부분은 이들 작품을 세분화 하는 결정적 요소가
된다. 이는 [2]가 있으면 [2-1]은 나타나지 않으며, [2-1]이 있으면
[2]가 나타나지 않는다는 점에서 작품의 성격을 구분하는 기제가 된다.

이를 통해서 볼 때, 왕조교체형 서사 전개 방식을 취하는 작품들은,
위의 도표에서 [1],[3],[4],[5]의 요소를 유사 인자로 가지고 있으며,
[2]와 [2-1]에 의해 작품의 성격이 크게 달라짐을 알 수 있다. 그리고
이를 바탕으로 작품의 성격을 세분화 하면, 주인공이 제위 욕망을 가
지고 있다는 점에서 〈장백전〉, 〈유문성전〉, 〈태원지〉를 하나로 묶을
수 있고, 〈현수문전〉과 〈음양삼태성〉은 주인공이 제위 욕망 없이 창
업의 공신이 된다는 점에서 하나의 유형에 포함시킬 수 있다.

이러한 요소를 바탕으로 〈태원지〉의 서사 전개 방식의 특징을 살펴
보면, 이 작품의 왕조교체 서사 전개 방식을 구체적으로 확인할 수
있다. 이를 위해서, 앞서 제시한 도표의 주요 항목들을 중심으로 하
되, 이를 토대로 같은 항목으로 분류하였던 〈장백전〉과 〈유문성전〉을
부분적으로 활용하여14) 〈태원지〉의 왕조교체 서사의 특징을 입체적
으로 살펴보고자 한다.

먼저 논의할 수 있는 것은, 도표에서 첫 번째로 제시한 인물의 비범
한 출생담이다. 출생담은 이들 작품만의 특징은 아니고, 우리 영웅소
설, 나아가 우리 고소설 일반의 전형화 된 형식이다. 다만 고소설 일
반에서는 인물의 비범한 출생담이 나타날 수도 있고 생략 될 수도 있
으나, 왕조교체 서사를 취하는 작품에서는 출생담이 반드시 나타난

---

14) 〈장백전〉, 〈유문성전〉의 왕조교체형 영웅소설로서의 특징은, 필자의 선행 연구에서
자세히 밝힌 바 있으므로 이를 참고하기 바라며, 본고에서는 〈태원지〉와 직접적으로
관계되는 부분을 중심으로 이들 작품에 대해 논의하고자 한다.

다. 논의의 편의와 이해를 위해 〈태원지〉의 출생담을 간략하게 정리
해 보면 다음과 같다.

[A] 절손 위기와 기자치성

① 임우가 부인 유씨와의 사이에 늦도록 대를 이를 자식이 없어 늘 걱정
하다.

② 임우가 입신양명도 못하고 대를 이를 자식도 두지 못함을 한탄하니,
유씨 부인이 기자치성을 권하다.

③ 임우가 옳게 여기고 명산대찰을 찾아 기도를 드리기로 하였으나,
집이 가난하여 제물과 제상을 차릴 수 없어, 적벽강 아래에 가서 3일
밤낮으로 고기를 낚아 팔아 제물을 준비하여 목욕재계하고 기도하다.

[B] 태몽과 신이한 출생

④ 그날 밤 꿈에 신선이 공중에서 내려와 임우의 정성에 하늘이 감복하
였다고 한 후, 이후 귀한 자식을 낳아 복록이 무궁할 것이라 하며,
인간 세상에서 보지 못한 환약 두 알을 주다.

⑤ 부부가 한 알씩 삼키자 기이한 향기가 나고, 꿈에서 깨어난 부부가
기뻐하며, 이후 유 부인이 잉태하여 아들을 낳아 이름을 '임성'이라
하고 자를 '덕재'라 하다.

[C] 비범성

⑥ 임성은 뛰어난 기상과 재기가 평범한 아이들과 달랐으며, 글 읽기를
좋아하고 제자백가와 병법서인 〈육도삼략〉을 통달하니 호걸과 선비
들이 구름같이 모이다.15)

---

15) 한국학중앙연구원 소장 〈태원지〉. 본고에서는 임치균이 이를 교주한 것을 텍스트로
하였다. 그리고 임치균과 배영환이 현대어로 번역한 것(임치균, 배영환 역, 〈태원지〉,
한국학중앙연구원, 2010)을 참고로 하였음을 밝혀 둔다. 이하에서는 작품명과 페이지
만을 밝히기로 한다. 임치균 교주, 〈태원지〉, 권지일, 한국학중앙연구원출판부, 2010,

위 예문을 통해서 알 수 있듯이, 〈태원지〉의 임성 출생담은, '무자 → 절손 위기 → 기자치성 → 태몽 → 비범한 인물의 출생'의 형식을 취하고 있다. 이는 우리 영웅소설에서 흔히 나타나는 전형화 된 출생담이다. 무자로 인한 절손의 위기와 기자치성이 나타나고, 초월계의 감응에 의한 보답을 태몽으로 제시한 후 비범한 인물이 점지되어 출생하는 것이다. 〈장백전〉의 장백, 〈유문성전〉의 유문성도 모두 이와 같은 방식의 출생담을 가지고 있다. 차이점이 있다면, 장백이나 유문성이 천상적 존재이면서 천상득죄를 한 인물이 적강한 것이라면, 〈태원지〉의 임성은 존재 본원이 구체적이지 않으며 적강한 인물도 아니라는 점이 다르다. 하지만 주인공들의 비범성은 이 출생담에 근거하거나 밀접한 관련이 있다는 점에서 이들의 출생담은 형식적 요소이면서 기능적 요소이나. 이는 중국 영웅소설에서는 거의 볼 수 없는 한국적 특징이며, 왕조교체 서사를 가진 우리의 작품에서는 내용의 가감이 있을지라도 어떤 식으로든지 이러한 출생담이 존재한다.

두 번째로 살펴볼 수 있는 것은 주인공의 제위 욕망의 문제이다. 비범하게 출생한 임성에게는 예문 ⑥에서와 같이 호걸들과 선비들이 구름같이 모인다. 그 대표적인 인물이 임성의 사촌 임응이며, 이후 종황, 조정, 하승을 만난다.[16] 이 중에서 임성은 먼저 임응과 강가에서 조용히 천하를 도모할 일을 의논하고,[17] 이어서 종황, 조정, 하승을 만나, 그들을 만난 것이 하늘의 뜻이라고 하니, 종황은 어젯밤 자신의 예사롭지 않은 꿈이 임성을 자신들에게 보내준 것이라며 반가워

1a~2b.

16) 〈태원지〉, 권지일, 2b~4b.

17) 〈태원지〉, 권지일, 3b.

한다. 그리고 조정과 하승 또한 조용히 천하를 도모하는 것이 좋겠다고 하며 다섯 사람이 사생지의를 맹약한다.[18] 이후 임성은 종황에게, 천하가 예의도 모르는 오랑캐의 손에 들어가 뜻 있는 선비들이 절치부심하고 있다고 하고, 자신이 오랑캐를 몰아내는 큰 뜻을 천하에 펴고자 한다며 좋은 계교를 묻는다.[19] 이는 임성이 제위에 대한 욕망이 있음을 드러낸 것이다. 이러한 제위 욕망을 드러낸 임성은, 이후 병사와 무기를 준비해 놓고 때를 기다리기로 하고, 양관 3부자의 300수레 철을 바탕으로 병장기를 만들고, 많은 재물을 나누어 주며 민심을 수습하니 전국의 호걸들이 모여든다. 이에 임성은 밤낮으로 천하 대사를 의논한다.

이러한 과정은 〈장백전〉이나 〈유문성전〉에서 주인공인 장백이나 유문성과 경쟁하는 주원장의 창업 준비과정과 매우 흡사한 데, 이는 임성의 제위(帝位) 욕망을 구체적으로 드러낸 것이라 볼 수 있다.[20] 이들 작품과 다른 점이 있다면, 〈장백전〉의 장백이나 〈유문성전〉의 유문성이, 천명을 받지 못한 상태에서 개인적 욕망 실현을 위해 천명을 받은 주원장과 갈등하는 것이라면, 〈태원지〉의 임성은 천명을 받았음을 인지하였으며, 제위를 두고 경쟁하는 대상이 없다는 차이점이 있다. 그리고 두 작품이 천명의 주체인 주원장과 실제 서사의 주인공들이 갈등하는 구도로 이루어짐에 비해, 〈태원지〉의 경우에는 임성 자신의 천명을 실현하기 위해 탐색하고 정복 전쟁을 한다는 차이점이

---

18) 〈태원지〉, 권지일, 4b~5b.
19) 〈태원지〉, 권지일, 5b.
20) 창업의 주체가 帝位 욕망을 드러내는 경우에는, '[2-1] 주인공의 역성혁명 가담' 부분은 나타나지 않는다.

있다.

세 번째로 살펴볼 수 있는 것은, 구(현)왕조의 구체적 실정(失政)과 왕조교체의 필연성의 문제이다. 〈장백전〉, 〈유문성전〉, 〈현수문전〉, 〈음양삼태성〉 등에서는 기존 왕조의 실정이 곧 그들의 천명이 다한 것으로 나타나며, 그로 인해 다른 창업 주체에게 천명이 부여되는 것으로 나타난다. 현 왕조의 실정은 곧 천자의 부덕(不德)을 의미한다. 그래서 이들 소설에서 천자의 부덕은 왕조교체의 근거가 된다. 반대로 새롭게 천명을 받는 자는 덕이 있어야만 한다. 천자는 '하늘의 명'을 집행하는 자이기 때문이다. 그래서 덕이 있는 자는 천명을 받을 수 있기에 힘과 명분을 모두 가질 수가 있다.

이러한 논리에 의하면 천명을 집행하는 천자는 하늘이 지정하는 이성직인 인물로서 명분과 힘을 동시에 지닌 자가 천명을 받은 자라고 할 수 있는데,[21] 그 중에서 가장 큰 명분과 힘이 바로 덕인 셈이다. 하늘이 지상에서의 그 대리자를 선택하기도 하고 바꾸기도 하는 근거에 대해 통치자들은 '덕으로 천명에 배합한다'고 주장한다. 이에 의하면 기존의 통치자는 자신의 덕을 닦지 않아 천명에 부합하지 못했다는 것을 의미하며, 새롭게 건국하는 자는 그에 합당한 인물이라는 의미이다. 즉 하늘에서 인간에게 드리워진 것이 천명이며, 인간에게서 하늘로 지향되는 것이 덕인 것이다.[22]

따라서 왕조교체형 영웅소설에서, 현 왕조가 망하고 새로운 건국주

---

21) 신태수, 「임진록 천명관의 성격과 기능」, 『한민족어문학(구 영남어문학)』 제19집, 한민족어문학회(구 영남어문학회), 1991, 197쪽.
22) 금장태, 『한국유교의 이해』, 민족문화사, 1985, 35쪽 및 이명현, 「고전소설에 나타난 천관념 연구」, 중앙대학교 박사학위논문, 30~35쪽 참조.

가 나올 수밖에 없는 현실적 근거는 현 천자의 실정으로 드러나는 부덕이라고 할 수 있다. 그리고 이러한 천자의 부덕은 천명에 부합하지 못하므로 그 천명은 새로운 인물에게로 넘어가게 된다. 〈장백전〉, 〈유문성전〉, 〈현수문전〉, 〈음양삼태성〉 등에서는 그러한 왕조교체의 필연적 근거를 천상계, 현실계, 인간의 판단으로 구체화하여 제시하고 있다.[23]

그런데 〈태원지〉에서는 중원땅 원(元)나라 천자의 구체적인 실정이 보이지 않는다. 주인공 임성과 종황은 원나라가 오랑캐이기 때문에 예의를 모른다며 배타적 감정을 드러낼 뿐이다. 그 대신, 〈태원지〉에서는 임성 일행이 바다를 표류하여 도착한 태원 땅 다섯 왕들의 실정이 나타난다. 이는 서안국 도사 평기이의 설명을 통해 제시되고, 참요를 통해 구체적으로 제시된다. 이를 요약하여 정리해 보면 다음과 같다.

[A] **태원 5국의 실정**

① 태원의 다섯 나라는 9천 세 동안 왕조가 유지되는 동안, 나라에 순박한 풍속이 있고 백성들은 배불리 먹는 태평성대가 지속되었다.

② 그런데 수 년 전부터 다섯 나라가 분수를 지키지 않고 망령스럽게 합병을 하고자 하여 서로 전쟁을 계속하다.

③ 그래서 다섯 별이 자리를 잃었고, 또 혜성이 나타나면서 요사스런 훼방꾼이 곳곳에서 일어났고, 재앙과 이변이 연이어 발생하다.

---

23) 김용기, 「출생담을 통한 장백전과 유문성전의 내용 비교 연구」, 『어문연구』 142호, 한국어문교육연구회, 2009, 191~219쪽 및 김용기, 「왕조교체형 영웅소설의 왕조교체 방식 연구—음양삼태성과 현수문전을 중심으로—」, 『국어국문학』 153호, 국어국문학회, 2009, 105~134쪽 참조.

[B] 태원 5국에 유행한 참요의 내용

① 다섯 별이 빛을 합하여 서방을 비추고 있구나.

② 두 나무가 나란히 서 있음이여, 큰 집을 이루는 구나.

③ 백성이 평안함을 생각하는 것이 덕재에게 달렸도다.[24)]

위의 예문 [A]는 서안국 도사 평기이가 임성 일행에게 알려주고 있는 태원 5국의 실정과 재변에 대한 내용이다. 앞서 언급한 나머지 네 작품에 나타나는 현 왕조의 실정과 비슷하다. 다만 〈태원지〉에서는 주인공이 경멸하는 중원 땅 현 왕조인 원나라에서는 이러한 실정이나 재변이 나타나지 않는다는 점에서 다른 왕조교체형 작품들과 차이점이 있다. 이러한 차이는 아마도 임성 일행이 왕조교체를 이루는 대상이 원나라가 아니라, 태원 5국이었기 때문이며, 임성의 천명이 실현되는 지역도 중원이 아닌 태원 땅이기 때문이다.

예문 [B]는 태원 5국의 실정이 민신을 통해 구체적으로 드러나고 있는 참요의 내용이다. 특이한 것은, 이 참요가 단순히 태원 5국의 실정을 문제 삼고 있는 것이 아니라, 태원 땅에 있던 천명이 새로운 주인에게로 부여 될 것임을 암시한다는 점이다. 평기이가 해석해 주는 내용을 보면, 예문 [B]①의 '다섯 별이 빛을 합한다'는 것은 다섯 나라를 통일시킨다는 말이고, '서방을 비춘다'는 말은 임성이 서쪽에서 온다는 말이다. 그리고 예문 [B]②의 '두 나무가 나란히 서 있음'은 '수풀 임(林)' 자를 의미하며, '집을 이룬다'는 것은 임성의 이름이 '이룰 성(成)' 자이니 임성이 대업을 세운다는 의미이다. 또 예문 [B]③의 '백성이 평안함을 생각하는 것이 오직 덕재에게 달렸다'는 것은 임성

---

24) 〈태원지〉, 권지이, 42a~42b.

의 字가 덕재이니, 백성이 임성의 덕을 입어 길이 안락하리라는 말로 풀이 된다.

이런 점에서 〈태원지〉에도 다른 왕조교체형 작품과 같이, 현 왕조의 실정을 통해 왕조교체의 필연적 근거를 제시하되, 초월계, 현실계, 인간적 판단에 의해 나타내고 있음을 알 수 있다. 다만 그 제시 방식이나 과정이 다른 작품들과 차이가 있고 소략할 뿐이다.

네 번째로 살펴볼 수 있는 것은, 창업 주체에 대한 천명의 유무이다. 앞서 언급한 왕조교체 서사를 취하는 작품의 경우, 창업 주체들이 모두 천명을 받은 인물들이며, 이를 바탕으로 새로운 국가를 건설하게 된다. 다음을 보면, 〈태원지〉에도 이런 점이 확인 된다.

[C] 임성에게 부여 된 천명

① 종황이 임성25)에게 하늘이 내신 제왕임이 분명하다고 하다.(권지일 6a26))

② 동남쪽에 王者의 기운이 있다.(권지일 9b)

③ 해양 표류 중 하늘에 의해 배의 방향이 바뀌다.(권지일 24a-24b)

④ 동해의 신이 임성에게 식량과 고기를 주어 위로하고, 이것은 하늘이 준 것이라 하다.(권지일 37a-37b)

⑤ 임성이 '나라를 전한다'는 옥새를 얻다.(권지이 14b)

⑥ 남해 용왕 광리왕이 옥새를 탐내다가, 임성을 보고 난 후, 하늘이 정한 일을 범하였다며 임성에게 사죄하다.(권지이 18a-20a)

---

25) 작품 서두에 종황의 字는 미빅이며, 임성의 자는 덕직로 나타난다. 그리고 이후 서사 전개에서는 이름을 사용하지 않고 자를 호칭으로 쓰고 있는데, 본고에서는 전달의 명확성을 위해 전체적으로 '종황'과 '임성'이라는 이름을 사용하기로 하고, 인용상 필요할 경우 자를 쓰기로 한다.

26) 임성의 천명이 나타나는 부분은 작품 전체에 걸쳐 나타나기에 일일이 각주를 달지 않고, 권수와 페이지만을 괄호 속에 넣어 표기한다.

　⑦ 讖謠를 통해 임성에게 천명이 있음이 암시되다.(권지이 42a-42b)
　⑧ 종황과 평기이가 天氣를 통해 임성에게 천명이 있음을 말하다.(권지이 43a-43b)
　⑨ 토국 승상 방윤이 토국왕 토평장에게 참요의 내용을 말한 후, 하늘이 임성에게 천명을 준 지가 오래 되었다고 하다.(권지사 31b-32a)

　위의 예문 [C]는 〈태원지〉의 임성에게 부여된 천명과 관련된 부분을 정리해 본 것이다. 〈장백전〉과 〈유문성전〉을 비롯한 다른 왕조교체 서사를 취하는 작품에서는 초월적 존재나 신이한 능력을 가진 인물에 의해 창업주의 천명이 드러난다. 이는 〈태원지〉도 마찬가지이다. [C]①의 신이한 능력을 가진 인간 종황이나, [C]⑨의 현명한 재상 방윤 등에 의해서도 천명이 감지되지만, [C]④의 동해의 신이나, [C]⑥의 남해 용왕 등에 의해서도 임성이 천명을 받았다는 점이 강조되고 있다. 또 [C]②,④와 같이 초자연적 현상에 의해서도 임성의 천명이 암시되고, [C]⑦과 같이 현실계 인간들의 참요를 통해서도 드러나고 있다.

　이런 점에서 〈태원지〉의 임성에게 천명이 부여되었는지의 여부는 매우 입체적이며 다양하게 드러나고 있음을 알 수 있다. 이러한 천명을 바탕으로 임성은 '대흥국'을 건국하고 태원 5국을 통일하는 대업을 이루게 된다. 다만 〈태원지〉가 〈장백전〉이나 〈유문성전〉 등과 다른 점이 있다면, 두 작품에서는 주인공이 아닌, 주인공 장백이나 유문성과 경쟁하는 주원장에게 천명이 부여되었다면, 〈태원지〉에서는 주인공 임성에게 천명이 부여되었다는 점이 다르다. 〈태원지〉가 주인공과 천명 부여자, 건국 주체가 동일시 되는 것에 비해, 〈장백전〉이나

〈유문성전〉에서는 주인공과 천명을 받아 건국하는 주체가 다르게 나타난다.[27)]

3. 〈태원지〉의 표류담과 화이관 극복 과정을 통한 왕조교체

앞 장에서 살펴 본 바와 같이 〈태원지〉는 왕조교체 서사라는 서사적 특징을 가지고 있는 작품이다. 그런데 이 작품에서 그러한 왕조교체가 진행되는 본격적인 서사는, 태원에 도착하기 전의 해양 표류와 태원 땅에서 이루어진다. 해양 표류에서 나타나는 왕조교체 서사의 주요 내용은, 동해 신약(神若)과 남해 광리왕(廣利王)이 천명을 받은 인물이 임성임을 알아보고 도와주거나 굴복하는 장면이다. 그 외 왕조교체의 필연적 근거가 되는 현실계의 증거와 인간들의 판단은 대부분 태원 땅에 도착한 이후에 구체적으로 제시 된다.

그렇다면 〈태원지〉에서 작품 전체의 거의 절반 정도를 차지하는 해양 표류담은 어떤 의미를 가지는 것인가? 이에 대해 선행연구에서는 건국을 위한 예비 고난이면서 동시에 능력 검증 과정[28)]으로 보기도 하고, 세계관의 균열로 인한 주체의식의 혼란 상태를 상징적으로 보여주는 시간과 공간 체험[29)]이라고 보기도 하였다.

필자 또한 이러한 선행 연구의 입론에 대해 긍정을 하면서, 이와는

---

27) 이는 아마도 두 작품이 실제 역사와 인물을 건국의 대상으로 형상화 한 것에 비해, 〈태원지〉는 허구적 인물과 국가를 건국의 대상으로 하였기 때문에 나타난 현상으로 볼 수 있다.

28) 임치균, 전게논문, 371쪽.

29) 허순우, 전게논문, 220~230쪽.

조금 다른 시각에서 표류담을 해석할 필요성을 느낀다. 앞서 논의한 바와 같이, 〈태원지〉의 서사적 지향점은 '왕조교체'에 있으며, 해양 표류는 왕조교체를 향해 가는 과정담에 해당된다. 이는 임성이 최초 중원 금릉 땅에서 종황으로부터 천명을 부여 받은 사람이라는 말을 듣고 대사를 도모하는 것에서 시작되어, 해양 표류와 태원 땅에서의 정복 전쟁으로 진행된다는 것을 통해 알 수 있다.

따라서 이 작품의 전체 서사는 '왕조교체'라는 서사적 맥락에서 해석되어야 온당하며, 이를 제외한 상태에서 당대 사회와 지식인들의 의식을 반영했다고 보는 해석은 그 다음의 문제라고 생각한다. 표류담 해석의 선후를 논하자면, 이 작품의 표류담에 대한 절대주의적 관점의 해석이 이루어진 다음에, 당대 사회와 지식인들의 상황을 투영했다는 반영론적 접근이 이루어져야 하는 것이다. 왜냐하면 이 작품에서 임성 일행이 중원 금릉 땅에서 천명을 자각하고 대사를 모의하는 것도 천명 실현을 통한 '왕조교체'의 맥락에 있고, 태원 땅에서 평기이의 설명과 참요의 내용을 통해 확인되는 것도, 천명을 바탕으로 한 '왕조교체'로 귀결되기 때문이다. 그러므로 해양 표류담도 '왕조교체' 서사의 맥락에서 해석되어야 한다.

이러한 면은 임성 일행의 해양 표류 과정을 살펴보면 보다 분명하게 목도 된다. 표면상 임성 일행의 해양 표류는 아주 우발적인 것처럼 묘사되어 있지만, 사실은 이 모든 것이 임성 일행의 천하대사 도모와 천명의 인식과 무관하지 않다. 임성이 종황 일행을 만났을 때에, 종황은 "어제 밤 몽조 비상흔지라 이는 하늘이 명공으로써 우리 등을 주시미라"[30]고 한 후 천하를 도모할 일을 의논하게 된다.

그런데 종황은 임성이 하늘이 낸 인물이 분명하다고 하면서도, 오랑캐인 원나라의 천명이 다하지 않았으므로 아직 때가 되지 않았다고 한다. 그러면서 아직은 신의와 인덕으로 호걸들을 사귀면서 기회를 엿보아야 한다고 한다. 이에 하승과 임응, 조정 등이 반대를 한다. 이에 대해 종황은 하늘의 도는 자주 변하는 법이며, 오랑캐의 천명도 오래가지 않을 것이라며 만류하자, 임성이 그 말에 따르자고 하고, 이후 양관 3부자까지 뜻을 함께 하기로 한다.

이후 이들이 매양 밤낮으로 모여 천하 대사를 의논하자, 자연의 움직임을 살피는 관리가 동남쪽에 왕자(王者)의 기운이 있다는 보고를 한다. 이에 원나라 조정에서는 전국의 부와 현의 우두머리에게 각처에 방을 붙이고 살피라는 엄명을 내린다. 그래서 병사들의 수색이 심해지자, 임우는 아들 임성에게 강물에 배를 띄워 일단 화를 피하라고 한다. 임성이 그 뜻을 종황에게 이르니 많은 제장이 반대하고, 이에 종황은 별자리를 보니 자신들에게 재앙이 닥칠 것이라 하고, 동해 밖에 자신들이 갈 만한 나라가 있다면 걱정이 없겠지만 그런 곳이 있다는 말은 듣지 못하였다고 한다. 이때, 동방에 조선이라는 나라가 있으니, 그곳에 가서 의지하자는 조정의 말을 듣고, 모두 그 말에 따라 배를 돌려 곧바로 출발한다. 그런데 갑자기 큰 바람을 만나 망망대해에서 표류하게 된다.

이렇게 시작된 임성 일행의 해양 표류는 귀도(鬼島)에서 되풀이 되는 표류를 합하면 12회 이상이나 반복 된다. 그들은 해양 표류 과정에서 신이한 인물을 만나 원조를 받거나 천명의 절대성을 인정받고, 이름 모를 섬에 닿아서는 온갖 요괴를 만나 자신들의 능력을 시험받게

---

30) 〈태원지〉, 권지일, 4b.

된다. 임성 일행의 표류 과정과 성격을 정리해 보면 다음과 같다.

NO	도착한 곳	만나는 대상	대상의 성격	비고
1	외로운 섬	응천대장군	요괴	신기한 배를 얻고, 반수와 여의를 수하로 삼음
2	자정동	변신한 쥐	요괴	
3	어느 섬	이무기	요괴	
4	섬 하나	동해의 신	구원자 (천명 강화자)	천명을 받아 임성을 위로 (음식과 식량 제공)
5	신명동	한 도사 (원숭이 정령)	요괴	
6	여인국	여인국 사람 (여우 요괴)	요괴	유혹
7	한 섬	금빛 지네	요괴	
8	바다 위	무지갯빛 오색영롱한 서광	신성성(금궤) (천명 강화)	천명에 의해 임성이 전국옥새를 받음
9	한 섬	관을 쓰고 붉은 옷을 입은 사람 (남해 용왕 광리왕)	천명 강화자	임성이 천명을 받은 인물임을 인정하여 천명의 성격을 강화한
10	귀도	여러 귀신	요괴	
11	귀도2,3	두 괴물 (천리안, 순풍)	요괴	임성의 전국옥새를 요구함
12	서안국 서진방도주 청릉현	평기이	건국 협조자	태원 5국 중의 하나인 금국의 속국에 도착 태원 5국의 실정과 참요의 내용을 들려주고, 임성이 천명의 주체이며 건국 주체임이 드러남.

위의 표를 통해서 보면, 1,2,3,5,6,7,10,11번의 항목은, 표면적으로 임성 일행의 능력을 확인하고 시험하는 성격이 강하다. 그러면서 동시에 이계에 대한 탐험이라는 문학적 환상의 의미도 함께 구유하고 있다. 해양 표류 과정 중에 당도하는 미지의 섬에서 임성 일행은 다양

한 요괴를 만나고 퇴치하게 되는 데, 이러한 무용담을 통해 임성이 천명 수혜자일 뿐만 아니라 이들 일행이 대사를 감당할 능력이 있다는 점이 검증된다.

이에 비해 4,8,9,12번의 항목은 임성의 천명을 강화하고 원조하는 역할을 하는 장소이거나 대상들이다. 4번의 동해 신은 임성 일행이 식량이 부족하여 위기에 처하였을 때, 천명을 받아 임성을 돕는 역할을 한다. 그리고 8번의 내용은 임성이 '나라를 전한다'는 '전국옥새(傳國玉璽)'를 하늘로부터 받아, 태원 땅에서 이루게 될 천명 실현의 상징적 명분을 획득하는 장면이다. 또 9번 광리왕과의 갈등은, 결국 임성이 천명의 주체라는 점을 강화하는 데 기여한다.

이러한 표류의 과정을 거쳐 도착한 곳이 12번의 서안국 청릉현이다. 이곳은 태원 5국의 하나인 금국의 속국이다. 임성 일행은 그 곳 인물인 평기이로부터 태원의 역사에 대해 듣게 된다. 그로부터 태원 5국의 실정과 참요의 내용을 듣고, 임성이 태원 땅의 새로운 천명의 주인임을 알게 된다. 그래서 이들은 중원에 대한 미련을 버리고 태원 통일 전쟁을 진행한다. 해양 표류를 통해 중원이 아닌 세상을 단계별로 경험하고, 그 과정에서 천명이 강화되며, 서안국 청릉현에서 만난 평기이를 통해 중원 중심의 인식에서 벗어나게 된다.

이러한 임성 일행의 해양 표류담을 통해서 드러나는 것은, 임치균이 말한 바와 같이 '건국을 위한 예비과정과 능력 검증 과정'의 의미도 가지고 있고, 허순우가 지적한 '세계관의 균열로 인한 주체의식의 혼란 상황을 보여주는 시간과 공간'의 의미도 있다. 그리고 이계에 대한 탐험이라는 문학적 환상의 의미도 동시에 가지고 있다.

그러나 〈태원지〉에서 더욱 중요한 것은, 이러한 표류담의 전 과정

을 '왕조의 교체'라는 서사적 맥락 속에 수렴시켜 이해해야 한다는 점
이다. 해양 표류와 태원에서의 행위의 핵심은 '왕조교체'이기 때문이
다. 임성 일행은 임성에게 천명이 부여된 것으로 확신하였지만, 원나
라에 대적할 만한 힘이 없어 쫓기듯이 중원을 떠나 바다를 표류하게
된다. 그리고 12곳의 해도에서 요괴와 신이한 대상들과 접촉하면서
조금씩 중원에 대한 인식을 수정하기 시작한다. 물론 한동안은 허순
우가 말한 바와 같이, 이들은 주체의식의 혼란을 보여주기도 한다.
하지만, 종국에는 중원 중심의 화이관을 깨고, 새로운 땅에서 왕조교
체를 하고자 하는 분명한 태도를 형성한다. 이는 해양 표류를 거치는
동안 임성 일행의 능력도 배가되고, 천명의 성격도 분명해지고 강화
되며, 중원에서 조금씩 멀어지는 과정을 통해 중원에 대한 미련을 떨
쳐 버리는 상황을 통해 구체적으로 나난다.

따라서 임성 일행의 지난한 해양 표류는, 천명의 주체를 분명하게
인지하면서 '왕조교체'라는 당위적 목표를 분명하게 인지하는 과정과
밀접한 관련을 맺는다. 그러므로 〈태원지〉에서 해양 표류는, 중원이
아닌 세상을 단계별로 경험하면서 중원 중심의 인식에서 벗어나게 하
는 과정이면서, 그 과정에서 천명이 강화되도록 한 후, 서안국 청릉현
에서 만난 평기이를 통해 왕조교체라고 하는 당위적 목표를 확립하게
하는 데 기여한다고 할 수 있다.

4. '태원'에서의 천명 실현과 영웅소설사적 위상

앞서 논의한 바와 같이 〈태원지〉는 천명을 바탕으로 한 왕조교체에

서사적 지향점이 있다. 그래서 작품 전체 서사의 대부분은 임성이 자신에게 주어진 천명을 확인하고 동료들과 초월적 존재의 도움을 받아 천명을 실현하기 위해 투쟁하는 것으로 이루어져 있다. 이러한 임성의 영웅성 발휘나 투쟁 방식은, 같은 왕조교체 서사를 취하는 〈장백전〉이나 〈유문성전〉과 많이 다른 방식이다. 두 작품이 천명과 왕조교체의 주체가 되기 위해 주인공 장백이나 유문성이 주원장과 경쟁을 하거나, 구 왕조인 元 천자를 타도하는 식의 치열한 황위 쟁탈전이 나타남에 비해, 〈태원지〉에서는 황위 쟁탈의 의미보다, 임성의 천명 실현 그 자체에 보다 큰 의미를 두고 있다.

또 〈태원지〉는, 일반 영웅소설의 주인공이 스승으로부터 수학하여 비범한 능력을 획득하고, 그 능력을 바탕으로 국가의 위기를 극복한 후 忠을 실현하는 서사와도 구별 된다. 〈태원지〉에서는 주인공의 立功 지향점이 忠의 실현에 있지 않으며, 영웅성 발휘의 동기나 목적도 공적(公的)이라기보다는 자아실현의 의미가 강하다. 천명을 받은 한 인물이 주변의 여러 영웅들의 도움을 받아 난관을 극복한 후, 미지의 땅 태원에서 '대흥국'을 건국하고, 이어 태원 5국을 정복하는 스토리는 임성과 종황 일행의 성공담이면서 개척담이라는 의미가 강하다.

그리고 〈태원지〉는, 서사적 지향점이 '천명의 실현'과 '왕조교체'에 있다는 점에서 기존의 왕조교체 서사를 취하는 작품들과 비슷하지만, 그 천명의 실현과 왕조교체가 중원 내에서 이루어지는 것이 아니라, 중원의 원나라 천명은 그대로 인정하면서 미지의 땅 '태원'에서 새로운 천명을 받아 '대흥국'을 건국하는 형식을 취한다는 특징이 있다.

이런 점에서 이 작품의 '천명'은 이중적 성격을 가진다. 임성이 천명의 절대성을 바탕으로 '대흥국'을 건국하여 왕이 되고, 태원 5국을 정복하여 태원 땅을 통일하면서도, 다른 한편으로는 중원 지역 원나라의 천명은 그대로 인정되고 있다는 점에서 원나라의 천명과 태원 지역 임성의 천명은 같으면서 다른 것이다.

선행 연구에서도 〈태원지〉에서 오랑캐의 천명을 인정한다는 것과 왕조교체가 중원 땅의 원나라를 대상으로 하지 않고 태원 땅에서 실현된다는 것에 주목한 바 있다. 그래서 임성의 천명이 태원 땅에서 실현되는 것을 두고, 이 작품이 조선후기 사람들의 기성사회에 대한 반발이나 휴머니즘의 상징, 그리고 왕권에 대한 새로운 의미를 가지는 것으로 보기도 하였다.[31] 또 이 작품이 오랑캐인 원나라의 천명을 인정하는 것을 두고, 화이질서의 부정[32]이나 오랑캐, 즉 청나라를 인정한다는 인식의 반영[33]으로 보기도 하였다.

그렇다면 〈태원지〉에서 임성 일행이 오랜 해양 표류를 거쳐 태원 땅에 도착하여 '대흥국'을 건국하고, 천명을 명분으로 태원 지역을 통일하는 것에 어떤 의미 부여를 해야 하는 것인가? 그리고 이러한 서사적 특징과 내용은 영웅소설사에서 어떤 의미를 가지는가? 여기서 먼저 의미 부여를 할 수 있는 세 가지 인자는, '해양 표류'라는 공간이동 과정, '태원'이라는 미지의 땅, 그리고 여기에 절대성을 부여하는 '천명'이다.

이 세 가지 인자가 작품 속에서 결합되면 화학작용과 같은 변화가 일어나서 완전히 새로운 의미가 도출된다. 중원지역 원나라의 천명과 국가를 그대로 둔 상태에서, '해양 표류 + 태원 + 천명'을 결합시켜 결

---

31) 김진세, 전게논문, 13~24쪽.
32) 홍현성, 전게논문, 311~315쪽 참조.
33) 임치균, 전게논문, 375~380쪽 참조.

구하게 되면, '탈중화', '탈역사'[34]를 통한 전방위적 차원의 '신세계' 지향이라는 시각과 의식의 전환이 가능하게 된다. 이러한 전방위적 차원의 시각과 의식의 전환이 이루어짐으로써 기존의 화이관을 극복하고 보다 큰 세상, 새로운 세상으로 눈을 돌릴 수 있다. 그래서 〈태원지〉는 영웅소설이면서도 일반 영웅소설들과 그 형식과 영웅화 과정 및 취의가 많이 다르게 인식된다.

이런 점에서, 이 작품이 표면적으로 내세우고 있는 '왕조교체'라는 서사적 지향점은, 단순한 외형적 틀의 변화를 넘어서, 정신적인 차원의 변화와 깨뜨림(脫)을 지향하고 있다고 볼 수 있다. 작가는 임성 일행이 천명을 명분으로 하여 중원을 벗어나 해양 표류 끝에 태원 땅에서 '대흥국'을 건국하고, 태원을 정벌하여 독특한 천명 실현과 '왕조교체'를 이루는 것에 많은 공을 들이고 있는 데, 이러한 일련의 과정이 가지는 궁극적 의미는 '탈(脫)', 또는 '새로움'이다. 주인공 임성이 받은 '천명'은 기존의 천명과 같은 것처럼 나타났지만, 해양 표류 과정에서 여러 신격이 옹위하거나 굴복하는 행위, 태원에서 중원 지역의 천명과 다른 새로운 천명을 인지하도록 결구하는 것을 통해, 이 작품의 '천명'이 가진 의미가 기존의 천명과 다르다는 점을 입체적으로 보여

---

34) '脫歷史'의 사전적 의미를 보면, "역사 발전 과정이나 역사 법칙 등의 관념을 절대시 하는 입장을 벗어난 것"으로 되어 있다. 이를 〈태원지〉에 응용하여 적용해 보면, 기존의 왕조교체를 다룬 작품들이 중원 내에서의 정권교체와 천명을 절대시 하던 의식에서 벗어나는 것을 의미하는 것으로, '탈중화'의 의미와 통하는 바가 있다. 그리고 필자가 의도하는 '탈역사'에는 그러한 의미와 함께, 실제 역사상의 왕조나 정권의 교체를 포함하여 지금까지 편협 된 역사적 사실의 공간으로 존재하던 '지역, 공간, 역사적 정통'에 대한 시각의 전환을 포함하고 있다. 이는 곧 〈태원지〉에서 해양 표류로 제시하던 '미지'의 세계에 대한 강렬한 지향이며, 시간적, 공간적, 역사적 명분과 정통성에 대한 틀을 깨는, 전방위적 차원의 변화라는 의미를 포함하고 있다.

주고 있다. 작가가 임성을 통해 궁극적으로 보여주고자 한 것은 왕조
교체 과정을 통해, 천명과 세계에 대한 새로운 인식의 중요성이라고
할 수 있다.

따라서 천명도 새롭고, 땅도 새롭고, 주인공의 성격이나 활약 방식
도 새롭다는 점에서 이 작품의 바탕에는 인식과 실제의 '새로움'을 추
구하는 창작의식이 작용하고 있고 생각된다. 그리고 임성의 입공(立
功) 지향점이 忠의 실현이나 도탄에 빠진 백성을 구제한다는 것에 머
무르지 않고, 전방위적 차원에서 인식의 전환을 요구하는 메시지를
전달한다는 점에서 이 작품은 기존 영웅소설과 질적으로, 형식적으로
변별 된다. 일반 영웅소설의 주인공들이, 공적인 영역에서 무력과 도
술을 바탕으로 현실적인 어려움을 해결하는 물리적 영웅이었다면,
〈태원지〉의 임성과 그 일행은, 보나 큰 세상을 보여주어 사고의 틀을
깨는 영웅의 모습으로 변모되어 있는 것이다.35) 이런 점에서 〈태원
지〉는 기존의 영웅상의 틀을 깨고 있는 작품이라는 점에서 문학사적
으로 중요한 변화가 감지되는 작품이고 할 수 있다.

5. 결론

이상에서 국적 문제의 불명확성과 작품 내용상 특이한 요소가 많은

---

35) 〈태원지〉에서 임성은 비범한 출생담을 가지고 있고, 천명을 받은 인물이기는 하지만,
그는 일반 영웅소설의 주인공이나 왕조교체 서사를 보여주는 〈장백전〉의 장백, 〈유문
성전〉의 유문성과 같이 물리적인 비범함을 그 자신이 직접적으로 보이지는 않는다.
임성 일행에서 물리적인 부분은 그의 수하들의 몫이며, 지략이나 도술과 같은 초인적
활약은 종황(미백)에 의해 이루어지고 있다.

〈태원지〉에 대해 논의해 보았다. 이상의 논의를 통해서 필자는 다음과 같은 결론을 얻었다.

첫째, 〈태원지〉는 선행 연구에서 제시한 작품 속 한국적 요소와, 필자가 제시한 출생담의 전형성과 기자치성, 그리고 왕조교체 서사방식과 같은 유형적 동질성으로 볼 때, 한국 작품이라고 규정할 수 있다.[36)]

둘째, 이 작품은 주인공의 성격이나 입장이 다른 왕조교체형 작품들과 다르고, 주인공이 작품 속에서 하는 역할도 다르며, 작품 전체의 분위기도 다르지만 서사의 방향성이 '왕조교체'에 있다는 점과 몇 가지 추출되는 인자에서 통하는 바가 있다. 다만 〈태원지〉가 주인공과 천명 부여자, 건국 주체가 동일시 되는 것에 비해, 〈장백전〉이나 〈유문성전〉에서는 주인공과 천명을 받아 건국하는 주체가 다르게 나타난다는 점이 달랐다. 이는 두 작품이 실제 역사와 인물을 건국의 대상으로 형상화함에 비해, 〈태원지〉는 허구적 인물과 국가를 건국의 대상으로 하였기 때문에 나타난 현상이다.

셋째, 〈태원지〉의 서사적 지향점이 '왕조교체'에 있으므로, 이 작품에서 절반가량을 차지하는 해양 표류담도 '천명'과 '왕조교체'라는 서사적 맥락에서 검토되어야 한다는 점이 드러났다. 그래서 〈태원지〉에서 해양 표류는, 중원 중심의 인식에서 벗어나게 하는 과정이면서, 그 과정에서 천명이 강화되도록 한 후, 왕조교체라고 하는 당위적 목표를 확립하게 하는 데 기여한다.

---

36) 하지만 현재까지는 국적 문제를 확증할 만한 단서가 부족한 만큼, 이에 대해서는 추후 보다 많은 자료를 통해 검증되기를 바라며, 본고에서는 여러 정황상 〈태원지〉가 한국적 요소가 강하다는 점에서 잠정적으로 이 작품을 한국 작품이라는 입장을 취한다.

넷째, 〈태원지〉에서 중요한 세 가지 인자를 추출해 보면, '해양 표류'라는 공간이동 과정, '태원'이라는 미지의 땅, 그리고 여기에 절대성을 부여하는 '천명'이다. 중원지역 원나라의 천명과 국가를 그대로 둔 상태에서, '해양 표류 + 태원 + 천명'을 결합시켜 결구하게 되면, '탈중화', '탈역사'를 통한 전방위적 차원의 '신세계' 지향이라는 시각과 의식의 전환이라는 작가의식이 추출 된다. 이는 곧 이 작품의 작가가 추구한 창작 의식에는, '탈', '새로움'이라는 정신이 작동하고 있다는 것을 의미한다.

다섯째, 일반 영웅소설의 주인공들이 무력과 도술을 바탕으로 하여 현실의 문제를 해결하는 물리적 영웅의 성격이 강하였다면, 〈태원지〉의 임성과 그 일행은, 보다 큰 세상을 보여주어 독자들의 사고의 틀을 깨는 영웅의 모습으로 변모되었으며, 이런 점에서 이 작품은 기존 영웅상의 틀을 깨고 있는 작품이다.

원형 스토리의 변형과 교구를 통해서 본
〈영이록〉의 특징

1. 서론

이 글은 〈영이록〉의 원형 스토리와 매개 스토리의 교구(交構) 양상을 통해 인물의 성격 창조와 서사의 변형 과정을 탐색하는 데 목적을 두고 있다. 그리고 그 과정에서 드러나는 주인공 손기의 입공 성격과 행위 지향점 또한 새로운 시각에서 도출해 보고자 한다. 이러한 연구는 〈영이록〉의 서사적 특징과 인물의 성격을 보다 분명하게 드러내는 데 기여하리라 생각한다.

익히 알려진 바와 같이, 〈영이록〉은 정병욱에 의해 대략적인 내용이 소개된 이후[1] 이신복에 의해 본격적인 작품론[2]이 이루어지면서

---

1) 정병욱은 이 작품이 손기와 소생을 대비시켜, 善人과 惡人의 대립까지는 아니더라도 결국은 善의 전면에 서 있는 사람의 승리로 돌아간다는 이야기 줄거리라는 점에서 고소설 공통의 서술기법을 취하였으며, 불교적, 도교적인 색채에 전기적인 요소가 곁들인 작품이라고 하였다.(정병욱, 「낙선재문고 목록 및 해제를 내면서」, 『국어국문학』 44·45합병호, 국어국문학회, 1969, 28쪽)
2) 이신복은 〈영이록〉의 특징을 네 가지 측면에서 지적하였는데, 첫째, 작품의 황당무계성을 잘 배제하고 있다는 점, 둘째, 절대적인 善人이나 惡人이 등장하지 않고 중립자가 등장한다는 점, 셋째, 주인공이 세속적인 부귀를 누리면서도 속세에 물들지 않는 신선

이후 다양하게 논의되었다. 이상택은 이 작품이 천상적인 영험과 신이 및 주술 모티프가 그 기조를 이루고 있으며, 신성성이 배경 요소일 뿐만 아니라 그 자체가 주제로 작품 전반에 용해되어 있는 신성소설의 극치점에 놓여 있는 작품[3]이라고 그 성격을 규정하였다. 성현경은 〈영이록〉에 도교성립의 4대 요소라고 볼 수 있는 도사, 도관, 도경, 도교신도가 등장하는 도교소설로 보아 소재적인 차원에 주목하고 있으며, 이러한 도교소설에는 적강화소가 나타나지 않고 하강화소만 나타난다고 하였다.[4] 손찬식은 〈영이록〉의 구조와 '사위 박대담'에 해당되는 작품들의 구조를 대비하여, 이 작품이 민담을 적극적으로 수용하고 있음을 지적하고,[5] 지면을 달리한 글에서는 〈영이록〉의 의미 단위를 분석하여 이 작품의 인물 성격이나 전체적인 논지가 무속과 관련 있음[6]을 논의하였다. 현혜경은 지인지감형 고소설을 다루는 자리에서, 이 작품을 화소별로 분석한 후 지인 이야기로서의 특성을 4가지로 파악하여 그 특징을 논의[7]하였다.

이후 임치균은 〈영이록〉이 〈소현성록〉의 파생작일 수 있음을 지적하였고,[8] 박영희는 〈소씨삼대록〉과 〈영이록〉의 주요 단락을 대비하

의 경지에 든 인간의 구현을 꾀하고 있다는 점, 넷째, 샤머니즘이 짙게 작용하는 작품이라는 점 등을 제시하였다.(이신복, 「영이록 고」, 『공주교대논문집』 8집 1호, 공주교육대학교, 1971, 37~50쪽; 손찬식, 「영이록의 민담수용양상」, 『국어교육』 49집, 한국국어교육연구회, 1984, 227쪽 재인용 및 참고)

3) 이상택, 「영이록 소고」, 『한국고전소설의 탐구』, 중앙출판, 1981, 149·154쪽 참조.
4) 성현경, 『한국소설의 구조와 실상』, 영남대학교 출판부, 1981, 45·180쪽 참조.
5) 손찬식, 상게논문, 227~247쪽.
6) 손찬식, 「영이록의 무속적 고찰」, 『어문논집』 26집, 안암어문학회, 1986, 117~141쪽.
7) 현혜경, 「知人知鑑型 古典小說 硏究」, 이화여자대학교 대학원 박사학위논문, 1989, 57~70쪽.
8) 임치균, 「영이록 연구」, 『고전문학연구』 8집, 한국고전문학회, 1993, 327~349쪽. 본

여 그 유사성이 있음을 인정하되, 이것만으로는 파생작이라 하기 어렵고, 〈소씨삼대록〉과 소재적 원천을 공유하면서 〈소씨삼대록〉과는 다른 도가적 세계관에 입각해 독립적으로 형상화된 작품으로 볼 여지도 충분히 있다[9]고 하였다. 그리고 허원기는 이 작품의 배경이나 인물 성격뿐만 아니라 주제까지도 도교적 속성을 가지고 있다[10]고 하여 그 주제적 특징을 밝힌 바 있다.

이들과 달리 최윤희는 〈손천사영이록〉의 이본 4종을 처음으로 비교한 후, 연대본이 선본일 가능성이 있음을 제기하였다.[11] 이어 이 작품을 장편소설과의 연관성 혹은 도술 위주의 흥미성에서 파악한 것에 대한 반성이 필요하다고 하고, 〈손천사영이록〉은 작품 전체에 도교적 면모가 보이므로, 이 작품은 도교적 관점에서 바라보아야 한다[12]고 하여 성현경이나 박영희, 허원기와 유사한 견해를 제시하였다.

이와 달리 최현성은 〈소현성록〉이 〈손천사영이록〉 구상에 전체적으로 영향을 끼쳤다고 보고, 이를 몇 가지 항목을 중심으로 나누어 확인하였다.[13] 그리고 허순우는 〈소현성록〉 속의 소운성과 〈영이록〉

고에서는 이 논문이 수록된 단행본의 자료를 참고로 하였다.(임치균, 『조선조 대장편소설 연구』, 태학사, 1996, 290~318쪽)

9) 박영희, 「소현성록 연작 연구」, 이화여자대학교 대학원 박사학위논문, 1993, 197~205쪽.

10) 허원기, 「손천사 영이록의 도교적 상상력」, 『고소설 연구』 29집, 한국고소설학회, 2010, 223~251쪽.

11) 최윤희, 「손천사영이록의 이본 특징과 존재 의미」, 『한국학연구』 32집, 고려대학교 한국학연구소, 2010, 169~192쪽.

12) 최윤희, 「손천사영이록의 도교적 면모와 의미」, 『우리어문연구』 38집, 우리어문학회, 2010, 37~64쪽.

13) 최현성, 「손천사영이록에 나타난 소현성록에 대한 시각」, 고려대학교 대학원 석사학위논문, 2011, 1~62쪽.

의 소운성을 비교하면서 이 작품이 성장소설적 면모가 있음[14]을 논의하였다.

이와 같이 〈영이록〉은 다양한 관점에서 논의되면서 조금씩 그 특징이 분명하게 드러나고 있는 작품이다. 하지만 이 작품은 아직 그 국적 문제도 명료하게 합의되지 않았고,[15] 서사적 특징이나 주제의식 또한 다른 관점에서 접근할 수 있는 여지가 많이 있다.

이에 필자는 〈영이록〉이 원형 스토리와 매개 스토리와의 교구를 통해 서사의 변이와 확장이 이루어졌고, 그 과정에서 인물의 성격 창조가 이루어지고 있다는 점을 중심으로 고찰해 보고자 한다. 필자의 이러한 연구는, 선행 연구에 토대를 두면서도 선학들이 언급하지 않은 몇몇 요소를 좀 더 부각시켜서 〈영이록〉의 작품 해석을 보다 풍부하게 하는 데 기여하리라 생각한다.

2. 출생담의 수용과 원형 스토리의 변형

인물 출생담은 고소설에서 형식적 요소이면서 동시에 서사 전개에 중요한 역할을 하는 기능적 요소로 작용하기도 한다. 〈소현성록〉에서

---

14) 허순우, 「영이록의 성장소설적 면모와 교육적 함의-소운성을 중심으로」, 『국어교육연구』 29집, 서울대학교국어교육연구소, 2012, 323~352쪽.

15) 조희웅은 내용·문체·형식 등으로 미루어 〈영이록〉이 번역 내지 번안인 듯한 작품이라고 하였고(조희웅, 「낙선재본 번역소설 연구」, 『국어국문학』 62·63 합병호, 국어국문학회, 1973, 4쪽), 임치균은 〈영이록〉이 〈소현성록〉의 파생작이며, 우리의 전래 민담의 수용 및 『삼국유사』 〈혜통항룡〉이나 〈밀본최사〉와 〈균여전〉과 같은 내용이 수용된 것을 근거로 우리나라의 작품임을 비교적 분명히 하고 있다.(임치균, 전게서, 292~307쪽 참조). 필자 또한 이 작품이 우리의 고소설이라는 입장에서 출생담의 특징과 서사적 특징을 살펴보고자 한다.

파생된 것으로 보는 〈영이록〉 또한, 손기의 출생담을 수용하여 원형 스토리의 변형에 기여하고 있다. 〈영이록〉의 이러한 출생담의 특징은 이미 성현경에 의해 일부 제시된 바 있다. 그는 적강화소와 하강화소를 가진 작품의 특징을 논하면서, 도교소설은 하강화소를 가지고 있고, 적강화소를 가진 작품들은 불교적인 성격이 강하다고 하여[16] 이 작품의 출생담이 가진 특징을 얼마간 드러내었다.

이와 유사한 견해로, 이상택은 〈영이록〉의 주요 작품 구성요인이 영웅의 일대기에서 발견되는 특징을 충실히 수용하고 있다고 봄으로써, 이 작품의 출생담이 가진 성격을 간접적으로 제시하였다. 그는 〈영이록〉의 '주인공의 고귀한 윤혈 – 주인공의 초현실적 탄생 – 결혼으로 인한 시련 – 주인공의 출가와 수학 – 주인공의 비범성과 신통력 발휘(입공) – 지상에서의 부귀와 영화 – 천상계로의 회귀' 구조가 영웅의 일대기에서 발견되는 구조적 특징들을 충실히 수용하고 있는 것으로 보고 있다.[17] 그의 이러한 논의는 〈영이록〉의 인물 출생담을 서사 구조 속에서 분명하게 위치하게 함으로써 그 의미를 한층 공고히 하였다.

이러한 선행 연구는 〈영이록〉이 가진 출생담의 특징을 일부 제시하였지만, 구체적인 서사적 기능에 대해서는 밝히지 못했다. 이에 필자는 〈영이록〉이 가진 출생담의 특징을 보다 분명하게 제시한 후, 이 작품이 그러한 출생담을 수용하여 원형 스토리가 어떻게 변하고 있는지, 인물의 성격과 입공(立功)의 성격이 어떻게 나타나고 있는지 살펴보고자 한다.

---

16) 성현경, 전게서, 44~47쪽.
17) 이상택, 전게서, 150쪽.

1) 남녀 주인공 출생담의 수용과 특징

선행 연구를 통해서 볼 때, 〈영이록〉은 전래 민담은 물론이고, 고소설사에서 중요 전환기의 작품이라 할 수 있는 17세기의 〈소현성록〉의 한 부분과도 일부 관련이 있는 작품이다. 하지만 〈영이록〉에는 이들 작품에서 보이지 않는 남녀 주인공의 출생담이 수용되어 있으면서도, 일반 군담 영웅소설의 그것과 변별되는 점이 있다. 먼저 논의의 편의를 위해 남녀 주인공의 출생담을 정리해 보기로 한다.

[1] 남주인공 손기의 출생담
[A] 옥황상세의 포상과 태몽
① 옥황대제가 진군(眞君)들을 모아놓고 조회를 받을 때에 숭악진군(嵩岳眞君)이, 천하가 조씨에게 돌아간 후 밝은 임금과 어진 신하가 대대로 일어나 나라를 태평하게 다스리니, 그 보답으로 아름다운 기운과 큰 복을 내려 달라고 청하다.

② 옥황상제가, 조광윤이 천자가 되고 난 후 干戈를 그치고 덕화를 힘써, 이를 아름답게 여겨 복녹사에게 분부하여 대대로 성자신손과 충신의사를 내어 그 덕의를 갚았는데, 혹시 그 가운데 덕을 닦고 어진 일에 힘써 복을 받을 만한 자가 있나고 묻다.

③ 숭악진군이 손일원의 재주와 덕성을 칭찬하는 말을 하고, 옥녀 선군은 손일원의 처 가씨 또한 덕이 있으므로 복을 받을 만한 사람이라 하다.

④ 옥황대제가 두 신선의 말을 듣고, 상계 성신이 하계에 많이 내려가 장상공이 되었으나, 오직 道를 붙들고 教化를 行할 사람이 없으니, 마땅히 청령성의 정령을 숭악진군에게 주어 손일원의 아들이 되게 하여 임금을 도와 나라를 평안하게 하라 하다.

⑤ 구화선녀(九華仙女)를 옥녀진군에게 보내어 적선한 재상의 집을 가려 그 딸이 되게 하여 청령성과 부부가 되게 하고, 그 남은 충신과

효자를 토지신에게 주어 각각 제류로 갚게 하라 하다.

⑥ 손일원이 부인 가씨와 함께 자다가, 하늘 문이 열리고 우레 소리가
진동하더니 말만 한 별이 떨어져 상서로운 빛이 침실에 흘러들어오
는 꿈을 꾸다.[18)

[B] 신이한 출생과 비정상적 인물

⑦ 손일원과 부인 가씨가 같은 꿈을 꾸고, 그 달부터 잉태하여 14달
만에 사내아이를 낳다.

⑧ 아이 낳은 방에 기이한 향기가 가득하였고 신선의 풍류 소리가 울리
다.

⑨ 아이가 태어나며 풍용이 고기하고 골법이 비상하나, 다만 병이 많아
위태하기를 자주하여 7살이 되어도 말을 못하고 10살이 되어도 걷지
를 못하다.

⑩ 성품이 침착하고 속이 밝았으나 겉으로 드러내지 않아 어리석은 사
람같이 보여 일가친척들이 다 치공자(痴公子)라 부르다.

⑪ 손일원 부부가 아이의 지각이 분명하지 않은 것을 불쌍하고 가엽게
여겨 여러 자식 중에 특별히 사랑하면서도 길몽이 아무런 징험이
없는 것을 괴이하게 여기며 탄식하다.[19)

위 예문은 남주인공 손기의 출생담을 정리한 것이다. 특이한 것은,

---

18) 한국학중앙연구원 장서각 소장 낙선재본, 『손련ᄉ녕이록』 권지일, 7b~10b쪽. 본고에
서는 이를 텍스트로 하여 작품 표제에 있는 제명을 따르고 현대어로 표기하기로 하되,
이하에서는 학계에서 흔히 통용되는 『영이록』으로 명명하기로 한다. 또 이후 인용에서
는 작품명과 페이지만을 밝히기로 한다. 그리고 본고에서 사용된 원문은 왕실도서관
디지털 아카이브(http://yoksa.aks.ac.kr)의 자료를 다운받아 사용하였으며, 임치균
교수와 허원기 교수의 교주본(임치균, 허원기 교주, 『녕이록』, 한국학중앙연구원 출판
부, 2010)과 그 현대어본(임치균, 이래호 옮김, 〈영이록〉 한국한중앙연구원 출판부,
2010)을 참고로 하였다.

19) 〈영이록〉 권지일, 10b~11a쪽.

손기의 태몽과 출생이 천상 옥황상제의 포상적 성격으로 제시되고 있다는 점이다.[20] 그 포상의 이유는 바로 손일원과 그 처 가씨의 덕행 때문이다. 그리고 결정적으로, '[1][A]④'에 나타난 바와 같이 '상계의 성신이 하계에 내려가 장수와 재상이 되었으나 아직 道를 붙들고 교화를 행할 사람이 없기' 때문이다. 그래서 청령성과 구화선녀를 인간 세상에 내려 보내어 부부가 되게 하고, 청령성으로 하여금 그 소임을 담당하게 하려 한다. 이후 손일원 부부는 성신이 품으로 들어오는 꿈을 꾸고 잉태하여 손기를 낳게 된다.

〈영이록〉에 수용된 이러한 출생담은 원형 스토리에 없는 것이고, 또 일반 군담 영웅소설의 형식 및 내용과도 상이하다. 작품에 따라 약간의 가감이 있고 변형이 있기는 하지만, 대체로 일반적인 군담 영웅소설의 출생담은 '무자 → 기자치성 → 천상계 인물의 득죄와 적강(득죄 없는 하강) → 태몽 → 출생'의 과정으로 진행되는 것이 보통이다.[21] 다시 말하면, 일반적인 고소설의 출생담은 무자한 인간의 기자치성에 대한 초월계의 응답이되, 그 응답에 해당하는 인물은 천상에서 죄를 지은 인물의 적강이라는 성격을 가진다. 이에 비해 〈영이록〉의 인물 출생담은 덕행을 베푼 인물에 대한 옥황상제의 포상에 의해

---

20) 일반 고소설에서의 태몽도 부모의 기자치성에 대한 보답으로 이루어진다는 점에서, 그 기자치성 자체가 이미 積善의 의미를 가진다고 할 수 있다. 이런 점에서 〈영이록〉의 출생담에 나타난 포상은 다른 고소설 출생담과 통하는 바가 있다. 다만 〈영이록〉의 경우에는 부모의 기자치성이 매개되지 않은 상태에서 玉皇上帝가 손일원 부부의 포상을 적극적으로 주도하고 있다는 점에서 차이가 있다.

21) 설화나 고소설 태몽담에는 星辰이나 천상계의 인물만 나타나는 것이 아니고, 아주 다양한 상징물이 대상으로 등장한다. 설화와 고소설에 나타난 출생담에 관한 전반적인 사항은, '김용기, 「인물 출생담을 통한 서사문학의 변모양상 연구」, 중앙대학교 대학원 박사학위논문, 2007, 1~262쪽'을 참고하기 바란다.

성신이 하강하되, 인간계의 인물이 특별히 자식을 바라고 기자치성하는 것이 없다.

작가가 〈영이록〉의 출생담을 이렇게 설정한 것은, 원형 스토리의 내용을 토대로 하되, 인물의 성격이나 서사의 지향점을 일반 군담소설의 영웅과 달리하고자 했기 때문이다. 이는 손일원의 가계를 살펴보면 얼마간 납득이 된다. 작품 서두에 보면 손일원은 일찍이 두 아들을 두고 있으며, 그 둘 모두 뛰어나 과거에 급제하였기 때문에[22] 일반 군담 영웅소설과 같이 무자로 인한 절손의 위기를 겪지 않는다. 또 이들이 숭산에 가서 기도하는 것은 기자치성을 하기 위함이 아니다. 고향을 떠난 지 수십 년이 되도록, 한 번도 부모님의 산소에 제사 지내지 못하다가, 말미를 얻어 부모의 묘에 정성을 펴는 과정에서 기도가 이루어진다. 이들 부부는 손기가 과거를 볼 때, 손일원은 숭산 북궁에 분향하였으며, 가씨는 옥허관 여도사인 묘신인과 인연을 맺어 명경 옥녀사로 가서 분향기도 한 후 기이한 꿈을 꾸고 손일원이 급제하였다고 한다. 그래서 이들 부부는 7일 목욕재계 후 숭산을 찾아 분향하게 된다.[23]

이와 같이 〈영이록〉에 수용된 출생담은 다른 군담 영웅소설과 그 내용 및 동기에 있어서 많은 차이점이 발견된다. 뿐만 아니라 신이한 태몽담에 의해 출생하는 인물의 성격도 비정상적인 인물이라는 점에서 매우 특이하다. 신이한 태몽담을 가지고 있고, 또 천상 성관(星官)이 하강하여 출생한 주인공이, 재자가인이 아닌 것은 물론이고 일가 친척들에게 '치공자'라고 인식되는, 비정상적인 인물로 제시되는 것

---

22) 〈영이록〉 권지일, 1a~1b쪽.
23) 〈영이록〉 권지일, 1a~5a쪽.

이다. 이는 다른 군담 영웅소설에서 재자가인형의 비범한 주인공의
형상과는 아주 다른 모습이다. 이해를 위해 〈영이록〉의 손기 출생담
과 군담 영웅소설 출생담의 공통점과 유사점 및 차이점을 간단하게
정리해 보면 다음과 같다.[24]

성격	내용	〈영이록〉	군담 영웅소설[25]
공통점	존재 본원	천상계(인물)	
	남녀주인공의 관계	천정연분	
	능력획득	스승으로부터의 수학	
	입공의 성격	忠과 태평성대의 실현	
유사점	인물의 역할	국가 위기 극복 및 세상 교화	국가 위기 극복 및 가문회복
	능력 발휘 방식	도술	노술, 병법과 무력, 학문
차이점	기자치성	無(이미 두 아들을 둠)	有(절손 위기)
	출생원인	부모의 덕성에 대한 옥제의 포상으로 인한 하강	천상 득죄로 인한 적강(기자치성에 의한 포상적 성격 함의)
	인물의 성격	치공자	재자가인
	출가 원인	동서의 모욕으로 인한 수치심	가족 이산
	입공 후 지위	신선 재상(天師)	대원수 또는 제후
	중심 세계관	도교	유교 중심의 다종교적 속성

---

24) 일반적으로 '출생담'은 인물의 태몽이나 출생과 직접적으로 관련된 이야기를 의미한
다. 그러나 우리 서사문학의 경우에는 '출생담'의 범위에 '전생담'을 포함시키기도 한다.
그리고 영웅서사물의 경우 '출생담'은 독립적인 요소가 될 수 있으면서, 동시에 전생담
을 포함한 현세의 출생담이 이후 인물 서사와 유기적인 관련을 맺고 있는 것으로 나타난
다. 그러한 인물의 '출생담'이 이후 서사와 유기적인 관련을 맺지 못하면 그 작품의
출생담은 형식적 요소에 그치고 만다. 하지만 일반 영웅소설의 상당수 작품들과 〈영이
록〉의 출생담은 이후 서사와 유기적인 관련을 맺고 있다는 점에서 이와 관련된 항목을
추출하여 비교하는 것이 이해에 도움이 된다.
25) 군담 영웅소설 모두가 이와 같은 내용으로 이루어지는 것은 아니지만, 군담 영웅소설
출생담 중, 비교적 출현 빈도가 높은 항목을 기준하여 정리해 보면 대략 이와 유사하다.
군담 영웅소설 출생담의 성격과 특징은 필자의 다음 논문을 참고하기 바란다.(김용기,

이와 같은 남주인공 출생담의 특징은 여주인공 계아의 출생담에서
도 유사하게 발견된다. 이해를 위해 계아 소저의 출생담을 간략하게
정리해 보면 다음과 같다.

[2] 여주인공 계아 소저의 출생담
[A] 옥황상제의 포상과 태몽
①-④ : 남주인공 손기 출생담 서두와 동일.[26]
⑤ 구화선녀를 옥녀진군에게 보내어 적선한 재상의 집을 가려 그 딸이
　 되게 하여 청령성과 부부가 되게 하라 하다.[27]
⑥ 청주 제남부 참지정사 형옥이라는 사람이 4子와 7女를 두었는데,
　 형옥의 아내가 6女 계아를 잉태할 때에 꿈속에서 선녀가 계수나무
　 가지를 주면서, 하늘이 가씨의 덕에 감동하여 자식을 점지하였으니,
　 자랄 때까지 기다려 손가의 아들과 인연을 맺도록 하라 하다.[28]

[B] 신이한 출생과 비범성
⑦ 형옥의 아내가 그날에 잉태하여 여자아이 하나를 낳다.
⑧ 아이의 얼굴이 백옥 같고 정신이 추수(秋水) 어린 듯하다.
⑨ 15세가 되자 용채 기이함과 성품이 세상의 일반 여자들과 크게 달
　 랐다.
⑩ 형옥 부부가 모든 자녀 중에서도 계아를 특별히 애지중지하여 아름

전계논문, 1~262쪽)
26) 남주인공 손기의 출생담에 나오는 옥황상제의 포상과 태몽 (1)-(4)는 여주인공 계아
　 소저와는 직접적인 관련이 없다. 다만 이후에 진행되는 계아 소저의 (5)번의 서사 진행
　 과정을 이해하기 위해서는 그 앞부분에 해당되는 서사의 흐름을 알아야 하겠기에, 같은
　 문맥 속에서 논의하는 것이 바람직하다. 그리고 이는 하나의 서사적 흐름 속에 있으나,
　 남녀 주인공의 출생담을 구분하기 위해 편의상 나눈 것임을 밝혀 둔다.
27) 〈영이록〉 권지일, 10a쪽.
28) 〈영이록〉 권지일, 11b쪽.

다운 짝을 구하여 보배로운 부부로 만들고자 하다.29)

위 예문 '[2][A]⑤'에서 확인할 수 있는 바와 같이, 계아 소저 또한 그 부모의 적선에 대해 옥황상제의 포상으로 주어지는 인물이다. 그리고 계아 소저의 부친 또한 무자로 인해 절손의 위기를 겪지 않으며, 기자치성 없이 태몽을 꾸고 자식을 얻는다는 점에서 손일원의 경우와 유사하고 일반 고소설의 여주인공과는 다르다. 손기와 계아 소저는 부모대의 덕행과 적선에 대한 옥황상제의 포상으로 점지되어 하강한 후 인연을 맺게 되는데 비해, 고소설 일반의 남녀 주인공들의 경우에는 천정연분이기는 하되, 이들은 천상에서 득죄 후 동시 적강하여 지상에서 인연을 맺는다는 점이 다르다.

이상과 같이, 원형 스토리에 없는 특이한 출생담이 〈영이록〉에 수용됨으로 인해, 이 작품은 원형 스토리와 다른 인물 성격의 창조가 가능하게 되고, 다양한 매개 스토리와 결합되어도 서사의 유기성이 크게 문제되지 않게 된다.

2) 원형 스토리의 변형과 인물 성격 창조의 토대 마련

〈영이록〉의 특징은 인물의 성격과 서사 구조의 독특함에 있다. 이러한 독특한 서사의 토대는 인물 출생담의 수용으로 마련된다. 앞서 제시한 〈영이록〉의 신이하고도 특이한 출생담은, 원형 스토리라 할 수 있는 〈소현성록〉의 바보 손기 이야기를 그 형식과 내용면에서 크게 변형시키고 새로운 인물 성격을 창조하여 새롭게 변형된 이야기를

---

29) 〈영이록〉 권지일, 12a쪽.

형성하는 데 기여한다. 그 대략적인 구도를 정리해 보면 다음과 같다.

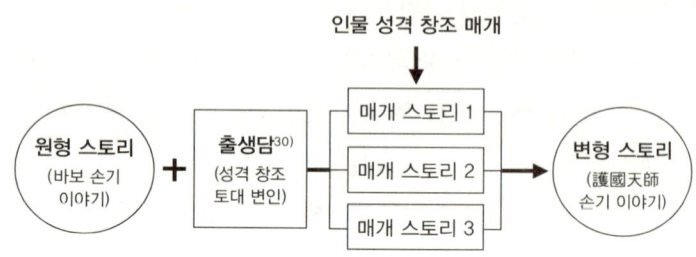

〈원형 스토리의 변형과정과 인물 성격 창조〉

위에서 볼 수 있는 바와 같이, 원형 스토리에 없던 출생담이 추가된 다는 것은 인물의 성격이 크게 변화한다는 의미이다. 실제로 〈영이록〉에서는 손기의 신이한 출생담이 성격 창조의 토대 변인으로 개입됨으로 인해, 이후 서사에서 형상화되는 손기의 비범성이나 서사의 질적 변화가 큰 무리 없이 수용될 수 있도록 하고 있다. 출생담이 인물 성격 창조의 토대변인으로 작용하여 여러 삽화를 자연스럽게 연결하고, 나아가 변형 스토리를 만드는 것이다.

이렇게 출생담과 다양한 매개스토리의 결합을 통해 점차적으로 부각되는 것은 손기의 인물 성격이다. 이러한 과정을 통해 '바보 손기'에서 '비범한 손기(호국천사 손기)'라는 인물 성격이 창조된다. 그리고 이

---

30) 〈소현성록〉 손기 이야기에 없는 출생담이 〈영이록〉에 새롭게 추가되어 서사의 변형이 일어나고 있다는 점에서 '**출생담**' 또한 '**매개 스토리**'의 성격을 가진다고 볼 수 있다. 하지만 '출생담'이 있기에 다른 매개 스토리가 의미를 가지게 되고, 또 실질적인 기능을 할 수 있다고 보아, '출생담'은 서사의 '토대 변인'으로 보는 것이 적절하다고 판단된다.

렇게 형성된 인물상은 기존 군담 영웅소설에서 볼 수 없는 새로운 영
웅상을 제시하고 있는 것으로 나타난다. 이에 대한 구체적인 양상은
다음 장에서 살펴보기로 한다.

3. 매개 스토리와의 교구를 통한 변이와 확장

선행연구에서 밝힌 바에 따르면 〈영이록〉은 〈소현성록〉의 '손기
이야기'와 설화 및 다른 고소설 속의 동서대립담, 악령제치담 등이
부분적으로 흡수되어 있고,[31] 바보사위담[32]이나 우서학대담(愚婿虐
待譚),[33] 그리고 못마땅한 사위형 소설[34]의 영향도 직·간접적으로
받은 것으로 보인다. 이러한 매개 스토리에, 또 다른 의미의 매개 스
토리이자 서사의 토대 변인이라 할 수 있는 출생담이 가미되면서 이
작품의 성격이나 서사의 방향은 원형 스토리에서 완전히 탈각되는 것
으로 형상화 된다.

이러한 면은 〈소현성록〉에서 〈영이록〉으로 파생될[35] 때에 나타나
는 소운성과 손기의 인물 성격의 변화와, 설화와 다른 고소설 속 삽화

---

31) 임치균, 전게서, 292~308쪽.

32) 바보사위 설화의 구조와 특징에 대해서는 다음 논문을 참고할 수 있다.(金敎鳳, 「바보
사위 설화의 희극미와 그 의미」, 흔밀 최정여박사송수기념논총편찬위원회, 『민속어문
논총』, 계명대학교출판부, 1983, 637~652쪽)

33) 이상택, 전게서, 151쪽.

34) 김홍균, 「못마땅한 사위형 소설의 형성과 변모양상」, 『정신문화연구』 1985년 겨울호
(통권 제27호), 정신문화연구원, 1985, 145~165쪽.

35) 〈영이록〉을 〈소현성록〉의 파생작으로 보는 연구자로는 임치균과, 박영희가 있으며,
이들의 선행 연구에서 그 구체적인 사항을 밝히고 있다.

들이 함께 유기적으로 직조 되는 것을 통해 확인할 수 있다. 〈소현성록〉의 소운성과 손기의 기본적인 성격은 약간의 가감이 있기는 하지만 〈영이록〉의 중반부에 이르기까지 거의 비슷하게 나타난다. 하지만 전체적으로는 〈영이록〉 손기 서사의 폭이 전 작품보다 커지고, 보조적 인물에서 중심인물로 변모되는 양상을 보인다. 〈소현성록〉에서 손기 서사는 9권 61쪽에서 9권 78쪽에 걸쳐 잠시 언급되고,[36] 서사의 비중도 소운성을 부각시키는 정도에 머무르고 있다. 이에 비해 〈영이록〉에서는 서사의 전반부에서부터 마지막까지 손기가 주인공으로 등장하며, 앞부분에서 잠시 소운성에게 모욕을 당하는 장면을 빼면 전체 서사의 중심인물로 나타난다.

이러한 토대 변인과 매개 요소의 영향으로 인해 〈영이록〉에서는 〈소현성록〉에 나타나지 않는, 소운성에 대한 손기의 복수와 같은 서사의 역전 현상이 중반 이후의 서사에서 나타나게 된다. 다양한 스토리의 교구와 변이를 통해 〈영이록〉의 전체 서사는 원형 스토리에서 크게 확장되는 것이다.[37] 도표를 통해 이러한 내용을 정리해 보면 다음과 같다.

---

36) 이대본 〈소현성록〉, 9권 61~78쪽.
37) 〈영이록〉은 크게 두 가지 방향에서 서사적 맥락을 잡아 볼 수 있다. 하나는 천상계의 교화의지와 명령 수행의 맥락이고, 다른 하나는 손기의 개인적 영웅성 실현 과정이다. 이 둘은 결말 부분에 가서는 忠을 바탕으로 한 태평성대의 실현이라는 의미로 귀결되지만, 그 과정이나 결과는 두 가지의 맥락이 다르게 독해 될 수 있다. 다만, 표면적으로는 손기의 영웅성 실현 과정이 두드러지게 제시되어 있고, 본 장의 중심이 원형 스토리와 매개 스토리의 교구를 통한 서사의 변이와 확장에 있으므로, 이 장에서는 손기의 개인 서사를 중심으로 논의하기로 한다.

작품 \ 번호	ⓐ	ⓑ	ⓒ	ⓓ	ⓔ	ⓕ	ⓖ	ⓗ
[가] 설화 / 타 고소설		바보사위(학대)담/동서 대립담		신선담			악령퇴치	신선담
[나] 〈소현성록〉		바보 사위(학대)담 /동서대립담	변수 뱃놀이	↓ (交構+變異)			↓	↓
		↓	↓					
[다] 〈영이록〉	손기의 神異한 출생담	+ 교구 / 바보사위(학대)담/동서 대립담	변수 뱃놀이1	손기의 가출과 비범성 획득	손기의 복수담 (변수 뱃놀이2)	손기와 소운성 의 위치 역전	손기의 업룡 퇴치 및 天子 治病	신선 재상으로 태평성대 실현
비고	서사의 교구와 변이 가능성 배태 ➡			〈교구 + 변이〉의 반복				
				서사의 변이와 확장				

위의 표를 통해서 볼 때, 〈영이록〉이 〈소현성록〉의 '손기 이야기'의 영향을 받았음을 알 수 있는 것은 '[나]〈소현성록〉ⓑ와 ⓒ'이다. 그리고 '[나]〈소현성록〉'에서 손기와 소운성 관련 서사는 ⓒ에서 종결된다. 원형 스토리인 〈소현성록〉의 손기 이야기 외에 〈영이록〉에 영향을 준 것으로 볼 수 있는 매개 스토리는, '[가]설화 및 타 고소설'의 내용 ⓑ,ⓓ,ⓔ,ⓕ,ⓖ,ⓗ에 걸쳐 나타나는 바보사위(학대)담, 동서대립담,[38] 신선담, 악령퇴치담이다. 그리고 '[다]〈영이록〉ⓐ'의 손기 출생담은 이렇게 독립적인 매개 스토리들을 유기적으로 결합될 수 있도록 하는 데 직접적으로 작용한다.

이를 통해서 볼 때, 손기의 신이한 출생담이 바보사위(학대)담 등과

---

38) 바보사위(학대)담이나 동서대립담은 〈소현성록〉에서도 나타나고 있는 것으로서, 설화 및 다른 고소설 작품의 삽화들과 겹치는 부분이다. 하지만 이 부분에서는 논의의 편의상 각각에 모두 나타나고 있는 것으로 보기로 한다.

교구되면서 작품 전체의 변이와 확장 가능성을 배태하게 되었으며, ⓑ와 ⓒ에 나타나는 손기의 바보스러움이나 열등함이, 손기의 신이한 출생담으로 인해 ⓓ 이후의 서사에서 획기적인 질적 전환을 가져와도 서사 전개에 무리를 주지 않게 되었다는 것을 알 수 있다. 바로 이러한 점 때문에 〈영이록〉의 손기는 일반 군담영웅소설의 영웅과 그 성격을 달리하는 것으로 나타난다. 이는 〈영이록〉에서 매개 스토리의 교구를 통해 지향하는 서사의 방향성이 기존 군담영웅소설과 다르다는 것을 의미한다.

4. 원형 스토리의 변형을 통해 나타나는 인물과 입공(立功)의 성격

원형 스토리에 출생담과 매개 스토리가 교구되면서 형성된 〈영이록〉은 원형 스토리 속 손기의 성격과 입공의 성격이 크게 변화된다. 그것은 크게 두 가지 방향에서 확장되어 나타난다. 하나는 천상계의 교화의지와 명령 수행 중심으로 볼 때이고, 다른 하나는 주인공 손기 개인의 잠재적 영웅성 발휘 중심으로 볼 때이다.

〈영이록〉의 이러한 특징은 서사의 편폭이 넓고,[39] 작품의 성격이나 서사적 맥락 또한 다양하게 독해될 수 있는 여지가 있다는 것을

---

[39] 최윤희도 이 작품이 단편의 영웅소설들의 분량보다 긴 서사적 편폭을 지니고 있으며, 손기의 영웅성 발현에 초점이 맞춰져 있다는 점에서 단순한 장편소설로 치부할 수 없다고 하고, 이 작품은 장편소설과 영웅소설의 중간적 형태 혹은 장편소설의 방향을 가늠하게 하는 작품이라고 하였다.(최윤희, 「손천사영이록의 도교적 면모와 의미」, 『우리어문연구』 38집, 우리어문학회, 2010, 60~61쪽)

의미한다. 그래서 최윤희는 〈영이록〉이 도교에 바탕을 둔 손기의 영웅적 능력이 가정에서 가문 밖으로, 그리고 다시 국가적 공인으로[40] 순차적 변화를 하고 있는 작품이라는 점에서 '도교적 영웅서사'의 작품으로 보았다. 그리고 허원기도 이와 유사한 맥락에서, '도교적 영웅의 자기실현'[41]이라는 관점에서 논의한 바 있다. 그는 배경, 인물의 형상화, 중심 사건 등이 도교적일 뿐만 아니라, 주인공 손기의 행위도 도교적 영웅이 자기실현을 하는 것으로 보고 있다.[42]

하지만 손기의 영웅성 실현 과정과 입공의 성격이, 단순히 '자기실현'의 차원에만 머무르지 않는다는 것이 문제다. 원형 스토리의 변형으로 나타나는 손기의 입공과 영웅성 실현은, 일차적으로 忠의 실현을 통한 입신양명이라는 개인적 의미를 가진다. 이와 동시에 손기의 행위 전모는 '忠과 태평성내의 실현'이라는 공석인 의미도 가지고 있다. 그리고 이러한 일련의 과정과 성취는 천상계의 교화의지와 명령 수행이라는 맥락 속에서 더 큰 의미를 가진다.

따라서 이 작품 전체의 서사적 흐름은 천상계의 교화의지와 잠재적 영웅의 자아실현이 병치되어 있는 것으로 볼 수 있다. 표면적으로 바

---

40) 최윤희, 상계논문, 61쪽 참조.

41) 허원기, 전게논문, 223~251쪽.

42) 허원기의 이러한 견해와 달리, 허순우는 〈영이록〉의 궁극적 관심사는 손기가 '도교의 천사'가 되었다는 것에 있는 것이 아니라, 잘난 척하던 동서 소운성보다 더 우월한 상황에 도달함으로써 처지가 역전되고 명예를 회복하게 되었다는 데 있다고 보고 있다. 그래서 그는 이 작품이 가정이라는 현실적이고 일상적인 범주 안에서 벌어지는 갈등과 이에 대한 낭만적 해결에 관심을 두고 있는 작품으로 보고 있다(허순우, 전게논문, 269~301쪽). 허순우의 이러한 견해는 문학이 당대 사회를 반영하고 있다는 반영론적 관점에서 보면 일견 설득력이 있다. 하지만 〈영이록〉의 작품 내적 질서에 주목해서 본다면 허원기의 견해 또한 매우 참신한 발상이라 할 수 있다.

보 손기가 영웅성을 발휘하여 '호국천사'가 되는 질적 변화가 강하게
나타나기 때문에, 개인의 성격 변화가 보다 많은 시선을 끌고 있다.
하지만 분명한 것은, 손기가 신선의 술법을 터득하여 비범한 능력을
발휘하는 것은 개인적 차원의 입공이나 영달에 목적이 있는 것이 아니
라, 천상계의 지시에 따라, 정심(正心)·정도(正道)를 통한 세상의 교화
와 태평성대를 실현하는 데 목적이 있다. 이는 애초 원형 스토리의
변형을 통해 서사의 전면에 나타나는 두 개의 서사를 도표로 정리해
보면 더욱 분명하게 드러난다.

분류 단락	[가]-천상계 중심 교화 의지와 명령	[나]-손기 개인 중심 잠재적 영웅의 자아실현 과정	비고
ⓐ	옥황상제의 교화 의지	손기의 신이한 출생과 비정상적 인물	[가]: 천상계의 명령 수행 의미 [나]: 인물의 비정상적 출생의 의미
ⓑ	청령성 하강을 통한 교화 명령과 손기의 출생		
ⓒ	가정 내 치공자[43] / 결혼 / 가출	치공자 / 결혼 / 모욕 및 가출	[가]: 가정 내 교화대상 없으므로 현재 치공자인 것 큰 문제 안 됨 [나]: 치공자적 성격으로 인해 모욕을 받으며, 이는 비영웅적 면모임.
ⓓ	신선 술법 획득과 사회 교화	신선 술법 획득과 능력 발휘	[가] 소운성과 광대의 敎化 의미 강함. [나] 소운성에 대한 복수와 광대의 요술 퇴치라는 능력발휘 의미 강함.
ⓔ	정심·정도의 구현	국가 위기 극복	[가], [나] 모두 천자 치병과 업룡 퇴치로 구체화
ⓕ	호국천사 – 정심·정도를 통한 세상 교화 및 태평성대 실현	호국천사 – 정심·정도를 통한 세상 교화 및 태평성대 실현	[가], [나] 모두 호국천사의 역할을 수행한다는 점에서 지향점 동일
비고	천상계 명령 실현 중심	자아 성취 중심	[가]의 의미망 속에 [나]의 서사가 포함됨

이를 통해서 볼 때, 위의 표에서 제시한 [가], [나] 두 종류의 서사에서 우리는 작가가 의도한 두 가지의 중요한 의미를 추출해 낼 수 있다. 하나는 '집단적 가치'이고 다른 하나는 독자를 염두에 둔 '개인적 감성'이다. 전자는 당대 사회의 공적 영역에서 관심을 가지는 '교화와 태평성대' 중심의 집단적 가치의 실현으로 나타난다. 후자는 독자와의 소통을 염두에 두고, 바보 인물이 자아를 실현하는 것에 대한 감성에의 호소로 나타난다. 전자가 사회적 차원의 '가치'를 중심에 두고 천상계의 명령을 실현하는 데 주된 관심이 있다면, 후자는 독자와의 '감정적 유대감'을 염두에 두고, 원래 바보였던 주인공 손기의 자아성취에 보다 큰 관심이 있다. 그리고 서로 다르게 병치된 이 두 가지 서사를 전체적으로 통어하여 서사의 방향이 흩어지지 않도록 조정하는 역할을 하는 것이 바로 천상계의 교화의지와 이며, 성심·정도를 통한 세상의 교화와 태평성대의 실현이다.44) 이를 표로 압축하여 정리해 보면 다음과 같이 할 수 있다.

---

43) 손기는 가정 내에서는 별다른 활약을 보이지 않을 뿐만 아니라, '치공자'라고 놀림을 받는 등, 영웅성의 잠복기를 거친다. 이는 출생담 자체에서도 여러 병을 앓은 것으로 나타나서 현실적인 개연성을 확보하고 있다. 하지만 궁극적으로 손일원의 가문은 손기에 의한 교화의 대상이 아니기 때문에 그가 아직 활약할 필요가 없고, 그로 인해 서두에서는 잠시 바보스런 인물로 나타나도록 형상화했다고 본다. 하지만 출생담에서도 밝히고 있듯이, '**성품이 침착하고 속이 밝았다**'는 단서를 두어 이후 그가 신선의 술법을 배워 세상을 敎化할 근거로 삼고 있다.
44) 이런 점에서 천상계의 교화의지는 손기가 드러내는 正心·正道라는 실천 덕목으로 구체화된다고 할 수 있다.

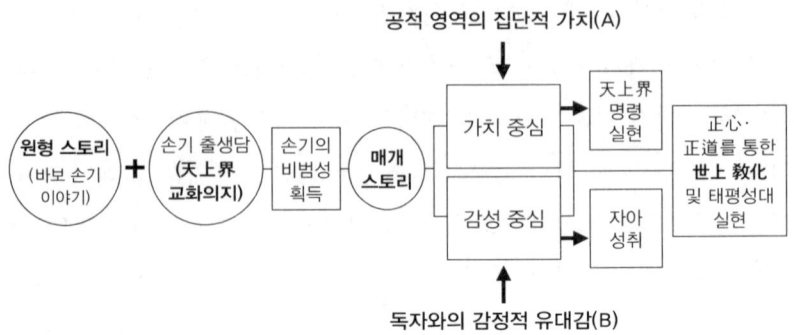

이때 중요한 것은, 출생담에 나타난 천상계의 교화의지 및 내용이 '공적 영역의 가치(A)' 중심의 서사와 '감성 중심의 서사(B)'에 함께 작용하고 있다는 점이다. 손기의 출생담에서 옥황상제는, '도를 붙들고 교화를 행할 사람이 없으니, 마땅히 청령성의 정령을 숭악진군에게 주어 손일원의 아들이 되게 하여 임금을 도와 나라를 평안하게 하라'고 한다. 이 말은, 손기가 옥황상제의 명에 의해 세상을 교화할 인물이라는 점을 강조한 선언적 명령이다.

작가는 옥제의 이러한 선언적 명령을 입체적으로 드러내기 위해 인간관계에서 가져야 할 바른 몸가짐과 언행, 정상적이지 않은 사술(邪術) 등을 비정심과 비정도로 제시하여 교화의 대상으로 삼고 있다. 그래서 손기가 성인이 되어 결혼 한 이후의 서사부터는 정심·정도와 비정심·비정도에 해당되는 인물이나 행위가 함께 병치된다. 그 첫 번째는 손기와 소운성의 만남에서 나타나는 소운성의 오만방자한 행동이고, 다른 하나는 소씨 집안의 광대 놀음에서 나타나는 광대 장난의 요술이며, 마지막으로는 업룡의 사악한 기운이다.

먼저 소운성은 오만방자한 인물로서 바보인 동서 손기를 심하게 모

욕을 주고 잘난 척하는 인물로 나타난다. 소운성의 이러한 행위는 어
느 정도 비정심·비정도의 의미를 가진다. 그래서 작가는 손기가 소운
성에게 심한 모욕을 당하게 한 후에[45) 그를 가출하게 만들고 도교적
수련을 거친 후 새로운 인물로 거듭나게 한 후,[46) 손기가 소운성을
교화하는 작업을 하도록 한다. 손기는 '도를 붙들고 교화를 행하는
임무를 부여받은 인물'인데, 그는 **성품이 침착하고 속이 밝은** 인물이
다. 손기의 이러한 성품은 정심·정도를 행하는 근거가 된다.

  이런 점에서 손기가 소운성에게 가하는 행위는, 외형상 소운성에
대한 설욕[47)으로 나타나고 있지만, 그러한 방식을 통해 그의 행동을
수정하고 교화시킨다는 의미가 강하다. 만약 이러한 행위가 손기의
단순한 복수 감정이었다면, 그는 소운성의 아들이 광대의 요술로 인
해 상하게 되는 것을 구해주지 않았을 것이며,[48) 복수의 방식도 소운
성이 했던 유교적 시문 능력을 통해서 했을 것이다.[49) 하지만 손기는

---

45) 〈영이록〉 권지일, 37b~46b쪽.

46) 〈영이록〉 권지이, 1a~9b쪽.

47) 손기가 소운성에게 설욕하는 장면은 두 번째로 가게 되는 변수 뱃놀이이다. 여기에서
   는 첫째 말달리기 시합에서 이기고, 술과 음식을 통해 소운성을 골탕 먹이며, 피리 연주
   로 자신의 비범함을 보이고, 북 연주를 통해 소운성의 기를 꺾어서 전반부의 치욕에
   대해 설욕하는 장면이 나온다.(〈영이록〉 권지이, 10a~19b쪽)

48) 이 부분이 손기의 단순한 복수 감정이 아닌 것은, 서두에 나타나는 손기의 출생담에서
   확인된다. 그는 옥황상제의 명에 의해 세상을 교화하라는 명령을 받은 인물이며, 성품
   이 침착하고 속이 밝았으나 겉으로 드러내지 않는 인물로 나온다. 이는 그가 소운성은
   물론이고, 소운성의 아들을 위기에 빠뜨리고, 이후에는 자신을 용서해준 손기를 다시
   해치려는 광대 장난을 용서하고 포용하는 모습에서 어느 정도 짐작할 수 있다.

49) 이 작품에서는 유교적 성격의 詩文 능력은 인물의 비범성을 드러내는 매개로 나타나지
   않는다. 이는 영웅호걸 소운성의 거만하고 오만한 태도를 부각시키며, 비정심과 비정도
   의 행위에 해당되어 교화되어야 할 성격으로 나타난다. 여기서 소운성이 거듭 내세우는
   유교적 시문 능력은 내세울 것이 아니라 절제해야 하는 능력으로서의 성격이 강하다.

그러한 유가적 시문을 통해서 복수를 하지 않고, 정심과 정도를 통해
교화하는 방식을 택한다. 이를 위해 작가는 소운성의 아들이 광대 장
난의 요술로 인해 죽을 위기에 처한 것을 손기가 구해주도록 하고,
두 사람의 위치도 역전시키며,[50] 본격적인 교화도 진행되도록 하였
다. 소운성은 아들이 살아난 것을 보고 손기에게 사례하며 다시 한
번 자신의 잘못을 뉘우침으로서 정심·정도와 비정심·비정도의 의미
가 표면화되기 시작한다.

두 번째는 광대 장난의 교화이다. 광대 장난은 소운성의 아들이 온
몸에 금구슬을 두르고 있는 것을 본 후, 나쁜 마음을 먹고 소씨 집안에
가서 놀이판을 연 후 소운성의 아들을 위태롭게 한다. 이후 소운성의
간청에 의해 손기가 준 부적을 보고, "차후는 감히 사오ᄂ온 ᄆᆞ음을
먹디 아니ᄒᆞ리이다"[51]라고 하면서 자신의 잘못을 뉘우친다. 여기서
광대 장난의 요술을 제압하는 손기의 행위는 정심·정도의 의미를 가
지고, 장난의 요술과 행위는 비정심·비정도의 의미를 가진다.

이러한 정심·정도와 비정심·비정도의 대립구도에 대해서는, 손기
부자의 행위를 통해 명시적으로 진술된다. 소씨 집안 광대 놀음에서
광대 장난이 요술을 부려 만든 천도복숭아가 다른 사람들의 손에 닿으
면 그대로이지만, 손기의 두 아들 손에 닿으면 모두 종이로 변하는
것을 본 양씨 부인은 두 아이가 반드시 정인군자가 될 것이며, 사술이
정인은 범하지 못한다[52]고 한다. 그리고 소운성이 자신의 아들을 구
하기 위해 손기를 찾아갔을 때에, 손기는 "신션과 졍인야 ᄇᆞ야흐로

50) 〈영이록〉 권지이, 23b~39b쪽.
51) 〈영이록〉 권지이, 38b쪽.
52) 〈영이록〉 권지이, 26b~27a쪽.

귀마를 항복 바드며 졍도를 가져셔야 샤귀를 구튝ᄒᄂ니"[53]라고 하는
데, 이는 곧 신선과 정인이 아니면 귀신과 마귀를 항복시킬 수 없고,
정도를 가지고 있어야만 사악한 귀신을 내쫓을 수 있다는 의미이다.
이 말은 서두의 손기 출생담에서 옥황상제가 세상을 교화하라고 내린
명령의 내용과 의미가 통한다.

개인적 측면에서 확인되는 정심·정도와 비정심·비정도의 대립구
도는, 이후 국가적 차원에서 확장되어 나타난다. 이는 천자가 요얼에
의해 목숨이 위태롭게 되고, 궁중에 사악한 귀신이 있어 환관과 궁녀
가 병들어 죽으며, 나라에 재앙과 변고가 끊이지 않는 장면에서 확인
된다. 이러한 요얼의 근원과 폐해는 서술자와 손기가 장황한 중국의
역사와 인물을 통해 그 과정과 결과를 드러내고 있는데, 이를 정리해
보면 다음과 같다.

[A] **요얼의 근원과 폐해**
① 대궐 안에 한 요얼이 있는데, 태종 임금 말년부터 점점 기운이 강해지
   더니, 검은 안개로 몸을 덮고, 이것이 점점 커져서 큰 집채만큼 커지
   고, 그 검은 기운 가운데는 용 같기도 하고 개 같기도 한 짐승이 있다.
② 이 요정(妖精)이 태종조에 나타났다고 하지만, 그 근본은 훨씬 오래
   되었다.
③ 하늘의 북방을 튼튼하게 지키는 현무는 신기한 뱀과 신령스러운 거
   북이를 부하로 두어 그 위엄을 높이는 데, 가끔 그 정령이 인간 세상
   에 떨어졌다가 때를 만나면 변고를 일으키곤 하며, 당나라 현종시절
   에 이 기운이 음산의 태백 가운데 내려와 검은 용이 된다.
④ 그 용이 음란하고 매우 모질어 안록산의 어미가 이 기운에 감응하여

---

53) 〈영이록〉 권지이, 32b쪽.

안록산을 낳았으며, 그래서 안록산이 당나라를 어지럽게 한 것이고, 안록산이 죽을 때 그 정령은 하남 땅에 떨어지다.

⑤ 하남 땅에 떨어진 정령이 백 년 후 당나라를 멸망시키고 후량을 세운 주전충이 태어날 때 또 감응하였으며, 주전충이 일생동안 한 일이 안록산과 같다.

⑥ 지금 경성은 주전충이 있던 곳으로 정령이 여기에 머물고 있는 것이며, 그 정령이 정신을 모으는 것이 본래 큰 데, 거기에 제왕까지 되어 만물을 매우 크게 움직여보았기에 더욱 강해진 것이다.[54]

[B] 업룡 퇴치로 인한 천자 치병과 태평성대 실현

① 요정이 후원 안 태액지 속에 정신을 감춰두고 있다.

② 손기가 장난에게 칼을 주어 용 베는 방법을 가르치고, 도술로 청룡, 백룡, 적룡, 금룡, 흑룡을 지휘하여 업룡과 싸우게 하며, 태액지 속으로 도로 들어가려는 업룡을 장난이 보검으로 베나 업룡이 피하여 중상만 입고 동북쪽으로 달아나다.

③ 천자의 병이 회복되자 왕비 유씨와 관료들이 기뻐하며 손기의 술법을 끝없이 칭찬하다.

④ 손기가 장난의 검법이 능하지 못하여 업룡의 머리를 베지 못하였으니 그 해가 백 년 후면 동북방에서 일어나리라고 하다.

⑤ 천자가 손기를 호국천사에 봉하고, 이어 천하가 태평하니 천사 손기의 덕을 기리는 사람이 서울로부터 도로에 이어지다.[55]

위의 예문 중 '[A]①'은 서술자가 업룡의 내력을 설명하는 부분이고, '[A]②-⑥'은 손기가 궁중 요정의 내력과 전이과정 및 폐해를 중국 역사와 인물을 통해 설명하고 있는 부분이다. 그리고 '[B]①-⑤'는 그

54) 〈영이록〉 권지삼, 1a~9a쪽.
55) 〈영이록〉 권지삼, 19a~25a쪽 및 44a쪽.

궁중 후원 태액지 속에 업룡이 정신을 감추고 있다가, 손기의 도술에 의한 공격과 장난의 보검에 중상을 입고 동북방으로 도망치자 천자(天子)의 병이 낫게 되고, 이어 호국천사가 된 손기에 의해 천하가 태평하게 되었다는 내용이다.

여기에 제시된 '요얼' 혹은 '업룡'은 정심·정도에 대비되어, 부정한 정신을 상징하는 구체적 형상이다. 이러한 부정한 정신은 나라를 위태롭게 하는 비정심·비정도이므로 퇴치 및 교화의 대상이 된다. 그래서 작가는 국가의 위기는, 요얼로 상징되는 비정심·비정도에 그 원인이 있음을 드러내고, 이를 중국의 요란하고 방탕했던 정치사를 통해 증명하고자 한 것으로 보인다. 그리고 이는 다시 '[B]④'에서, 그러한 비정심·비정도를 상징하는 업룡이 완전히 퇴치되거나 교화되지 못하였기 때문에 그 폐해가 100년 후 동북방에서 다시 일어날 것이라고 하여, 실제 역사와 연결 짓고 있다.

이러한 논리는 곧, 비정심·비정도는 국가를 위태롭게 할 수 있다는 것이며, 이를 〈영이록〉에서는 실제 역사적 사례를 통해 강조하고 있는 것이다. 이는 〈영이록〉에서 요얼의 기운이 태종시절부터 점점 강해졌다는 점과 100년 후 동북방에서 그 폐해가 일어날 것이라는 서사가 실제 송나라 역사 현실을 암시한다는 점에서 설득력이 높다.[56)]

---

56) 실제로 태종시절부터 妖精이 점점 강해졌다고 하는 것은 북송과 대치한 遼(거란)나라를 연상시킨다. 송 태종은 태조 조광윤과 달리 강력하게 북벌을 단행하여 北漢을 정복하기도 하였으나, 遼와의 장기간의 전쟁에서는 도리어 遼에 압도당하고 많은 노력과 시간을 투자했으나 실패만을 경험하는 것으로 끝나고 있다(梁鍾國, 「北宋初 帝權確立과 太宗政權의 性格」, 渭堂申採湜敎授停年紀念論叢刊行委員會, 『宋代史硏究論叢』, 三知院, 2000, 29쪽). 이러한 상황은 송 3대 황제인 진종 대에 이르러 더 심해져서 거란의 침입을 받고 澶淵의 盟約을 맺는 치욕을 겪게 된다. 하지만 이로 인해 역으로 宋遼간의 전쟁이 끝나게 되고 100여 년간의 평화가 유지되었다. 진종은 이것이 스스로

이와 같이 인간 개인적 측면과 국가적 측면에서 강조되는 정심·정도와 비정심·비정도의 문제는 서로 연관이 있다. 그리고 이 두 가지는 궁극적으로 국가적 안정이나 위기와 직결되는 것으로 나타난다. 이는 〈영이록〉 속의 송나라 현실이나, 실제 역사 속 송나라의 현실과도 잘 대응되도록 구성되어 있다. 다만 이 작품에서는 손기가 정심·정도를 바탕으로 하여 악령을 퇴치하고 세상을 교화함으로써 국가적 위기가 해결되는 것으로 나타난다는 점에서 실제 역사와 다른 점이 있다.

이상을 통해서 볼 때, 손기의 영웅성 발휘의 주된 내용은 무력이 아니라, 도술에 바탕을 둔 정심·정도이며,57) 입공의 지향점은 忠의 실현을 통한 태평성대의 구현과 입신양명의 자아실현58)이라고 할 수 있다. 그러면서 동시에 이 모든 행위와 의미는 천상계의 인간 세상 교화의지와 명령의 틀 속으로 수렴된다. 다만 손기가 이루는 자아성

의 공이라고 생각하고 安逸을 구가하였으며, 封禪을 비롯하여 도교적인 제사활동, 궁관 축조 등을 감행하게 된다. 진종대에 이르러 거란과 치욕적인 맹약을 맺고 송나라는 거란에 매년 은 10만 냥과 비단 20만 필을 보내야 했고, 그 댓가로 오랜 기간 평화를 누리게 되고 경제가 발달하고 문화가 발전하게 되었다(梁鍾國, 『宋代士大夫社會研究』, 三知院, 1996, 241쪽 참고). 이러한 현상을 〈영이록〉에서는 태평성대의 모습으로 그리고 있다. 하지만 본문에 나와 있는 대로 송나라는 100여 년 후 동북방의 거란에 의해 멸망당하고 마는데, 이는 진종의 재위 말년인 1022년을 기준으로 보면, 遼를 멸한 金나라에 의해 북송이 멸망하는 1126년과 거의 상응한다.

57) 이런 점에서 正心·正道는 천상계의 교화의지와 명령을 수행할 수 있는 주요 인자이 되, 그 세부적 속성은 '밝고 맑은 마음'이라 할 수 있다. 그리고 이러한 正心·正道의 실천은 신선적 수련을 거친 후에야 온전히 실행되는 것으로 나타난다.

58) 작품 속 忠의 의미는 유교적 성격이 강하고, 옥황상제나 서술자, 그리고 손기가 강조하는 正心·正道는 도교적 속성이 강하여 두 가지 사이에는 일정한 간극이 존재한다고 볼 수도 있다. 그러나 〈영이록〉에 국한해서 본다면, 그러한 忠은 곧 武力과 같은 것에서 실현되는 것이 아니라, '바른 생각과 도리'에서 나온다는 것을 강조한 것이므로 본질적인 의미에서는 크게 이질적이지 않다고 판단된다.

취가 忠과 태평성대의 실현을 통해 이루어진다는 점에서 이 작품은 유교적 의미 지향성도 함께 작동하고 있다고 생각된다.

5. 결론

〈영이록〉은 작품의 배경이나 종교성, 형식과 내용, 주제, 〈소현성록〉과의 파생 문제, 설화나 다른 고소설 속 내용과의 관계 등 다양한 관점에서 논의될 수 있는 작품이다. 이에 필자는 선행 연구에서 비교적 소홀히 취급했거나 간과되었던 부분을 작품 속 구체적 사례를 중심으로 하여 살펴보았다. 필자는 특히, 이 작품이 〈소현성록〉 속 손기 이야기를 원형으로 하여 출생담과 여러 매개 스토리가 교구되었다는 점에 착안하여 그 구체적인 교구 양상을 살펴보았다. 그 결과 서사적 변이 및 확장, 그리고 인물의 성격과 입공의 성격 등에서 큰 변화가 있음을 확인할 수 있었다. 논의의 핵심을 요약하면 다음과 같다.

첫째, 〈영이록〉에는 〈소현성록〉에서 파생된 것으로 보이는 손기 이야기에 출생담을 새롭게 수용하여 원형 스토리의 변형을 유도하고 있다. 출생담의 수용으로 인해 원형 스토리 속 인물의 성격과 서사 구조의 변화가 일어난다. 즉 손기의 신이한 출생담이 인물의 성격 창조의 토대 변인으로 개입되고, 이로 인해 이후 서사에서 형상화되는 손기의 비범성이나 서사의 질적 변화가 큰 무리 없이 수용될 수 있도록 하였다. 그리고 여기에 원형 스토리에 없는 다양한 매개 스토리를 교구시켜 '바보 손기 이야기'에서 '호국천사 손기 이야기'로 변형될 수 있도록 하였다.

둘째, 이러한 원형 스토리와 출생담 및 매개 스토리와의 교구를 통해 〈영이록〉 전체 서사의 질적 변이와 서사의 확장이 일어나고 있다. 원형 스토리와 출생담이 결구됨으로 인해 서사의 변이 가능성이 배태되고, 그 결과 '바보 손기'가 '비범한 손기'로 변모하게 된다. 그리고 여기에 다양한 매개 스토리가 교구됨으로써 서사의 변이는 한층 크게 나타나고 서사의 편폭 또한 확장되는 것으로 나타난다.

셋째, 이러한 서사의 변이와 확장을 통해, 〈영이록〉의 주인공과 입공의 성격 및 서사의 지향점은 일반 군담 영웅소설과 다르게 나타난다. 그리고 〈영이록〉에서는 천상계 중심의 명령과 실현 서사와 손기 개인 중심의 자아 성취 서사가 동시에 병치되고 있는데, 전자는 집단적 가치 중심의 서사로서 천상계 명령의 실현 중심으로 나타나고, 후자는 독자와의 소통을 염두에 둔 감정적 유대감을 고려한 것으로서 감성 중심의 자아 성취로 나타난다. 서로 다른 이 두 가지 서사는 손기 출생담에 나타난 천상계의 교화의지가 서사의 마지막 부분까지 영향을 미쳐서 결국에는 '정심(正心)·정도(正道)를 통한 세상의 교화 및 태평성대 실현'이라는 이야기 줄기로 수렴되게 함으로써 서사의 통일성을 기하고 있다.

따라서 〈영이록〉이 표면적으로는 忠의 실현을 통한 입신양명의 자아 성취를 전면에 내세우고 있지만, 이러한 손기의 자아 성취는 천상계의 인간 세상 교화의지와 명령 실현 서사 속에 모두 수렴된다고 볼 수 있다. 따라서 그가 성취하는 입공 또한 개인적인 의미를 띠기도 하지만 궁극적으로는 정심·정도를 통한 세상의 교화 및 태평성대의 실현이라는 공적인 의미가 보다 강하게 나타난다고 볼 수 있다.

〈소현성록〉 인물 출생담의 특징과 서사적 기능

1. 서론

〈소현성록〉은 옥소(玉所) 권섭(權燮)의 모친 용인 이씨가 일련의 소설을 분배하였던 기록[1]에 그 제명이 드러난 이후 17세기 고소설과 장편소설 연구에 새로운 전기를 마련한 것으로 평가되고 있다. 본고는 그러한 〈소현성록〉에 나타난 인물 출생담의 특징을 고찰하고, 출생담이 인물의 성격 및 활약과 긴밀하게 조응되면서 한편으로는 복선적인 기능을 하고 있다는 점을 살펴보는데 목적을 두고 있다.

〈소현성록〉은 비교적 짧은 기간에 많은 연구자들의 관심을 받았으며 상당한 연구 성과도 거두었다. 임치균[2]이 본격적인 논의를 시작하고 박영희[3]에 의해 작품의 총체적인 성격이 검토된 이후, 〈소현성록〉은 다양한 관점에서 연구되었다. 이 작품은 대하소설의 충·효·열의 구현양상[4]이나 가족사 서술의 연관과 그 의미를 탐색[5]하는 방향에서

---

1) 권성민, 「옥소 권섭의 국문시가 연구」, 서울대학교 대학원 석사학위논문, 1992, 32쪽 참조.
2) 임치균, 「연작형 삼대록 소설 연구」, 서울대학교 대학원 박사학위논문, 1992.
3) 박영희, 「소현성록 연작 연구」, 이화여자대학교 대학원 박사학위논문, 1993, 1~258쪽.
4) 임치균, 「조선조 대하소설에서의 충·효·열의 구현 양상과 의미」, 『한국문화』 15집,

논의가 진행되기도 하였고, 여성주의적 성격과 의의를 장편 규방소설의 형성과 관련하여 고찰[6]하는 연구도 있었다. 또 〈소현성록〉의 벌열 성향에 관해서 고찰[7]하거나 여성 반동인물의 행위를 탐색[8]하고, 작품의 서술시각과 작품 속에 투영된 이념적 편견[9]을 구명하는 연구도 진행되었다. 주자가례와 혼례의 양상[10]을 살펴본 경우나 〈소현성록〉 연작의 서사적 지향[11]과 남편들의 폭력성과 서술시각[12]에 대한 관심을 논의의 대상으로 삼기도 하였다. 그러다가 최근에는 가문의식과 그 이면[13], 〈소현성록〉 연작의 여성 수난담[14]에 초점을 둔 경우, 대하소설의 환상성[15]의 특징을 논의하는 데 까지 연구영역이 점차 확대

서울대학교한국문화연구소, 1994, 135~158쪽.

5) 정병설, 「장편 대하소설과 가족사 서술의 연관 및 그 의미-고전소설의 창작시기와 창작과정에 대한 가설-」, 『고전문학연구』 12집, 한국고전문학회, 1997, 221~248쪽.

6) 정창권, 「소현성록의 여성주의적 성격과 의의-장편 규방소설의 형성과 관련하여-」, 『고소설연구』 4집, 1998, 293~328쪽.

7) 조광국, 「소현성록의 벌열 성향에 관한 고찰」, 『온지논총』 7집, 온지학회, 2001, 87~113쪽.

8) 장시광, 「소현성록 여성반동인물의 행위 양상과 그 의미」, 『여성문학연구』 11집, 한국여성문학학회, 2004, 347~373쪽.

9) 박일용, 「소현성록의 서술시각과 작품에 투영된 이념적 편견」, 『한국고전연구』 14집, 한국고전연구학회, 2006, 5~37쪽.

10) 김경미, 「주자가례의 정착과 〈소현성록〉에 나타난 혼례의 양상-본전을 중심으로-」, 『한국고전연구』 13집, 한국고전연구학회, 2006, 5~28쪽.

11) 조혜란, 「소현성록 연작의 서술과 서사적 지향에 대한 연구」, 『한국고전연구』 13집, 한국고전연구학회, 2006, 91~129쪽.

12) 정선희, 「소현성록에서 드러나는 남편들의 폭력성과 서술 시각」, 『한국고전여성문학연구』 14집, 한국고전여성문학회, 2007, 453~484쪽.

13) 조혜란, 「소현성록에 나타난 가문의식의 이면-반복 서술을 중심으로-」, 『고소설연구』 27집, 한국고소설학회, 2009, 74~107쪽.

14) 장시광, 「소현성록 연작의 여성수난담과 그 의미」, 『우리문학연구』 28집, 우리문학회, 2009, 131~165쪽.

15) 한길연, 「대하소설의 환상성의 특징과 의미」, 『고전문학과 교육』 20집, 한국고전문학

되고 있다.

이와 같은 몇몇 선행 연구는 〈소현성록〉의 특징을 개략적으로 살펴볼 수 있게 한다는 점에서 의의가 있다. 하지만 이 작품 속에는 많은 내용이 함의되어 있으며, 특히 하나의 단일한 내용이 일관된 흐름 속에서 진행되지를 않고 에피소드 중심의 단편들이 모여서 하나의 작품을 이루고 있다는 점에서 다른 시각으로 바라볼 필요가 있다. 왜냐하면 작품 속에서 단편적인 내용들의 나열을 하나의 흐름 속에서 연결 지을 수 있는 내적 질료에 대한 탐색이 필요하기 때문이다. 필자는 그 내적 질료 중의 하나가 바로 출생담이라고 생각한다. 이에 본고에서는 〈소현성록〉에서 출생담이 나타나는 소현성, 소운성, 소운명, 그리고 소운명의 일곱 妻·妾을 논의의 중심으로 삼아 인물 성격을 구명하고 출생담이 어떤 서사적 기능을 하는지도 함께 탐색해 보고자 한다.

2. 〈소현성록〉 父·子 인물 출생담의 특징

〈소현성록〉의 인물 출생담[16]은 고소설 일반의 출생담과 유사하면서도 그 나름의 독자성이 발견된다. 일반적인 고소설의 인물 출생담

교육학회,2010, 469~513쪽.

16) 필자는 〈소현성록〉에 나타난 출생담에 대해 다각적인 관심을 가지고 연구를 진행하였
   다. 하나는 출생담 자체가 전체 서사와 인물의 성격에 어떤 기능을 하는가에 대한 본고
   의 논의이다. 다른 하나는 이러한 출생담이 17세기 가문의식과 어떤 관계에 있는가에
   대한 관심이다. 따라서 〈소현성록〉의 출생담과 관련된 자세한 논의는 이 두 편의 논문
   을 참고할 수 있을 듯하다. 그리고 이 두 편의 논문에서는 〈소현성록〉 출생담을 대상으
   로 하였다는 공통점 때문에 인물 출생담은 거의 같은 모형으로 정리하였음을 밝혀 둔다.

은 주인공의 인물 서사를 예시하고 천정배필을 드러내는 기능을 하면서 그 인물이 비범하다는 점을 제시하는 것이 일반적이다. 이에 비해 〈소현성록〉은 주인공 소현성[17]의 출생사연을 드러내면서 동시에 소씨 가문 전체, 즉 소현성과 그 자식들의 전체 서사를 예시하여 소씨 가문 전체의 서사에 관여하는 기능을 하고 있다. 이를 위해 작가는 부친 소현성과 자식들의 출생담을 여러 층위로 나누어 단계별로 제시하고 있다. 이하에서는 이러한 면들을 구체적으로 살펴보기로 한다.

1) 출생담에 의한 소현성의 권능

〈소현성록〉에서 출생담[18]이 등장하는 인물로는 소현성, 소운성, 소운명, 소운명의 일곱 처첩들, 그리고 소수주와 인종황제이다. 이 중에서 소현성과 소운성은 출생담에 의해 인물의 비범성이 드러나는 경우인데, 세부적인 성격에 있어서는 얼마간의 차이가 발견된다. 특히 소현성의 경우는 별도의 수학과정이 없이도 초월적 능력을 발휘한다는 점에서 특이한 면이 있다. 소현성의 이러한 비범성은 그가 전생에서 영보도군(靈寶道君)이었다는 점과 관련이 있으며, 이로 인해 여러 가지 권능을 발휘하는 것으로 드러난다. 먼저 소현성의 출생과정과 그의 전생 신분을 제시하면 다음과 같다.

---

17) 〈소현성록〉에서 중심인물이라고 할 수 있는 소현성의 이름은, 작품 전체에서 '소경'으로 주로 등장하지만, 작품 제명을 따라 소현성을 사용하기로 한다. 다만 인용이나 논의 전개에 따른 필요성이 있을 경우 '소경'으로 사용하기로 한다.

18) 필자는 본고에서 출생담과 前生譚이라는 용어를 함께 사용하고 있는데, 주인공의 前生 만을 지칭할 때는 '전생담'이라는 용어를 사용하고, 전생과 현생의 출생담을 모두 포괄할 경우에는 특별한 구분 없이 '출생담'으로 통합하여 사용하기로 한다.

[가] 〈소광의 기자치성〉

① 소광과 그의 부인 양씨는 나이 서른이 되도록 자식이 없어 밤낮으로 슬퍼하다.

② 양부인 또한 걱정이 되어 대장군 석수신의 첩의 딸인 석파와, 양인의 딸인 이씨를 얻어 남편에게 두 미녀를 권하다.

③ 수삼 년이 지나도록 두 미인이 전혀 잉태를 못하니 처사가 탄식하며 모두 자신의 팔자라고 하고, 일 년 후 부인에게 갑자기 태기가 있었으나 아들을 얻지 못하고 딸을 낳다.

④ 부인이 다시 잉태하여 산달이 가까워지자 처사가 향을 사르며 하늘에 기도하면서 아들이기를 바랐으나 또 딸을 낳다.[19]

위 예문 [가]는 소현성의 부친 소광의 기자치성과 두 딸을 연이어 낳는 내용이다. 소광은 8대 독자이며 부부가 외로운 처지에서 서로 의지하여 지냈는데, 서른이 넘도록 자식이 없어 아들 낳기를 빌었으나 연이어 두 딸을 낳는다. 이중 장녀 월영은 미모와 재색 및 복록이 크게 모자람이 없으나, 차녀 교영은 남편이 일찍 역모에 연루되는 누명을 쓰고 죽게 되며, 그녀 또한 失節하여 모친 양씨에 의해 죽음을 맞이하는 비운의 여인으로 나타난다.[20] 이 부분의 특징은 자식이 없던 소광이 기자치성을 드렸으나 두 딸만을 낳아 쉽게 소원을 이루지 못한다는 점이다. 이렇게 두 딸을 낳은 후 소광은 신이한 태몽을 통해

19) 이대본 〈소현성록〉 1권, 정선희·조혜란 역주, 〈소현성록 1〉, 소명출판,2010, 27쪽. 본고의 텍스트는 정선희와 조혜란 등 여러 연구자들이 역주한 이대본 〈소현성록〉으로 하기로 한다. 이하에서는 번역본의 권호 및 페이지만을 밝히는 것으로 한다. 그리고 필요에 따라서는 인용문 옆에 페이지를 제시하여 각주를 대신하기도 할 것임을 밝혀 둔다.

20) 소교영의 남편의 죽음과 그녀의 실절 및 죽음은 서사의 앞부분에 잠시 나타난다. 〈소현성록 1〉, 38~58쪽 참조.

아들을 낳는다는 것과 후손이 번성할 것임을 알게 된다. 다음의 예시
문은 소광이 소현성과 그 자식들의 태몽을 상징적으로 알게 되는 내용
이다.

> **[나] 〈태몽과 소광의 후손 암시〉**
> ① 소광의 꿈에, 자운산 꼭대기에서부터 두어 신선이 내려와 소광에게
>   안부를 묻다.
> ② 신선들은 소광이 아들을 못 낳을까 근심하지만 하늘이 명하였기 때
>   문에 후사를 걱정하지 않아도 된다고 하니, 소광은 그 말뜻을 묻고
>   후사가 없겠는지 가르쳐 달라고 하다.
> ③ 신선이 소매 안에서 꽃무늬가 어른어른하고 금으로 장식된 '백옥'
>   하나를 주며, 이는 소광 집안의 귀중한 보내라고 하고, 소광이 받아
>   보니 갑자기 물건이 옥으로 된 龍으로 변하고 금 장식은 황금빛 구름
>   이 되어 좌우에서 용을 호위하여 둘렀다.
> ④ 소광이 괴이하게 여겨 자세히 보니, 옥룡이 스스로 움직여 구름을
>   토하자 위에 서 있던 성인(聖人)이 웃고 붓을 들어 '구름 운'자와 '빛
>   날 수'자 다섯을 써서 처사를 보여주며, '이는 너의 성손(聖孫)이다'
>   라고 하다.[21]

위 예문 [나]①은 소광의 전생이 초월계의 신선이었음을 드러내는
부분이다. 두 신선은 소광이 아들을 못 낳을까 근심하지만 하늘이 명
하셨으니 후사를 염려하지 않아도 된다고 한다. 그러면서 예문 ③과
같이 금으로 장식된 '백옥' 하나를 소광에게 주는데, 소광이 받아보니
백옥이 갑자기 용으로 변하고 금 장식은 황금빛 구름이 되어 좌우에
서 용을 호위한다. 그리고 예문 ④에 나타난 바와 같이 그 옥룡이 스

---

21) 〈소현성록 1〉, 28~29쪽.

스로 움직여 구름을 토하자 그 위에 서 있던 성인이 붓을 들어 '구름 운' 자와 '빛날 수' 자 다섯을 써서 소광에게 주며 '이는 너의 성손'이 라고 한다.

이 예문에서 '옥룡'은 소광의 아들 소경, 즉 소현성을 보호하는 역할 을 한다. 이는 〈소현성록〉 11권에서 소현성이 운남국을 정벌하러 갈 때에 전당강의 용왕이 소현성과 소운성을 공격하려다가 배 주변에 일 만 장이나 되는 옥룡이 서려 전선을 옹위하고 있음을 보고 항복하여 절하는 장면[22]에서 확인할 수 있다. 또 예문 ④의 성인이 써 준 '구름 운' 자와 '빛날 수' 자는 소현성의 남녀 자식들을 상징한다. 이는 소현 성의 아들들이 모두 '운' 자 돌림이며, 딸들은 '수' 자 돌림이라는 데서 확인이 된다.

이렇게 볼 때 소광이 꾼 소현성의 태몽에는 단순히 그의 인물 성격 만이 아니라 소현성의 자식들, 즉 소광의 손자 손녀까지 모두 제시되 고 있는 것으로 볼 수 있다. 뿐만 아니라 그 후손들의 자질이 모두 빼어나다는 점은 모두 이러한 출생담에 연유한다. 이는 다음에 제시 되는 소현성의 전생담에서 구체적으로 나타난다.

[다] 〈소현성의 전생과 人世로의 하강 사연〉

① 소광이 '아들도 없는데 어찌 후손을 바라겠습니까'하고 물으니, 신선 이 자신은 남두성이고 다른 신선은 태상노군이며, 영보도군이 원시 천존(元始天尊)과 태상노군과 함께 上淸 미라궁에서 삼청(三淸)이 되었는데, 천황이 그대의 사정과 덕에 감격하여서 삼청 사제 중에서 가려 뽑았다고 하다.

---

22) 〈소현성록〉 11권, 최수현·허순우 역주, 〈소현성록 3〉, 소명출판, 2010, 360쪽.

② 영보도군이 前世에서 그대에게 은혜를 입은 까닭에 자원해서 85일 말미를 얻어 내려오니 '구름 운'자와 '빛날 수'자가 도군의 자식이라 하다.23)

위 예문 [다]는 소현성의 전생과 현세로의 하강을 제시하고 있는 부분이며, 아울러 소현성의 자식들이 빼어날 수밖에 없는 원인이 함께 나타나 있다. 위 예문 [다]②를 보면 소현성은 전생에 천상 영보도군이었다는 것을 알 수 있다. 영보도군은 前世에서 소광에게 은혜를 입은 까닭에 그 은혜를 갚기 위해 자원해서 85일 말미를 얻어 인간세상으로 내려온 것이며 그가 곧 소현성이다. '구름 雲' 자와 '빛날 秀' 자는 도군, 즉 소현성의 자식이다. 〈소현성록〉에서 소현성의 남녀 자식들이 하나 같이 모두 빼어난 것은, 위의 예문 [다]①과 같이 천황이 소광의 사정과 덕에 감격하여서 삼청의 사제 중에서 가려 뽑아 소현성의 자식들이 되게 하였기 때문에 모두 빼어난 인물들이 된다. 이러고 보면 〈소현성록〉에 등장하는 인물 중에서 소현성은 물론 그의 남녀 자식들 모두가 존재본원이 천상계임을 알 수 있다. 이 작품은 전세의 천상계 인물들이 모두 하강하여 지상에서 다시 가족이 되는 양상을 보여주고 있다는 점에서 특징적이다.

이러한 면은 작가 내지 이와 같은 작품을 향유하는 문학 담당층의 세계관을 반영한 것으로 볼 수 있다. 왜냐하면 유교이념을 수호하고 구현하는 인물인 소현성과 그의 빼어난 여러 자식들의 근본을 천상에 둠으로써 자신들과 같이 유교이념을 구현하는 이들의 신분을 고귀하게 하고 궁극적으로는 유교이념를 존숭하게 하는 역할을 하도록 결구시켰다고 볼 수 있기 때문이다. 다만 이러한 유가적 사유를 드러내는

---

23) 〈소현성록 1〉, 29쪽.

데 동원되는 방식이 현실적인 성격이 강한 유교와 대비되는 도가적
사유에 기초하고 있다는 점에서 의문의 여지가 있다.[24] 하지만 유교
적 이상을 실천하는 인물들의 존재본원을 속된 인물이 아닌 초월계의
신성한 인물의 하강을 통하여 드러내고 있다는 점에서 크게 문제되지
않는다. 이는 서사문학의 오랜 전통에 기반한 것이고, 또 민간신앙화
된 유교적 천관념의 일종으로 해석할 수 있다.

　따라서 〈소현성록〉에서 초월계의 인물들이나 요괴들이 소현성을
범접하지 못하고 그에게 쉽게 승복하는 것은 모두 그의 전생 신분이
영보도군이었던 것과 관련이 있으며, 소현성의 비범하고 초월적인 권
능도 이러한 출생담에서 기인한 것이다. 소현성이 초월계의 인물보다
우위에 있음을 드러내는 것으로는 도화진인을 꾸짖는 장면에서 먼저
빌건된다. 소현성은 상주의 인심이 거칠고 도적이 곳곳에서 모여 난
리를 치니[25] 그와 원한 관계에 있는 추밀사 여운의 추천으로 강주
안찰사로 가게 된다. 거기서 소현성은 만춘산 도화진인이 단약을 고
아서 판다는 것을 알고 찾아간다. 원래 도화진인은 3천 년씩이나 道를
닦은 신선인데 마음을 바른 데에 두지 않아 요괴로운 약을 만들어 세
상에 팔던 인물이다. 그러다가 소현성, 즉 영보도군이 온다는 것을 알
고, 영보도군이 자신을 다스리려 한다고 하며 두려워하며 사죄하기로
하고 그를 맞이하러 간다.[26] 도화진인은 원래 소현성이 천상 영보도군
이었을 때 검소하고 몸가짐이 무거웠다고 생각하면서도, 그의 도술이

24) 〈소현성록〉에 나타난 유교이념과 초월성의 관계에 대한 것은, 『고전문학과 교육』
　　21집(한국고전문학교육학회, 2011'에 수록된 필자의 논문에서 어느 정도 해명하였다.
25) 〈소현성록 1〉, 264쪽.
26) 〈소현성록 1〉, 280~281쪽 참조.

어느 정도 되었는지 알지 못하여 거짓으로 고하였다고 하면서 소현성에게 크게 꾸짖음을 받는다. 그리고 소현성의 말을 듣고 뜻을 닦아 득도하여 다시는 개용단과 오면회단이 세상에 나타나지 않게 되었다.[27]

다른 예는 소현성이 운남국을 정벌하러 갈 때에 나타나는 전당강의 용왕과의 관계이다. 용왕이 소현성의 얼굴에 북두칠성이 있고, 어깨에 삼태성이 돋았으며, 머리 위에는 붉은 기에 흰 글자로 '태청 영보도군 계'라는 글이 씌어 있고, 타고 있는 배에 길이가 일만 장이나 되는 옥룡이 서리어 전선을 옹위하고 있다고 하면서 그에게 굴복하는 것[28]은 초월계의 인물이 현실계의 인물에게 권위로써 제압당하는 장면이다. 또 소운성이 유람 중에 아름다운 여인으로 둔갑한 700년 묵은 구미호를 한 눈에 알아보고, 그 구미호 또한 소현성의 범접할 수 없는 권위에 두려움을 떨다가 비운의 죽음을 맞이하는 것[29]도 같은 맥락에서 파악될 수 있는 것들이다.

이와 같이 도화진인이나 전당강 용왕, 구미호와 같은 초월계의 신격이나 신이한 동물들이 현실계의 인물에게 승복하고 두려워하는 것은 전세에서 소현성의 존재본원이 용왕 등과 같은 인물보다 상위 신격에 해당하기 때문이다. 소현성은 애초 출생담에 나타난 신성함 외에는 별도의 수학을 하거나 비범한 능력을 따로 전수받은 바가 없다. 그러함에도 불구하고 그는 출생담에 제시된 상징성에 의해 비범한 능력이 내재된 것으로 나타나고 또 현실계에서, 그리고 현실계의 초월적 인물들에 의해 그의 신성성을 인정받고 있는 것이다. 이러한 제

---

27) 〈소현성록 1〉, 282~284쪽 참조.
28) 〈소현성록 1〉, 360쪽 참조.
29) 〈소현성록 3〉, 152쪽 참조.

현상은 소현성의 존재본원이 천상계의 상위 신격이었다는 것과도 관련이 있지만, 결국은 소현성이 이 작품에서 보여주고 있는 유교이념 내지 그러한 이념의 구현자에 대한 신성불가침의 성격을 갖는다.

그런데 소현성의 이와 같은 비범성은 그의 개인적 차원에 머무르지 않고 가문의 번성으로 이어질 것이라는 점이 다음의 출생담에서 나타나고 있다. 이를 잠시 살펴보면 다음과 같다.

[라] 〈인물의 출생과 비범성〉

① 신선들은 소광이 도군의 영화를 보지 못할 것이라고 하고, 또 양씨는 비록 소광과 삼생의 부부이지만 속세 인연이 중하여 84일을 쇠지에서 보내는 기한이 차면 소광과 함께 할 것이라 하다.

② 신선이 옥룡을 처사의 품에 넣고 '구름 운'자와 '빛날 수'자라고 쓴 것을 벽에 붙이니, 다섯 '수'자 중에서 다섯 번째 '수' 글자가 그 중 크고 글자 위에 황룡이 어려 있다.

③ 갑자기 품 가운데에서 옥룡이 변하더니 길이가 만여 장이나 되고, 옥룡이 눈 같은 비늘을 번득이고 여의주를 물고 양부인 자리로 들어가자 두 신선이 박장대소하고, 소광이 놀라 깨니 꿈이었으며 양부인도 같은 꿈을 꾸고 잉태하다.

④ 처사가 갑자기 병을 얻어 하루 만에 위태롭게 되자, 스스로 살지 못할 것을 알고 장인 양 참정을 모셔와 유언을 하고, 부인 양씨에게 꿈 이야기를 하며 태 중에 있는 아이는 틀림없이 사내아이라고 한 후, 아이의 이름을 '경'이라 하여 '서울 경'자를 쓰고, 불행하게 되어 또 딸이라 해도 꿈이 기이하니 이 아이로 제사를 잇게 하라고 유언하며, 양씨 부인이 잉태한 지 14개월 만에 아들을 낳다.

⑤ 양 참정이 아이를 보니 아이가 형옥과 같고, 산천의 빼어난 기운과 음양의 정기가 어리어 사람이 된 것 같았으며, 실제 소경의 행동 모두가 비상하고, 총명이 뛰어났을 뿐 아니라 사람의 도리가 성숙하고

효성이 출중하였다.[30)]

위 예문 [라]①-⑤까지는 소현성의 출생과 그 가문에 관한 내용을 제시하고 있는 장면이다. 전체적으로는 소현성에 대한 내용이 대분을 차지하지만, [라]②의 '구름 운' 자와 '빛날 수'에 대한 내용은 소현성의 자손들을 상징하며, 특히 다섯 '수' 자 중에서 다섯 번째 '수' 글자가 그 중 크고 글자 위에 황룡이 어려 있다고 하는 부분은, 소현성의 5녀 소수주를 직접적으로 지칭하고 있는 것이다. 소수주는 후일 인종황제의 정비가 되어 '정헌선인황후'로 불린다.[31)] 이는 소현성의 비범성이 그의 개인적 차원에 머무르지 않고 가문의 번성과 영화로 이어질 것임을 암시하는 것을 의미한다. 그리고 [라]⑤는 소현성의 현실적인 비범성을 드러내고 있는 장면인데, 앞서 제시되고 논의되었던 소현성의 비범성이 초월적 능력에 바탕을 둔 비범성이었다면, 이 부분은 일반적인 인간의 영민함과 유교적 기준에 합당한 인물로 제시되어 있다. 이러한 면은 그가 초월계와 현실계를 아우를 수 있는 능력을 갖추었음을 의미한다. 이는 다음의 두 예문을 통해서 어느 정도 짐작할 수 있다.

> ㉠ 소경은 태어날 때부터 산천이 지닌 기운과 해와 달의 정기, 그리고 천지의 조화를 타고 났다.
> ㉡ 가슴에는 세상을 다스릴 뜻을 품었고, 얼굴에는 어지러운 나라를 평안하게 할 재주가 어려 있으며, 빼어난 문장과 뛰어난 절개가 당대에 으뜸이었고 수려한 풍채는 천고에 따를 자가 없을 정도였다.[32)]

---

30) 〈소현성록 1〉, 29~33쪽.
31) 〈소현성록 4〉, 275쪽.

위 두 예문은 〈소현성록〉 전체 내용 중에서 소현성의 성격을 압축
해 놓은 말이다. 예문 ㉠은 그가 전생의 초월적 능력을 이어받았다는
것을 암시하며, 예문 ㉡은 소현성이 초월적인 비범성 못지않게 현실
적인 능력과 뜻을 함께 갖추었음을 총체적으로 제시한 것이라고 볼
수 있다. 〈소현성록〉 곳곳에 나타나는 그의 초월적 비범성과 현실적
인 공명정대함 및 윤리적인 정당성은 모두 이 두 예문이 서사의 전면
에서 발현된 것이라고 할 수 있다. 그 구체적인 내용이 바로 소현성의
운남국 정벌 과정에 나타난다.

소현성의 운남국 정벌은, 진종황제가 간신 왕흠약에게 빠지고, 또
황제가 위보동대로 놀러 갔다가 대요(大遼)의 무리에 싸여 나라가 위
태롭게 되었을 때에 운남국 마저 모반[33]한 것에 대한 출전이다. 소현
성은 운남국으로 가는 과정에서 선낭상의 용왕을 제압하고, 그 용왕
은 소현성이 자신보다 신격이 높은 인물임을 알아보는데, 이는 위 예
문 ㉠이 구체적으로 발현되는 양상이라고 할 수 있다. 또 운남과의
싸움에서 빼어난 능력으로 승리하여 나라를 구한 것은 어지러운 나라
를 평안하게 한 것이며, 붓글씨로 요괴를 물리치거나 그 요괴가 소현
성을 성인으로 인식하여 당황하는 것[34]은 위 예문 ㉡을 구체적으로
실현한 것이 된다.

이상을 통해서 볼 때 소현성은 출생담을 통해 비범한 능력을 내재
화함으로써 별다른 수학의 과정 없이도 초월적인 능력을 발휘할 수
있는 것으로 나타난다. 그러한 초월적 능력은 초월계와 현실계를 아

32) 「소승상 본전 별서」, 〈소현성록 1〉, 18쪽.
33) 〈소현성록 3〉, 333~334쪽 참조.
34) 〈소현성록 1〉, 324~325쪽 참조.

우를 수 있는 능력이다. 그 능력의 발현은 국가적인 차원과 가문적인 차원으로 발현되며, 그 과정에서 소현성의 빼어난 인품과 자질이 부각되고 있다. 이것은 그의 전생이 영보도군이었으며 그의 권능을 이어받아 유지하고 있다는 것과 관련이 있다. 하지만 이 인품의 궁극적인 의미는 소현성의 천상 존재본원이 유교이념을 통해 표출되는 권능이며, 이는 작가와 당대 유교를 숭상하는 문학 담당층의 자부심이 반영된 것이라 할 수 있다.

2) 소운성의 상징적 출생담과 문무양웅성

앞서 논의한 소현성은 상징적 출생담에 의해 초월적 비범성을 내재화하면서 현실적인 문제를 해결하는 것으로 능력이 발현되었다. 이에 비해 소운성은 상징적 출생담에 의해 그의 비범성을 암시하되, 스스로의 수학을 통해 문무 양웅적 비범성을 발휘하는 인물로 나타난다. 이러한 성격은 그의 출생담이 지닌 상징성의 해석을 통해 이해할 수 있다. 이를 살펴보면 다음과 같다.

> [마] 〈태몽과 출생〉
> ① 소승상의 셋째 아들 '운성'의 字는 '천강'이다.
> ② 모친 석씨가 꿈에 삼태성을 삼키고 아들을 낳았기에 '별 성'자로 운자를 쓰다.[35]

위 예문 [마]는 소운성의 출생담이다. 이를 통해서 볼 때 소운성의 존재본원은 삼태성이라는 점을 알 수 있다. 소운성의 존재본원이 삼

---

35) 〈소현성록 5〉, 정선희 역주, 〈소현성록 2〉, 2010, 59쪽.

태성이라는 것은, 700년 묵은 여우가 그의 정체를 알아보고 자신의
복수를 하려는 대목에서 확인된다.

> 700년 묵은 여우가 산 위 저희 무리들에게 갔을 때, 그 중에 하나가
> 말하기를, '요사이 삼태성이 인간 세상에 내려왔는데, 유람하려고 계명
> 산에 가서는 다섯 신령을 하룻밤에 죽이고 돌아왔다고 한다. 그러니 만일
> 아름다운 계집이 되어 그 정기를 빼앗으면 마땅히 모든 신령의 원수를
> 갚을 것이다'라고 하였다.[36)]

위 예문은 소운성이 혼자 만리운을 타고 천하를 유람하다가 계명산
에서 요괴 다섯을 죽이자 700년 묵은 구미호와 그 동료들이 소운성에
게 복수하고자 모의하는 내용이다. 이를 통해서 볼 때, 소운성은 삼태
성이 하강한 것이 분명하다. 이러한 삼태성은 여러 가지 상징적인 의
미를 가지고 있는데, 문무적인 특성이 여기에 다 포함되어 있으며,
천상과 지상에서 하는 역할도 부여되어 있다. 이해를 돕기 위해『천지
서상지』에 제시되어 있는 삼태성에 대한 기록을 보면 다음과 같다.

> 삼태성 : 상태·중태·하태의 세 별자리를 말한다.『진서』권11「천문지
> 상」中宮', 293쪽에서 "삼태는 6개의 별로 이루어졌다. 첫째는 '天柱'로서
> 삼공의 자리다. 인간세계에서는 三公이고, 천상에서는 三台이다. 덕을
> 열고 부신을 선포하는 일을 주관한다. 서쪽으로 문창에 가까이 있는 두
> 별을 '상태'라고 한다. 司命이 되니, 수명을 주관한다. 그 다음 두 별이
> '중태'로서 '司中'이 되니, 종실을 주관한다. 동쪽의 두 별이 '하태'로서
> 司祿이 되니, 전쟁을 주관한다. 덕을 밝게 비추고 어긋나는 일을 틀어막
> 는 까닭이다."라고 하였다.[37)]

---

36) 〈소현성록 3〉, 148쪽.

위 예문에 나타난 삼태성의 상징성과 소운성의 인물 성격은 상당히 일치되는 것으로 나타난다. 일반적으로 특정 단어와 그 단어가 가지는 의미의 관계는 자의적이지만, 상징은 결코 자의적이지 않고 어느 정도 납득할 만한 개연적인 관계가 성립되기 때문이다. 즉 기표와 기의 간에 얼마간의 자연적 결합이 있다는 것이다. 가령 우리가 '정의'를 상징하는 '저울'을 다른 아무것으로나 대체할 수 없는 것과 같다. '정의'를 상징하는 사물로 '자동차'나 '자전거'를 제시할 수는 없는 것이다.[38] 따라서 삼태성 출생담이 가진 이러한 상징성은 소운성의 현실的 성격 형상화로 이어진다고 할 수 있다. 이러한 면은 그의 출생 이후에 나타나는 문무양웅적인 비범성을 통해 확인된다. 이를 구체적으로 살펴보면 다음과 같다.

[바] 〈소운성의 문무양웅성〉
[바]-1. 〈소운성의 문인적 비범성〉
   ① 소운성이 아버지와 스승에게 붙들려 기운을 줄여 유학에 힘쓰니, 3년 만에 만 권의 책을 통달하고, 이후 과거에 장원급제하다.[39]

[바]-2. 〈소운성의 무인적 비범성〉
   ① 소운성이 우연히 『육도삼략』을 보고 서너 달을 공부하여 모략을 완전히 터득하다.[40]

---

37) 三台六星, 兩兩而居 起文昌 列抵太微 一曰 天柱 三公之位也 在人曰三公 在天曰三台 主開德宣符也 西近文昌二星曰上台 爲司命 主壽 次二星曰中台 爲司中 主宗室 東二星曰下台 爲司祿 主兵 所以昭德塞違也.(김용천·최현화 역주, 『천지서상지』, 예문서원, 2007, 61쪽 104번 각주에서 재인용)

38) 페르디낭 드 소쉬르 저, 최승언 역, 『일반 언어학 강의』, 민음사, 2010, 91~96쪽 참조.

39) 〈소현성록 2〉, 61·98쪽.

40) 〈소현성록 2〉, 60쪽.

② 나이 14세에 다다르자, 기골이 장대해 지고 힘과 병법과 문장이 출중
해지며, 외증조부 석장군의 집에 가서 석장군도 들지 못하는 가산(假
山)을 옮겨 대청 앞에 가져다 놓다.41)

③ 소운성이 청주자사로부터 '청총만리운'이라는 명마를 얻다.42)

④ 소운성이 부친의 방에서 나는 소리를 듣고 가서 태상노군이 소경을
통해 소운성에게 주라고 맡긴 칠성참요라는 보검을 얻다.43)

⑤ 칠성참요라는 보검이 스스로 칼집에서 나와 주인을 찾다.44)

위 예문 [바]는 소운성의 문·무 양면적 비범성을 정리한 것이다.
소운성은 출생 이후 4-5세가 되도록 글을 배우지 않아 부모가 가르쳐
도 입을 열지 않았던 인물이며, 8세에 이르도록 글을 한 자도 알지
못하던 인물이다.45) 그러던 그가 '[바]-1①'과 같이 부친과 스승의 가
르침에 의해 유학에 힘쓴 시 3년 만에 반 권의 책을 통달하며 과서에노
장원급제하게 된다. 소운성은 장원급제 후 부마가 되기도 하며, 최종
적으로는 진왕에 봉해져 소씨 가문을 유지하는 핵심 인물이 된다.

이와 같은 소운성의 유학적 문사로서의 특징은 괴력난신을 멀리하
는 태도로 드러나기도 하는데, 이는 앞서 '삼태성'이 함의하고 있는
내용 중에서 '덕을 밝게 비추고 어긋나는 일을 틀어막는' 내용과 결합
되어 나타난다. 소운성의 이러한 면은 소무신이라는 요사스러운 무당
과의 대결을 통해 드러난다. 이때 소운성은 다른 때와는 달리 어떤
초월적인 능력도 발휘하지 않는다. 오직 올바른 정신으로 요사스런

---

41) 〈소현성록 2〉, 65~67쪽.
42) 〈소현성록 2〉, 173쪽.
43) 〈소현성록 1〉, 302~303쪽, 〈소현성록 3〉, 126쪽.
44) 〈소현성록 3〉, 126쪽.
45) 〈소현성록 2〉, 59~60쪽.

소무신을 상대할 뿐이다. 다만 신선 세 명이 나타나 요사스런 무당 소무신이 삼태성을 해치고자 한다고 하며 황건역사에게 명하여 귀졸을 물리치게 할 뿐이다. 이는 올바른 정신에 대한 초월계의 옹호라고 할 수 있다. 소무신은 소운성이 귀졸들에게 죽기만을 기다리다가 일곱 구멍에 피를 흘리며 죽는다. 이때 서술자는, 요술은 끝이 있기 마련이며 正人에게는 잡귀가 범접하지 못한다는 것이 옳다는 논리를 편다.46) 이는 그의 부친 소현성이 그에게 하는 말과 일치한다. 소현성은 소운성에게, "너는 모름지기 행실을 올바르고 당당하게 하여라. 마음이 바르고 팔자가 굳세면 요사스러운 것이 가까이 못하는 법이다"47) 라고 하는데, 이는 소현성이나 소운성의 초월적인 능력을 강조한 것이 아니라, 유학을 하는 문사로서의 마음가짐을 강조한 것이라 할 수 있다. 이는 소운성이 불도와 여승에 대해 부정적인 시각을 드러내면서 금기시 하는 태도48)나 태산 아래 절에 불을 지르고 금부처상을 철편으로 박살내는 행위49)도 마찬가지다.

이러한 소운성의 유학자로서의 문사적 특징과 함께 드러나는 것이 그의 무인적 비범성이다. 삼태성의 상징적 의미도 문사적인 것보다는 무인적인 특성이 더 강조되어 있는 것으로 볼 수 있다. 예문 '[바]-2 ①'에서 볼 수 있는 바와 같이 소운성은 병법서인『육도삼략』을 보고 서너 달을 공부하여 어린 아이로서 가질 수 있는 모략을 완전히 터득한다. 그리고 '[바]-2②'와 같이 신체적 골격이나 병법, 문장 등이 비

---

46) 〈소현성록 3〉, 52~53쪽.
47) 〈소현성록 3〉, 53쪽.
48) 〈소현성록 3〉, 294~305쪽.
49) 〈소현성록〉 12권, 최수현·허순우·정선희 역주, 〈소현성록 4〉, 소명출판, 2010, 61쪽.

범한 것으로 나타나며, 장군인 외증조부 석장군도 들지 못하는 석가
산을 쉽게 들어서 옮기는 괴력을 보이기도 한다. 또 장군에게 없어서
는 안 되는 신기의 병마인 '청총만리운'을 얻게 되고, 또 태상노군이
소현성을 통해 주라고 한 '칠성참요검'을 얻음으로써 그는 완연한 무
인(武人)의 형상을 갖추게 된다. 이러한 소운성의 무인적 기질은 계명
산 송간사에서 요괴를 퇴치하거나50) 파서 땅에서 장사 오악신과 겨루
어 그를 이기고 목을 베는 것,51) 등에서 일차적으로 나타난다. 그리고
이차적으로는 운남국 정벌에서 운남 적장 여럿을 베어 공을 세우
고,52) 천문을 보고 자객을 사로잡거나 운남 왕후 팽환과의 힘겨루기
와 활쏘기 대결에서 승리한 후 그녀의 음란하고 간사함을 치죄하여
목베는 장면53)에서 다시 확인된다.

  이러한 소운성의 활약은 그의 무인적 비범성을 확인시켜 주고 있는
것들이다. 이에 대해 작가는 소운성이 문무의 재능을 두루 갖추었고
엄정하여 씩씩한 것이 부친에게서 이어받은 풍모가 있었으며, 조정과
재야에서 모두 중하게 여겨 별호를 '청현'이라고 하였다.54)고 하여 그
의 존재감을 부각시킨다. 소운성의 이러한 문무 양면적 영웅성은 그
의 노후와 죽음의 장면에서 다시 한 번 연출되면서 그가 가진 인물의
성격이 분명하게 목도되도록 하였다. 그것은 소운성이 진왕에 봉해지
고, 소씨 가문의 번성을 책임지는 역할을 담당하며, 형부인과 60여
년을 함께 살면서 자손 50여 인을 둔 부부가 연이어 죽었을 때에는

---

50) 〈소현성록 3〉, 131~134쪽.
51) 〈소현성록 3〉, 138~142쪽.
52) 〈소현성록 3〉, 372쪽.
53) 〈소현성록 3〉, 374~380쪽
54) 〈소현성록 2〉, 104쪽.

신기의 병마였던 '만리운'도 죽고, 칠성검도 스스로 울며 사라지는 것으로 드러난다. 그의 문무양웅적 재능이 함께 공존했던 것처럼 사라질 때도 함께 사라지게 된다.

이러한 소운성의 출생담과 비범성은 부친 소현성과 유사하면서도 다른 점이 있다. 신이한 출생담에 의해 인물의 비범성을 드러내고 있다는 점에서는 두 인물이 공통되지만, 소현성의 경우에는 천상계의 상위 신격의 권능을 그대로 부여받아 별다른 수학 없이 지상과 초월계에 존재하는 초월적 인물들을 제압하고, 그것들이 소현성이라는 유교이념 구현자에게 범접하지 못하게 함으로써 유교이념의 신성불가침적 성격을 드러내고 있다고 할 수 있다.

이에 비해 소운성은 삼태성이라는 상징적 출생담에 의해 그 신성성은 부여받는 것으로 나타나지만, 소현성보다는 그 권능이나 신성성이 약하기 때문에 스스로의 수학의 과정을 거쳐 비범성을 획득하는 것으로 드러난다. 즉 소현성이 천상으로부터 능력과 권능이 부여되어 비범성이 내재화 되어 있다면, 소운성은 삼태성의 상징성을 통해 비범성이 잠재적으로 존재하다가 그것이 수학을 통해 표면화 되는 것으로 나타난다고 할 수 있다. 그래서 전체 서사전개상으로는 소현성보다 소운성의 서사가 박진감이 있고 현실적인 성격이 상대적으로 강하게 나타난다.

3) 소운명과 妻·妾의 출생담에 나타난 전·현세의 갈등

소현성과 소운성 외에도 〈소현성록〉에서 구체적인 출생담이 나타나는 인물로는 소운명과 그 처첩들이다. 물론 소현성의 5녀인 소수주

나 인종황제도 간략하기는 하지만 출생담이 나타나며[55] 3녀인 소수
아 딸 정환도 간략한 출생담[56]이 있다. 하지만 본고에서는 출생담의
비중이 상대적으로 큰 세 부류만을 다루기로 한다. 먼저 소운명과 그
처첩들과 관련된 출생담을 정리하면 다음과 같다.

[사] 〈소운명과 임씨의 전생담 및 관계〉

① 소운명은 원래 동방 금강산 신선인데, 유람하다가 봉래산에 이르러
  봉래의 선녀 '홍연'이 미모의 뛰어남을 자랑하자 동방선인이 계수나
  무 열매를 던져서 인연을 맺다

② 봉래부인이 이 말을 들은 후 '홍연'이 얼굴만 믿고 덕을 잃은 것을
  몹시 안타깝게 여겨 얼굴을 박색으로 만들어 임씨 가문의 여자로
  만들었는데, 그가 바로 '임씨'이다.[57]

[사]-1. 〈이옥주의 전생담과 동방선과의 관계〉

① 이옥주는 전생에 남해 바다 용왕의 딸이녀 관음대사를 모시고 있었
  는데, 동방선인이 남해왕에게 아내로 달라고 하다.

② 남해 용왕이 관음에게 물어보니, 관음대사가 동방선인의 그윽한 정
  을 듣고는 불가의 맑고 깨끗한 도덕을 어지럽힐 수 없다 하여 즉시
  용녀에게 40일 말미를 주고 동방선인과 혼인하여 정실이 되게 하다.

③ 이옥주는 귀한 자녀를 두고 복을 누리지만 관음대사께서 유리병 지
  킬 사람이 없음을 근심하시고 또 용왕이 보고 싶어 하시기 때문에
  타고난 수명이 짧다고 하다.

④ 소승상(소경-소현성)이 북두성께 청하여 35세를 살게 하였는데, 이
  또한 하늘이 정한 목숨의 기한이니 사람이 뜻대로 못하는 것이다.[58]

---

55) 〈소현성록 4〉, 228~230쪽
56) 〈소현성록 4〉, 225~226쪽.
57) 〈소현성록 4〉, 65쪽

[사]-2. 〈정강선의 전생담과 용녀, 동방선과의 관계〉

① 용녀의 곁에서 모시는 시녀 이름은 설낭이며 잉어의 정령이다.

② 설낭이 동방선의 얼굴을 흠모하여 사통하고자 하니 용녀가 분노하여 때려 죽이다.

③ 죽은 설낭을 관음이 즉시 살려주시고, 용녀가 투기하는 것을 다스리려고 하였는데, 동방선이 상제로부터 죄를 얻어 속세로 귀향을 가게 되고, 봉래의 홍연과 용녀도 또한 스스로 귀향을 가서 인연을 맺기를 원하다.

④ 설낭 또한 관음대사의 명으로 속세에 내려가 있었는데, 동방선과 인연을 이루기 위해 월하노인에게 부탁하려 하나, 용녀가 먼저 월하노인에게 가서 속세에 나가서 장부의 첫째 부인이 될 수 있도록 부탁하다.

⑤ 월하노인이 모든 일에는 차례가 있으니 홍연을 동방선 소운명의 정실로 삼고 용녀를 둘째 부인으로 하고 설낭이 세 번째가 될 것이라 하다.

⑥ 그러자 용녀가 갑자기 달래며 자신이 비록 속세에 가서 장부를 먼저 얻지만 당당하게 십 년을 거절하여서 설낭의 혼을 풀고 총애를 돌려 보낼 것이라고 하다.59)

[사]-3. 〈민씨, 국씨, 부씨, 요씨의 전생담과 동방선과의 관계〉

① 설낭이 물러난 후 또 금강산 선녀 4인이 함께 이르러 말하기를, 자신들은 선군 집안의 심부름꾼 시녀인데, 평소 선군의 풍채와 태도를 우러러 사모하여 베개 받들기를 원하였으나 선군이 허락하지 않아서 마음속으로 서러워했다고 하다.

② 금강산 선녀 4인이 속세에 나가서라도 인연을 이루기 원한다고 말하다.

③ 월하노인이 네 사람을 다시 불러서 붉은 실로 매어 동방선과 이어 주니 이들이 곧 민씨, 국씨, 부씨, 요씨이다.60)

---

58) 〈소현성록 4〉, 65~67쪽.
59) 〈소현성록 4〉, 65~66쪽.
60) 〈소현성록 4〉, 66쪽.

위 예문은 소현성의 8자인 소운명과 그 아내들의 전생을 정리한 것
이다. 이들의 출생담은 앞서 논의한 소현성이나 소운성과 그 성격이
완전히 이질적이다. 소현성과 소운성이 신이한 출생담을 통해 유교이
념을 수호하고 구현하는 인물들의 권능과 비범성을 드러내는데 주력
하고 있다면, 소운명과 관련된 인물들의 출생담은 전·현세 인물들 간
의 갈등에 좀 더 많은 관심을 두고 있다. [사]의 내용을 통해 알 수
있는 인물들의 관계를 정리해 보면 다음과 같다.

前世의 특징	前世에서의 관계	現世에서의 관계	現世의 특징
1. 남해 용왕의 딸과 혼인 2. 잉어의 정령인 설낭과 사통함 3. 상제에게 득죄하여 적강함	동방 금강산 신선	→ 소운명	1. 임씨와 혼인함 2. 이옥주에게 반하여 그녀를 첩으로 들임
1. 자신의 얼굴만을 믿고 자랑 2. 아름다움으로 인해 동방선인과 인연	[홍연]	→ [임씨]	1. 소운명의 정실이며 박색 2. 추함으로 인해 남편이 꺼림 3. 내적인 아름다움, 婦德을 갖추어 외모의 추함을 극복
1. 동방선인이 먼저 접근 2. 고귀한 신분 3. 동방선인과 인연을 이룬 시간이 40일 4. 자신의 남편과 사통한 잉어의 정령을 때려 죽여 설낭과 원한관계 형성	[남해 용왕의 딸]	→ [이옥주]	1. 소운명이 먼저 접근 2. 이부상서의 딸이지만 일찍 고아가 되어 소운명에게 의탁 3. 수명이 길지 못하였으나 소현성이 35세로 늘림 4. 정강선에 의해 이옥주가 액운을 겪음
갈등관계 → ↕			**↕ ← 갈등관계**
1. 용녀의 남편인 동방선과 사통함 2. 용녀에게 맞아 죽어 원한 관계 형성	용녀의 시녀이며 잉어의 정령인 설낭	→ 정강선	1. 이옥주를 시기하여 액운을 겪게 함.

위 예문 [사]에서 '[사]1-3'과 위 표에서 알 수 있듯이 소운명과 그
처첩들의 출생담은 전세와 현세에 걸친 갈등 관계를 형성하는 것으로

결구되어 있다. 이는 흥미적인 삽화의 성격이 강하면서도 임씨와 이
옥주의 부덕(婦德)을 통해 유교이념을 구현하는 기본적인 틀에서 벗어
나지 않고 있다. 특이한 것은 임씨나 이옥주의 경우에는 전생에서는
부덕과 거리가 멀거나 모질고 악한 면이 있는 인물에 가까웠는데, 현
실에서는 그 반대의 성격으로 나타난다는 점이다. 이러한 면은 정강
선의 경우도 유사하다. 그녀는 전생에서는 가해자이고 약자로 등장하
지만 현세에서는 이옥주를 괴롭히는 인물로 등장한다. 이는 전생에
얽힌 원한관계가 지속되고 있기 때문이다. 이옥주와 정강선의 관계는
'[사]-2①,②'를 통해 알 수 있다. 현세의 이옥주로 태어난 용녀가 자
신의 남편인 동방선과 사통한 잉어의 정령인 정씨를 때려 죽이는 것으
로 인해 두 사람은 원한 관계가 형성된다. 관음이 설낭을 즉시 살려
주고 용녀의 투기를 다스리려고 하였지만 동방선이 상제로부터 득죄
하여 人世로 적강하게 됨으로써 이 두 사람의 관계는 복잡하게 얽히
게 된다.

그런데 이옥주와 정강선의 이러한 관계는 전생 사건의 연장일 뿐만
아니라, 용녀인 이옥주가 잉어의 정령인 정강선과의 약속을 저버린
데서 더욱 불거진 경향이 있다. 이는 다음의 이옥주의 꿈에 나타난
내용을 통해 확인할 수 있다.

> 이씨가 꿈을 꾸었는데, 아름다운 한 사람이 손에 보검을 들고 소저를
> 꾸짖으며 말하였다. "당신은 전생에 망령되게 잘난 척하면서 나를 압도하
> 여 남자를 따라 귀향 가는 것을 자원했습니다. 그리고는 나에게 말하기를
> 마땅히 십 년을 장부와 거리를 두어 나와의 언약을 저버리지 않겠다고
> 했는데, 이렇게 약속을 어겼습니다. 그러니 어찌 그대를 평안히 지내게

하겠습니까?"[61]

　위 예문은 이옥주가 현세에서 액운을 겪을 것임을 암시하는 부분이라고 할 수 있다. 이옥주와 정강선이 천상계에서 인간 세상으로 하강하면서 이들의 갈등 관계는 이미 예견된 것이지만, 이를 좀 더 노골화시킨 것은 바로 용녀였던 이옥주가 약속을 깨뜨렸기 때문이다. 실제로 이후 이옥주는 정강선과 성영의 계교[62]로 인해 심한 고초를 겪는 것으로 나타난다. 이는 여승이 말한 바와 같이 전생의 연분이 현세에서 다시 합쳐진 것이고, 전생의 원수를 현세에서 갚는 것[63]이나. 하시만 여승은 '전생에 사나웠고 또 죄를 얻었을지라도 환생한 후 덕을 닦으면 얼음 녹 듯하고 복을 받을 수 있다'[64]고 하여 이들의 갈등 관계가 옳지 못하다는 짐을 드러내고 있다. 특히 설낭이 비록 대시의 칙명이 지닌 위세 때문에 정씨 가문의 귀한 여자가 되어 소시랑의 셋째 부인이 되었지만, 이부인에게 때 지난 원한을 제기하지 않고 함께 잘 지냈다면 이씨의 복이 정씨에게 돌아가고 이씨가 전생에 투기하여 살인한 죄와 허물은 이씨 스스로 입을 것이었다고 하고, 설낭이 일을 매우 심하게 어지럽히자 시집으로부터 쫓겨난 여자로 만들고 떠돌게 하여 위아래의 체면을 잃게 한 죄를 관음대사가 밝혔다[65]고 하면서 올바르지 못한 심성의 발현을 경계하고 있다.

　그리고 예문 [사]-3은 현세의 소운명이 민씨, 국씨, 부씨, 요씨를

---

61) 〈소현성록 3〉, 313쪽.
62) 〈소현성록 3〉, 383쪽.
63) 〈소현성록 4〉, 66쪽.
64) 〈소현성록 4〉, 66쪽.
65) 〈소현성록 4〉, 66~67쪽 참조.

첩으로 들인 것을 전생의 금강산 선녀 4인이 하강한 것으로 설정된 부분이다. 하지만 이들은 소운명은 물론, 이옥주나 정강선 등과 특별한 갈등 관계를 형성하지는 않기에 자료만 제시하고 더 이상의 논의는 하지 않기로 한다.

이상을 통해서 봤을 때 소운명과 이옥주, 정강선 등의 현세에서의 갈등관계는 전생에서 배태되어 인간세상에서 지속된 것으로 보인다. 다만 그러한 갈등관계의 가해자와 피해자는 전생과 현세가 조금 다르게 설정되어 있다는 점이 차이라 할 수 있다. 그리고 작가는 현실에서의 정강선의 행동이 정당하지 않은 비윤리적인 행위로 보아서 초월계의 인물인 관음대사의 말을 빌려 정강선을 징치하는 것으로 결말을 맺고 있다. 이는 천상에서의 용녀와 시녀의 관계가 뒤바뀔 수 없다는 논리이며, 신분적 질서를 중시하는 유교적 사유의 한 단면이 투영된 것이라고 할 수 있다.

3. 인물 출생담에 의한 가문과 전체서사의 통어

앞서 〈소현성록〉에 나타난 인물 출생담의 특징을 살펴보았다. 이를 통해서 볼 때 이 작품의 전체 서사를 이끄는 추인력이 되는 출생담을 가진 것은 소현성과 소운성이라는 점을 알 수 있다. 소운명과 그 처첩들의 출생담은 작품 전체 서사 내에서 흥미를 불러일으키는 삽화적인 성격이 강하며, 작품 자체의 내적 질서를 좌지우지하지는 않는다. 이에 비해 소현성의 출생담은 큰 틀에서 소씨 가문을 창달하고 작품 전체의 내적 질서를 통어하는 기능을 하고 있다.

일반적으로 〈소현성록〉은 소현성의 본전에 해당되는 〈소현성록〉
과 그 자손들의 이야기인 「소씨삼대록」으로 구분할 수 있는 것으로
보고 있으며, 실제로 그렇게 나눌 수 있는 여지가 존재하고 있다. 이
는 「소승상 본전 별서」에서 〈소현성록〉과 「소씨삼대록」을 구분[66]하
였다는 점과 〈소현성록〉 4권 말미에 별전을 지어 「소씨삼대록」이라
고 한다[67]는 기록에 근거한다. 〈소현성록〉에 첨가되어 있는 이러한
기록들은 이 작품의 최초 형태에 대한 논쟁거리가 되기도 하였다. 두
작품이 단일 작품이었다가 분권되어 연작되었다고 보는 견해와 애초
에 〈소현성록〉이 「소씨삼대록」으로 연작되었다는 것이 논쟁의 핵심
이라고 할 수 있다.

필자는 전자와 같이 〈소현성록〉이 단일 작품이었다가 「소씨삼대록」
으로 연작되었다[68]고 보는 견해와 〈소현성록〉이 「소씨삼대록」으로
연작되었다[69]는 견해 모두 일리가 있다고 본다. 다만 문제는 〈소현성
록〉이 단일작품이었다가 「소씨삼대록」으로 연작되었든, 〈소현성록〉
이 「소씨삼대록」으로 연작되었든 이 두 작품을 유기적으로 연결할 수
있는 연결고리를 찾을 수 있어야만 한다는 점이다. 그 선후 관계가
어찌 되었든 간에 〈소현성록〉은 단일 작품으로도 전해지고, 또 두 작
품으로 분리될 수 있는 여지도 있기 때문에 보다 중요한 것은 이 작품
전체를 이어주는 내적 질료를 찾아내는 일이다.

이 내적 질료는 단순히 등장인물이 서사의 전후에 배치된 것만으로

---

66) 「소승상 본전 별서」, 〈소현성록 1〉, 20~21쪽 참조.
67) 〈소현성록〉 4권, 〈소현성록 1〉, 387쪽 참조.
68) 임치균(1992), 「연작형 삼대록 소설 연구」, 서울대학교 대학원 박사학위논문, 58쪽
　　참조.
69) 朴英姬(1993), 28~34쪽.

설명될 수 있는 것이 아니다. 또한 인물의 성격이 변한 것으로 이 두 작품의 이질성을 설명할 수도 없다.[70] 또 〈소현성록〉은 전체적으로 단일한 스토리가 전개되는 것이 아니라 소현성과 그 자식들의 이야기와 관련된 여러 에피소드들이 소개되고 있기 때문에 '구조'라는 틀로 설명하기가 어렵다. 또 이 작품 전체의 주제의식과 관련 있는 유교이념도 하나의 단일된 스토리로 전개되는 것이 아니기 때문에 내적 질료로서는 어느 정도 한계가 있다.

특히 이 작품은 「소승상 본전 별서」에서 "공이 기뻐하거나 화를 내거나 웃고 대화를 나누며 즐긴 일이 적고 행실이 높은 까닭에 사람들이 전을 본다면 정신이 번쩍 나면서 공경은 하겠지만 그 이야기 가운데 빛나고 화려한 사건은 없다. 그러므로 공의 자식들 이야기를 지어서 내용이 풍부하게 되도록 하였다"[71]는 기록에 의하면 〈소현성록〉은 하나이면서 둘이고 둘이면서 하나가 될 수 있는 태생적인 특징을 가지고 있다. 즉 「소승상 본전 별서」나 〈소현성록〉4권 말미에 있는 기록으로 볼 때, 이 작품은 체재 상 〈소현성록〉과 「소씨삼대록」으로 구분될 수밖에 없지만, 작가의 의도나 내용의 흐름으로 보아 전혀 별개의 작품이라 하기 어려운 면도 있다는 점이다. '공의 자식들의 이야기를 지어서 내용이 풍부하게 되도록 하였다'는 말은 바로 이 작품의 내적

---

70) 노정은은 〈소현성록〉과 「소씨삼대록」을 구분하면서 「소씨삼대록」의 전반적인 인물 형상화가 〈소현성록〉과는 다르게 감정적인 방향으로 이루어지고 있다고 하고, 그러한 경향은 특히 여성들에게서 두드러지는 현상이라고 하였다. 또 이 두 작품이 지향하는 바로, 〈소현성록〉은 교훈서로서의 역할을 다하기 위해 이념적이고 이성적인 인물을 형상화하고자 했음에 비해, 「소씨삼대록」은 재미를 추구했다고 했다(노정은, 「소현성록의 인물 형상화 변이 양상—이대본과 서울대 21권본을 중심으로—」, 고려대학교 대학원 석사학위논문, 2004, 61~67쪽 및 1~97쪽 참조).

71) '소승상 본전 별서', 〈소현성록 1〉, 20쪽 참조.

질료가 하나로 연결되고 있다는 의미이기 때문이다.

그렇다면 〈소현성록〉과 「소씨삼대록」을 이어주는 내적 질료는 무엇일까? 필자는 이 두 작품을 연결하는 내적 질료가 바로 소현성의 출생담이라고 생각한다. 소운성이나 소운명 및 그 처첩들의 출생담, 혹은 소수주나 인종황제의 출생담은 삽화적 요소로 치부할 수 있지만, 소현성의 출생담은 그러한 삽화적 수준을 훨씬 뛰어넘어 작품 전체 서사를 통어하는 기능으로 작용하고 있다고 보기 때문이다. 그것은 바로 소씨 가문을 창달시키는 것을 통해 나타난다.

이러한 면은 서두의 소현성 출생담에서 충분히 예견한 바가 있고, 또 실제적으로도 작품 문면에서 확인된다. 앞서 제시하였던 소현성의 출생담 중에서, 옥룡이 스스로 움직여 구름을 토해 내자 위에 서 있던 싱인이 붓을 들어 '구름 운' 자와 '빛닐 수' 자를 써서 소광에게 주는 것은 소현성의 아들들과 딸들을 암시하면서 이들의 서사가 이어질 것을 암시하는 기능을 한다. 이는 소현성의 전생과 하강 과정을 드러낼 때, '구름 운' 자와 '빛날 수' 자가 도군, 즉 소현성의 자식이라는 말을 통해서 확인이 된 바 있다. 또 그 자식들은 천황이 소광의 사정과 덕에 감격하여 삼청 사제 중에서 가려 뽑은 것이라 했는데, 실제로 소현성의 아들과 딸들은 모두가 선남선녀로서 다른 등장인물들에 비해 군계일학으로 평가받고 있다.

소현성 자식들의 이러한 비범성은 그의 출생담이 전체 서사에서 유기적으로 부합되어 있다는 점을 확인시켜 준다. 특히 다섯 '수' 자 중에서 다섯 번째 '수' 글자가 그 중 크고 글자 위에 황룡이 어려 있다는 부분은 이 작품의 후반부에서 그의 5녀 소수주가 인종황제의 정비가 되는 것으로 실현된다는 점은 이를 구체적으로 뒷받침해 주는 것이라 하겠다.

이러한 면은 그의 출생담에서, 소현성과 그의 모친 양씨가 인간세상으로 하강하였다가 살도록 허락되는 시간이 소현성과 그의 모친 양씨의 죽음에서 드러나는 죽음의 시간과 거의 일치한다는 점으로도 확인된다. 앞서 소현성의 전생과 인세로의 하강에서 나타난 것을 보면, 영보도군이 소광에게 입은 은혜를 갚기 위해 자원해서 85일 말미를 얻어 인간 세상으로 내려온 것이 바로 소현성이다. 그런데 〈소현성록〉 4권 말미에서 소현성이 죽는 나이도 80이 넘은 것으로 나타나 천상에서 예정된 날짜와 인간 세상의 수명이 거의 일치되고 있다. 이는 양부인도 마찬가지다. 소광과 양부인은 삼생의 부부이지만 속세 인연이 중하니 84일을 인간세상에서 보내는 기한이 차면 소광 함께 한다[72])고 했는데, 역시 〈소현성록〉 15권 말미에 양부인이 죽는 나이가 115세로 나온다. 소광과 양부인이 소현성을 잉태할 때의 나이가 서른 살 정도 되었으니 출생담에 나타난 숫자 84와 서른을 합치면 거의 그대로 부합된다.

이러한 지엽적인 면 외에도 소현성의 출생담과 여기에 근거한 소현성의 초월적 능력의 내재화, 그리고 이러한 능력이 〈소현성록〉 1권에서부터 15권까지 지속적으로 발현되고 있다는 점은 소현성의 출생담이 이 작품 전체를 통어하는 기제로 보는데 손색이 없다고 생각한다. 소현성이 현실계의 신격으로 나타나는 용왕이나 도화진인, 그리고 요괴들을 퇴치하는 비범성은 모두 그의 상징적 출생담에 근거한 것이며, 이러한 서사 전략은 이 작품의 서두에서부터 끝까지 시종일관 같

---

72) 〈소현성록 1〉, 29쪽.

은 위계에서 진행된다.

　이러한 소현성의 출생담과 달리 소운성이나 소운명 및 그의 처첩, 소수주, 인종황제 등의 출생담은 서사전개상 인물의 비범성을 부각시키거나 흥미 유발을 위한 삽화적 성격이 짙지만, 그러면서도 유교이념과 소씨 가문의 번성과 밀접한 관련을 맺도록 결구되어 있다. 그 중 소운성의 경우에는 단순한 흥미 차원을 넘어서 소현성의 바로 측근에서 전체 서사를 리드해 나가는 성격을 가지고 있다. 하지만 이들의 모든 서사는 소현성의 출생담에 포함된 채 각기 분파되어 각기 독립적인 영역에서 서사의 진행을 돕고 있는 것으로 볼 수 있다. 따라서 〈소현성록〉에서 인물 출생담은, 전체 서사가 소현성의 출생담과 그의 영역에서 벗어나지는 않으면서도 독자적인 소씨 집안 자식들의 이야기가 될 수 있게 한다는 특징이 있다.

4. 결론

　〈소현성록〉은 비교적 짧은 시간에 다양한 연구 성과를 이룬 작품이다. 하지만 출생담을 통해 주요 인물의 성격을 구명하고 전체 서사적 특징을 드러낸 연구는 없었다. 그래서 필자는 〈소현성록〉에 나타난 인물 출생담의 특징을 살펴보고, 인물 출생담이 전체 서사에서 어떤 기능을 하고 있는지를 살펴보고자 하였다.

　먼저 2장에서는 〈소현성록〉 부·자 출생담의 특징을 살펴보았다. 소현성은 그 존재본원이 천상 영보도군이라는 상위 신격이면서 그의 권능을 그대로 이어받아 유지되고 있기 때문에 현세에서도 그 권위는 유지되고 있다. 그래서 그는 별다른 수학의 과정 없이도 지상과 초월계의 여러 신격들을 제압하고 또 그들은 소현성에게 범접하지 못한다. 이는 소현성의 전생 신분이 천상계의 상위 신격이었다는 것과 관련이 있지만, 결국은 소현성이 이 작품에서 구현하고 있는 유교이념 내지 그러한 이념의 구현자에 대한 신성불가침적 성격을 드러내는 것이라고 할 수 있다.

이에 비해 소운성은 삼태성이라는 상징적 출생담에 의해 그 신성성을 부여받는 것으로 나타나지만, 소현성보다는 그 권능이나 신성성이 약하기 때문에 스스로의 수학의 과정을 거쳐 비범성을 획득하는 것으로 드러난다. 즉 소현성이 천상(天上)으로부터 능력과 권능이 부여되어 비범성이 내재화 되어 있다면, 소운성은 삼태성의 상징성을 통해 비범성이 잠재적으로 존재하다가 그것이 수학을 통해 표면화 되는 것으로 나타난다고 할 수 있다. 그래서 전체 서사전개상으로는 소현성보다 소운성의 서사가 박진감이 있고 현실적인 성격이 상대적으로 강하게 나타났다.

소현성과 소운성이 신이한 출생담을 통해 인물의 유교이념을 수호하고 구현하는 인물들의 권능과 비범성을 드러내는데 주력하고 있다면, 소운명과 관련된 인물들의 출생담은 전·현세 인물들 간의 갈등을 통해 서사적 긴장감을 불러일으키는데 좀 더 많은 관심을 두고 있다. 이는 흥미위주의 삽화적인 성격이 강하지만, 임씨와 이옥주의 부덕(婦德)을 통해 이 작품의 주제의식이라 할 수 있는 유교이념 구현이라는 기본적인 틀에서 벗어나지 않게 하였다는 특징이 있다.

마지막 장에서는 소현성의 출생담이 소씨 가문과 〈소현성록〉 전체 서사를 통어하고 있다는 점을 살펴보았다. 〈소현성록〉에서 인물 출생

담은, 전체 서사가 소현성의 출생담과 그의 영역에서 벗어나지는 않
으면서도 독자적인 소씨 집안 자식들의 이야기가 될 수 있게 한다는
특징이 있었다. 그래서 소운성과 소운명 및 그의 처첩들의 출생담은
소현성의 출생담과 인물 서사의 영향을 받으면서도, 그 자체로 독립
될 수 있게 하는 것으로 보았다. 따라서 〈소현성록〉과 「소씨삼대록」
을 이어주는 내적 질료가 소현성의 출생담이라고 판단하였다.

〈창선감의록〉의 상징과 초월성 연구

1. 서론

우리 고소설에는 인물의 성격이나 능력, 그리고 미래 서사를 암시하는 인물 출생담이 대개 나타나고 있고, 그 인물 출생담은 당대 사회에서 관습적으로 통용되는 사물로 상징화 되어 있다. 〈창선감의록〉의 경우에는, 전생에 초월적 존재인 인물이 현생에서 유교이념을 구현하는 것과, 상징적 출생담을 가진 인물이 비범한 능력을 발휘하는 방식을 동시에 취하고 있다. 이 작품의 주인공 화진은, 옥기린이 상징하는 덕성과 태평성대를 동시에 실현하는 인물이다. 화진은 옥기린이 상징하는 덕성과 태평성대를 가정과 국가 양면에 걸쳐 구현하며, 그 과정에서 초월계의 원조와 옹호를 받는다.[1] 그리고 이러한 특징은 여주인공 남채봉에게도 비슷한 방식으로 제시된다. 다만 당대 유교사회의 특성상 여성 자체의 부덕(婦德)과 규중을 교화하는 데 큰 비중을 두고

---

[1] 동양의 많은 전거 자료나 문화적 관습을 고려했을 때, 기린이나 봉황은 덕이나 태평성대를 상징하는 의미로 사용되었다. 특히 이들은 유교에서 그 의미가 한층 중요하게 인식되었다. 이에 본고에서는 이들의 상징적 의미를 유교사회의 관습적 의미로 상정하여 사용하고자 한다.

있다는 점이 다르다.

〈창선감의록〉의 인물 출생담에 나타나는 이러한 상징성과 초월계의 원조는 작가, 혹은 남녀 주인공이 지향하는 유교이념이 그만큼 신성하다는 것을 강조하기 위한 장치라고 생각된다. 이는 인물의 출생담에 나타나는 사물들은 대개 특정 문화권에서 관습적 상징으로 수용되는 것들이라는 점, 고소설 속 초월계의 개입 또한 당대 사회에서 통용되던 인물들이 관습적으로 인지하던 인물들이라는 점이 이를 증명한다.

따라서 이러한 상징은 특정 문화권에 따라 결정되는 수가 있기 때문에, 집단적 상징의 경우에는 특정 문화권의 일반적·관습적·전통적 상징에 대한 이해가 필요하고,2) 이런 점에서 〈창선감의록〉의 인물 출생담은 당대 사회의 관습적 상징의 반영이라는 맥락에서 바라볼 수 있는 여지가 있다.3)

이에 본고에서는 〈창선감의록〉의 출생담에 등장하는 사물의 상징성을, 인물의 성격은 물론이고, 유교사회와의 관계에서 새롭게 바라보고자 한다. 선행연구에서 〈창선감의록〉에 대한 다양한 논의가 있었지만 이러한 관점에서 접근한 경우는 별로 없는 듯하다.4) 이 작품

---

2) 강재철, 「통과의례에 나타난 제 습속의 상징성 고찰」, 『국문학논집』 15집, 단국대학교 인문대학 국어국문학과, 1997, 53쪽 참조.

3) 龍이나 기린, 봉황 등의 상징적 의미는 문화적 관습과 관련되어 있다는 점에서 서로 통하는 바가 있다고 본다. 다만 용은 帝王이라는 상징적 의미를 가짐에 비해, 기린이나 봉황은 德性과 유교적 태평성대의 의미를 획득하고 있다는 점에서 상징적 의미가 다르다. 그래서 화진의 덕성은 용을 통해 상징화하는 것보다 기린을 통해서 하는 것이 더 적절하다. 남채봉의 덕성 역시 그러한 점에서 봉황과 잘 어울린다.

4) 필자의 관심을 끄는 것으로는 김병권의 연구가 있다. 그는 〈창선감의록〉의 작명과 서술의 서사적 의미를 논의하는 글에서 출생담의 의미와 작명이 작가의식 및 서사에

의 서사구조나 이본 양상을 집중적으로 조명하여 박사학위를 받은 연
구5)도 비교적 이른 시기에 나왔고, 17세기 사회사와 관련을 짓거나
장편소설을 연구하는 학위논문6)에서도 집중적인 조명을 받아 문학
사적인 위치도 공고하게 되었다. 또 문학·사회학적인 위치나 성격,
그리고 작품의 미학적 특질이나 이본 등에 대한 연구7)도 지속되었지
만, 인물 출생담의 상징적 성격과 초월성의 문제를 유교이념과 관련
지어 다룬 연구는 없었기에, 이에 대한 본격적인 논의를 시도해 보고
자 한다.

2. 화진과 남채봉 출생담에 나타난 관습적 상징

일반적으로 소설에서 인물의 성격은 서사전개 과정에서 나타나는

끼치는 영향을 대략적으로 다루었다.(김병권, 「창선감의록의 작명과 그 서술의 서사적
의미」, 『한국민족문화』 18집, 부산대학교 한국민족문화연구소, 2001, 1~21쪽)
5) 진경환, 「창선감의록의 작품구조와 소설사적 위상」, 고려대학교 대학원 박사학위논
문, 1992, 1~272쪽; 이지영, 「창선감의록의 이본 변이 양상과 독자층의 상관관계」, 서울
대학교 대학원 박사학위논문, 2003, 1~224쪽.
6) 김병권, 「17세기후반 창작소설의 작가사회학적 연구-김만중과 조성기를 중심으로-」,
부산대학교 대학원 박사학위논문, 1990, 1~121쪽; 이성권, 「가정소설의 역사적 변모와
그 의미」, 고려대학교 대학원 박사학위논문, 1998, 1~53쪽; 최기숙, 『17세기 장편소설
연구』, 월인, 1999, 146~177쪽 및 219~477쪽; 정길수, 「17세기 장편소설의 형성 경로와
장편화 방법」, 서울대학교 대학원 박사학위논문, 2004, 1~254쪽.
7) 이와 관련된 대략적인 연구결과 몇 가지를 소개하면 다음과 같다.
임형택, 「17세기 규방소설의 성립과 〈창선감의록〉」, 『동방학지』 57집, 연세대학교
국학연구원, 1998, 103~165쪽; 이내종, 「창선감의록 이본 고」, 『숭실어문』 10집, 숭실
어문학회, 1993, 237~267쪽; 이승수, 「창선감의록의 인물과 은폐된 현실」, 『한국학논
집』 26집, 한양대학교 한국학연구소, 1995, 529~561쪽; 박일용, 「창선감의록의 구성원
리와 미학적 특징」, 『고전문학연구』 18집, 한국고전문학회, 2000, 323~356쪽.

사건이나 '인물과 인물', '인물과 대사회적인 관계' 등에 의해서 형성
된다고 할 수 있다. 하지만 고소설 중에서 출생담의 의미가 크게 작용
하는 작품의 경우에는 그러한 관계성보다 작품 서두에 상징적으로 제
시되는 출생담의 영향을 강하게 받게 되는 경우가 있다.

　남주인공 화진은 출생에서부터 입공 후 진국공(晉國公)이 되기까지
시종일관 유교이념적 성향이 강한 인물이면서 이념적으로 신성시 되
는 인물로 형상화 된다. 이러한 화진의 인물 성격은 그의 출생담에서
상징적 기호로 제시된 옥기린과 그의 존재근원이 전생에 천상 신선이
었다는 점과 깊은 관련이 있다.[8] 유교사회에서 옥기린이 함의하고
있는 상징적인 의미로 인해 작품 속 화진의 성격은 맑고 순결하며 고
결한 정신의 소유자로 그려지고 있고, 원래 천상 신선이었다는 점을
통해 그러한 의미를 강화히고 있다.[9] 이외 관련된 내용을 정리하면
다음과 같다.

---

8) 김병권도 화진의 출생담에 나타난 기린과 해몽의 의미가 인물의 성격과 밀접한 관련이
　있다는 점에 주목한 바 있다. 그는 화진의 출생담과 작명의 의미 속에 화진이 효와
　관련된 인물이 될 것이라는 점과 국가에서 필요로 하는 보배스럽고 귀한 인물이 될
　것이라는 점이 암시되어 있다고 보았다.(김병권,「창선감의록의 작명과 그 서술의 서사
　적 의미」,『한국민족문화』18집, 부산대학교 한국민족문화연구소, 2001, 3~5쪽)
9) 옥기린의 상징성으로 드러나는 화진의 맑고 순결하며 고결한 정신과 그가 天上 신선이
　었다는 존재 근원은 은진인이 화진의 전생과 仙界에서의 성품을 이야기하는 대목에서
　그 긴밀성이 확인된다. 은진인은 화진에게 "上仙은 무양하셨는가?" 묻고 나서 "그대는
　예허 한 본성을 지니고 있으나, 청정한 仙界를 떠나 누추한 진토로 떨어져 갖은 풍상을
　겪은 나머지 정신이 혼탁하여졌으니 응당 전생에서의 일은 잊어버렸을 것이오" 한다.
　이를 보면 화진이 전생 선계에서 깨끗한 본성의 소유자이기에 현생에서도 玉麒麟이
　함의하고 있는 맑은 성격의 소유자로 형상화 될 수 있는 것이다. 다만 선계와 속세는
　그 혼탁함의 정도가 다르기에 차등을 두어 표현하고 있을 뿐이다.(이래종 역주(2003),
　〈창선감의록〉, 고려대학교 민족문화연구원, 2003, 288쪽). 이하에서는 원문과 작품명,
　그리고 자료집의 페이지만을 밝히기로 하되, 필요에 따라 괄호 속에 페이지를 넣는
　것으로 대신하기로 한다.)

[A] 화진의 전생담

① 화진은 전생에 천상계 신선이다.[10]

[A-1] 화진의 출생담

② 화공은 옥기린이 품안으로 안겨드는 꿈을 꾸었다.(20쪽)

③ 그 날 바로 정부인이 아들을 낳았는데, 이마의 골상이 빼어나고 울음 소리가 크고 맑았다.(20쪽)

④ 화진은 하늘로부터 인효를 타고 났다(276쪽)

위의 예문 [A]와 [A-1]은 화진의 존재 근원을 알 수 있는 전생담과 그의 인물 성격을 상징적으로 드러내고 있는 출생담이다. 옥기린의 관습적 상징성과 그의 존재 근원이 천상 신선이었다는 출생담은 화진의 성격과 행위가 유교적 관습의 차원에서 논의될 수 있는 근거가 된다. 바로 이러한 이유 때문에, 유교적 관습 차원의 상징성을 가진 '기린'을 인물의 출생담에 등장시키는 경우가 간혹 있다. 〈옥린몽〉이나 〈옥기린〉과 같은 작품들이 바로 그 예에 해당된다.[11]

---

10) 〈창선감의록〉, 288쪽.

11) 우리 고소설 중에서 주인공의 출생담으로 '옥기린'이 등장하는 작품으로는, 〈옥린몽〉과 〈옥기린〉이 있다. 이 중 〈옥린몽〉은 남주인공 유원(유몽린)의 출생담과 그 아들 재교의 출생담에서 2대 연속으로 '옥기린'이 등장한다는 특징이 있다. 그리고 이 작품에서는 기자치성이 구체적으로 나타나며, 기자치성의 대상이 도교의 현묘진인이라는 점이 특이하다. 또 유원은 천상득죄하여 적강하는 인물이며, 그 출생담에서 30년 후 죽음을 암시하는 내용이 등장한다는 점과 옥기린의 구체적 형상이 나타난다는 점, 또 유원이 죽었다가 환생할 때에 정씨 부인이 재차 옥기린 꿈을 꾸고 현묘진인이 옥기린을 돌려주어 다시 소생한다는 내용은 〈창선감의록〉의 출생담과 차별되는 부분이다(김수봉, 역·주해, 〈옥린몽 1〉, 한국학술정보, 2008, 55~69쪽, 493~495쪽, 『옥린몽 2』, 177~181쪽 참조). 그리고 〈옥기린〉은 주인공 여숙의 출생담이 등장할 것으로 보이는 1권이 낙질인 상태로 전해지고 있어서 정확한 전모를 파악하기는 힘들지만, 제목과 여러 정황상 여숙의 출생담에도 '옥기린'이 등장하는 것으로 추측할 수 있다. 다만 〈옥기린〉은 呂府

이들 작품과 같이, 기린의 상징성을 통해 주인공이 유교사회와 밀접한 관련이 있는 인물임을 드러내는 이러한 방식은, 인물에 대한 잡다한 이야기를 하지 않으면서도 작가나 당대 사회가 지향하는 이상적 인물의 모습을 보다 쉽게 형상화 할 수 있다는 장점이 있다. 왜냐하면 기린은 유교사회에서 신성시 여기는 상징적 동물12)이며, 화진이나 유원과 같이 전생에 천상계 신선이었다는 존재의 근원적 신성성은 주인공들의 탈속적인 면과 잘 부합되어 전체적인 인물의 성격을 규정할 수 있기 때문이다.

이와 같이 화진의 인물 성격을 상징적으로 드러내는 기린은 유교사회에서 덕성과 태평성대를 상징하는 성수(聖獸)로서의 의미로 수용되고 있다. 또 그 성정은 인후하다13)고 알려져 있다. 이러한 기린의 상징성은 전국시대에서부터 시작하여 한대(漢代)에 상서로움의 대상으

의 여숙과 4명의 여성들의 혼인담, 그리고 4처가 벌이는 처처갈등이 중심이라는 점에서 〈창선감의록〉의 인물성격이나 내용과 큰 차이를 보인다.(박재연·양승민 교주, 〈玉麒麟〉, 도서출판 다운샘, 2004)

12) 일반적으로 특정 단어와 그 단어가 가지는 의미의 관계는 필연적이지 않고 자의적이다. 이를 기호 혹은 언어의 자의성이라고 한다. 그러나 象徵은 결코 자의적이지 않고 어느 정도 납득할 만한 개연적인 관계가 성립된다. 즉 기표와 기의 간에 얼마간의 자연적 결합이 있다는 것이다. 가령 우리가 '正義'를 상징하는 '거울'을 다른 아무것으로나 대체할 수 없는 것과 같다. '정의'를 상징하는 사물로 '마차'나 '자전거'를 제시할 수는 없는 것이다.(페르디낭 드 소쉬르 저, 최승언 역(2010), 『일반 언어학 강의』, 민음사, 2010, 91~96쪽 참조)

마찬가지로 고소설의 출생담에 나타난 동물이나 사물은 인물의 성격과 밀접한 관련을 맺으며, 그 관계는 당대 사회의 보편적인 문화적·관습적 인식에 근거하고 있다. 따라서 〈창선감의록〉에 나타나는 '기린'도 그냥 관습적인 의미의 상징적 동물이 아니라, 花珍의 性格과 밀접한 관련을 가진다고 보아야 할 것이다. 이러한 이해가 선행될 때 〈창선감의록〉에 나타난 출생담과 인물의 성격을 정확하게 이해할 수 있다.

13) 『詩經』卷一 國風 周南 '麟之趾'. 成百曉 譯註, 『懸吐完譯 詩經集傳』上, 전통문화연구회, 2010, 47쪽.

로 구체화되어 나타난다는[14] 점에서 그 문화적 연원이 깊다. 또 어진
동물의 상징으로서 유교의 태두인 공자(孔子)에 자주 빗대어 표현되기
도 하는 인수(仁獸)[15]로서 유교사회를 대표하는 상징물로 인식되었
다.[16] 그래서 기린은 성인(聖人)을 상징하는 신성한 동물로 인식된다.
이는 한유의 〈획린해〉에서도 확인할 수 있다.

> -〈전략〉-기린은 반드시 성인이 제위에 있을 때 출현한다. 성인을 위
> 해 출현하기 때문이다. -〈중략〉- 또 기린이 기린다운 것은 그 덕 때문이
> 지 모습 때문이 아니라고 말한다-〈후략〉-.[17]

위 예문에서 볼 수 있는 바와 같이, 기린은 성인이 제위에 있을 때에
성인을 위해 출현한다는 점에서 유교사회의 관습적 상징성이 인정된
다. 따라서 화진의 출생담에 나타난 옥기린은 유교사회에서 관습적으
로 신성시하는 동물이며, 출생담[18]에 나타난 천상계의 신선이었다는

---

14) 李成九(1995), 「전국시대의 양생術과 덕·성인관」, 『고대중국의 이해II』, 지식산업사, 1995, 109~185쪽.
15) "麒麟 仁獸也". 許愼 撰, 『說文解字注』, 上海古籍出版社, 1981, 470下쪽.
16) 이재중, 「기린도상연구」, 대구가톨릭대학교 대학원 박사학위논문, 2000, 135~136쪽 참조.
17) -(전략)-麟之出 必有聖人 在乎位 麟爲聖人出也-〈중략〉-又曰麟之所以爲麟者 以德 不以-〈후략〉-. 오수형 옮김, 『한유 산문선』, 서울대학교출판문화원, 2010, 544~545 쪽 참조.
18) 엄밀하게 구분하면, 출생담과 전생담은 약간의 차이가 있다. 전생담은 인물의 출생 이전의 이야기에 해당되고, 출생담은 인물의 태몽과 출생과정을 의미한다. 그러나 고소 설에서는 전생담이 현세의 출생담으로 연결되는 경우가 많으므로, 본고에서는 이 둘을 혼용하여 사용하기로 한다. 다만 전생담과 출생담의 구분이 필요할 때는 각기 독립하여 사용하고, 그 외 별도의 표시가 없으면 '출생담'이라는 용어는 전생담과 출생담을 통용 하는 의미로 사용하였음을 밝힌다.

존재 본원은 이후 인물 서사에서 초월계의 관계를 자연스럽게 수용하
도록 하는 기능을 한다.

　남주인공 화진의 이러한 면은, 여주인공 남채봉에게서도 유사하게
나타난다. 남채봉의 출생담은 불가와의 인연을 상징적으로 드러내는
사물과 유교적 신성을 암시하는 대상이 동시에 나타난다. 그 중 남채
봉이 유교사회의 관습과 관련 있는 인물임을 알 수 있는 것은, 그녀의
출생담에 나타나는 봉황의 상징성이다. 먼저 남채봉의 출생담에 나타
난 주요 서사를 정리해 보면 다음과 같다.

　[B] **남채봉의 출생담**
　① 남어사가 자녀를 두지 못해 후사를 근심하다.
　② 부인 한씨가 꿈에 달을 본 뒤에 딸을 낳다.[19)]

---

19) 남채봉의 출생담에 나타나는 '달'은 이본에 따라 큰 편차를 보인다. 국립중앙도서관본
　한문본에는 "韓氏亦夢, 月滿生一女"이라고 하여 '달이 차서' 딸을 낳은 것으로 되어
　있고, 이와 같은 계열로 보이는 懸吐本에도 같은 내용으로 기록되어 있다(白斗鏞, 『懸
　吐 彰善感義錄』, 翰南書林, 大正6(1917), 21쪽). 그리고 활자본에도 "한씨가 기몽을 엇
　고 일녀를 싱흐니"로 되어 있어서 역시 '달'은 나타나지 않는다.(朴健會 편, 『창선감의
　녹』, 조선서관, 大正3(1914), 26쪽).
　　이와는 달리 남채봉의 태몽에 "韓氏亦夢南海觀音抱月入室而生一女明光照耀"라고
　하여, 남해관음이 달을 안고 들어오는 또 다른 한문본도 있으며(李翔九 편, 『창선감의
　록 天』, 二葉房, 1916(우촌 古3736-6), 44쪽), 한글 필사본에도 "남부인의 한씨 일몽의
　남히 관음이 달을 안고 드러와 뵈이더니 흔 녀으를 나흐니"라고 되어 있다(金道洙 편,
　『창선감의록 上』, 국립중앙도서관, 刊寫年未詳(한古朝48-151), 46쪽). 이는 〈창선감의
　록〉의 남채봉이, 중후반부에서 佛敎와 밀접한 관련이 있음(여승의 도움, 잠시 불교에
　귀의하여 액운을 면하는 일)을 감안해 볼 때, 남채봉의 출생담을 '달'과 관련시키는 이본
　의 존재를 의미 있게 바라볼 필요가 있다고 본다.
　　따라서 〈창선감의록〉에는 남채봉의 출생담과 관련하여 '달'과 관련 없는 이본도 있고,
　'달'과 관련되는 이본도 있음을 알 수 있다. 이런 점에서 본고에서 텍스트로 사용한
　만송본의 경우에는 남채봉의 출생담이 '달'과 관련이 있는 이본이며, 이는 서사의 중후
　반부에서 남채봉이 불가와 잠시 인연을 맺는 것으로 형상화된다.

③ 아이를 낳던 날 밝은 빛이 방안을 가득 비추니, 진주를 처음 꺼내 놓은 듯했으며, 그 울음소리도 낭랑하여 단혈에서 봉황의 새끼가 우는 것 같았다. 그래서 이름을 彩鳳이라 했다.[20]

위 예문 [B]는 남채봉의 출생담을 정리한 것이다. 여기서 상징적 의미가 강한 사물은 '달'과 '봉황'이다. 이 두 가지는 이후 남채봉의 인물 서사와 밀접한 관련을 가진다. 먼저 달은 광명의 상징으로서 온 세상을 밝게 비춘다는 의미를 지닌다.[21] 이는 남채봉이 부덕(婦德)의 체현을 통해 세상을 밝게 교화하는 것으로 드러나는데, 달은 불교적 광명을 상징하여 많은 고승들의 태몽이 달로 설명된다고 한다.[22] 그래서 채봉이 불가와 맺는 인연은 이러한 달의 문화적 상징성과 관련을 맺고 있다는 점을 통해 알 수 있다.[23] 또 달은 여성의 생리주기와 일치한다는 점 외에도, 달이 소멸했다가 다시 소생하는 속성은,[24] 남채봉이 고난과 시련 끝에 죽었다가 다시 소생하는 서사[25]와 일치한다.

---

20) 〈창선감의록〉, 66쪽.

21) 『年曆』에서 "달은 모든 陰의 宗光으로, 안의 해 그림자로써 밤에 빛나므로 이름을 夜光이라고 한다"는 말은 달의 이러한 속성을 잘 드러내는 말이다.(何新 著, 洪熹 譯, 『神의 起源』, 동문선, 1990, 74쪽에서 재인용)

22) 村山智順 저, 金禧慶 역, 『조선의 점복과 예언』, 동문선, 2005, 295쪽; 김병권, 전게논문, 2001, 7쪽에서 재인용.

23) 김병권, 상계논문, 2001, 7~8쪽.

24) 何新에 의하면, 달이 소멸했다가 소생하는 주기적 현상을 해석하기 위해 달 속에 불사약이 있다는 신화가 발생했다고 한다. 그리고 죽었다가 다시 소생한다는 말은 '달의 신화'와 관련되는 것으로, 상아가 서왕모의 불사약을 얻어 달의 신이 되었다는 신화와 관련된다.(하신, 상계서, 74쪽 참조)

25) 남채봉은 조녀가 난향을 통해 준 독죽을 먹고 죽은 뒤 강가에 버려지나, 관음이 청원 스님에게 단약 세 알을 주어 구하라고 하여 다시 살아나게 된다.(〈창선감의록〉, 185~189쪽)

그리고 남채봉의 출생담에 나타나는 달은 달의 신 여와(女媧)와 관련
되는데, 여와는 전설 중에 음제(陰帝)로, 태양신 복희의 배우자이며,
달의 별명은 태음성이다.[26) 달의 신 여와가 음제, 즉 음의 세계의 제
왕이라는 점은, 진국공이 되는 화진의 아내이면서 동시에 여자 중의
성인(聖人)이 되어 세상을 교화할 것[27)이라는 남채봉의 서사와 조응될
수 있는 부분이다.

그리고 남채봉의 출생담에서 유교적 차원의 상징성에서 보다 큰 의
미를 가지는 것은 봉황이다.[28) 남채봉의 출생담에는 그녀가 태어날
때에 그 울음 소리가 단혈에서 봉황의 새끼가 우는 것 같아서 이름을
채봉이라고 지은 것으로 되어 있다. 이는 봉황이 사람에게 광명과 행
복을 가져다 줄 것 같이 생각하여, 인조(仁鳥)나 복음으로 여기는 것[29)
과 관련이 있다. 실제로 봉황은 고대 중국에서 신성시했던 상상의 새
로, 기린, 거북, 용과 함께 사령(四靈)에 속하며, 봉황과 용은 점차 시
간이 지나면서 용은 황제를, 봉황은 황비를 상징하게 된다.[30)

일반적으로, 봉황은 단혈산에 살며, 머리의 무늬는 '덕' 자의 모습
을, 날개의 무늬는 '의(義)' 자의 모습을, 등의 무늬는 '예(禮)' 자의 모

---

26) 何新, 상게서, 72쪽 참조.

27) 〈창선감의록〉, 190쪽. 그리고 남채봉이 여자 중의 聖人이 되는 것은 달의 상징적 의미
  와 함께 봉황의 상징성이 함께 작용하고 있다. 봉황은 유교사회에서 성인이 이 세상에
  나오면 나타난다는 동물이기 때문이다.

28) 봉황은 수컷인 鳳과 암컷인 凰을 합한 말이다. 그러나 통상적으로는 이를 크게 구분하
  여 사용하지 않고 '봉황'으로 사용하고 있고, 또 〈창선감의록〉의 채봉 출생담에서도
  '봉황'으로 나타나기에 본고에서도 암수 구분 없이 '봉황'으로 통칭하기로 한다. 만약
  구분이 필요할 경우에는 '봉'과 '황'으로 구분하기로 한다.

29) 王大有 著, 林東錫 譯, 『龍鳳文化原流』, 東文選, 1994, 50쪽.

30) 윤열수, 『신화 속 상상동물 열전』, 한국문화재보호재단, 2010, 14쪽.

습을, 가슴의 무늬는 '인(仁)' 자의 모습을, 배의 무늬는 '신(信)' 자의 모습을 하고 있으며, 길조와 인애(仁愛)의 상징이며, 사람 사는 곳에 나타나면 천하가 태평해진다[31]고 하는 새이다. 그리고 후한 때의 허신이 찬한 『설문해자주』에서도 그 모습에 대해 언급한 후 이 새가 나타나면 천하가 태평해진다[32]고 하고 있다.

초기 문헌에서 드러나는 이러한 다양한 의미로 인해, 민속문화에서의 봉황도 아주 다양한 의미를 지니고 있는 것으로 나타난다. 태평성세, 고귀하고 상서로움을 의미하기도 하고, 지절이 높고 품위 있는 새, 훌륭한 인물을 상징하기도 하며, 중국의 경우 봉황은 용과 함께 황제와 황후를 상징하다가 후에 봉황은 여인을 가리키는 것으로 변하여 여성들의 혼례복에 봉황을 그려 넣기도 했다.[33]

봉황이 가지는 이러한 상징적 의미는 남채봉의 성격 및 인물 서사와 잘 부합되며, 그녀가 구현하는 유교적 차원의 부덕(婦德)의 근거가 된다. 가령 봉황의 형상과 의미에서 드러나는 '신'과 '지절'의 경우는, 남채봉이 화진으로부터 받은 신물(信物)인 청옥패를, 조녀가 온갖 위협과 학대를 해도 그녀에게 빼앗기지 않음으로써 남녀 간의 '신'과 여성으로서의 '지절'을 지키는[34] 것으로 나타난다. 또 심씨로 인해 온갖

---

31) 예태일, 전발평 편저, 서경호, 김영지 역, 『산해경』 제1장 南山經, '南次三經', 안티쿠스, 2008, 23쪽.

32) 許慎 撰, 『說文解字注』, 上海古籍出版社, 1981, 148쪽 참조.

33) 한국문화상징사전편찬위원회, 『한국문화 상징사전』, 동아출판사, 1992, 355~357쪽 참조.

34) 이는 윤부인이 조녀에게 쉽게 홍옥천을 내주는 것과 달리, 남채봉은 청옥패를 주지 않는다. 그리고 남채봉은 윤부인에게 이 두 옥은 자신들의 信物이라고 하고 군자(화진)의 말씀도 들어보지 않고 함부로 남에게 주면 되겠느냐고 한다.(〈창선감의록〉, 175~176쪽) 그러나 화진이 범한 등의 무고로 인해 서인으로 내쳐지고, 남채봉의 작호까

괴롭힘35)을 당하지만, 이후 심씨가 용서를 빌 때에는 윤 부인과 함께 자신들의 죄라고 함으로써36) '예'와 '인'의 정신을 보여준다.

이러한 면은 자현암에서 모친 한부인을 만났을 때에, 양부모의 은혜를 이야기한 후 자신이 게으르고 방자하여 부인의 덕성과 자식의 도리 가운데 어느 것 하나도 제대로 닦은 바가 없다고 하고, 전후로 겪은 곤욕은 모두 자신이 자초한 것37)이라는 태도를 보이는 것에서도 확인된다. 또 화진이, 자신으로 인해 그 화가 남채봉에게 미쳤다고 하니, 남채봉은 자신이 불민하여 스스로 큰 재앙을 불렀던 것38)이라고 하는 태도에서도 잘 나타난다.

그리고 봉황의 형상에 드러나는 '덕'은, 청원스님과 관음보살이, 남채봉은 여인 가운데 '성인'이 되어 아황, 여영의 덕을 이어 규중의 교회를 그게 천명할 것39)이라고 하는 부분에서 극명하게 드러난다. 이는 초월적 존재와 그의 지시를 받은 인물에 의해 강조된다는 점에서 신뢰할 수 있는 부분이다.

따라서 〈창선감의록〉에서 남채봉의 성격은 유교사회의 관습적 상징물인 봉황, 그리고 광명과 불가와의 인연을 암시하는 달을 통해 상징화 되어 있다고 할 수 있다.

지 강등되자 조녀는 남채봉을 심씨 앞에서 심부름을 시키고, 청옥패를 강제로 빼앗는다.(〈창선감의록〉, 182~183쪽) 하지만 그녀 스스로는 청옥패를 주지 않은 것이기에 남채봉은 화진과의 신의를 지켰다고 할 수 있다.
35) 〈창선감의록〉, 166쪽.
36) 〈창선감의록〉, 415쪽.
37) 〈창선감의록〉, 376쪽.
38) 〈창선감의록〉, 389쪽.
39) 〈창선감의록〉, 190쪽.

3. 화진 서사의 상징 실현과 초월성

그렇다면 〈창선감의록〉에서 남녀 주인공 출생담의 상징적 의미는 어떻게 구현되고 있는가? 앞서 화진의 성격은 유교문화권에서 관습적으로 신성시 되는 옥기린을 통해 상징적으로 제시된 바 있으며, 그 옥기린의 상징적 의미는 덕성과 태평성대로 요약할 수 있다. 옥기린이 상징하는 덕성과 태평성대의 의미는 화진이 가정과 국가 양면에서 실현하는 것으로 나타난다. 먼저 옥기린이 상징하는 덕성이 가정적 차원에서 실현되는 양상은, 화진이 모친 심씨와 형 화춘에 대한 수난과 그 과정에서 드러나는 효행의 실천으로 구체화되고 있다. 이와 관련된 서사단락을 정리해 보면 다음과 같다.

[C] 화진의 수난과 효행
① 화욱이 죽은 후 심씨와 화춘이 화진을 모질게 구박하고 폭행하나 화진은 이들을 원망하지 않고 지성으로 섬기다.(47쪽, 51~54쪽)
② 심씨가 화진의 처소 안팎의 문을 모두 닫아, 그로 하여금 하늘의 해를 보지 못하게 하다.(185쪽)
③ 화춘과 심씨가 집안의 살인 사건에 대해 고소장을 써서 화진을 고소하나, 화진은 어머니와 형의 처지를 생각하여 자신이 저지른 일이라고 자복한 후 옥에 갇히다.(201~205쪽)
④ 화진이 형과 심씨로 인해 성도로 유배가게 되다.(248쪽)
⑤ 화진은 하늘로부터 仁孝를 타고 났으며, 마음 속에서 우애가 우러나, 밥상을 대하면 어머니를 그리워하고, 승경을 만나면 형을 생각하다.(276쪽)
⑥ 심씨와 화춘의 죄상이 드러나 화춘이 옥에 갇히자, 화진은 형을 살리고자 노력하다.(313~314쪽)

⑦ 화진이 전장에서 심씨를 지극 정성으로 염려하는 편지를 올리다.(368
쪽, 379~381쪽)

⑧ 화진이 전장에서 돌아와 천자에게 형 화춘의 죄를 대신하고자 하니,
천자가 화춘을 용서하다.(399쪽)

⑨ 심씨와 화춘이 잘못을 뉘우치고 화진에게 진심으로 사죄하다.(401~
402쪽)

위 예문은, 모친 심씨와 형 화춘의 학대 및 모함에도 불구하고, 모
친과 형에 대해 지극 정성을 다하는 화진의 행위를 정리해 본 것이다.
화진의 이러한 효성은 그의 출생담에서 드러났던 옥기린의 상징성이
그의 효행을 통해 구체화된 것이다. 이것은 작가가 유교의 강상의 윤
리로 강조하고 있는 효가 실천되는 과정이면서, 동시에 화진이 겪는
액운이기도 하다. 고행의 성격을 가지는 화진의 효행이 그의 액운이
라는 점은,[40] 하어사와 은진인의 말을 통해서 드러난다. 하어사는 화
진이 심씨와 화춘의 무고로 인해 옥에 갇히게 되자 그를 두고 '기린이
때를 만나지 못해 서상(鉏商)의 액을 만났다'[41]고 하며 그의 효심을
높게 평가하고 있다. 그리고 전생의 천상계 스승이었던 은진인도 화
진에게 전생의 일을 간단히 언급한 후, '그대의 슬픈 날은 이미 다
지나갔으니 즐거움을 누릴 날이 곧 올 것'[42]이라고 하여 그의 수난이
액운에 의한 것임을 간접적으로 드러내고 있다.

---

40) 여기서 화진의 '효행'이 '액운'이라고 표현한 것은, '효행' 그 자체가 '액운'이라는 의미
가 아니다. 이는 화진이 효행을 실천함에도 그것이 받아들여지지 않고 고난을 당하는
것을 이름이다. 다만 표면적으로 화진이 실천하는 효가 수난의 성격을 가지고 있기
때문에, '액운'의 성격을 가진다고 표현한 것이다.

41) 〈창선감의록〉, 208쪽.

42) 〈창선감의록〉, 288~289쪽.

이는 화진의 옥기린 출생담이 상징하는 것 중의 하나인 덕성이 화진의 효행으로 나타나고 있다는 것이며, 그것은 화진이 반드시 치루어야 할 액운으로 나타난다. 그리고 이는 현실계의 덕망 있는 관리와 초월계의 인물인 은진인이 지지함으로써 〈창선감의록〉의 유교이념은 현실적 차원의 윤리에 그치지 않고, 초월계에서 옹호 받는 이념으로 자리하게 됨을 의미한다.

하지만 작가는 화진의 효행을 액운의 상태에 머무르게 하지 않는다. 화진의 액운은 그의 효행으로 인해 회운으로 바뀌는 계기로 작용한다. 이는 화진의 죄를 심문하는 지부 최형이, 그 고소장은 무고일 것이라고 생각하는 것[43]이나, 지부 최형이 하춘해에게 화진의 고소장을 상의하자 하춘해가 '화진은 옥 같은 자질을 지니고 있으며, 인봉(麟鳳) 같은 덕성을 지녔다'고 하며, '만일 화진이 조그만 도리를 지키려다가 비명에 죽고 만다면 후세 사람들이 그 정신을 알 길이 없게 될 것'이라고 하면서, 화진이 누명을 쓰고 죽으려 하는 것을 만류하는 대목[44]에서 잘 드러난다. 특히 하춘해는 화진에게 쓴 편지에서 "좋은 옥은 불 속에 들어가야 그 본성이 더욱 빛을 발한다"[45]고 하며 위로하고 있는 데, 이는 화진이 실천하고 있는 孝行의 진정성을 잘 드러내는 말이라고 할 수 있다.

그의 효행의 진정성은 윤여옥의 기지로 인해, 엄세번 등이 화진을 죽이지 않고 유배형으로 감형하였을 때, 예문 ⑤와 같이 어머니와 형을 그리워하는 대목에서도 잘 드러난다. 또 심씨와 화춘의 죄상이 드

---

43) 〈창선감의록〉, 204쪽.
44) 〈창선감의록〉, 209~210쪽.
45) 〈창선감의록〉, 209쪽.

러나 화춘이 옥에 갇혔을 때, 그를 구하기 위해 애쓰는 예문 ⑥과 전장에서 돌아와 화춘의 죄를 대신하고자 하는 예문 ⑧의 내용, 그리고 화진이 전장에서 심씨에게 보낸 편지에도 그의 효심이 매우 잘 나타나 있다. 이러한 화진의 효성에 대해 심씨와 화춘은 진심으로 참회의 눈물을 흘린다.

이런 점에서 화진의 출생담에 나타난 옥기린의 상징적 의미 중 하나인 덕성은 가정적 차원에서 그의 어진 성품과 孝行으로 구체화되어 있다고 볼 수 있다. 기린의 상징성에 근거한 화진의 덕성은, 모친 심씨와 형 화춘의 모진 학대와 고난, 그리고 엄숭, 범한, 장평, 누급 등과 같은 악인들의 모해와 간계에도 훼손당하지 않음으로써, 그가 지향하는 행위의 전모는 사불범정(邪不犯正)과 권선징악의 주제의식을 구현하는데 기여하게 된다. 그리고 이를 초월계의 인물인 전생 스승이었던 은진인이 옹호함으로써 작가와 화진이 지향하는 유교이념은 한층 중요한 가치로 각인된다.

이와는 달리, 유교사회에서 옥기린의 또 다른 관습적 상징이라 할 수 있는 태평성대는 국가적 차원에서 구현된다. 이는 옥기린의 상징적 의미를 가정과 국가 양면에서 모두 보여줌으로써 유교사회에서 군자가 추구하는 이상을 제시하고 있는 것으로 볼 수 있다. 이와 관련된 부분을 정리해 보면 다음과 같다.

[D] **화진의 입공과 태평성대의 구현**
① 화진은 은진인으로부터 병법을 익히고 신기를 받다.(291쪽)
② 은진인은 화진에게 나라 일이 한창 급하니 어서 속히 돌아가라고 하다.(291쪽)

③ 병부상서 하공이 "화진은 국록을 먹을 귀인의 상을 타고 태어났다"고
   하며 추천하여 백의로 출전하다. (296~297쪽)
④ 화진이 서산해와 채백관의 침입을 막아 내는 공을 세우다. (324~383
   쪽)
⑤ 천자는 문화전에서 대신들을 불러 놓고 화진을 진국공에 봉하다. (406
   쪽)
⑥ 천자는 화진의 위대한 공적을 태상[46]에 기록하다. (407쪽)

위 예문은, 화진이 전생의 스승인 은진인으로부터 수학한 후 전장
에 나가 나라를 위기에서 구하는 忠의 실현 과정을 정리한 것이다.
이러한 화진의 성격과 입공 과정은 전반부와 확연히 다른 양상을 보인
다. 옥기린이 함의하고 있는 덕성이 가정 내에서 실현 될 때에는 특별
한 장치가 필요 없이 화진의 효행만으로 가능했고, 부분적으로 초월
계의 인물인 은진인의 옹호와 같은 형식이 추가되었다.

하지만 국가적으로 忠을 실천하고 태평성대를 실현하기 위해서는
이보다 구체적인 원조와 근거가 필요하다. 그것은 곧 화진의 전생담
을 근거로 하여 은진인과 같은 초월적 인물을 끌어들여, 현실계의 평
범한 화진을 비범한 인물로 탈바꿈시키는 것이다. 그것이 바로 위 예
문 ①에서 확인되는, 전생의 스승인 은진인으로부터 병법을 익히고
신기(神器)를 전수받는 것이다. 이를 바탕으로 화진은 국가의 큰 위기
를 해결하고 태평성대를 구현하는 인물이 된다. 이는 화진이 천상(天
上) 신선이었다는 전생담과 옥기린이 상징하는 태평성대의 의미를 결
합시켜 이루어낸 결과이다. 따라서 〈창선감의록〉에서 초월계의 원조

---

46) 해와 달을 그려 넣은 천자의 旗로써, 공신의 錄券을 뜻하며 조선의 경우 기린각과
   그 성격이 통한다고 볼 수 있다.

는 화진이 옥기린의 상징적 의미 중 하나인 태평성대를 보다 구체적으로 서사화할 수 있는 계기를 마련해 주는 역할을 한다고 할 수 있다.

이와 같이 〈창선감의록〉의 후반부에 나타나는 이러한 일련의 서사 전개는 유교사회 중심의 정치적인 의미를 내포하고 있는 것으로 볼 수 있다. 실제로 조선시대에는 많은 공신들의 업적을 기리기 위해 기린각을 설치하여 공신들의 업적을 기록하자는 논의가 있었다.[47] 이것을 본다면 기린은 신하의 국가적 忠의 실천과 관련이 있다고 볼 수 있다. 따라서 이 작품의 옥기린도 화진이 태평성대를 이루어 충신이 되는 것과 밀접한 관련이 있음을 알 수 있다.

4. 남채봉 서사의 상징 실현과 초월성

앞서 제시한 예문 [B]에 나타난 남채봉의 출생담을 보면, 남채봉은 모친 한씨가 꿈에 '달'을 본 후 잉태하여 낳았으며, 남채봉을 낳던 날 밝은 빛이 방안을 가득 비추었다고 했다. 이는 남채봉이, 가정을 밝게

---

47) 조선왕조실록에는 기린각에 관한 기사가 대략 15회에 걸쳐 기록되어 있다. 그 외 태평성대와 관련이 있는 기린이나 봉황에 관한 기록까지 합치면 그 수는 훨씬 더 많다. 기린각에 관한 기사가 정리된 시대를 간략히 정리하면 다음과 같다. 태종 18년(1418) 병술 4월 6일(국사편찬위원회 외, 국역조선왕조실록 CD-ROM 1집), 예종 1년(1469) 계묘 5월 20일(1집), 중종 1년(1506) 갑진 9월 28일(1집), 중종 13년(1519) 임술 9월 25일(1집), 선조 31년(1598) 병오 11월 25일(2집), 선조 37년(1604) 을해 10월 29일(2집), 선조 37년(1604) 신해 3월 1일(2집), 인조 6년(1628) 경오 9월 13일(2집), 영조 9년(1733) 병자 10월 28일(3집), 영조 12년(1736) 병신 11월7일(3집), 영조 12년(1736) 정유 11월 8일(3집), 영조 20년(1744) 임자 10월 9일(3집), 영조 21년(1745) 무신 10월 10일(3집), 영조 31년(1755) 병진 4월 13일, 정조 1년(1777) 계유 12월 21일(3집), 정조 2년(1778) 신유 5월 2일(3집), 정조 12년(1788) 계유 5월 12일(3집).

교화해야 한다는 임무를 부여받는 인물서사와 맥을 같이한다. 앞서 살펴본 바와 같이 일반적으로 '달'은 광명을 상징하는데, 이는 봉황이 상징하는 덕성과 함께, 남채봉이 가정을 교화하는 것에 기여한다.

앞서 이미 지적한 바와 같이 유교사회에서 봉황은 기린과 함께 태평성대와 덕성을 상징하는 동물인데, 남채봉은 봉황이 함의하고 있는 신, 지절, 인, 예, 덕과 같은 덕성을 바탕으로 가정을 교화하는 방향으로 서사가 진행된다. 또 남주인공 화진이 수난과 액운을 통해 그의 덕성을 드러내었듯이, 남채봉 역시 액운의 과정을 통해 그녀의 부덕(婦德)을 드러내고 있다. 다만 남채봉의 경우는 그러한 액운이 천정에 의한 것이며, 그 극복의 과정에 초월계가 직접적이고 반복적으로 관여하면서 유교적 덕목의 실현을 임무로 부여한다는 차이가 있다. 이와 관련되는 부분을 정리해 보면 다음과 같다.

[F] **남채봉의 수난과 액운**
① 남채봉이 유배가는 가족과 함께 동정호를 지나다가 자객을 만나 죽을 위기에 처하고, 상군낭낭의 명을 받은 선녀에 의해 구출되다.(73~78쪽)
② 화진이 삭탈관직 되고, 남채봉은 소실로 강등되다.(178쪽)
③ 화진이 신물로 준 청옥패를 조녀가 빼앗으려 하고 끊임없이 그녀를 학대하다.(178쪽, 183쪽)
④ 남채봉은 조녀가 난향을 시켜 준 독 죽을 먹고 죽은 후 강물에 버려지고, 청원 스님의 꿈에 관음보살이 나타나 단약을 주면서 남채봉을 구하라고 하다.(185~187쪽)
⑤ 전생의 업보 때문에 10년 액운이 있다는 말을 선녀로부터 듣다.(79쪽)
⑥ 남소저는 수 년 동안의 재앙이 더 남아 있으며, 불가와도 인연이 있다.(192쪽)

⑦ 청원스님이 남부인에게 아직 수 년의 액운이 있다고 하고, 관음보살
   이 다시 남부인의 꿈에 나타나 청원이 한 말과 같은 말을 하다.(193쪽)

[G] 남채봉의 천정과 부덕

① 남소저는 천지의 정기와 오행의 수기를 타고 태어났다.(190쪽)
② 남소저는 장차 여인 가운데 성인이 되어 위로 아황, 여영의 덕을
   이어 규중의 교화를 크게 천명할 인물이다.(190쪽)
③ 황천은 남소저로 하여금 분발하여 큰 덕을 이루게 함으로서 장차
   그 이름을 천하후세에 전하게 하려고 하다.(191쪽)

위 예문 [F]는 남채봉의 수난과 액운 및 초월적 존재에 의한 구원이
고, 예문 [G]는 남채봉이 천정에 의해 여자 성인이 되어 부덕(婦德)을
통해 규중을 교화할 것임을 드러내고 있는 부분이다. [F]의 과정을
거쳐야만 [G]의 실현이 가능해진다. [G]는 남채봉의 출생담에 나타난
달과 봉황의 상징성이 초월적 존재에 의해 다시 한 번 강조되고, 동시
에 남채봉은 이것을 현실적으로 구현해야만 하는 임무를 부여받는 장
면이다. 그리고 그 과정에 초월적 존재에 의한 원조와 구원이 있게
된다.

그런데 화진과 남채봉의 출생담의 상징성이 실현되는 방식과 초월
성의 개입 양상은 두 사람이 조금 다르다. 화진의 경우에는, 유교사회
의 관습적 상징물로 제시된 옥기린의 속성이 가정에서 孝의 실천과
국가적 忠의 실현을 통해 드러나고 있다. 그리고 은진인이라고 하는
초월적 존재의 개입은 화진의 수학을 돕고 비범한 능력을 획득하는
데 기여하는 것으로 나타난다.

이에 비해 남채봉의 경우에는, 그녀의 부덕을 드러내기 위해 가족

이산과 전국유리, 죽음과 같은 시련을 겪게 하고 있다. 그리고 남채봉 서사에서 초월적 존재의 개입은 그녀에게 물리적 원조를 하거나 생명을 구원하는 것과 같은 방식으로 이루어진다. 또 초월적 존재는 남채봉이 액운의 과정을 거친 후 여성으로서 규중을 교화해야한다는 임무를 부여하는 대상이면서 이러한 일련의 과정이 모두 천정이라는 것을 전달하는 역할을 한다. '[F]⑤'와 같이 10년의 액운을 인내한 후 '[G]②'의 아황, 여영의 덕성을 체득하여 이를 세상에 드러내야 하는 것은, '[G]③'에서 '황천이 남소저로 하여금 분발하여 큰 덕을 이루게 함으로써 장차 그 이름을 천하 후세에 전하게 하려 한다'는 천의(天意)와 연결되는 부분이다.

여기서 특징적인 것은, 옥기린의 상징성이 현실화 될 때의 화진의 행동이 매우 능동적이고 자기주도적인 면이 강한 것에 비해, 남채봉은 봉황의 상징성이 현실화 되는 과정에서 매우 수동적이고 의존적인 면이 강하게 나타난다는 점이다. 다만 남주인공 화진에 비해 그 역할이나 지향점이 규중의 교화라는 점에서 다소 제한적이기는 하지만, 남채봉 역시 이 작품에서 유교사회의 관습적 상징물을 통해 유교이념을 드러내고 있다는 공통점이 있다.

이상을 통해서 볼 때 〈창선감의록〉의 전체 서사에는 아주 다양한 등장인물이 등장하고 또 남주인공 화진의 서사 비중이 큰 것이 사실이지만, 이 작품은 출생담에 나타난 남녀 주인공의 상징적 의미와 인물의 성격 및 행위의 지향점이 주제의식과 어우러져 있다고 할 수 있다. 또 화진과 남채봉의 출생담에 나타난 상징성이 인물 서사의 구현 과정에서 일부 차이를 드러내기도 하지만, 남주인공은 유교사회의 전형적인 군자의 모습으로, 여주인공은 요조숙녀의 모습으로 형상화되어 있어서, 신화나 영웅소설 등에서 익히 보아오던 천정배필의 형식이 유교적 사유의 형태로 변형되어 구조화 되었다고 할 수 있다.

5. 초월계에 의한 유교이념 강화와 현실계에서의 확산

이미 논의한 바와 같이 이 작품은 유교사회에서 특별하게 인식되던 기린과 봉황의 관습적 상징성을 남녀 주인공의 성격과 결부시켜 형상화한 작품이다. 여기에 초월적 존재를 개입시켜, 출생담의 상징적인 의미가 인물 서사의 전면에서 온전하게 구현되었다.

서사 전개 과정에 나타나는 유교이념과 초월계의 이러한 관계 양상은 다른 한편으로 인물의 선악을 구분하고 강화하는 역할을 하기도 한다. 남성의 경우에는 충효를 실천하는가 그렇지 않은가에 따라 선인과 악인으로 구분되고, 여성의 경우에는 부덕(婦德)의 유무에 따라 선과 악으로 구분된다.[48] 유교이념의 실천 여부가 인물의 선악을 구분하는 1차적 기준이 되는 것이다. 그리고 이러한 주제의식을 강화하고 옹호하는 역할을 하는 것이 초월계이다.

먼저 앞서 논의된 화진의 서사에서 추출되는 유교이념적 성격과 초월계의 개입 양상을 정리해 보기로 한다.

---

48) 일반적으로 고소설에서 남녀 주인공이 善人으로 등장하는 경우 忠孝와 婦德을 겸비하지 않은 경우는 드물다. 그러나 이러한 유교적 가치관에 의해 작품 속 인물들을 철저하게 선악으로 구분하기 시작하는 것은 〈창선감의록〉이나 〈소현성록〉, 〈사씨남정기〉와 같은 초기 가정·가문소설이라고 생각된다. 이는 이들 작품이 17세기 유교적 예교주의에 의해 인물의 성격이 결정되기 시작하는 작품이라는 것을 의미한다.

[A] 화진의 유교이념적 성격

① 가정 : 화진은 모친 심씨와 형 화춘으로부터 심학 학대를 받음에도 불구하고 어진 성품을 바탕으로 효를 실천하는 인물이다.

② 국가 : 화진은 비범한 능력으로 국가의 위기를 해결하고 태평성대를 실현하게 하는 충신이다.

③ 의미 및 지향성 : 화진은 충효를 실천하는 군자의 전형이며 남성인물의 귀감이다.

위 예문에서 알 수 있는 화진의 성격은 충효를 실천하는 군자의 전형이다. 그래서 화진은 현실계의 인물들인 윤여옥, 유성희, 유이숙, 왕겸, 성생 등으로부터 존경을 받으며 남성인물의 귀감이 되고, 이들에 의해 화진이나 작가가 지향하는 유교이념은 보다 더 넓게 확산된다. 이들은 화진의 행동을 본받고자 하며 그를 적극적으로 돕고 옹호하게 된다.[49] 이러한 화진의 유교이념적 성격에 대한 옹호와 지지는 현실계의 인물들뿐만 아니라 초월계를 통해서도 나타난다.

[B] 화진과 관련된 초월계의 반응

① 어느 날 화상서와 정부인이 화진에게 찾아와 큰 화가 다가왔으니 몸을 잘 보살피라고 하다.(201쪽)

② 화춘의 집안에서는 제반사가 큰 혼란에 빠지면서 재변이 계속 일어나고 있었다. 백화헌 앞에 서 있던 천 년 묵은 고목나무가 까닭 없이 쓰러지고, 만류정 아래에서는 늙은 구미호가 슬피 울며 돌아다녔으며, 상서 사당에서는 한낮에 곡소리가 들려왔다.(217쪽)

---

49) 惡人들의 경우에도 서로 지지와 협력, 同黨을 구성하지만, 이는 이해득실에 의한 관계이기 때문에 그 유대는 깨어지게 되어 있다. 그러나 화진과 같은 경우에는 그 자체가 순수한 본보기의 대상이 된다는 점에서 惡人들의 협력과 동당 형성과는 차원을 달리한다.

③ 은진인이 화진에게, "그대의 슬픈 날은 이미 다 지나갔으니 즐거움을
누릴 날이 곧 다가올 것이오. 집안에 들어서면 모친과 형제가 함께
사는 즐거움이 있고, 조정으로 나가면 성군과 현신이 서로 만나는
기쁨이 있을 것이오. 충효에 따르는 복은 장구한 것이지요."라고 하
다.(289쪽)

④ 화진은 은진인으로부터 병법을 익히고 신기를 받다.(291쪽)

위 예문 [B]는 화진이 위기에 처했을 때 나타나는 신이한 현상과
초월적 존재의 원조이다. 예문 ①은 화춘에 의해 유폐 당하여 울고
있을 때에 죽은 부친과 모친이 나타나 그에게 닥칠 위기를 예시하는
부분이다. 아무리 죽은 사람이라 하더라도 부모가 자식을 걱정하는
것은 자연스러운 현상이다. 그러나 부모의 이러한 현몽을 통한 암시
가 악인의 전형으로 등장하는 장남 화춘에게는 보이시 않는나는 점에
서 단순히 부모의 자식에 대한 걱정이라고 단정할 수는 없다. 왜냐하
면 서두에서 부모가 모두 유교이념의 체현자[50]로 나타나고 있는 데,
그들이 추구하는 이상을 화진이 실천하고 있기에 그들은 죽어서도 현
몽하여 아들의 위기를 알려 주고 있는 것이다.

예문 ②는 심씨와 화춘의 무고에 의해 화진이 옥에 갇히고 난 후에
나타난 재변이다. 얼핏 보아서는 화춘의 악행에 대한 경고로 보이지
만, 이것은 그러한 성격과 동시에 어질고 선한 인물인 화진의 무고함
에 대한 초월계의 신이한 반응이라는 성격도 함께 가지고 있다. 이는

---

50) 작품 서두에 보면, 화욱은 사람됨이 방정하고 준엄하며 항상 선비로서의 바른 길을
걷고자 하는 인물로 나타난다. 그리고 어려서부터 아들 화진이 花門의 福星이라고 하며
자랑스러워한다. 그리고 정씨는 정숙하고 덕망이 있으며, 매양 『孝經』읽으면서 몸가짐
을 바르게 하는 인물로 등장한다. 이러한 면은 화춘의 임씨가 긍정하는 말을 통해서도
드러난다.(〈창선감의록〉, 20~31쪽).

이후 제시되는 집안 살인 사건을 통해서 확인할 수 있다. 집안에 자객으로 들어간 누급에 의해 같이 범행을 모의했던 난향이 혀가 잘려 죽은 사건을 두고, 서술자는 "화상서가 누급의 눈에는 나타났으나, 아들 화춘의 꿈에는 나타나지 않았다. 조물주가 난향의 혀는 잘랐으나 범한의 손은 자르지 않았다"[51]라고 하여 분명 초월계가 개입된 것으로 보고 있다. 죽은 화상서가 나타나 누급이 화진을 해치려고 하자 그를 쫓아버렸고, 또 같이 범행을 모의했던 난향은 비명에 죽게 함으로써 초월계가 선인과 악인의 행위에 대해 각각 개입하고 있는 것이다.

예문 ③과 ④는[52] 화진의 충효가 초월계의 인물인 은진인으로부터 인정을 받은 후 그로부터 병법을 전수받고 신기를 받으면서 국가적 충을 실천하는 인물로 거듭 날 것임을 알 수 있는 부분이다. 화진이 가정과 국가 양면에 걸쳐서 유교적 이념을 구현할 수 있도록 초월계가 지원하고 있는 것이다.

이러한 면은 여주인공 남채봉의 경우에도 거의 같은 방식으로 드러난다. 전체적으로 남채봉의 덕성을 강조하되 여기에 초월계가 적극적으로 개입하여 유교적 가치관을 옹호하고 있다. 다만 남주인공 화진에 비해 그 역할이나 지향점이 규중의 교화라는 점에서 다소 제한적이다. 앞서 논의된 남채봉의 서사에서 추출되는 유교이념을 정리하면 다음과 같다.

[A] 남채봉의 유교이념적 성격

---

51) 〈창선감의록〉, 203쪽.
52) 예문 ③과 ④와 관련해서는 앞서 잠시 논의되었으나, 논의의 편의를 위해 해당 부분을 요약하여 제시하였다.

① 가정 : 남채봉은 10년의 액운 기간이라는 시련을 인내하고 부덕을 체현하는 인물이다.

② 사회 : 남채봉은 여자 성인이며 아황, 여영의 덕을 이어 규중을 교화하고 큰 덕을 이루어 이름을 후세에 전할 사람이다.

③ 의미 및 지향성 : 남채봉은 여자 성인이며 요조숙녀로서 여성인물의 귀감이다.

위 예문은 앞서 논의하였던 남채봉의 서사에서 추출되는 유교이념적 성격을 정리해 본 것이다. 이를 통해서 볼 때 그녀가 실현하는 유교이념은 여자 성인으로서 아황, 여영의 덕성을 이어 규중을 교화하는 것으로 나타난다. 그 덕성을 서사의 전면에서 구체적으로 보여주기 위해 그녀에게는 인고의 세월이 필요했으며, 그 인고의 세월은 10년 액운으로 나타났다. 그녀가 10년 액운 기간에 죽을 고비도 맞이하지만 이는 초월계에 의해 구원을 받는다. 초월계가 그녀를 구원하는 이유를 순차적으로 정리해 보면 다음과 같다.

[B] **남채봉과 관련된 초월계의 반응**
① 청원의 꿈에 관세음보살이 나타나 단약 세 알을 주면서, 남채봉이 비명에 죽을 것이니 가서 구하라고 하다.(187쪽)

② 채봉이 조녀와 난향이 공모하여 준 독이 든 쌀죽을 먹고 죽어서 버려지자, 청원이 관세음보살이 준 단약으로 구하다.(185~189쪽)

③ 살아난 남부인이 청원에게 인사하다가 그 여승이 7년 전 관음화상을 청하던 스님임을 알아보고, 청원은 그때 벌써 남소저가 금년에 이렇게 되리라는 것을 알았다고 하다.(189~190쪽)

④ 청원은 남부인이 여인 가운데 성인이 되시어 위로 아황, 여영의 덕을 이어 규중의 교화를 크게 천명하실 것이라고 하고, 백신이 호위하여

요얼이 해칠 수 없었다고 하다.(190쪽)

⑤ 청원이 남부인에게, "황천은 부인으로 하여금 분발하여 큰 덕을 이루게 함으로써 장차 그 이름을 천하 후세에 전하게 하려는 것이라"고 하다.(191쪽)

위 예문 ①-③은 남채봉이 액운의 기간 동안에 조녀가 준 독죽을 먹고 자살했을 때 초월계가 개입하여 구원하는 장면이다. 이전에도 초월계는 남채봉을 구원해 준 바가 있는데, 그때는 남채봉의 부친 남표의 충절을 예로 들었었다.[53] 그런데 이번에는 부친 남표의 충절과 상관없이 오로지 남채봉의 덕성 때문에 초월계가 구원하고 있는 것이다. 이것은 선인집단이 겪는 시련의 정도가 극에 달해 죽음에 이르거나 현실적 차원에서 해결할 수 없는 중대한 사건에 처했을 때 비현실적인 논리로서 시련이 극복된다[54]는 관념의 소산이다.

그런데 초월계에 의한 극복의 관념에 유교이념의 실천이라는 지배이데올로기가 가미됨으로써 작가가 추구하는 주제의식이 좀 더 분명해진다. 그러므로 〈창선감의록〉에서 초월계에 의한 인물의 구원은 단순한 흥미요소나 위안의 성격이 아니다. 이는 예문 ④-⑤번에서 청원이 남채봉을 구한 후 초월계가 그녀를 구한 이유를 제시하고 있는 장면을 통해 알 수 있다. 이 예문에서 청원이 하는 말을 보면, 남채봉은 여성 가운데서 성인이 되어 위로 아황, 여영의 덕을 이어 규중을 교화하는 임무를 초월계로부터 부여받은 것으로 나타난다. 그래서 유교이념을 구현하는 남채봉을 백신이 호위하기 때문에 요얼도 해칠 수 없다

---

53) 〈창선감의록〉, 80~81쪽.

54) 조춘호, 「창선감의록 연구」, 『문학과 언어』 4집, 문학과언어연구회, 1983, 72쪽.

고 한다. 여기에는 사불범정의 유교적 가치관이 개입되어 있다. 또
황천은 남채봉이 분발하여 큰 덕을 이루게 함으로써 장차 그 이름을
후세에 전하게 하려 한다는 이유도 제시하고 있다. 이것은 남채봉이
유교이념을 실천하는 것을 통해 다른 인물들이 그를 효칙하게 하고자
함이다. 스스로 유교이념을 체현하여 다른 인물들에게 영향을 미치는
역할을 남성 쪽에서는 화진이 담당하고 있고, 여성 쪽에서는 남채봉
이 담당하고 있는 것이다. 그래서 남주인공 화진의 영향을 받아 그를
본받고 옹호하는 현실계의 인물들이 있듯이, 여주인공 남채봉의 영향
을 받아 그녀를 본받고 옹호하는 현실계의 인물도 있는 것이다. 그
대표적인 인물이 윤소저와 진소저, 그리고 시녀 계앵 등이다.

이들과 달리 끝까지 악한 행동으로 일관한 조녀나 난향, 계향 등은
비극적인 종말을 맞이한다. 이들은 작가가 추구하는 유교이념에 대치
되는 인물들이기에 철저하게 비난 받는 것으로 나타난다. 이것은 남
채봉을 비롯한 선인 집단이 유교이념을 구현함으로써 초월계로부터
적극적인 옹호를 받는 것과 상반된다. 다만 심씨의 경우에는 화진의
효성과 남채봉, 윤소저의 덕성으로부터 감화를 받아 회개하는 인물이
기에 비극적인 종말을 맞지 않는다.[55] 그래서 심씨는 마지막 순간에
구원을 받는다.

따라서 화진이 구현하고 있는 충효의 윤리규범이 그 자신에게 그치
지 않고 확산되었듯이, 남채봉의 덕행도 그 자신에게 한정되지 않고
다른 인물들에게로 확장되는 과정을 보이고 있는 것으로 볼 수 있다.

---

55) 개과천선한 심씨는 사람을 보내 남소저와 윤소저를 불러 눈물을 흘리며 용서를 빌고,
화진이 찾아온 청옥패와 홍옥천을 두 부인에게 나누어 줌으로써 이들의 관계는 온전하
게 회복된다.(〈창선감의록〉, 415쪽)

이러한 확장은 윤소저나 진소저는 물론이고, 성부인이 '심씨와 화춘 모자가 개과천선하여 인륜이 다시 크게 밝아졌다'[56]고 하면서 남부인 등을 위로하고 격려하는 것을 통해서 확인이 된다.

이렇게 화진과 남채봉이 유교이념을 체현하고 초월계가 옹호하고 현실계의 여러 선인들이 동조한 결과 악인들에게 두 가지 현상이 나타 난다. 하나는 모친 심씨와 형 화춘의 개과천선이고, 다른 하나는 온갖 악행을 일삼았던 악인들의 파멸이다. 이는 모두 초월계의 섭리에 의 한 것으로 이루어진다. 초월계는 화진과 남채봉이 충효와 부덕을 실 천할 수 있도록 적극적으로 돕거나 옹호하는 역할을 하면서,[57] 동시 에 악인의 경우에는 초월계가 직·간접적인 방식으로 그들을 급사시 키거나 비극적 종말을 맞이하는 것으로 이끌고 있는 것이다. 이러한 면은 심씨와 관련된 다음의 말과 작품의 말미에 드러나는 서술자의 말을 통해 확인할 수 있다.

> [가] 〈심씨〉: 심씨는 선공(화욱)이 돌아가신 뒤 한 번도 꿈에 나타나신
> 적이 없었는데, 근자에는 자주 꿈에 나타나 환하게 웃는 얼굴로

---

56) 〈창선감의록〉, 433쪽.

57) 초월계가 유교이념을 실천하는 인물을 적극적으로 옹호하는 것은 남채봉의 부친 남표 를 칭송하는 것에도 잘 나타난다. 이를 잠시 예로 들어 보면 다음과 같다.
  ▸ 선아가 "충신은 일신을 돌보지 않고 충절을 지켜 용린을 건드리고, 호구를 범하여 마침내 사나운 물결 속으로 몸을 던졌다 하더라도 천지신명이 보호하여 반드시 그 목숨을 보전하게 마련입니다."라고 하다.(80쪽)
  ▸ 선아는 남소저에게, "신명이 충신을 보호하는 까닭은 단지 그 사람만을 위한 것이 아니랍니다. 또한 그 나라의 임금을 위하는 길이기도 하지요."하다.(80쪽)
  ▸ 선아는 상군낭낭이 '상제께서 남표의 청렴과 충절을 이미 아시고 또한 대명 황제의 지덕에 대해서도 들으셨지. 그러므로 하늘이 장차 큰 복으로 보답하려 하시는 것이라 네'라고 하였다 하다(81쪽).

은근하게 말씀하신다 하고, '사람이 처음에 나쁜 짓을 하다가 나중
에 착한 일을 하는 것이 처음에 착한 일을 하다가 나중에 나쁜 짓을
하는 것보다는 나은 편이라오. 이제 그대에게 훌륭한 아들과 며느
리를 부탁하니 만복을 길이 누리며 자중자애 하시오.'라고 했다 하
다.58)

[나] 〈서술자〉 : 아아! 충효는 본성이요, 생사화복은 운명이다. 운명은
내가 알 바 아니니 다만 나의 본성을 다할 따름이다. 범한과 조녀가
비록 재주를 다하여 악행을 저질렀으나, 단지 다른 사람을 부귀하
도록 재촉하고 스스로 제 목숨을 끊어지게 했을 뿐이요, 하늘도
역시 벌을 내렸다.59)

위의 예문 중 [가]의 경우는, 화진의 어진 성품과 충효의 실천에
의해 심경의 변화를 일으키던 심씨에게, 화진의 부친 화욱이 나타나
착한 일을 하며 자중자애 하라고 하는 말이다. 이것은 화진이 효행을
실천하여 악덕했던 심씨를 개과천선하게 하였고, 이를 다시 초월적인
현몽의 방식을 빌어 화진이 실천하는 유교윤리규범을 옹호하는 것이
다. 그리고 [나]의 이야기는 강상의 규범인 충효가 인간의 본성이라고
긍정한 후, 생사화복이 운명이라고 하여 이 작품의 인물들의 삶에 초
월적인 논리가 개입되어 있음을 시사하고 있는 부분이다. 그래서 범
한과 조녀의 악행은 벌을 받았는데, 이것은 天意에 의한 것이라고 하
였다.
실제로 이 작품에서 대표적인 악인이라 할 수 있는 인물들은 그 말

---

58) 〈창선감의록〉, 318쪽.
59) 〈창선감의록〉, 454쪽.

로가 비극적이다. 범한의 경우에는 갖은 악행을 저지르다가 동류인 누급에 의해 살해당하며, 난향 또한 같이 범행을 모의했던 누급에 의해 죽는다. 그리고 장평이나 조녀, 난수, 계향 등도 모두 사로잡혀 압송당하여 벌을 받는 것으로 나타난다. 악인들의 이러한 비극적 말로는 악이 악을 부르고, 결국 파멸에 이른 것으로서, 모두가 초월적 섭리에 의한 것처럼 형상화되고 있다. 이는 그러한 응보가 하늘의 뜻이라고 한 서술자의 말이 이를 증명한다. 이런 점에서 〈창선감의록〉에서 유교이념을 옹호하는 초월계는 유교이념화 된 초월계이며, 이때의 유교이념은 도학적인 유교가 아니라 민간신앙화 된 유교로서의 성격을 가진다[60]고 하겠다.

이상과 같이 〈창선감의록〉에서 유교이념과 초월계가 결합되어 인물의 성격과 선악을 규정하는 것은 15,16세기와 17세기 초의 다른 유형의 고소설군에서는 찾아보기 힘든 현상이다. 이러한 면은 〈창선감의록〉보다 비교적 이른 시기에 생산된 것으로 보이는 〈소현성록〉이나 비슷한 시기에 창작된 〈사씨남정기〉에서 본격적으로 나타나 이후 작품들에 많은 영향을 주었다. 그것은 〈창선감의록〉 등이 17세기 유교적 예교주의를 서사화하면서 나타난 특징이다.

---

60) 이 작품이 도학적인 유교이념보다 초월계를 적극 끌어들인 민간신앙화 된 유교이념과 결합되었을 때 더 쉽고 분명하게 유교이념을 전달할 수 있다는 장점이 있다. 유교이념이 소설적 허구와 결합되는 것이 유교적인 내용을 더욱 분명하고 효과적으로 전달할 수 있다고 본다. 그렇게 되면 경직된 유교이념에서 탈피할 수도 있고 소설 향유층에게도 더 깊숙이 침투할 수 있기 때문이다.(김용기, 「출생담을 통해서 본 〈소현성록〉 가문의식의 발현 양상」, 『고전문학과 교육』 21집, 2011, 342쪽 참조)

6. 결론

이 글은 〈창선감의록〉의 상징과 초월성을 살펴보는 데 목적을 둔 글이다. 이를 위해 필자는 당대 사회에서 관습적으로 통용되는 상징물에 대한 해석에 주목해 보았다. 그리고 주인공의 전생과 유교사회에서 관습적으로 신성시 여기던 동물들과의 관계, 그리고 초월적 존재가 남녀 주인공을 원조하고 옹호하는 것의 의미도 함께 살펴보았다. 그 결과 〈창선감의록〉에서 다음과 같은 결과를 확인할 수 있었다.

첫째, 〈창선감의록〉에서 남녀주인공의 출생담에 상징적으로 나타나는 동물들은 유교사회에서 관습적으로 신성시 여기는 것들이며, 이것이 상징하는 의미는 화진과 남채봉의 인물 성격과 행위의 지향점을 드러내는 역할을 한다.

둘째, 화진의 옥기린과 남채봉의 달과 봉황의 상징성은 화진과 남채봉의 인물 서사를 통해 구체적으로 실현되는 데, 남주인공 화신의 경우에는 옥기린 출생담을 통해 옥기린이 함의하고 있는 덕성과 태평성대의 성격을 가정에서의 효행과 국가적 충을 통해 드러내고 있다. 그리고 남채봉의 경우에는 달과 봉황의 상징성이 함축하고 있는 의미가 그녀의 인물 성격 및 인물 서사와 긴밀하게 조응하는 것으로 나타난다.

셋째, 남녀 주인공이 그들의 인물 서사에서 기린과 봉황의 상징성을 구현하는 과정에는 초월계의 원조와 옹호가 뒤따르고 있는데, 이는 초월계에 의한 유교이념 강화라는 의미를 가진다. 그리고 초월계에 의해 강화되고 옹호된 유교이념은 현실계의 여러 인물들에 의해 지지와 동조를 받게 되는 것으로 나타난다. 이를 통해서 볼 때, 〈창선감의록〉에서 유교이념을 옹호하는 초월계는 유교이념화 된 초월계이며, 이때의 유교이념은 도학적인 유교가 아니라, 민간신앙화 된 유교로서의 성격을 가진다고 할 수 있다.

〈장백전〉에 나타난 천관념 고찰

- 인물의 운명과 천명의 실현을 중심으로 -

1. 서론

천관념이란 한 시대를 살아가는 사람들의 삶에 대한 종합적 세계관 내지는 생활철학이리 할 수 있다. 天을 통한 종교직 체험은 그들의 삶을 지배·운용하는 원리와 기저로 작용했다. 이것은 당대 사회가 직면하고 있던 가장 절실한 문제나 사회적 불합리를 관념적으로 해소하기 위한 하나의 경험적 사상이다. 우리 고소설에 나타난 천관념은 종교적 성격과 정치적 성격, 혹은 이 양자가 넘나드는 형식을 취하고 있다.

고소설에 나타난 천관념의 종교성은, 민속적인 성격과 작가의 창의성이 마음껏 발휘된 것의 중간 형태로 나타난다. 말하자면 초월적이고 전능한 능력을 가진 주재자로서의 하늘을 상정하고, 그에 대한 외경의 신앙화라는 민속적인 종교성과 인간 내면세계의 표출로서의 문학이 적절하게 배합되어 있다는 것이다. 고소설에서 명산대천이나 절을 찾아 기자치성하는 것은 고래의 전통에 기반한 민속적 성격의 한 단면이라 할 수 있고, 이것을 문학적으로 허구화한 것은 작가의 무한한 창의성과 관계가 깊다.

민속적 성격을 지니는 天이 전통성을 띠고 있다는 것은 주지의 사
실이나, 이것은 어디까지나 유·불·도교가 유입되기 이전의 한국 고
유의 본래적인 하늘 관념에 삼교의 천관념이 융합된 의미의 하늘이
다.61) 이로 말미암아 우리의 '天'에 대한 개념은 더욱 풍부하고 복잡
다단하게 되었다.62) 이러한 '천관념'에 문학적 허구가 가미되어, '천'
이 하나의 문학 문화의 중요한 소재로 정착하게 되었다.

고소설에 나타나는 천관념의 정치적 성격은 유교의 천명사상과 그
궤를 같이 한다. 국가차원에서의 그것은 통치자를 표적으로 하여 성
립되기도 하고, 인심은 곧 천심이어서 민심의 소재가 곧 하늘의 마음
으로 통해 표현되기도 한다.63) 당대 지배 계층이 통치 이념의 근거를

---

61) 朴晟義는 이와 관련하여, 우리 겨레는 옛날부터 종교적 대상으로 숭배해 온 '하느님'이
    있으며, 天에 대한 사상도 여러 가지가 있을 수 있다고 가정한다. 그리고 우리 고전문학
    에서는 巫覡적인 원시신앙으로서의 敬天사상과 유교적인 경천사상이 나타나 있다고
    하였다. 우리 민족이 원시시대에 있어서는 우리 민족 고유의 '하느님관'이 있어서 원시
    문학에 그 영향을 주었을 것이고, 중국으로부터 유교가 전래한 후로는 유교적인 天사상
    이 또한 한국문학에 그 영향을 주었을 것이라고 하면서, 이 敬天사상을 우리 국문학에
    비춰보면, 유교가 전래한 이후로는 우리 겨레 고유의 '하느님관'과 유교적인 경천사상,
    또는 중국 고대의 天觀이 혼합 상태로 이루어지고 있다고 하였다.(박성의, 『한국문학배
    경연구』上, 삼우사, 1976, 352쪽 참고)
62) 삼국시대 신라인의 하느님은 빛과 熱과 光明을 주는 자연적인 '붉'神의 관념이었고,
    통일시대에 이르러서는 새롭고 깨끗하고 환하다는 이상적 하느님이었다. 그러던 것이
    고려시대에 이르러서는 주재·운명·섭리·도덕 및 음양오행적 색채를 띤 하느님으로
    발달하여 그 개념이 더욱 풍부하게 되었다.
      이것은 고려 태조 왕건이 후삼국을 통일한 뒤에 사상면에 있어서도 통일을 기도하였
    는데, 그는 나말여초에 귀족 계급에서 숭봉하고 있던 유·불·도 삼교의 종교적 사상과
    민간에서 유포되어 있는 음양·참위 및 풍수지리설을 고대부터 전해 내려오던 광명의
    상징인 하느님의 관념으로 총화하여 고려의 신문화를 창설한 것과 관계가 있다.(김경
    탁, 「한국원시종교사 二 - 하느님 관념 발달사 -」, 『한국문화사대계 Ⅹ』, 종교·철학사
    편, 고려대학교 민족문화연구소 三版, 1992, 136~137쪽 참고)
63) 김재환, 「한국서사문학의 天사상」, 『天과 인간』, 동의대학교인문과학연구소, 1998,
    304쪽.

'천' 혹은 천명에서 구했음은 이와 무관하지 않다. 이러한 정치적 천관념이 문학에 수용될 때에는, 크게 두 가지 방향에서 나타난다. 세계를 중심으로 볼 때 이러한 천명은, 불합리한 사회질서와 무질서를 올바른 가치 질서로 통합시켜 민중의 염원을 반영하는 경우와, 이해관계에 있는 다른 정치적 대상의 운명을 통어하는 것으로 나타난다.

고소설에서 나타나는 천관념이 종교성과 정치성을 동시에 아우르고 있는, 즉 이 양자가 서로 넘나드는 형식을 취하고 있다함은, 문학 작품 내에서 天이 가지는 복잡 다양한 기능을 의미한다. 대개의 고소설에 나타나는 天은 종교성이나 정치성 어느 하나로 고정되어 있거나 분리되어 나타나는 것이 아니고, 이 양자가 복합·다기능적으로 운용되고 있다. 다만 이때의 복합·다기능적인 天도 대개는 인간의 현실에 대한 인식과 이상에 대한 염원으로 통합되어 나타난다는 점에서 별개로 보아야 할 것은 아니다.

필자는 이러한 생각을 견지하면서 〈장백전〉에 나타난 천관념을 분석해 보고, 그것이 당대 민중들의 의식에 어떻게 수용되어 있으며 그 함의하는 바가 무엇인지를 고구해 보고자 한다. 필자의 이러한 노력은 〈장백전〉의 문학성을 보다 풍부하게 이해할 수 있는 계기로 작용하리라 생각하며, 지금까지 해명되지 못한 난제도 해명해 볼 수 있는 기회가 되리라 본다.

2. 천정과 인물의 운명

천정이란 인간의 운명은 하늘이 정한대로 이루어진다는 운명론적 사고의 한 유형이다. 이러한 관점에서 보면 인간의 운명은 초월적 존재에 의하여 정해지고 부여되는 것, 혹은 인간의 노력으로서는 어쩔 수 없는 한계로 인식된다. 이것은 인간의 길흉화복은 하늘이 정한 운명에 의해 정해진 대로 이루어진다는 관점, 이른바 정명(定命)을 중시하는 사고이다. 이러한 정명은 인간에 대한 운명의 우위를 인정한다.64) 여기서 인간의 운명을 정하고 부여하는 초월적 존재란, 다름 아닌 주재자로서의 하늘이다. 이 하늘은 인간의 출생에서부터 죽음에 이르기까지 한 인간의 인생역정을 주관하고 통제한다.

〈장백전〉에 등장하는 주요 인물들의 삶은 하늘이 정한 순리와 이치에서 결코 벗어나지 않는다.65) 하늘이 정한 궤에서 벗어나 독자적인 행동을 하게 되면, 하늘은 어김없이 그에게 경고를 하게 된다. 이는 하늘을 숭배한다는 것과는 다르다. 〈장백전〉에서의 하늘은 그 자체가 숭배의 대상이 아니라, 인간의 삶을 주재하는 하늘의 명을 받은 인간이 존경의 대상이 되고 또 주체가 된다. 이것은 인간이 문학적 허구라는 장치로, 하늘의 초월성을 원용하여 그들의 삶에 끌어들인 결과이다.66) 이러한 천정은 작품 전반에 걸쳐 사건 전개의 축이 되며, 민중

---

64) 운명의 종류는, 운명은 정해진 대로 이루어진다는 관점, 운명은 바꿀 수 있다는 관점, 운명은 만들 수 있다는 관점으로 대별할 수 있다. 운명은 정해진 대로 이루어진다는 관점은 천명의 절대성, 이른바 定命을 중시하는 사고의 한 유형이다. 그리고 운명은 바꿀 수 있다는 관점은, 인간의 운명이 하늘에 달려 있지만 이에 집착하기 보다는 도리어 修身과 盡道에 비중을 두고 천명과 인력의 조화를 인정하는 사고이다. 운명은 만들 수 있다는 관점은 운명, 즉 천명을 배제하고 人力을 적극 옹호하는 입장이다. 인생의 길흉화복은 정해지는(천정) 것이 아니라, 인간의 지혜와 노력에 달려 있다는 인식이다. (정재민, 「한국운명설화에 나타난 운명관 연구」, 서울대학교 박사학위논문, 1998, 142~146쪽 참고)

65) 장백의 경우 자신의 운명과 욕망과의 갈등이 잠시 있기는 하지만, 최종적으로 하늘이 정한 틀에서 벗어나지 않는다.

의 현세적 고난은 '하늘'이라는 초월적 존재에 의해 극복된다는 것으로 나타난다. 천정에 의한 고난의 극복과 이상 사회의 구현이 바로 그것이다. 따라서 〈장백전〉에 나타나는 천정은 미래지향적 운명관으로서의 성격을 지닌다. 이해를 돕기 위하여 순차단락에 따른 개요를 정리해 보면 다음과 같다.

① 장소저는 이부상서 좌승상 장환의 부인인 최씨의 꿈에 월궁선녀가 계화 한 가지를 부인 품속에 넣고 가는 꿈을 꾸고 태어남.
② 장승상 부부가 여승에게 시주 발원하여 張伯을 얻음(장백은 천상 유성이며 상제께 득죄하여 인간 세상에 내친 것을 금강산 부처의 지시로 태어남).
③ 장백의 부모 득병하여 죽음(고아가 됨).
④ 왕평과 노파의 꾀임에 빠져 두 남매가 헤어짐.
⑤ 위기에 처한 장소저는 아황과 여영의 구제를 받은 후 전생신분을 알게 됨(이후 이승상 부인의 양녀가 됨).
⑥ 장백은 철관도사에게 구제되어 그에게서 수학함.
⑦ 철관도사에게서 원나라 운수가 다했다는 것과, 대명이 창업할 때가 되었다는 것, 그리고 주원장을 도와 도탄에 빠진 백성을 구하라는 명을 들음.
⑧ 양주 땅에서 이정과 홍불기를 만나, 진인을 살펴 없으면 스스로 취하고, 있으면 남방을 웅거코자 한다는 뜻을 내비침.
⑨ 양주 장역촌에서 주원장을 옹위하라는 상제의 명을 받은 오방신장이 장백에게 주원장을 같이 돕자고 하나 장백이 거절함.
⑩ 호주 땅을 지나다가 청룡과 거북이 싸우는 것을 보고, 장백이 청룡을 구하고 거북을 죽여, 그 은혜로 청룡에게서 용천검을 받음.
⑪ 장백이 봉황산에서 때를 기다리던 백운단 삼형제를 만나 뜻을 같이 하고, 창두삼천을 규합하여 연주성 등을 함락하고 백성들을 위무함.
⑫ 장백이 이연행과의 싸움에서 이기고 그를 수하로 맞이함.
⑬ 대성사 부처의 현몽으로 인하여 대성사에서 7일 기도를 하던 장소저가 朱元璋을 만나 신물을 교환하고 언약함.

66) 고소설에 나타나는 천관념이라는 허구성은, 하늘의 초월성과 신성성을 통하여 유교 이념과 사회 현실이 일치된 세상, 인간 모두에게 정의롭고 진정한 도덕적 이상사회가 실현되어 억울함이 없는 세상에서 삶을 영위할 수 있게 하는 장치이다.(박대복, 「조선조 서사문학에 수용된 저주와 천관념 Ⅱ」, 『어문연구』, 통권 109호, 한국어문교육연구회, 2001, 158~159쪽 참조.

⑭ 동국 사람인 주원장은, 부친이 죽은 후 노모를 모시고 걸식하며 다님(전생에 천상 심성이었음).

⑮ 주원장과 류기가 천황묘에서 大明 천자가 묘중에 들었다는 꿈과, 대명 승상이 들었다는 꿈을 서로 꾼 후 뜻을 같이 함.

⑯ 주원장과 류기가 사방 걸인들의 거처와 생계를 해결하고 그들과 동고동락하다가 기병하여 계양성을 함락하고 백성들을 위무함.

⑰ 원나라 천자는 정사를 폐하고 주야 풍악으로 즐김.

⑱ 주원장과 장소저가 계양 땅에서 상봉하고 육례를 올림.

⑲ 원나라 천자가 장백에게 항복하고 옥새를 바침.

⑳ 백제교에서 장백의 군대와 주원장의 군대가 서로 마주하여 대결함.

㉑ 주원장이 황제의 위에 나아가 국호를 大明이라고 함.

㉒ 주원장의 군대가 장백의 군대에 크게 패함.

㉓ 장백의 꿈에 철관도사가 현몽하여 태악산으로 올라오라고 한 후, 장백에게 천하는 주원장의 것이니 천명을 어기지 말라고 함.

㉔ 장백이 대명 皇后가 된 장소저와 상봉함.

㉕ 장백이 천명이라고 하며 주원장에게 옥새를 바치고 자신은 안남국왕이 되어 떠남.

1) 천정에 의한 출생과 인물의 운명

대개의 고소설에서 천정에 의한 출생은 기자신앙[67]과 맞닿아 있다. 천정에 의한 출생은 '지성감천'이라는 과정을 반드시 거치게 된다. 무자인 가문이나 그 구성원이 초월자에게 지성으로 기도를 하게 되면, 거기에 감응하여 자식을 점지해 주는 것이다. 이때 초월자는 어느 하나로 고정되어 있는 것이 아니고, 아주 다양하게 나타난다. 그 대상은 천제·일월성신·부처·삼신·칠성신·산신·용왕신 등이며, 이들의 상호관계는 상하의 뚜렷한 구별이 없고 다만 천제만이 인간의 운명을 주관하는 지고(至高) 존재로서 지상의 모든 일을 관장한다. 기타의 신격들은 천명을 하달하거나 천의를 대행하는 역할을 주로 담당한다.[68]

---

67) 기자신앙에 대해서는, 박대복, 『고소설과 민간신앙』, 계명문화사, 1995, 73~85쪽을 참고하라.

점지되는 자식은 대개 천상 상제에게 추방당한 선관선녀이다. 그리고 이들이 인간에게 점지되는 과정에는 천제를 제외한 여러 신격이 중개 자로 개입된다. 또 이들에 의해 직접 인도되는 일도 있으나, 경우에 따라서는 이들의 지시를 받은 선관·선녀가 꿈을 통해 전조하게 되고 또 출생하게 된다. 이러한 과정을 거치는 인물은 대개 하늘이 정한 운명에 따라 삶을 영위하게 된다.

바로 이러한 점들을 〈장백전〉에 등장하는 주요 인물들을 통해 지금 부터 살펴보기로 한다.

(1) 장백·장소저의 운명적 고난과 그 의미

〈장백전〉의 서사 진행은 장백을 기본 축으로 하는 전반부와 장백과 주원장이 대립 경쟁하는 후반부로 나눌 수 있다. 여기에 부분적으로 장소저가 두 인물의 삶에 연계되면서 자칫 장백 중심으로 기울기 쉬운 서사의 중심을 적절히 안배하는 형식을 취하고 있다. 그러면서 한편 으로는 이들의 출생과 이후의 과정이 '운명적'이라는 공통점을 지닌 다. 이 운명은 출생과정 자체가 '천정'인 것과 무관하지 않다. 하늘이 정한 이치에 따라 태어났으니, 그 이후의 과정이 운명적임은 당연하 다 할 수 있다. 그래서 우연이라는 것도 여기서는 '천정'이라는 필연으 로 이해된다. 말하자면 인간사 모두가 '천의'이며, '천정'이라는 운명 론에 입각해 있는 것이다.

이러한 운명론은 〈장백전〉 전체를 통어하는 기저로 작용한다. 그러 나 이때의 '운명'은 단순히 인간의 미약함을 부각시키는데 궁극의 목

---

68) 朴大福, 上揭書, 77쪽 참고.

적이 있는 것이 아니다. 그것은 최종적으로 현실의 불합리한 모든 것을 하나의 올바른 가치질서로 통합시켜 주는 역할을 한다. 천명을 통한 질서 회복과 이상사회의 구현은 그러한 성격을 잘 말해주고 있다. 이러한 이해를 바탕으로 주요 인물들의 운명적 고난과 그 의미를 살펴보기로 하자.

> A. 부인 최씨로 더부러 동쥬 사십여 년에 일졈 혈육이 없더니 일일은 비몽사몽간에 월궁션녀ㅣ 계화 한 가지를 부인 품 속에 넛코 왈 부인은 이 꼿을 어엽비 역이소셔 ᄒ며 간대 업거늘 놀나 ᄭᅵ다르니 남가일몽이라. 부부 몽사를 말ᄒ며 질기더니 과연 그달부터 태긔 잇셔 십 삭 만에 일개 옥녀를 탄싱ᄒ니 용모와 재질이 긔이ᄒ고 요죠한 슉덕이 겸비ᄒ니[69]
>
> B. 일일은 부인이 밤이 깁도록 잠을 일우지 못하더니 문득 녀승이 부인 ᄭᅴ 구슬을 드려 왈 이것은 텬상 류셩이라 샹뎨께 득죄하야 인간에 니치심애 금강산 부쳐 지시하심이오니 부인은 귀히 길너 후사를 이으소셔 하거늘 부인 이 그 구슬을 바다 자세보니 셔긔와 광채 눈을 쏘이거늘 다시 봄애 이는 구슬이 아니오 옥동자라 과연 그달부터 잉티하야 십숙이 됨애 일일은 향내 진동하며 일개 옥동을 생하니 엇지 질겁지 아니하리오(86쪽)

상기 예문 중 A는 장승상의 부부가 40여 년 동안 자식이 없다가 월궁선녀가 계화 한 가지를 품 속에 넣고 가는 꿈을 꾸고 장소저를 출생하는 부분이고, B는 장승상이 한 여승에게 황금 일 백냥을 시주하고 아들 얻기를 발원한 끝에 장백을 출생하는 부분이다. 장소저의 전생에 관한 부분은 아직 구체적으로 드러나지 않으나, 분명한 것은

---

69) 〈장백전〉, 『舊活字本고소설全集』 12, 仁川大學民族문화硏究所, 1983, 85쪽.
　　이하 텍스트 인용문은 일일이 각주를 달지 않고, 인용문 뒤에 페이지만 밝히는 것으로 대신하기로 한다.

월궁항아라는 천상계의 초월적 인물이 개입되어 있다는 점이다. 그리고 장백은 '원래 천상 유성(柳星)이었는데, 상제께 득죄하여 인간에 내치매 금강산 부처 지시'라는 신이함이 나타난다. 이는 신비스런 출생 정도로 쉽게 치부할 수도 있겠지만, 이 출생이 그들의 운명을 크게 결정짓는다. 두 인물의 전생애에 걸친 생사화복은 천정에 의한 출생과 아주 밀접한 관련이 있다. 다음의 경우는 그 좋은 예에 해당한다.

로괴 소져와 공자를 다리고 거야촌으로 갈식 한 슈림 속으로 드러가며 로고는 소변한다 하고 나가더니 믄득 건장한 도적 십여명이 내다라 소져를 잡아 말게 싣고 풍우갓치 모라가니 장빅이 아모란 쥴 모르디기 이런 변을 당ᄒ니 하날을 부르지져 통곡하며 할 일 업시 도로 집으로 차자 오되 (-필자 생략-) 차셜 장소제 도적에게 잡히여 나니 혼비빅산하야 정신을 차릴 길이 업고 (-필자 생략-) 하날을 부르지져 다만 죽기만 기다리나 (-필자 생략-) 소제 그 놈을 내여보내고 고요한 째를 타 도망하더니 수리를 못가셔 더강이 잇거늘 하늘을 우러러 부르지즈며 망극함을 이기지 못하야 익슈춤사코자 하야 라상을 부여잡고 물속으로 쮜여 들고자 하더니 난대 업는 일엽 소션에 한 녀동이 안져 배에 올음을 지촉ᄒ거늘 소졔 가장 고이히 녁이여 오르며 문왈 녀동은 어대 게시완대 죽을 사람을 구하시니 은혜 망극하도소이다 녀동 왈 소녀는 황릉묘 시녀옵더니 이비(二妃)에 명을 바다 룡왕의 표쥬를 엇어 랑자 에 급흄을 구하라 하시니 엇지 소녀에 은혜라 하리잇고 (-필자 생략-) 몸이 심히 곤뇌ᄒ야 잠간 죠으더니 문득 션녀 이르러 왈 우리 랑랑이 소져를 모셔오라 ᄒ시더이다 하고 한가지로 던상에 올나가니 두 부인이 시녀를 거나리시고 단정이 안졋다가 이러 안지며 좌를 정하고 공경 문 왈 랑재 일시곤욕을 당흄애 일신에 천금지보를 도라보지 아니시고 슈즁원혼이 되고자 하오니 랑자를 구ᄒ얏거니와 랑자는 본대 월궁항아라 광흔뎐 셜연시에 심성과 눈주 어 본 죄로 샹데 로ᄒ야 인간에 격강하시니 심성은 곳 대명 태조되게 ᄒ시고 랑자는 황후되게 하

사 (-필자 생략-) 날이 밝으면 자연 구할 스람이 잇스러니 랑자는 헛도이 듯지 마르소셔(88~91쪽)

이상의 예문을 통해서 볼 때 장소저의 '일시 고난'은 예정되어 있다. 그렇기 때문에 자의적으로 벗어날 수 없다. 죽고자 하는 것도 하늘이 부여한 그 명수가 다하지 않았기 때문에 마음대로 할 수 없는 것이다. 또한 타의에 의한 위급한 상황도 하늘이 정한 이치에 따라 이루어지고 또 구출된다. 장소저가 두 번의 결정적인 위기에서 구출되는 것은 모두 이와 같은 맥락에서 이해가 가능하다. 말하자면 하늘이 이미 정한 운명이 있다는 것이다.

이러한 운명은 그녀의 전생과 무관하지 않다. 장소저가 '원래 월궁 항아이며 광한전 설연시에 심성과 눈주어 본 죄로 상제가 노하여 인간에 적강하였다는 것, 그리고 그 심성은 大明 太祖되게 하고 장소저는 황후되게 하였다'는 것에서 볼 수 있듯이 그녀의 최종적인 운명은 고귀한 신분으로 미리 마련되어 있다. 따라서 지금 겪는 고난은 일시적인 것일 뿐 결정적인 것은 아니며, 결정되지 않았다는 점에서 부정적으로만 기능하는 것이 아니라 긍정으로 받아들여질 가능성까지 내포하고 있다.

이것은 장소저 개인적인 차원의 문제이면서, 한편으로는 고단한 삶을 영위하는 당대인들에게 희망을 주기 위한 작가의 창작의식과도 관련이 있다고 본다. 이를테면 현실의 고단한 삶이 영속적인 운명으로 생각되지 않고 일시적인 고난으로 인식되게 함으로써 당대인들에게 희망을 주고자 한 것으로 추측된다. 또 한편으로는 현실 세계에서 고난을 겪고 있는 민중들 모두가 하늘에서 죄를 짓고 잠시 인간 세상으로 적강하였기 때문에, 지금의 고난은 일시적일 수 있다는 당대 민중들의 염원이, '천정'이라는 문학적 환상을 통하여 표현된 것으로 볼 수 있다. 천정이라는 운명에 따라 고난을 겪기도 하고 또 극복되는 작중 인물에, 현실의 '나'를 투영하는 문학적 환상, 그것은 바로 당대인들이 고단한 현실에서 벗어나고자 하는 소망이 문학적 이상으로 나타난 것이 아닌가 한다.

　이러한 점에서 장소저가 겪는 고난은 '황후'라는 신분, 즉 미래에 올 행운의 예비단계로 볼 수 있는, 즉 고난을 긍정적으로 받아들일 수 있는 가능성을 시사하고 있으며, 고소설의 일반적인 테마인 '흥진비래 고진감래'의 정신[70]과도 연결되는 부분이라 하겠다. 이러한 점은 장백의 경우에도 예외 없이 적용된다.

> 나도 마즈 죽어 셰상을 이지면 조상의 득죄홈을 면치 못ㅎ나 구ㅊ이 살기를 요구ㅎ야 사는 것이 죽느니만 갓지 못ㅎ다 ㅎ고 깁혼 산중에 드러가 모진 즘싱에 밥이나 되리라 ㅎ더니 죽기는 새로이 맹호 열둘이 장백을 옹위ㅎ야 다른 김싱을 금ㅎ는지라 장백이 탄 왈 모진 즘싱이 해치 아니ㅎ니 내 놉흔 남게 올나가 써러져 죽으리라 ㅎ고 점점 드러가더니 큰 버들남기 잇거늘 그 남게 올나가 일셩 통곡에 혼을 놋코 써러지니 놉기 슈십장이나 ㅎ지 라 그 아래셔 흔 목동이 나무를 뷔다가 백이 나려짐을 보고 두 손으로 밧들어 살녀내니 빅이 그 아해를 흘겨보며 왈 내 슬허 죽으려 ㅎ거늘 엇지 하야 못 죽게ㅎ나뇨 목동이 미쇼왈 이졔 우리 사부에 명을 듯잡고 명일 진시에 명국 더원슈 장빅이 남게 써러져 죽으랴 ㅎ니 나아가 구ㅎ라 ㅎ시기에 왓거니와 (−필자 생략−) 로인이 장빅을 자셰 보더니 문득 홈쇼 왈 악가 류셩(柳星)이 버드남게 걸녀 써러져 죽으려 ㅎ더니 그디를 보니

---

70) 任金子, 「고대소설에 나타난 선인들의 하늘관」, 『聖心』 창간호, 聖心女子大學校, 1972, 144쪽.

류성이 분명ᄒ도다 지금 나의 타는 거문고 곡조가 길흔 사롬을 만나리라
ᄒ엿더니 그더를 만나니 엇지 연분이 아니리오 (-필자 생략-) 로인이 쇼
왈 나는 텬관도사요 이 산 일홈은 사명산이라 약간 텬문을 알기로 그더를
맛놀 줄 짐작흠이라 그더는 재조를 배화 공부ᄒ오면 자연 ᄣᅢ를 만나 일홈
이 사해에 진동ᄒ리라(92~94쪽)

상기 내용은 장백이 노파의 꾀임에 빠져 거야촌 외가를 가던 도중
도적을 만나 누이와 이별한 후, 이웃집 사람으로부터 누이가 강물에
빠져 죽었다는 말을 듣고 자결하려는 부분과, 구원 과정 및 차후 자신
의 운명을 듣게 되는 부분이다. 그는 일시 고난으로 인하여 죽을 결심
을 한다. 하지만 산짐승의 밥이 되고자 하여도 맹호들이 그를 옹위하
고, 나무에서 떨어져 죽으려고 하여도 목동이 구하게 된다.

이렇듯 작가는 직면한 현실적 고난에 강하게 응전하지 못하는 나약
한 인간 장백의 모습을 보여주고 있다. 그러면서도 한편으로는 초월
적인 힘에 의해 그의 현실적 고난이 극복되는 수순을 밟고 있다. 이는
나약한 인간이 더 이상 미약한 현실의 존재로만 머무르게 하지 않는
기능을 한다. 인간이 현실적 고난에 무력할 수밖에 없으면서도 그 배
후에 어떤 초월적 힘이 작용하여 극복될 수밖에 없다는 필연의 논리,
그것이 바로 〈장백전〉에 천정이라는 운명이 존재하는 이유이다. 이러
한 사유를 통해서 작가가 말하고자 하는 것은, 사람의 일시 고난과
생사는 하늘이 정한 운명이므로 인간의 자의적인 판단의 무위함이다.

작가는 이러한 면을 천정이라는 운명에 따라 순차적으로 제시하고
있다. 인물의 출생에서부터 삶의 최종적인 단계까지 이들의 사고와
행위를 지배하는 것은 천정에 의한 운명이다. 이는 앞서도 밝혔듯이

부정적인 의미의 숙명관에 의한 소산이 아니라, 불합리하고 모순된
사회에서 당대 민중들이 겪는 삶의 질곡을 극복하고자 하는 운명관이
다. 현실의 고난이 숙명이 아니라, 미래의 행복한 삶으로 가기 위한
하나의 과정으로서의 운명이다. 철관도사가 장백을 '명국 대원수'라
고 미래의 일을 예견하여 지칭하는 것과, 앞서 제시한 순차단락 ⑤의
내용처럼, 장백·장소저의 고난이나 운명은 하나의 과정이며, 긍정적
인 위계에서 파악되는 것임을 보여주는 예증이다.

이상에서 살펴본 바와 같이, 장소저나 장백의 운명적인 고난이 긍
정적으로 목도됨은 천정에 의한 출생과 운명이 '상의관계'를 형성하며
전개되고 있기 때문이다. 이들 인물의 행적에서 先·後의 어느 한 부
분은 다른 한 부분을 예견할 수 있는 기능을 하고 있다. 장소저나 장백
의 신이한 출생, 즉 천정에 의한 출생을 통해 삶의 노정에서 겪는 온갖
고난이 극복될 수 있다는 것과 미래의 고귀함을 점칠 수 있고, 위기의
극복 과정에서 드러나는 천상계의 도움이나 미래의 고귀함에서 그 출
생 내력의 신이함을 예견할 수 있다. 따라서 이들의 천정에 의한 출생
과 운명적인 삶의 과정이 지닌 의미는 운명적 천관념[71]이라는 성격을
지닌다. 이를테면 초현실적 질서라는 원리를 차용하여 민중들의 현실
적 고난을 위무하고, 동시에 그 고난은 초현실계에 의해 미래의 행복
으로 이어진다는 문학적 이상을 제시하는데 있다.

---

71) 박대복은 고소설에서 主人公의 고난을 운명적 천관념으로 파악하고, 이를 순환론적
운명론으로 명명했다. 즉 인간사는 하늘의 예정에 의해 고난과 행복이 서로 교차된다는
순환의 원리를 바탕에 깔고 있다고 하였으며, '흥진비래 고진감래'를 그 하나의 예로
들었다. (박대복, 전게논문, 147~149쪽)

2) 주원장의 운명적 고난과 그 의미

이들과는 달리 주원장이나 그의 고굉지신인 류기[72]의 경우는 천정에 의한 출생과정이 직접적으로는 나타나지 않거나 생략되어 있다. 작품 제명이나 서사의 축을 장백 중심으로 이해한다면, 주원장은 간접적으로 제시될 수밖에 없다. 그러나 다른 한편으로는 이들의 출생과정을 작품 내에서 일일이 드러낼 필요가 없다는 점에서 이것은 큰 문제가 되지 않는다. 왜냐하면 이들의 행적에서 천정에 의한 운명적인 삶이 상징적으로 제시되어 있고, 또 앞서 제시한 장소저와 장백의 경우를 통해 그 출생과정을 충분히 짐작할 수 있기 때문이다. 즉 천정에 의한 출생과 운명적인 삶의 과정이 지닌 성격을 상의관계로 이해할 때 이들의 전단계가 생략되는 것은 자연스러운 현상이다. 그리고 그 자연스러운 현상 속에 독자의 상상력을 자극하는 바가 있다.

주원장은 앞서 장소저가 위기에서 구출된 후 꿈 속에서 천상에 올라 갔을 때, '장소저는 원래 월궁항아이며 광한전 설연시에 심성과 눈주어 본 죄로 상제 노하여 인간에 적강하시니 심생은 곧 大明 太祖되게 하시고 낭자는 황후되게 하사' 하는 부분에서 볼 수 있는 바와 같이 그 근본이 천상계의 인물임을 알 수 있다. 그의 운명이 장소저나 장백의 경우와 동일한 위계에서 파악할 수 있음을 암시하는 부분이다. 이러한 가정에서 본다면 그의 삶의 과정에서 겪는 고난은 극복을 내포하고 있으며 동시에 미래의 '행복한 삶'이라는 운명으로 귀착된다

72) 류기의 경우는 천정에 의한 출생 과정이 완전히 생략되어 있다. 다만 주원장의 꿈에 한 신령이 '大明 丞相'이 와 기다린다는 상징적인 표현과 실제 그 주원장의 大明天帝가 된 후 승상이 된다는 사실로 미루어, 그 또한 천정에 의한 출생과 그로 인한 운명적인 삶을 영위하는 것으로 볼 수 있다. 하지만 본고에서는 류기에 대한 구체적인 언급은 하지 않기로 한다. (〈장백전〉, 122쪽 참조)

고 하겠다. 여기서 주원장이 겪는 고난과 극복의 내포란, 그가 일찍 부친을 여읜 후 노모를 모시고 중원으로 들어와 걸인 생활을 하는 것과, 그러한 생활 가운데서도 항상 그를 따라 다니는 '大明 天帝'라는 칭호이다. 그의 모든 사고와 행위는 천정에 의해 마련된 '대명 천제'를 지향하고 있다.

> 주싱의 부친이 홀연 득병ᄒ야 셰사을 바리고 아오 삼인이 ᄯᅩ흔 병드러 쥴ᄒ고 다만 주싱과 로모만 남은지라 주싱이 주야 애통ᄒ야 삼년을 지닌 후 로모를 뫼시고 중원으로 향ᄒ야 (–필자 생략–) 걸인 총중에 싸여 단이 다가 장랑자와 언약을 정ᄒ고 도승과 자모를 다리고 더셩ᄉ를 쩌나 텬황 묘로 드러가 자더니 텬황묘 아러에 흔 스롬이 잇 스되 셩은 류오 명은 긔라 신장이 구쳑이오 용밍이 과인ᄒ고 흉중에 쳔지조화를 품엇스며 륙 도삼략을 릉룽ᄒ되 남이 아지 못ᄒ는지라 그리흠으로 째를 기다리더니 이날 밤 꿈에 텬황묘 신령이 나와 밧게 잇고 당에 들지 안커늘 류긔 그 연고를 물으니 신령이 일으뫼 더녕쳔재 | 묘중에 느럿기로 드러가지 못 흔다 ᄒ거늘 놀나 쎄다르니 남가일몽이라 (120쪽)

그가 노모를 모시고 걸인 생활을 하는 것에서 우리는 아무런 희망도 가능성도 없어 보이는 패배한 삶 그 자체를 엿볼 수도 있다. 그러나 천황묘 신령이 '대명천제'가 묘중에 들었기로 들어가지 못한다는 말에서 주원장의 삶이 부정적인 성격의 운명이 아님을 감지할 수 있다. 따라서 주원장의 고난 또한 일시적인 것이지 영원한 숙명으로 작용하지 않는다. 그 순간이라는 것도 주원장의 삶 전체에서 따로 독립되어 있는 것이 아니라, 천정에 의한 운명적 삶과의 연계 속에서 지속적 변화과정을 거치는 성격을 지닌다. 그가 걸인이라는 외면적 열등성을 지닌 인물임에도 불구하고, 절세가인이자 승상 집 양녀인 장소저와 언약을 하는 것이나, 대명천제라는 칭호를 받으며 상승되는 과정은, 최하층 민중의 성취과정을 그리고 있는 것이다. 더 이상 떨어질 곳이 없는 걸인이라는 신분에서 더 이상 올라 갈 곳이 없는 대명천제로의 상승과 변화는, 사회적·외면적 결함의 극복과 그 성취과정을 보여주고 있는 것이다. 그 질적 변화의 간극이 큰 만큼 당대 민중들이 받은 정신적 위안 또한 비례하여 컸을 것으로 짐작된다.

〈장백전〉에서 주원장의 이러한 변화과정은, 하늘이 정한 운명에서 벗어나지 않는다는 점에서는 앞서 제시된 장백이나 장소저의 삶과 매우 흡사하다. 그러나 주원장의 운명이 이들과 다른 점은, 인간의 유의지적인 노력이 강조되고 있다는 점이다. 출생에서 최종적인 행복에 이르기까지 겪게 되는 고난의 과정에는, 인간의 정신적, 육체적 수련과 성장이 반드시 따르게 마련인데, 그 유의지적인 인간의 노력마저도 천정에 의한 운명인 것처럼 돌려놓은 것이 주원장이 지닌 운명의 특징이다. 그의 왼손바닥에 새겨진 "명천자 주원장"[73]이 지닌 암시는 인생의 최종적인 행로와 직접적으로 연결되어 있으며, 유의지적인 노력과 인내를 감수할 수 있는 계기로 작용한다.

이는 앞서 살펴 본 장소저나 장백과 다른 주원장의 운명이 지니는 차별성이며, 이들이 지닌 세계 인식의 차이가 두 가지의 서로 다른 운명관을 낳았다고 할 수 있다. 장소저나 장백이 일시 고난을 부정적인 운명으로 인식하여 자결하려는 태도를 취하는 것은 애초 그들의 세계 인식이 개인적이었기 때문이고, 주원장의 세계 인식은 개인적인

---

73) 〈장백전〉, 125쪽.

차원이 아닌, 애초에 사회적인 성격74)을 띠고 나타나게 되므로 고난
에 대한 극복 의지가 유별할 수밖에 없는 것이다. 그러면서 한편으로
는 이들 三人의 출생과 삶의 과정이 천정에 의한 운명적 삶의 연속이
며, 그 운명은 고난의 극복과 성취과정으로 기능한다는 공통점을 지
니고 있다.

따라서 〈장백전〉에서 천정으로 표현된 정명론은 인간에 대한 운명
의 우위를 인정하면서도, 당대를 살아가는 민중들에게 삶의 질곡을
헤쳐 나갈 수 있는 희망의 운명관이라는, 다소 역설적인 기능으로 작
용한다고 해석할 수 있다. 말하자면 일시 액운이나 고난은 영속적인
것이 아니며, 반드시 극복되어 행복해 질 수 있다는 믿음이 표출된
운명관인 것이다.

이러한 믿음관의 제시는 사회의 무질서와 민초들이 겪는 삶의 실곡
이 천정이라는 운명에 의하여 극복되어 질 수 있다는, 작가와 그 시대
를 살아가는 사람들의 관념적인 해소의 표현이라고 할 수 있다. 그것
을 가능하게 하는 것은 천정에 의한 운명이다. 그래서 작품 말미에
최종적으로 나타나는 장백과 장소저의 우연한 해후도 마냥 우연의 결
과로 치부될 수 없는 천정이며, 일시적인 고난과 불운 뒤에 얻은 행복
을 통해서 보여주는 것은, 고난은 반드시 극복될 수 있다는 천정의
또 다른 의미이다.

---

74) 그의 왼손바닥에 쓰여 있는 "명천자 주원장", 그리고 이를 몰래 훔쳐본 그의 스승이
    天氣를 누설하였다고 하여 처형되는 것을 보면, 그가 인식하는 세계관이 사회적 성격
    (또는 초인간, 초현실적)을 띠고 있음을 짐작할 수 있다.

2) 천명을 통한 세계의 부정과 재편

(1) 장백을 축으로 한 세계의 부정과 재편

천명은 주체로서의 인간을 강조하고 특히 정치적 현실에서 군주의
역할을 부각시키는 것과 밀접한 관련이 있다.[75] 천명이 주체로서의
인간을 강조한다고 하는 것은, 인간의 하늘을 향한 사천(事天) 내지는
경천에 머무르는 것이 아니라, 자연현상에 대한 인간의 주체적 해석
을 바탕으로 한 미래지향적 태도를 말한다. 이것은 천명이 인간의 윤
리적 실천의 바탕이요, 목표가 되기도 한다[76]는 의미이다. 유덕자 천
명설은 그러한 인간의 능동적인 의지와 자각적인 정신[77]을 잘 반영한
다. 그리고 천명이 정치적 현실에서 군주의 역할을 부각시킨다는 것
은, 통치지배 이념의 근거를 天에서 구하여 지배자의 신격화 및 지배
자에 대한 견제로서의 성격을 지니고 있음을 말한다. 말하자면 권력
의 정당성을 天의 절대성에 둠으로써 지배성을 신성시 하고, 또 한편
으로는 그러한 天은 백성의 마음과 뜻에 의하여 군왕의 실정을 감시하
므로 권력을 남용해서는 안 되며, 윤리적으로 온전한 사람이 되도록
노력해야 한다는 것이다. 만약 천명(민의)을 거역하면 하늘은 그 명을
다른 유덕자에게 내린다. 여기서 혁명이론이 발생한다.[78] 이 혁명의
전야에 하늘은 어떠한 형태로든 군왕에게 경고를 한다. 그것은 대개

---

75) 이경원, 「서경에 나타난 上帝天觀」, 『동양철학연구』 16집, 동양철학연구회, 1998,
   208쪽.
76) 이성춘, 「다산 정약용의 천명사상과 인륜」, 『한국종교』 18집, 원광대 종교문제 연구
   소, 1993, 51쪽.
77) 정연식, 김명하, 「선진유가 천관념의 정치사상적 성격」, 『경북대학교 논문집』 52집,
   1992, 100쪽.
78) 정연식, 김명하, 上揭論文, 105쪽.

자연현상을 통한 경고이다. 이러한 자연현상을 통한 경고를 유가에서
는 재이론이라고 한다.[79] 재이가 발생하게 되면 왕은 육사로써 자신
을 반성해야 한다.[80] 이러한 재이와 군왕의 육사가 가지는 의미는,
재이로 나타난 천의에 대한 육사라는 인간의 순종을 의미한다. 따라
서 天意는 天數와 직접적으로 맞닿아 있고, 천수는 새로운 천시 또는
천명과 연결된다. 이는 기존 세계에 대한 부정이면서 동시에 새로운
세계를 재편하는 과정으로서의 의미를 지닌다. 예문을 통하여 이를
보다 구체적으로 살펴보기로 하자.

> 지금 중원이 요란ᄒ야 원나라 운쉬 진ᄒ고 디명이 창업ᄒᆯ 씨 되엿나니
> 너는 이 째를 당ᄒ야 중국에 나아가 쥬 씨를 도와 도탄에 든 빅셩을 건지
> 고 공을 세워 만세에 젼ᄒ라 만일 그러치 아니ᄒ면 남으로 나가 안남국을
> 쳐 왕업을 다사림이 조타ᄒ고 (−필자 생략−) 쟝빅이 재배왈 소재 텬하를
> 쇼탕ᄒ고 텬자되압고져 ᄒ거늘 안남국 졔후 되라 ᄒ시니 그 일을 아지
> 못ᄒ겟나이다 ᄒᆫ디 도새 왈 중국은 주씨가 치국ᄒᆯ 것이니 텬시를 어기지
> 말나(94~95쪽)
> 장싱이 동산에 올ᄂ 텬문을 보더니 원나라 운쉬 쇠진하야 중원이 작란
> 하거날 마음에 놀나 즉시 행장을 차려 중원으로 행ᄒᆯ시 (−필자 생략−)
> 장싱이 굴오디 요사이 텬긔를 보니 원나라 운수는 쇠진하고 명나라가 등
> 국ᄒᆯ 째 되엿스니(105쪽)

---

79) 權延雄, 「조선전기 經筵의 災異論」, 『역사연구논집』 13·14 합집, 역사연구회, 1990,
   599~616쪽.
80) '六事'란, 나 한사람의 不敏으로 백성을 괴롭힌 일이 있는가? 政事에 소홀함이 있었는
   가? 宮室이 지나치게 사치하여 국고를 랑비한 일은 없었는가? 여자를 지나치게 좋아해
   음학한 일이 있었는가? 소인과 가까이 하여 아첨에 빠져 양신을 멀리 했는가? 등을
   말한다. (김준겸, 「고대인의 하늘관 − 고전문학의 사상적 근원으로서 −」, 『无涯梁柱東
   博士古稀紀念論文集』, 无涯梁柱東博士古稀紀念論叢刊行委員會, 1972, 437쪽)

리졍다려 왈 내 닐즉 사명산 쳘관도스의 슐법을 비와 난셰를 평졍홀 재죠 잇눈지라 텬긔를 슯히니 원나라 운쉬 쇠흐고 대명이 흥홀써라 이제 즁원에 들어옴은 졍령 진인을 슯혀 업스면 내 스스로 취흐고 만일 잇슨즉 남방을 웅거코자 하엿나니 (—필자 생략—) 그더는 닐즉 진인을 보앗느잇가 (106쪽)

다셧 장수 고두스례왈 소장 등은 오방신장이웁드니 대명 태조의 셩은 쥬씨오 명은 원장이라 시졀을 맛나지 못하야 계양 짜 동문밧게셔 삼뵉 명 걸인을 거느리시고 시졀을 기다리는 고로 혹 불미흔 일이 잇슬가 두려 하야 상뎨긔 명을 밧자와 각각 쳔군을 거나려 대명 태조를 호위흐랴 계양 으로 가드니(107쪽)

위 내용에서 '원나라 운수가 진하고 大明이 창업할 때 되었다'와 '주 씨를 도와 도탄에 든 백성을 건지고'에서 볼 수 있는 바와 같이 한 나라의 운명도 이미 하늘이 정한 바에 의해 결정되어지고 있음을 볼 수 있다. 그런데 그 한 나라의 운수가 다한 것과 도탄에 든 백성은 서로 무관하지 않은 상관관계로 연결된다는 점이다. 다만 일개 국가 의 운수가 다하여 그 징조로 나타난 것이 도탄에 빠진 백성인지, 아니 면 도탄에 빠진 백성을 보고 국가의 운수가 다했음을 알 수 있는 지가 분명하지 않다.[81] 또 '중국은 주씨가 치국할 것이니 천시를 어기지 말라'에서 '천시'는 '원나라 운수가 다한 것'과 '大明이 창업할 때' 중 어느 것과 선행 관계를 가지는 것도 문제이다. 한 가지 분명한 점은

---

81) 辛泰洙는, '天'이라는 음절로 묶여진 天意, 天數, 天時, 천명, 天道는 천명을, 해석하는 시각에서 나온 차이라고 여겨, 이런 시각을 천명관으로 지칭하고, 그 기능적인 측면에 서 壬辰錄의 천명관의 의의를 고찰하고 있다. 그는 임진록에서 천수나 천의가 입장에 따라 달리지는, 천명관이 일정하지 않음을 밝혀내고 있다. 필자의 天數나 天時를 구별 지어 천명과 연결시키는 것은 이에 근거하고 있다.(辛泰洙, 「임진록 천명관의 성격과 기능」, 『영남어문학』 第19輯, 영남어문학회, 1991 참고)

이들이 기존 세계에 대한 부정과 재편의 과정이라는 성격을 지닌다는 점이다.

이는 天의 주재성을 정치적으로 원용하여 당대 현실의 부조리를 고발하는 고소설의 문학적 창작 의식과도 무관하지 않다. '운수'나 '천시'라는 정치적 색채를 띠는 관점에서는 '하늘'이 주체가 되고 인간은 그 하늘의 지배를 받는 어찌할 수 없는 예속적인 존재이다. 그러나 이것이 문학적인 영역으로 편입이 되면 '운수'나 '천시'라는 하늘의 신성성은 하나의 신성한 세계로만 기능하는 객체적 존재물로 되고, 그 주체는 인간의 인식이라는 영역으로 넘어오게 된다. 인간은 하늘의 신성하고 초월적인 징험을 통하여 세계를 부정하고 또 그 신성성으로 재편하려고 한다. 그것이 바로 부정으로서의 운수이고 재편으로서의 천시라는 경험적 사상의 표출이다. 그리하여 최종적으로는 다시 천명이라는 정치적 이름으로 세계의 재편 과정은 마무리 된다.

따라서 고소설에서 천명이 가지는 성격은 인간의지와 사고의 총합으로 기능한다. 그것은 때로는 정치적 형식을 빌어 당대를 살아가는 사람들의 욕망이 표출되는 시간적 의미로서의 天이기도 하고, 종교적 형식을 빌려 현실 세계에 참여하는 환상의 天이기도 하다.

욕망의 표출이나 현실세계의 부조리를 드러내는 방법은 아주 직설적으로 표현될 수도 있고, 무한한 상상력 속에서 환상적 장치로 그려낼 수도 있다. '도탄에 빠진 백성'이라는 표현은 아주 직설적인 정치적 표현이면서 시간적으로 천시의 도래를 염원하는 바가 숨어 있고, '술법으로 난세를 평정한다'는 것과 '진인'을 갈구하는 종교적인 색채는 작가의 무한한 상상력에 기반한 환상적 장치이면서, 그 속에는 당대인들의 심원한 내면세계가 응축되어 담겨져 있다. '상제의 명으로 오방신장이 주원장을 옹위하는' 이라는 표현 속에는 무질서와 혼란한 당대 사회가 그대로 드러나 있다. 그 혼란한 사회, 술수와 비법으로 난세를 평정해야 하고, 진인을 갈구할 정도로 혼탁한 세계는 부정되어야 한다. 그러한 세계를 부정할 수 있는 인물은 그 누구도 범할 수 없는 상제의 옹위를 받아 보호되므로 신성시 된다.

이는 상제나 하늘 자체에 대한 존숭이 아니라 그의 비호를 받아 백성을 위무할 수 있는 인물에 대한 신성이다. 그리고 그 부정되어야 하는 시기는 하늘이 정한 운수이고, 그 운수는 새로운 세계를 재편할 인물이 도래된 천시와 긴밀하게 연결되어 있다. 도탄에 빠진 백성이나 술수와 비법이 난무하는 세계는 그 운수와 천시의 징후를 나타내는 자연적 재이의 문학적 표현으로서의 성격을 지닌다.

끊이지 않는 재이에도 불구하고 원나라 천자는 六事의 형식을 빈 인간적 순응 내지는 반성이 없으니 하늘은 일찍이 그에게 내린 천명을 다시 천명이라는 이름으로 거둔다.

> 리정에 부장 황해영이 장창을 들고 길을 막으며 왈 원황제 무도호야 빅셩이 도탄에 들어 죽게 되엿는지라 우리 장원수ㅣ 의병을 일히여 텬호를 안정코즈 호느니 너의는 엇지 우리 디군을 항거호나뇨 호고 창이 빗나는 곳에 룡통에 머리 마호에 나려지는 지라(113~114쪽)
>
> 리연힝이 신병과 밍호를 모라 진중에 드러와 좌츙우돌호며 쏘 십만 신장이 입으로 불을 토호며 군스를 무수히 살히호거늘 (115쪽)
>
> 원수ㅣ (-필자 생략-) 즉시 류정류갑을 외와 비오는 것을 업시호고 쌍을 기우려 바다를 룩디 믿든 후 인호야 리정으로 디군을 모라 연행을 싸를 시 장원슈는 신장 슴천을 쎄여 천산어귀 가는 길을 막고 륙화진을 베풀시 팔문을 너엿스되 싱문 스문을 구별호야 긔치를 뉘이고 징북을 굿쳐 미복

ㅎ엿더니, (116쪽)

계속되는 재이로 백성들이 도탄에 들어 죽게 되었음에도 불구하고 군왕이 자성(自省)하지 않으니 덕 있는 자가 의병을 일으켜 천하를 안정케 하고자 하나 쉬운 일이 아니다. '십만 신장이 입으로 불을 토한다'는 표현은 단순히 서사전개나 흥미상 필요한 종교적 장치만은 아니다. 그것은 현실세계의 미약한 백성들이 어찌할 수 없는 힘의 횡포에 대한 상징적 처리 기법이다.[82] 신장이 입에서 불을 토하는 세계는 부정되어야 할 세계이다. 이 접근하기 어려운 세계의 횡포는 단순한 현실의 물리적 힘이나 인간의 힘으로 부정될 수 없기에, '땅을 기우려 바다를 육지로 만드는' 그러한 초월적이면서도 보다 직접적인 힘에 의지할 수밖에 없다. 그 힘을 발휘할 수 있는 자는 이 작품 속에서 진인으로 나타나며, 그 진인은 천명을 받은 자이다.

장백은 그러한 천명을 받은 진인을 찾고 있다. 그러면서 한편으로는 자신이 창업주이기를 희망한다. 다만 자신보다 더 큰 가능성의 인물을 확인하는 것이 그의 관심사이다.[83] '졍령 진인을 슘혀 업스면 내 스스로 취ㅎ고 만일 잇슨즉 남방을 웅거코자 하엿나니'에서 볼 수 있듯이 장백의 관심은 새로운 창업, 즉 세계의 재편에 그 목적이 있다.

그러나 이때의 창업이나 세계의 재편이 가지는 궁극적인 목적은 단순히 정권 교체만을 의미하지는 않는다. 보다 중요한 것은 보다 안정

---

82) 이 외에도 〈장백전〉에는 '불, 살해, 흑운, 안개, 분간치 못하다.' 등이 諸雄들의 다툼에서 도전적인 분위기로 나타난다. 이는 단순히 종교적 색채로서만 기능하는 것이 아니라, 당대 사회의 혼란스러움을 종교적 분위기로 치환하여 표현한 문학적 상징이 아닌가 생각된다.

83) 서대석, 『군담소설의 구조와 배경』, 이화여자대학교 출판부, 1985, 111쪽.

된 백성들의 삶이며 질서의 회복이다. 〈장백전〉이 역성혁명을 주제로 하고 있기는 하지만, 그것은 단순히 체제개혁이나 정권의 교체를 위한 혁명이 아니라, 당대 백성들이 보다 잘 살 수 있는 삶의 터전 제공과 바른 질서의 회복을 위한 혁명이다. 아래 예문은 이를 분명하게 보여주고 있다.

> 텬자ㅣ 형세 급홈을 보시고 홀일업셔 눈물을 흘니며 옥새를 밧들고 항셔를 써 장원슈긔 올니거늘 원슈ㅣ 옥시와 항셔를 밧고 군수를 거둔 후 진문을 크게 열고 오층륜거를 타고 원진중으로 들어갈시 (-필자 생략-) 잔치를 배셜ᄒ고 원졔를 효유 왈 그디 황음무도ᄒ야 빅셩이 도탄에 들기로 내가 텬명을 밧아 그디를 니친다 ᄒ고 안셩군을 봉ᄒ노니 속히 써나라 하고 금빅을 너여 군수를 샹ᄒ니 질겨하는 소리 군중이 진동ᄒ더라 (136쪽)

장백은 오천여 명의 장수와 백만의 군사로 원나라 천자와의 싸움에서 이기고 그의 항복을 받는다. 그가 혁명의 정당성으로 내세운 것은 '천자가 황음무도하여 백성이 도탄에 들어 자신이 천명을 받아 친다'는 것이다. 이로 미루어 볼 때, 장백이 거행한 혁명의 기저에는 민생의 안위가 바탕에 녹아 있음을 알 수 있다.

실제로 혁명은 기존 체제가 백성들에 대하여 행하는 폭력적, 자의적 지배를 일소하고 백성의 실제 생활의 변혁을 초래함으로써 인간의 존엄성(善性)을 회복하는 것이 궁극적인 목표이다. 이러한 관점에서 보면 정치적인 체제의 변혁은 부차적인 것[84]이라 할 수 있다. 그런데

---

84) 정연식, 김명하, 前揭論文, 1992, 111~112쪽 참고.

문제는 장백에게 천명이 없다는 것이다. 천명이 없는 자는 세계 재편의 기틀은 마련할 수는 있어도 그 자신이 패자가 될 수는 없다. 이는 천의를 거스르는 것이며, 큰 화를 자초할 수 있다. 아래 철관도사의 말은 그러한 예에 속한다.

> 도스ㅣ 반겨 왈 너를 리별한지 임의 스오년이라 반가옴이 무궁ㅎ거니와 너를 보닐졔 이른 말이 잇거늘 네 텬시를 모르고 불의를 행ㅎ니 무삼 도리뇨 이럼으로 너을 쳥ㅎ야 일으나니 텬하는 주씨에 텬하라 하날이 너를 닉심은 주씨를 위홈이니 감히 텬명을 항거치 말고 너는 모름이 주씨를 차자 옥시를 밧치고 남으로 안남국을 다스리라 불연즉 큰 화ㅣ 잇스리니 섬가 봉행ㅎ라 (-필자 생략-) 원수ㅣ 다시 지비 왈 쇼지 임의 텬하를 뎡ㅎ얏거늘 엇지 무단히 남을 주리잇가 도시 왈 다 하날이 임의 뎡하신 비니 너는 삼가 텬명을 거역지 말고 주원쟝을 차자 도으라 한디(142쪽)

이 작품에서 장백이 천녕을 받지 못하는 구체적인 이유는 찾기 힘들다. 그것은 운명으로만 표현되며 이 운명은 논리적 설명이 불가능하다.[85] 운명의 필연성, 즉 운명적 차원에서 바라볼 수밖에 없다. 이는 앞서 논의한 바 있는 고난의 운명이 인간의 노력에 의해 '극복되는 운명관'이었던 것과 다른 성질의 것이다. 말하자면 고난의 극복이라는 운명이 노력을 바탕으로 한 미래지향적 염원의 운명관이라면, 장백의 이 운명은 현실 제한적인 운명관이다. 다만 그 현실 제한적인 운명 또한 천정에 의한 것이니, 기본 골격은 같으면서 내용의 상이함이 있다.

---

85) 이 부분에 대해서는 3장 '인물의 운명과 천명 실현의 의미'에서 재검토할 것이기 때문, 여기서는 더 이상 언급하지 않기로 한다.

(2) 주원장을 축으로 한 세계의 부정과 재편

주원장의 전생은 천상계의 심성이다. 본디 월궁항아였던 장소저와 함께 상제의 노여움을 사 적강한 인물이다. 그는 애초에 태어날 때부터 왼손바닥에 '명천자 주원장'이란 글씨를 지니고 태어난 인물이다. 천명에 의해 창업의 주체로 미리 예정되어 있다. 굳이 이 부분이 아니더라도 작품 전반부를 비롯한 전 영역, 심지어는 장백과 철관도사의 대화에서도 새로운 혁명의 주체는 주원장으로 나타나 있다. 그리고 그는 최하층의 민중들을 규합하고 지지를 얻어 세력을 키우는 등, 장백보다 훨씬 치밀하고 정교한 과정을 거쳐 혁명에 이르는 인물이다.

작가는 서사전개에 따른 주원장의 시선을 통해 하층의 구석구석까지 들추어내며, 그러한 과정 속에서 민중들의 어려운 생활상을 제시하고 있다. 그가 오랜 기간 걸인들과 어울려 동고동락하는 중에 커지는 힘은 단순히 그의 비범성만을 드러내기 위한 것이 아니다. 이보다는 오히려 당대 백성들의 어려운 생활상의 제시와 그들의 자생적인 세력 확대를 통한 질서의 회복 쪽에 오히려 더 가깝다고 할 수 있다. 그 정점에 천명을 받은 주원장이 있다. 장백이 그 내자의 도움으로 창두 삼천을 조발해 세력을 확장한 것에 비하면 훨씬 더 핍진된 혁명적 인물인 것이다. 주원장이 세계 재편에 있어 장백보다 사실적이고 구체적인 예를 보이고 있음은, 아래 예문을 통해 구체적으로 살펴볼 수 있다.

잇째 각처가 흉년이되 계양은 풍등ᄒ야 ᄉ방걸인이 모혓스니 그 수를 아지 못ᄒᆞᆯ너라 류긔 쥬생으로 더브러 걸인을 모와 언약ᄒ되 너의는 각각 연목ᄒ나와 집 ᄒᆞᆫ단식 어더오라 만일 거역ᄒᆞᆫ는지 잇스면 이지경에서 못

엇어먹게 ᄒ리라 ᄒ대 모든 걸인이 어더먹기를 위ᄒ야 그 령더로 여염에
다니며 각각엇어오니 류긔 쏘 ᄒ 나무를 비여 큰 그릇을 믠들고 걸인의게
지휘ᄒ되 조셕으로 밥을 엇어밧치라 ᄒ야 그 밥을 모도와 큰 나무 그릇에
담고 모든 걸인을 안치고 고르게 난화먹이니 걸인중에 혹 로약ᄒ야 어더
오지 못ᄒ는자도 갓치 먹으니 다 질겨ᄒ더라 이러구러 일년이 지나니 모
든 걸인들이 뎡이 골육갓ᄒ야 셔로 쩌날 쯧이 업더라(122쪽)

잇째 원쳔ᄌᆞ ᅵ 뎌명뎐에 젼좌ᄒ고 뎌연을 비셜ᄒ야 빅관으로 더브러
주야풍악으로 질기며 졍ᄉᆞ는 폐ᄒ고 틱평가를 부르더니(125쪽)

각셜 이 쩨 류긔 본집에 도라와 가산을 다 파니 십만금이라 군긔 복색을
쥰비ᄒ고 도라와 동류 삼빅 륙십 명을 모ᄒ 잔치를 비셜ᄒ고 술마시며
불덩이를 그릇에 담고 좌중에 돌려 왈 불나ᄒ니 차례로 돌녀 중간 류문경
압헤 당ᄒ니 불그릇을 들고 좌중에 니다라 류긔를 향ᄒ야 왈 령더로 ᄒ리
라 ᄒ니 다른 ᄉᆞ룸은 그 곡졀을 모르고 의심 ᄒ더니 류긔 니다라 문경의
손을 줍고 쥬생 압헤 와 갈오대 그대 불그릇을 들고 좌중에 나와 령더로
ᄒ겟노라 ᄒ니 무삼 쯧이 잇느뇨 문경이 답왈 불을 불면 이러난지라 주성
이 일뎡 긔병ᄒ고ᄌ ᄒ이니 이 거동이 긔병ᄒ 즁죄라 우리 삼빅어 명이
일가친척을 다바리고 이 곳에 모엿스니 이것이 우연치 아니ᄒ 일이라 디
쟝뷔 죽으면 말녀니와 ᄉᆞ랏슨즉 큰 일홈을 빗낼 것이니 엇디 왕후장상이
본디 씨가 잇스랴 원컨대 힘을 다ᄒ야 쥬성의 령을 듯고ᄌ ᄒ나이다 쥬셩
과 류긔 더경ᄒ야 손을 잇그러 상좌에 안치고 왈 모된 중에 이 쯧을 모다
아는지 업드니 그디는 곳 영웅이로다 모든 ᄉᆞ람들이 그 쯧을 알고 일시에
니다라 고왈 쥬쟝군은 의심치 마르시고 약속을 졍ᄒ와 텬시를 일치 마르
쇼셔 쥬셩과 류긔 이날 밤에 빅마를 잡아 ᄒ날끠 졔ᄒ고 피를 너여 삼빅륙
십 명 걸인이 마시여 밍셰ᄒ니라(122~123쪽)

주원장이 걸인들을 통해 보여주는 하층 민중들의 실상과, 원나라
천자가 태평가를 부르며 주야풍악으로 즐기는 부분이 극명한 대조를
보인다. 주원장이 걸인들의 거처와 생계를 해결하고, 병든 자와 연로

한 자들을 위무하면서 질서를 바로 잡아가는 과정은 민중들이 기다리던 진인의 모습 그 자체이다. '왕후장상이 본대 씨가 따로 있으랴'에서 알 수 있듯이, 민중들의 가장 기본적이고 본질적인 문제를 해결해 주는 사람이 그들에게 있어서는 천자요 하늘이다.

이 하나하나의 과정은 아주 치밀하고 정교한 준비 과정을 거치고 있다. 이는 세계의 재편 과정이면서 동시에 현실 부정의 과정이다. 그리고 이 세계의 부정과 재편 과정 속에는, 민중들의 새로운 사회의 담당층으로 상승하려는 욕구도 내포되어 있다. 따라서 주원장이 하층 민중들의 생활상 제시를 통해 세계 부정과 재편으로 가는 과정, 즉 천명을 통해 보여주고자 하는 것은, 있어야 할 보다 좋은 세계와 이상적 인간상의 제시이다.

3. 인물의 운명과 천명 실현의 의미

이상에서 볼 수 있는 바와 같이 〈장백전〉에 나타난 주요 인물들의 일생은 천정에 의한 삶이다. 그 중에서 주인공 장백은 다른 인물들과 약간의 차별성을 보인다. 그는 천명이 자신에게 없고 주원장에게 있다는 것을 알게 되면서부터, 자신의 운명에 쉽게 승복하지 않고 그 운명과 심각한 갈등을 일으킨다.

이 작품에서 장백과 대립·갈등하는 것은 크게 세 가지이다. 하나는 元 천자로 대별되는 기존 질서와의 대립·갈등이고, 두 번째는 패권 다툼을 하는 주원장, 세 번째는 자신의 운명과의 대립·갈등이다. 기존 질서와의 대립·갈등은 주원장도 같이 겪는다는 측면에서는 연대성이 고려될 법도 하지만, 또 한편으로는 그 주원장이 자신의 운명을 가로 막는 주요 인물이라는 점에서 가장 첨예하게 맞서야 하는 대상이기도 하다. 실제로 기존질서와의 대립·갈등은 명료하게 해소된다. 하지만 주원장과 관계된 자신의 운명과의 대립·갈등은 첨예하게 진행된다.

장백이 자신의 운명과 겪는 이와 같은 갈등은, 어쩌면 인간의 욕망과 운명과의 갈등을 형상화한 것일 수도 있다. 자신의 운명과 욕망의 관계에서 갈등하는 장백의 모습은 너무나 평범한 인간의 모습 그대로이다. 그의 신인적인 능력이나 적강한 인물이라는 것과 상관없이, 그의 욕망은 평범한 인간의 범위를 벗어나지 않는다. 고소설에서 초월계와 현실계가 서로 물리적 소통이 자유롭지 못한[86] 것과는 다르게, 내면세계에 대한 표현은 언제나 인간 중심이요 현실적이다. 초현실과 현실이라는 물리적 단층에 대한 구분은 분명 인정하면서도 그 양계에 존재하는 신과 인간의 내면은 언제나 현실적이요 인간 중심인 것이다.

고소설의 이러한 이원적 공간과 일원적 사유의 구조는 작품 전체를 통어하는 원리로 작용한다. 장백에게 있어 운명과 개인적 욕망과의 갈등 또한 이러한 이원적 공간과 일원적 사유 구조라는 형식과 무관하지 않다.

장백의 전생은 천상 柳星이다. 천상에서 적강하여 현실계의 장백으

---

86) 고소설에서 초월계와 현실계의 물리적 소통은 대개 꿈을 통해 이루어진다. 이는 兩界에 대한 제한을 인식한 결과라고 생각된다. 다만 이것이 비현실 세계를 가공하면서 사실성을 염두에 둔 문학의 내적 장치로 본다면 꿈을 매개로 한 소통은 공간적 제약을 지니지 않는 것으로 볼 수 있다. 왜냐하면 고소설에서의 그것은 필요에 따라 언제든 소통가능성이 열려 있기 때문이다. 본 절에서는 후자를 인정하되, 편의상 전자의 입장에서 논의를 하고자 한다.

로 태어났다. 전생이 천상계의 유성이었으므로 근본은 신적 존재이다. 그 신적 존재가 현실계로 적강하여 인간 장백으로 태어났으니 현실적으로는 인간이다. 그러므로 장백은 신과 인간이라는, 초현실계와 현실계의 성질을 함께 지닌 존재이다. 현실계의 인간으로 태어났으니 인간이라고만 해야 할 것이지만, 천상계와의 인연이 완전히 끊어지지 않은 상태에서 계속 소통하고 있으니 마냥 인간인 것만은 아니다. 천정에 의한 출생이나 그 이후 인간으로서의 장백의 삶에 천상계가 개입하는 것은 바로 그러한 성격을 지닌다. 이러한 점에서 그는 이원적 공간에서 완전하게 분리된 것이 아니며, 현실적 인간으로서 이원적 공간의 지배를 받는 존재다.[87] 이러한 초월계에 의한 지배 원리는 그의 전생 신분과 무관하지 않으며 삶 전체의 운명과 관계한다.

이에 반해 그의 사유는 현실계의 인간들과 완전히 동화되어 있고, 그러한 인간들의 욕망을 꿈꾸고 있다. 장백의 이러한 점은 바로 일원적 사유로 이해할 수 있는 부분이다. 이러한 일원적 사유는 앞서 말한 바와 같이 현실 세계에 바탕한 인간 중심의 사고 결과이다.[88] 장백에게 있어 인간 중심의 사고와 그 총화는 그의 욕망으로 나타나며, 운명과 갈등을 일으키게 된다.

이로 볼 때 당대인들의 공간과 정신에 대한 뚜렷한 구별 의식을 엿

---

87) 고소설에 등장하는 주인공들의 전생신분은 천상계인 경우가 많다. 이러한 작품에 국한시켜 보면, 천상계의 인물이 아닌 다른 주변 인물들은 천상계의 지배를 상대적으로 덜 받는 것으로 나타난다.

88) 굳이 장백의 경우를 예로 들지 않더라도, 초월적 존재에 대한 당대인들의 생각은 인간 중심적이었다. 〈장백전〉에도 나타나 있듯이, 월궁항아였던 장소저와 심성이었던 주원장이 천상에서 눈주어 본 죄로 상제의 노여움을 사서 적강한 것을 보면, 신들도 인간과 같은 애정과 희노애락을 지닌 것을 볼 수 있다. 이는 초월계에 대한 당대인들의 의식이 인간 중심적이었음을 보여준다.

볼 수 있다. 이를테면, 초월계에 대한 이해가 인간 중심적이면서도 초월계와 현실계의 공간적인 단층을 두는 것과, 그 속에 생활하는 존재에 대한 사유구조는 흡사하게 이해하는 것이 그러하다.

그러므로 초월계와 현실계의 단층을 이루는 공간은 이원적이며 상위질서로 기능하고, 초월계와 현실계의 인간적 사유는 일원적이며 하위 질서로 기능하게 된다. 전자는 인간이 어찌할 수 없는 세계 중심의 운명으로 기능하고, 후자는 그 세계에 순응해야 하는 인간 중심의 욕망이다. 세계 중심의 운명과 인간 중심의 욕망은 그것을 인식하는 순간 갈등이 발생한다. 인간 장백은 패자를 꿈꾸나 그에게 주어진 운명이 제후로 확인되었을 때, 인간적 욕망은 쉽게 승복되지 않고 오히려 그 우위에 서고자 한다. 그러나 그것은 천상계라는 상위 질서에서 부어된 명령, 즉 '천명'이므로 어길 수 없으며 갈등 또한 지속될 수 없기 때문에 해소되어야 한다.

이러한 생각이 선행될 때, 〈장백전〉에서 모호했던 두 가지 문제는 일부분 해결된다. 즉 장백이 힘의 우위와 옥새라는 현실적 명분이 있음에도 불구하고, 천명이 없어서 천자가 되지 못하는 점과, 주원장이 힘의 열세와 옥새라는 현실적 명분이 없음에도 불구하고, 천명이 있어서 천자가 되는 결말처리는, 초월계라는 세계 중심의 명령과 현실계라는 인간 중심의 욕망의 관계에서 파악될 수 있다는 것이다. 이를테면 초월계라는 세계 중심의 명령이 상위 질서이고, 현실계라는 인간 중심의 욕망은 하위 질서이므로, 장백이 꿈꾸는 인간 중심의 욕망은 초월계라는 상위 질서에 승복할 수밖에 없는 것이다.

이 작품을 '창업과정'이라는 서사축으로 다시 살펴보면 이와 같은 점은 확연하게 드러난다. 이 작품의 서사진행의 중심이나 과업 수행

으로 본다면 분명 장백이 중심인물이나, 보다 상위 질서인 천명의 수
행과 실현 중심으로 본다면 주원장이 우위에 있기 때문에 주원장이
창업주가 되는 것이다. 그리고 바로 이러한 점이 작품 제명과 실제
결과를 달리 하는 결과를 낳았다고 볼 수 있고, 서사 진행의 중심인물
이었던 장백의 역할이 상대적으로 컸기 때문에 작품명도 〈장백전〉으
로 되지 않았나 생각된다.

4. 결론

이상에서 〈장백전〉에 나타난 친관념을 인물의 운명과 천명의 실현
과정을 중심으로 살펴보았다. 먼저 '천정과 인물의 운명'에서는 〈장백
전〉에 등장하는 주요 인물들의 삶이 하늘이 정한 순리와 이치에서 결
코 벗어나지 않는다는 점을 지적하였다. 그래서 천정에 의한 고난의
극복과 이상 사회의 구현 중심으로 작품이 진행되며, 미래 지향적인
운명관으로서의 성격을 지닌다는 점을 언급하였다.

그 구체적인 예로 장백과 장소저의 사고와 행위를 지배하는 원리가
천정에 의한 운명적인 성격이었음을 살펴보았다. 또 이로 인하여 도출
된 의미는, 그들의 운명이, 부정적인 의미의 숙명관에 의한 소산이
아니라, 불합리하고 모순된 사회에서 당대 민중들이 겪는 삶의 질곡을
극복하고자 하는 의미를 지닌다고 보았다. 그리고 주원장의 일생 역시
천정에 의한 삶을 살았다는 점에서는 위의 두 인물과 차이가 없으나,
그의 유의지적인 노력을 강조하고 있다는 점이 다르게 나타났다.

'천명을 통한 세계의 부정과 재편'에서는 장백과 주원장을 각각의

축으로 하여 살펴보았다. 장백을 축으로 한 세계의 부정과 재편에서 의 궁극적인 목적은, 단순히 정권 교체 만을 위한 것이 아니라 안정된 백성들의 삶과 질서의 회복이라는 점을 살펴보았다. 그리고 주원장을 중심으로 한 세계의 부정과 재편에서는 그 과정 하나하나가 아주 치밀 하고 정교한 준비 과정을 거치고 있다는 점을 살펴보았다. 그리하여 그 과정 하나하나가 현실부정의 과정이면서 동시에 세계 재편의 과정 이라고 보았다. 또한 이 과정 속에는 하층 민중들이 새로운 사회의 담당층으로 상승하려는 욕구도 반영되어 있다고 보았다. 그래서 최종 적으로 '천명을 통한 세계의 부정과 재편'을 통해 보여 주고자 한 것 이, 있어야 할 보다 좋은 세계와 이상적 인간상의 제시라고 보았다.

'인물의 운명과 천명 실현의 의미'를 통해서는 〈장백전〉에서 모호 했던 두 가지 문제를 일부분 해결해 보려고 하였다. 즉 장백이 힘의 우위와 옥새라는 현실적 명분이 있음에도 불구하고, 천명이 없어서 천자가 되지 못하는 점과, 주원장이 힘의 열세와 옥새라는 현실적 명 분이 없음에도 불구하고, 천명이 있어서 천자가 되는 결말처리는 지 금까지 해명되지 않은 난제였다.

이것을 필자는 '초월계라는 세계 중심의 명령이 상위 질서'이고, '현 실계라는 인간 중심의 욕망은 하위 질서'이므로, 장백이 꿈꾸는 인간 중심의 욕망은 초월계라는 상위 질서에 승복할 수밖에 없는 것으로 보았다. 그래서 이 작품의 서사진행의 중심이나 과업 수행으로 본다 면 분명 장백이 중심인물이나, 보다 상위 질서인 천명의 수행과 실현 중심으로 본다면 주원장이 우위에 있기 때문에 주원장이 창업주가 되 는 것으로 보았다. 그리고 바로 이러한 점이 작품 제명과 실제 결과를 달리 하는 결과를 낳았다고 볼 수 있고, 서사 진행의 중심인물이었던

장백의 역할이 상대적으로 컸기 때문에 작품명이 〈장백전〉으로 된 것
으로 보았다.

〈유문성전〉에 나타난 신탁의 실현과정

1. 서론

　현재까지 확인된 우리나라 고소설 작품의 총수는 개략적으로 천여
종을 상회한다고 한다.[1] 그 작품들 중에서 〈유문성전〉과 〈장백전〉,
그리고 〈현수문전〉과 〈옥주호연〉 같은 작품들은 왕조이 교체를 다룬
보기 드문 작품들이며.[2] 특히 〈유문성전〉과 〈장백전〉은 역성혁명을
중심 내용으로 하고 있는 작품이다. 이 두 작품이 영웅의 일생[3]이라

---

1) 우쾌제, 「고소설 명칭 및 연구경향의 통계적 고찰」, 『仁川語文學』 5집, 仁川大 국어국
　　문학과, 1989. 17쪽 및 15~85쪽.
2) 정상진, 「장백전과 유문성전의 구조와 두 가지 문제」, 牛岩語文論集 第4號, 釜山外國
　　語大學校 國語國文學科, 1994. 80쪽.
3) 조동일은 〈주몽신화〉에서 〈홍길동전〉에 이르기까지의 신화나 서사무가에서 공통적으
　　로 추출되는 점을 '영웅의 일생'으로 정리하였다. 그에 의하면, '영웅의 一生'은 멀리
　　고대신화에서 나타나서 서사무가로 전승되고, 소설의 유형구조로도 널리 이용되었다고
　　한다.(趙東一, 「영웅의 일생, 그 문학사적 전개」, 『東亞文化』 10, 서울대학교 文理科大
　　學 東亞文化研究所, 1971 참조).
　　'영웅의 一生'을 정리하면 다음과 같다.
　　① 고귀한 혈통을 지닌 인물이다.
　　② 비정상적으로 잉태되거나 출생했다.
　　③ 범인과는 다른 탁월한 능력을 타고났다.
　　④ 어려서 기아가 되어 죽을 고비에 이르렀다.

는 구조적 동질성을 기저로 한 점에서는 일반 영웅소설과 차이가 없다. 그러나 천명을 명분으로 한 역성혁명을 중심 내용으로 하고 있음은, 여타 고소설과 변별되는 중요한 특징 중의 하나이다.

일반적으로 영웅소설의 주인공이 영웅성을 발휘하는 것은, 현 왕조의 체제를 수호할 때이다. 천자의 무능으로 인하여 선·악의 가치질서가 전복되고, 외적의 침입이나 간신의 전횡으로 인하여 국가가 전복될 위기에 처하게 되면, 주인공이 탁월한 능력으로 국가를 수호하고, 전복된 가치 질서를 바로 잡는 것이 보통이다. 그런데 예의 두 작품, 특히 본고의 주 관심 대상인 〈유문성전〉같은 작품은, 이러한 영웅소설의 틀에서 조금 벗어나고 있다. 〈유문성전〉에서도 천자의 무능이나 전복된 가치 질서, 간신의 전횡 등이 나타난다는 점에 있어서는 일반 영웅소설과 큰 차이가 없다. 그러나 주인공의 영웅적 과업 수행과정과 최종적인 목표가 그러한 부조리를 바로 잡아 기존 왕조로 회귀하는 복고주의에 있는 것이 아니라, 새로운 왕조를 창업한다는 점에서 전형적인 영웅소설과 그 성격을 분명 달리하고 있다.

일반 영웅소설과 〈유문성전〉의 이러한 내용의 상이점은 주인공의 성격과 행위의 차이에 기인한다. 일반 영웅소설의 주인공은, 천자의 무능으로 인하여 백성들이 도탄에 빠진 것과는 상관없이, 그 천자나 국가를 위하여 영웅성을 발휘하게 된다. 그러나 〈유문성전〉의 주인공은, 무조건적으로 천자나 국가를 위하여 영웅성을 발휘하는 것이 아니다. 이 작품은 '도탄에 빠진 백성을 구하기 위하여' 무능한 천자나

⑤ 구출·양육자를 만나 죽을 고비에서 벗어났다.
⑥ 자라서 다시 위기에 부딪쳤다.
⑦ 위기를 투쟁으로 극복해서 승리자가 되었다.

무질서한 국가를 전복하고 새로운 천자와 국가를 마련하는 것에서 주
인공의 성격과 행위의 의미를 찾을 수 있다.

　이러한 주인공의 성격과 행위의 상이는, 영웅성에 대한 인식의 차
이가 전제되어 있다. 일반적으로 영웅이란, 개인적 가치보다 집단의
가치를 우선하여 실현하는 인물이다. 따라서 영웅은 국난을 평정한다
든지 민족의 고난을 해결하는 등 집단에 대한 공헌을 이룩한 인물을
말하고, 개인이나 가정의 문제인 애정이나 효를 실현하는 인물을 가
리키는 것은 아니다.[4] 이때 문제가 되는 것은 집단적 가치의 성격과
그것을 실현하는 영웅의 행위이다. 무능한 천자와 무질서한 국가를
바로잡으면 모든 것이 해결된다는 전제하에 있는 것이 일반 영웅소설
에 나타난 주인공의 영웅성이라면, 〈유문성전〉은 '도탄에 빠진 백성
들을 구하기 위해' 무능한 천자와 국가는 제거되어야 한다는 논리가
담보되어 있다. 다만 그 제거의 형식이 주인공에 의한 직접적인 제거
가 아니라 간신의 찬역이 먼저 나타나고, 2차적으로 그 간신을 징치하
여 새로운 왕조를 연다는 점에서 굴절된 감이 있다.

　일반 영웅소설에서 '무능한 천자와 무질서한 국가를 바로잡으면 모
든 것이 해결된다'는 논리와, 〈유문성전〉에서 '도탄에 빠진 백성을 구
하기 위해 무능한 천자와 국가는 제거되어야 한다'는 논리에는 공통적
으로 '이상적 세계'에 대한 민중들의 염원이 반영되어 있다. 다만 전자
가 복고주의적 이념에 근거하고 있다면, 후자는 보다 근본적인 개혁
이념을 취하고 있다는 차이가 있다.

　이상을 재정리하면, ①이념의 상이 → ②영웅성에 대한 인식의 상

---

4) 서대석, 「영웅소설의 전개와 변모」, 성오 소재영 교수 환력기념논총간행위원회, 『고
　소설사의 제문제』, 집문당, 1993, 331쪽 참고.

이→③주인공의 성격과 행위의 상이→④작품 내용의 상이로 이어
진다고 할 수 있다.

그렇다면 전형적인 영웅소설과 〈유문성전〉의 이러한 차이를 가능
하게 한 가장 본질적인 요소는 무엇일까? 필자는 그것을 인물에게 내
린 신탁의 내용적 차이5)에서 기인한다고 본다. 그리고 이러한 신탁의
내용적 차이로 나타난 '역성혁명'의 이면에는 조선 중기 이후 민중들
의 사회와 역사성에 대한 인식, 혹은 작가의식이 자리하고 있음을 살
펴보고자 한다.

2. 신탁을 통한 인물의 운명적 시련과 극복

〈유문성전〉은 '영웅의 일생'을 기저로 하고 있는 영웅소설이므로,
어떤 형태로든 인물의 시련이 나타난다. 영웅소설에서 그 시련은 천
정에 의한 운명이며, 극복 또한 천정에 의한 것으로 나타나는 것이
일반적이다. 이것은, 인간의 행·불행이 하늘에 의해 이미 결정되어
있다는 관념이면서, 동시에 인간사는 하늘의 예정에 의해 고난과 행
복이 서로 교차된다는 순환의 원리를 바탕에 깔고 있다.6) 천상계 인
물의 적강과 '시련 – 극복 – 과업성취' 후 승천하는 과정은 이러한 관

---

5) 종교학대사전에 의하면, 신탁이란 신이 불가사의한 꿈이나 신빙 등을 통해서 그 의지
를 인간에게 전달하는 것을 말한다. 신탁을 얻는 방법은 다양하게 나타나는데, 공통적
으로 꿈, 점술 등에 의한 경우가 많다고 한다.(『종교학대사전』, 한국사전연구사, 1998
참조) 이에 본고에서도 〈유문성전〉에서 초월계의 의지가 인간계의 삶에 영향을 미치는
것을 넓게 해석하여 '신탁'의 범주에서 논의하였다.

6) 박대복, 「조선조 서사문학에 수용된 저주와 천관념(Ⅱ)」, 한국어문교육연구회, 『語文
研究』109호, 2001, 147~149쪽.

념을 구체화시켜 놓은 좋은 예가 된다. 이런 점에서 본다면 적강형 영웅소설7)의 주인공들은 인간의 출생이 아니고 천상계의 인물이 잠시 지상계로 현신하는 것이다.8) 천상계의 인물이 적강하는 것은, 민중의 욕망이 현실적 인간의 힘으로 실현될 가능성이 없을 경우에, 민중들은 종교적 신앙을 바탕으로 적강형 인물을 요구한다. 이는 현실계의 부조리를 천상계가 방관하지 않고 직접 해결해 주기를 바라는 믿음의 표상이다.

적강형 인물의 '출생 – 시련 – 극복 – 과업성취'의 과정은 그러한 믿음을 수직적으로 펼쳐 보여주는 것이다. 따라서 주인공의 출생이나 시련이 천상 주재자의 의도에 따라 마련된 것9)임을 인정할 때, 그 극복 또한 초월계에 의해서 이루질 것이라는 추측이 가능하다. 유문성과 이소저가 초월계의 도움으로 결연을 하는 것이니, 비범한 능력을 획득하고 발휘하는 과정은 그러한 시련의 극복을 의미한다. 이를 보다 쉽게 이해하기 위해 순차 단락을 제시하면 다음과 같다.

 1) 원나라 명종황제 시절 이부상서 이경운이 일점 혈육이 없어 한탄하다가, 일몽을 꾸다.

· 7) 김선정은, '적강형 영웅소설이란, 선계에서 옥황상제를 모시고 있던 선관선녀가 사사로움을 드러낸 죄로 인간세상에 내쫓겨 온갖 시련을 겪고서 국가의 위기를 구하고 다시 천상으로 복귀하는 소설을 말한다' 하고, 적강형 영웅소설에서의 주인공은 출생에서부터 모든 사건의 전개가 이루어진다고 하였다.(金善靜, 「적강형 영웅소설 연구 – 유충렬전, 유문성전, 김진옥전, 소대성전을 중심으로 –」, 『人文論叢』第2輯, 경남대학교부설 인문과학연구소, 1990, 145쪽)

 8) 이형근, 「이조말기 민란과 영웅소설 – 완판본 조웅전을 中心으로 –」, 『語文敎育論集』第2輯, 釜山大學校 師範大學 國語敎育科, 1977, 263쪽 참조.

 9) 이상택, 「낙선재본소설 연구 – 그 예비적 작업으로서의 혼사장애 주지의 문제를 중심으로 –」, 『한국고전소설의 탐구』, 중앙출판인쇄주식회사, 1981, 320쪽 참조.

2) 꿈에 선녀가 나타나 玉女를 점지하고, 후일 만종록을 받들어 영화가 일국에 진동하리라 하고, 십삭 후 딸 춘영을 낳는다.

3) 유승상의 아들 유문성이 과거 차 낙양 땅 이승상 집 앞을 지나다가 이소저를 보고 반하여, 과거도 포기하고 돌아와 상사병이 든다.

4) 유문성의 사연을 들은 유승상이 이상서를 찾아 혼약하며, 옥지환 한 쌍으로 신물을 삼고 유문성의 병은 완쾌된다.

5) 천자가 이소저를 후궁으로 삼고자 청혼하고, 이상서는 이를 거절한다. 간신 사정의 재청으로 천자가 다시 청혼하고, 이상서가 다시 거절하여 이상서와 유승상이 옥에 갇힌다.

6) 천자가 득병하여 죽고, 유승상과 이상서는 방송된다. 그러나 얼마 후 유승상과 그 부인이 득병하여 죽게 되고, 이상서는 고아가 된 유문성을 데려와 돌본다.

7) 이때 우승상 달목이 이상서의 딸이 현명하다는 말을 듣고 자기 아들과의 결혼을 청하나 거절당하고, 천자를 움직여 권세로서 강박하니 이상서는 부득이 승낙한다.

8) 이소저는 부친 이상서에게, 유씨 집안과의 신의를 내세워, 달목의 아들과의 혼인이 부당하다 하고, 이상서는 그냥 따르라고 명하나 이소저는 따르지 않는다.

9) 승상 달목이 천자에게 아부하고, 천자는 이상서에게, 유문성을 집에 두면 능지처참할 것이며, 이상서에게는 삼족을 멸할 것이라고 협박한다. 이에 이소저는 유문성에게 편지를 써서 피신하라 한다.

10) 유문성은 이소저에게 답장을 쓴 후 이상서 댁을 나왔으나 갈곳이 없어 부모 산소 앞에서 막을 짓고 세월을 보내고, 이소저는 달목의 아들과 결혼을 하나 시가로 가는 도중 목을 매어 자결한다. 달목은 이소저의 시신을 이상서댁으로 돌려보낸다.

11) 이상서는 딸의 유언에 따라 유승상 선산을 찾아가 가다가 도중에 도적을 만나 가지 못하고, 청려산 개운사 동구 앞에 묻고 돌아가고, 유문성은 이소저가 현몽하는 꿈을 꾸고 그녀가 죽은 줄을 안다.

12) 유문성이 마을 사람들의 말을 듣고 향을 피워 제사를 지내던 중에, 홀연 청아한 옥동자가 내려와 옥경으로 가자 하고, 유문성이 따라가 부친과 이소저를 만난다.

13) 이소저가 자신을 다시 보려거든 청려산으로 오라 하고, 유문성은 꿈을 깬 후, 청려산으로 찾아가 월경대사의 도움으로 이소저의 무덤을 찾아 제문을 읽고 통곡하니 분묘가 벌어지며 이소저가 나온다.

14) 유문성과 이소저가 일광도사를 만나 전생 신분을 알게 되고, 7일(인간세상의 7년)동안에 병법과 술법을 익히며, 창업지인을 만나 천시를 어기지 말라는 말과, 주씨를 도우라는 말을 듣게 된다.

15) 유문성과 이소저가 함께 가던 중 용왕의 아들로부터 용마, 청룡초운갑, 칠성대검을 받으면서 천수 임박하였으니 남방으로 가라는 말까지 듣는다.

16) 순종 황제 13년, 승상 달목이 간신들을 규합하고 天命을 명분으로 내세워 천자를 내치고 자신이 천자가 된다.

17) 유문성과 이소저가 자약을 만나 재주를 겨루고, 자약이 두 사람의 비범함을 알고 부하기 되기를 청하여 그를 받아들이니 부하가 수천이나 되었으며, 다시 칠십여 성을 함몰하여 군사가 수십만으로 늘어났다.

18) 유문성이 창곡을 흩어 백성들을 진휼하고, 천명을 받아 도적을 친다고 하니, 호걸들이 그를 따른다.

19) 이때, 조선 황해도 평산 땅에 주원장이라는 사람의 재주가 남달랐으며, 조실부모하고 혈혈단신으로 유리개걸하며 발해관에 도달하여 이정을 만난다.

20) 파능 땅 유기가 주원장이 천자의 기상이 있음을 보고, 그의 수하가 되고자 하고, 주원장은 그를 받아들여 도탄에 든 만민을 구제코자 하고, 군사를 모아 황성으로 진군한다.

21) 유문성과 주원장의 군대가 대적하여 싸우게 되고, 수차의 교전 끝에 유문성이 승기를 잡지만, 꿈에서 주원장에게 천명이 내렸다는 스승

일광도사의 말을 다시 듣게 되고, 자객이 온다는 말까지 듣는다.

22) 유기가 자객으로 유문성을 찾아가, 천명이 주원장에게 있음을 설득하고, 유문성은 유기의 말을 듣고, 스승 일광도사의 말을 떠올려 주원장과 화친하여 의형제를 맺는다.

23) 달목이 장수를 모으고, 연왕, 오왕, 초왕에게 청병한다.

24) 양군이 합세하여 달목를 비롯한 연합군을 쳐부수고, 주원장이 천자가 된다.

25) 유문성이 연왕이 되고, 이소저는 왕비가 되며, 이상서 부부와 상봉하게 된다.

26) 유문성이 육남오녀를 낳아 부귀영화를 누린 후 선관선녀를 따라 승천한다.

이상에서 보는 바와 같이 이 작품은 상이한 성격의 삽화들이 유기적인 관계망을 형성하여 작품 전체의 통일을 이루고 있는 작품이다. 의미상에 근거할 때, 이 작품은 크게는 2단락에서 작게는 3~6단락으로 나눌 수 있다. 전반부의 결연담과 후반부의 군담으로 본다면 2단락[10]으로 쉽게 구분할 수 있다. 한편으로는 황제의 늑혼으로 혼사장애가 일어나는 1단계, 죽은 여인이 환생하여 본래 혼인을 정한 남자와 결합함으로써 혼사장애를 극복하는 2단계, 결합 후 새로운 삶을 전개하는 3단계[11]로 나눌 수도 있다. 그러나 이 작품이 적강형 영웅소설이라는 유형적 특징과 작품 내용의 유기적 관계를 동시에 고려한다면, 6단계 정도로 세분화하여 이해하는 것이 바람직하다.

---

10) 박대복·이명현, 「유문성전에 나타난 갈등과 해결의 원리 – 天定과 天命을 중심으로 –」, 『人文學硏究』 제33집, 中央大學校 人文科學硏究所, 2002, 6~8쪽.

11) 정운채, 「유생전의 이본적 특성과 부녀 대립 양상」, 『선청어문』 제24집, 서울대학교 사범대학 국어교육과 1996, 591쪽.

1단계 : 적강 인물의 출생 단계(순차 단락 1)~2)까지)

2단계 : 남녀 주인공의 혼사장애가 일어나는 단계(순차단락 3)~11)까지)

3단계 : 초월계에 의한 혼사장애의 극복 단계(순차단락 12)~13)까지)

4단계 : 비범한 능력의 획득과 지향점이 구체화되는 단계(순차단락 14)~15)까지)

5단계 : 영웅적 활약을 통한 과업 성취의 단계(순차단락 16)~25)까지)

6단계 : 남녀 주인공의 후일담에 해당하는 단계(순차단락 26)번)

앞서 적강형 영웅소설의 주인공의 출생이나 시련은 천상 주재자의 의도에 따라 마련된 것이라고 논의한 바 있다. 이 작품 역시 여주인공의 출생12)은 天의 의지인 신탁에 의한 것이다. 신탁에 의한 출생에서 가장 특징적인 것은, 인간의 의지를 천신이 수용한다는 점과, 인물의 삶의 과정 예시와 최종적인 행로의 암시이다.

녕망이 년하에 진농ᄒ고 무귀 일국에 읏듬이라 세상에 거릴거시 업스나 다만 실하에 일졈 혈육이 읍서 미양 한탄ᄒ더니 일일은 샹셔 일몽을 어드니 하늘로셔 ᄒᆫ 션녀 구름을 타고 공즁에셔 외여 왈 그더 ᄌ식이 업셔 미일 흔탄ᄒ기로 일기 옥녀를 졈지ᄒᄂ니 남자 안임을 한치 말고 귀히 기르소셔 년긔 차면 만죵록을 밧어 령화 일국에 진통ᄒ리이다 --- --- 지셩이면 감텬이라 ᄒ오니 텬우신죠ᄒ와 귀ᄌ를 볼가 바라더니 과연 그 달붓터 틱기잇셔 (띄어쓰기 필자)13)

위 예문에서 보는 바와 같이, 여주인공의 출생은 부모의 자식을 보

---

12) 〈유문성전〉에서 출생 및 인물의 태몽은, 여자 주인공에게만 나타나고 남자 주인공에게는 나타나지 않는다.(박대복·이명현, 上揭論文, 8~9쪽 참조)

13) 〈柳文成傳〉, 동국대 한국학연구소 편, 『活字本古典小說全集』 제5권, 亞細亞文化社, 1976, 291쪽. 이후 인용은 편의상 작품명과 페이지만 표기하기로 한다.

고자 하는 의지와 천신의 수용으로 나타난다. 이것은 당대 민중들의 현실적 요구와 종교성에 기반한 초월적 세계관이 결합된 결과이다. 이때보다 더 우위에 있는 것은 초월적 세계의 질서이다. 따라서 이렇게 출생한 인물의 현실적 삶은 천상계의 질서로부터 자유롭지 못하다. 그 자유롭지 못한 구체적인 형식은 인물이 현실계에서 겪는 시련이다. 이러한 점에서 신탁에 의해 출생한 인물의 현실적 고난은, '운명적 시련'이라 할 수 있다. 앞서 제시되었던 순차단락 5)~10)은 그러한 시련의 과정을 나타낸 것들이다. 여기서 목도되는 시련은 늑혼이라는 혼사장애이며, 그 관계 양상은 두 가지로 나타난다.

① 차셜 이째 황데 후궁을 졍치 못ㅎ야 근심ㅎ시더니 --- --- 황제 가쟝 깃거ㅎ사 즉시 칙교ㅎ시되 --- --- 샹셔 디경ㅎ여 즉시 상소ㅎ여 왈 신자가 되어 엇지 황명을 밧들지 아니ㅎ오리가마는 --- --- 젼년에 승상 류현의 자식과 정혼ㅎ와 임의 틱일ㅎ옵고 예단을 밧어삽고 혼인날이 삼일격ㅎ온지라 사셰 졀박ㅎ와 황명을 봉승치 못ㅎ오니 죄사무석이로소이다 --- --- 이째 좌복사 사정은 본디 간신이라 츌반쥬왈 졔 비록 류가와 결혼ㅎ엿슬지라도 황명을 즁히 여길진디 류가를 물리치고 군명을 좃침이 올커날 방자이 거역ㅎ오니 엇지 신자의 도리라 ㅎ오리가 쏘흔 다시 칙교ㅎ사 일향완거ㅎ거던 류가와 한가지로 나취ㅎ와 그 죄를 발키옵소셔 황졔 그 말을 올케 으르시고 다시 조셔를 너려 청혼ㅎ시니 샹셔 황공ㅎ야 즉시 궐너에 드러가 고두사죄ㅎ고 전후 사실을 일일이 주달ㅎ니 황졔 디로ㅎ야 샹셔와 류승상을 훈가지로 나입ㅎ야 국문ㅎ시며[14]

② 이 째 우승상 달목은 간스훈 쇼인이라 --- --- 아달을 두엇시되 융도 츌중ㅎ지라 어진 숙녀를 구ㅎ더니 맛춤 리소져의 현명을 듯고 구혼

---

14) 〈유문성전〉, 295~296쪽.

코즈ᄒ다가 류가로 더부러 다시 혼인ᄒ단 말을 듯고 불양ᄒ 간계를 니여 신황뎨의 쥬달ᄒ되 션황뎨의압셔 리상셔의 녀식으로 후궁을 봉ᄒ랴 ᄒ신 즉 류현의 ᄌ식과 청혼ᄒ엿다 ᄒ고 종시 거역ᄒ기로 황뎨 진로ᄒ사 수금 문죄ᄒ시되 일향 슌종치 아니ᄒ더니 이졔 다시 류가로 졍혼ᄒ고 황뎨 봉 ᄒ심을 질거워 혼다 ᄒ오니 엇지 신ᄌ의 도리라 ᄒ오리가 류가로 셩친홈 이 더욱 통분ᄒ오니 급히 다사려 국법 즁혼쥬를 알게 ᄒ시고 다시 칙교ᄒ 시와 신의 ᄌ식과 셩친ᄒ게 하옵시면 셩은이 태산갓틀가 바라나이다 ───
─── 황뎨 그 말을 올케 드르시고 디로ᄒ사 즉시 리상셔의게 엄교를 나리 시되 드른즉 경의 녀식을 다시 류가로 셩친혼다 ᄒ니 이ᄂ 역상지죄라 짐이 맛당이 쥬혼ᄒᆯ거시니 밧비 류가를 물니치고 공변도이 승상 달목의 아달과 졍혼ᄒ라 만일 그럿치 아니ᄒ면 맛당이 의률쳐참ᄒ리라15)

①은 순차단락 5)번에서 확인할 수 있는 바와 같이, 천자(明宗)와의 관계에서 나타나는 늑혼의 양상이고, ②는 순차 단락 7)에서 확인할 수 있듯이, 새로 즉위한 천자(順宗)의 명을 이용한 간신 달목과의 관계에서 오는 늑혼이다. 이 두 늑혼은 이소저와 유문성이 겪는 시련의 주원인이 된다.

①의 영향으로 인하여 양가의 부친이 옥사를 치르고, 유문성이 혈혈단신 고아가 되어 유리걸식하는 시련을 겪는다. 그러나 보다 크고 본질적인 시련은 ②의 영향으로 인하여 파생된다. 순차 단락 9), 10)을 통해서 알 수 있듯이 유문성과 이소저의 극한적인 고난은 바로 달목의 늑혼이 원인이 된 결과이다.

이로 미루어 볼 때, 이 작품의 서사는 매우 정치한 인과관계로 진행됨을 알 수 있다. 그러나 이러한 서사 진행을 가능하게 하는 것은,

---

15) 〈유문성전〉, 298~299쪽.

인물의 삶의 과정이 신탁에 의거하여 순행적으로 전개되고 있다는 점이다. 따라서 여주인공이 겪고 있는 시련은 신탁에 의한 '운명적 시련'이라는 성격을 갖는다.

여주인공과는 달리, 이 작품에는 남자 주인공의 출생담은 나타나지 않으면서 운명으로 확인되는 시련이 나타난다. 유문성의 시련은 순차 단락 6), 9), 10)에서 확인되듯 고아가 되어 유리걸식하며 겪는 것으로 나타난다. 이것이 왜 운명적 시련인가는 일광도사의 말을 통해서 알 수 있다.

> 그디는 당초에 천상 문셩이요 낭자는 월궁황아의 총녀라 강명이 상계의 명을 밧아 월궁도야츠로 갓슬째에 셔로 눈쥬어 희롱혼 죄로 인간에 젹강ᄒ야 초분고생을 지닌 후 중분버텀 비로셔 익을 면ᄒ고 조혼 운수가 도라오게 말연ᄒ얏스니 상졔끠 빌어 연분을 미진 후에 후사를 인도ᄒ리라.16)

원래 천상 신분인 남녀가 천상에서 죄를 짓고 인간계에 적강하였고, 초년 고생이 지난 후 중분부터 액을 면하고 호운이 돌아온다고 하고 있다. 그리고 상제께 빌어서 두 인물이 연분을 맺게 하여 후사를 인도하겠다고 한다. 이를 통해서 볼 때 현재 유문성이 처한 시련도 신탁에 의한 운명적 시련임을 알 수 있다.

남녀 주인공의 시련이 초월계에 의해 마련된 것이라면, 여기에는 그 극복 또한 내재되어 있다. 순차 단락 12), 13)번은 남녀 주인공의 시련 극복 양상을 드러낸 것인데, 민간신앙적 세계관으로 극복된다.17)

---

16) 〈유문셩전〉, 320~321쪽.

17) 고소설에서 작품의 전개와 관련되어 표출되는 민간신앙은 주인공으로 하여금 운명에 순응하게 하는 기능도 있지만 또한 운명을 극복하게 하는 기능도 수행한다. (朴大福,

① 싱이 더욱 심사 울젹ㅎ야 초막에 누엇더니 호련 비몽ㄱ에 쳥아흔 옥동자 은연이 나려와 지비ㅎ야 왈 옥경에서 부르시니 밧비 가ᄉ이다 싱이 ᄯ라가 흔곳에 이르니 빅옥난간이 칭칭흔데 옥져 소리 졍연ㅎ거날 마음이 황홀ㅎ야 졈졈 드러가니 --- --- 벽도화 만발하여 보황이 왕래하니, 가위 선경이요 인간은 아닐러라.18)

② 한 션관이 머리에 화관을 쓰고 몸에 풍운자를 입고 빅옥홀를 쥐고 젼상에 안졋거늘 류싱이 계하에 복디흔디 그 션관이 니다라 싱의 손을 잡고 왈 반갑다 문셩아 그 사이 무양ㅎ더냐 ㅎ시거늘 황홀ㅎ야 다시 보니 평생에 그리던 부친일너라 싱이 붓들고 통곡ㅎ니 승상이 기유ㅎ야 왈 문셩아 슬어말고 진정ㅎ여라 닌들 엇지 슬푸지 아니ㅎ랴마는 이 곳ᄂ 곡셩을 닉는 것이 안이라 너를 이곳으로 인도ㅎ기ᄂ 너의 가련흔 졍경과 리랑자의 춤혹흔 원졍을 상졔ᄭ 쥬달ㅎ야 너의 양인의 평생 원을 풀게 흠이라19)

③ 근 안으로셔 어러 션녀가 한 낭자를 옹위ㅎ야 나오니 칠보회관에 록의 홍샹으로 교비셕에 ᄂ오니 그 거동이 찬란ㅎ더라 황홀ㅎ야 잠ㄱ 눈을 들어 보니 이ᄂ 다른 사름이 안이라 평생에 그리고 원ㅎ던 리낭자라 반갑고 의의ㅎ야 진졍치 못ㅎ더니 례를 밧치고 화촉 동방으로 도라가니 날이 이믜 져문지라 --- --- 낭ᄌ도 이제 반가움을 이긔지 못ㅎ야 류싱의 손을 잡고 눈물을 흘려 왈 쳡은 낭군을 위ㅎ야 세상을 버렷셧거니와 오날 이 곳에 와 맛ᄂ볼 줄 엇지 아랏ᄉ오릿가 그러ᄂ 그 사이 엇지 지닉시며 오작 곤궁ㅎ오릿가 ㅎ고 젼후 지닌 일을 세세히 셜화ㅎ니20)

『고소설과 민간신앙』, 계명문화사, 1995, 198쪽 참조.

18) 〈유문셩젼〉, 315쪽.

19) 〈유문셩젼〉, 316~317쪽.

20) 〈유문셩젼〉, 316쪽.

상기 예문 ①은 유문성이 옥동자의 인도로 천상계로 올라가는 부분이고, ②는 천상계에서 죽었던 부친을 만나는 대목이다. 여기서 한 가지 주목되는 점은, 유문성과 이소저의 결연이 上帝에 의해서 성취될 것임을 예시하는 부분이다. ③은 죽었던 이소저를 천상계에서 만나 결연하는 대목이다. 이는 천자와 간신의 늑혼으로 발생되었던 남녀 주인공의 시련, 즉 혼사장애가 민간신앙적 요소가 가미된 신탁에 의해 극복됨을 보여 주고 있는 것이다.

이상을 통해서 볼 때, 〈유문성전〉에 나타나는 인물의 출생이나 시련, 그리고 시련의 극복은 민간신앙적 요소가 가미된 신탁에 의해서 이루어짐을 알 수 있다. 여기서 확인되는 인물의 성격적 특징은, 매우 소극적이라는 점이다. 인간의 의지적인 성격이 탈각된 채, 신탁에 의해 마련된 삶으로 점철되어 있다. 이점은 일반 영웅소설과 큰 차이가 없는 동질성을 지니고 있다.

3. 신탁을 통한 주인공의 투쟁과 입공과정

〈유문성전〉에서 남녀 주인공의 투쟁과 입공과정은 자의지에 의한 깨달음에서 시작되는 것이 아니다. 그들의 영웅적 활약은 혼사장애가 극복된 후 신탁을 통하여 본인들의 지향점을 구체적으로 알게 되면서부터이다. 이런 점에서 남녀 주인공의 행위는 신탁의 수행과정이라 볼 수 있다. 인물의 '출생 – 시련 – 극복'의 과정이 인간의 의지가 가미되지 않은 채, 체념적인 운명론으로 전개되었다면, 남녀 주인공의 투쟁과 입공과정은 신탁을 받아 그것을 직접 수행하는 것으로 나타난다는 점에서 조명론적 성격을 얼마간 함의하고 있다. 주인공의 투쟁과 입공과정이 신탁의 수행이라 할 때 주목되는 점은, 인간의 의지가 확인된다는 점이다. 〈유문성전〉에서 남녀 주인공의 이러한 신탁 수행의 과정은, 스승 일광도사와의 만남부터이다.

① 노승이 동자를 명ᄒ야 옥병에 약을 따라 쥬거날 바다 마시니 졍신이 씩씩ᄒ고 긔운이 디발ᄒ며 의사 광활ᄒ지라 칙을 내여 놋코 텬문디리와 륙도삼약이며 긔문둔갑과 오행변화지술을 가라치니 지조 일남첩긔ᄒ야 삼일지녀에 달통ᄒ고 ᄯᅩ 진법을 가라치며 검술을 가라치니 ᄯᅩᄒᆫ 삼일에 통ᄒ는지라21)

② 노지승이 칭찬ᄒ고 양인을 다리고 산산에 올나가 텬긔를 보고 이졔 셰상이 분분ᄒ니 즉시 나아가 셩공ᄒ라 영웅이 ᄣᅢ가 도라오니 엇지 녹녹히 산중에만 잇스리오 나는 이르기를 일광도ᄉᆞ라 ᄒ거니와 그디는 당초에 쳔ᄉᆞᆼ 문ᄉᆞᆼ이요 ᄂᆞᆼᄌᆞᄂᆞᆫ 월궁횡아의 ᄒ녀라 깅명이 셩졔의 명을 밧아 월궁도야ᄎᆞ로 갓슬ᄯᅢ에 셔로 눈쥬어 희롱ᄒᆫ 죄로 인간에 격강ᄒ야 초분 고생을 지닌 후 중분버텀 비로셔 익을 면ᄒ고 조혼 운수가 도라오게 말연ᄒᆞᆼᆺ스니 상졔끠 빌어 연분을 미진 후에 후사를 인도ᄒ리라22)

③ 젹쟝이 ᄯᅩ한 오봉신 충영도사에게 술법을 비화 지조가 신츌귀몰ᄒ니 부디 조심ᄒ며 랑자는 남복을 입고 셔로 도아 디공을 일우게 ᄒ라 지금 남방이 요란ᄒ니 창업지인을 차져 쳔시를 어긔지 말나 일후에 만느리라 --- --- 도사왈 쳔수를 어긔지 못ᄒ리니 밧비 나아가 쥬씨을 도으라 룡마를 보니니 남방으로 갈지어다23)

---

21) 〈유문성전〉, 320쪽.
22) 〈유문성전〉, 320~321쪽.
23) 〈유문성전〉, 321쪽.

위 예문에서 ①은 유문성과 이소저가 스승 일광도사로부터 비범한 능력을 전수받는 부분이다. ②는 그러한 능력을 발휘할 명분과 전생 신분 및 운수에 대한 언급이다. ③은 兩人의 행위가 지향할 바를 지시해 주는 부분이다. '비범한 능력, 名分, 행위의 지향점' 이 세 가지는 주인공이 영웅적 투쟁을 전개하기 위한 필수 조건이다. 현실의 불합리한 점들을 하나의 올바른 가치질서로 통합시켜 주기 위해서는 무엇보다도 뛰어난 능력이 확보되어야 한다. 그러한 능력은 인간의 자의적 판단에 의해 사용되는 것이 아니라, '천기에 의해서 드러나는 세상의 혼란'이라는 보다 절대적 명분이 있어야 한다. 그리하여 최종적으로 창업지인(創業之人) 주씨를 찾아서 돕는 것이 주인공의 지향점이다.

이러한 조건의 구비는 주인공의 투쟁과 신탁수행의 제1단계에 해당되며, 대부분의 적강형 영웅소설에서 공통적으로 발견된다. 그러나 주인공이 세상에 진출하는 경위에 있어서 〈유문성전〉과 여타 영웅소설과의 변별성이 두드러진다. 일반적으로 영웅소설에서 주인공이 세상에 등장하는 경우는 국가의 위기가 닥쳤을 때이다. 주인공의 진출 경위는 과거에 급제하여 병권을 차지하는 경우와, 절박한 위급 상황에서 무공을 세워 조정의 인정을 받는 경우로 나누어지는 것이 일반적이다. 〈장풍운전〉, 〈현수문전〉 등은 주인공이 과거를 통해 진출하고 있고, 〈소대성전〉, 〈조웅전〉, 〈유충렬전〉 등은 위기에 처한 천자를 구출하면서 조정에 진출한다.24) 그러나 〈유문성전〉의 주인공은 과거 급제나 천자를 구출하는 방식으로 세상에 진출하는 것이 아니라, 사회체제 개혁을 위해 자생적 세력을 형성하여 진출한다. 때문에 주인

---

24) 徐大錫, 「영웅소설론」, 한국고전소설 편찬위원회 편, 『韓國古典小說論』, 새문사, 1992, 180쪽 참조.

공이 비범한 능력을 바탕으로 세력이 확장되어 가는 과정 하나하나가
중요한 요소로 등장한다.

    ④ ᄌ약이 다시 지비ᄒ야 왈 쇼장이 비록 용우ᄒ오ᄂ 사생을 관계치
안이ᄒ리니 만일 간ᄉ한 뜻이 잇거든 장군에 임으로 ᄒ옵소셔 다만 ᄯᅡ르
고ᄌᆞ 흠은 목슘을 위흠이 안이오라 두 쟝군에 널부신 덕과 놉흔 은혜를
탄복홈이오니 흔번 몸을 허흔 후에 생사를 갓치 ᄒ리니 --- --- 일로좃
차 의를 밋고 경을 통ᄒ니 그 중에 밍장이 수쳔원이요 졍병이 슈십긔라[25]

    ⑤ 슈로로 이십여 일만에 공도셥에 드러가 별장 부윤을 버히고 추월령
에 드러가 현령 셜공을 항복밧고 소동부에 드러가 부사 풍경을 항복 밧고
--- --- 칠십여 셩 팔진을 함몰ᄒ니 군병이 슈십 만이오 밍장이 쳔여
원이요 치중이 십여 원이요 군량이 십여만 셕이요 군사와 긔계는 불가승
슈라[26]

    ⑥ 군중에 령을 ᄂ려 복셩을 히치 말ᄂᄒ고 셩중 부로 불러 창극을
훗터 진휼ᄒ고 의로써 이러 왈 이졔 텬하 요란ᄒ야 인류이 샹고 도젹이
텬의를 찬역ᄒ야 창생이 도탄에 니르니 이는 왕부 ᄀ혼 역적이라 너 이졔
텬명을 밧아 도젹을 치랴ᄒ니 너희는 겁니지 말고 --- --- 빅셩들이 다
감복ᄒ고 셩중호걸들이 다 ᄯᅡ르기를 원ᄒ거늘 일변 빅셩을 안무ᄒ고 인
심을 슈십ᄒ며[27]

  상기 예문에서 ④는 맹장 자약이 유문성과의 힘겨루기에서 패한 후
그의 재주와 덕을 흠모하여 부하가 되기를 청하는 부분이다. 유문성

<hr>

25) 〈유문성전〉, 327~328쪽.
26) 〈유문성전〉, 328쪽.
27) 〈유문성전〉, 328~329쪽.

이 자약의 뜻을 받아들이면서 자약의 수하로 있던 맹장들과 부하들 모두를 얻어 세력이 확장되고 있다. 적어도 아직까지는 유문성이 자신에게 부여된 신탁을 수행하는데 있어서 특별한 신이성은 발견되지 않는다. 힘과 기량, 그리고 상대가 흠모하게끔 하는 덕을 베푸는 것으로써 그의 주변에 세력이 형성되는 것으로 나타난다.

이렇게 규합된 세력은 파죽지세로 그 기세를 떨치게 된다. ⑤에 나타난 내용이 바로 그러한 예에 해당된다. 일시에 칠십여 성을 함몰하고 수십 만의 군병과 천여 명이 넘는 맹장을 얻어 기세를 떨치는 모습은, 일반 영웅소설에서 황군(皇軍)을 지휘하여 공을 세우는 것과는 성격을 달리한다고 할 수 있다. 또한 이렇게 팽창된 세력으로 그 자신의 일신을 도모하고자 하는 것이 아니라, 백성들을 진휼하는 것에 목적이 있다는 점에서 체제개혁을 위한 투쟁과정은 이 작품에서 중요한 의미를 지닌다. ⑥에서 목도되는 사실은 바로 그러한 예에 해당된다. 유문성은 정규군의 장수가 아니면서도 창고를 열어 백성들을 위무하고 의(義)로써 백성을 타이른다. 그리고 찬역한 도적을 천명이라는 명분으로 친다는 말에 백성들이 감복하고 호걸들이 따른다는 것은, 정상적인 국가체제에서는 상당히 위협적인 신흥 세력이 아닐 수 없다.

그러나 이러한 위협의 소지는 간신 달목이 찬역하여 자칭 천자라 하고 있는 상황이기 때문에 더 이상의 국가적 위협 대상은 아니다. 오히려 나라를 혼란에 빠뜨린 간신은 제거되어야 할 대상이 된다. 신탁이라고 하는 절대적 권위에 간신의 징벌이라는, 더 없이 좋은 창업의 명분이 생긴 것이다. 여기까지가 주인공의 투쟁과 신탁 수행의 제2단계에 해당된다.

그런데 문제는 이러한 신흥 세력이 하나가 아니라는 점이다. 나라

가 혼란한 틈을 타서 각지에서 창생을 구제하고자 하는 영걸들이 나타
난 것이다. 이 중 특히 주목되는 것이 바로 주원장이라는 사람이다.
그는 조선 황해도 사람으로서 조실부모하고 혈혈단신으로 유리걸식
하여 발해관에 도달하여 이정(李靖)을 만난다. 그리고 다시 유기(柳琦)
를 만남으로써 그는 온전히 하나의 세력을 형성하게 된다.

⑦ 츠시 파룽짜에 사는 류긔라 ㅎ는 스룸이 구제 창생ㅎ랴는 디의를
품고 령걸한 인지를 교제코즈ㅎ야 사방으로 다니다가 발힉짜에 릭도ㅎ미
맛춤 걸긱 량인을 맛ㄴ 통셩흔즉 쥬원장과 리졍이라 그 쥬씨의 용모를
잠간 살펴 본즉 비록 의복은 남누ㅎ나 요모 특이ㅎ야 융츈일각이며---
---28)

⑧ 그 용모 비범흠을 보고 니심스로 텬지의 긔상이 분명흠을 씨닷고
그 날부터 두 사룸을 친형졔와 곳치 친밀ㅎ게 교섭ㅎ며 자긔 집 부요흔
지산을 긔우러 사방 길인을 모집하미 긔한이 도골한 스룸들이 이러흔 소
문을 듯고 구름 모이둣 하야 수십 만 중에 이르미 크고 큰 단톄가 되얏더
라.29)

위 예문 ⑦은 유기가 대의를 품고 인재를 찾아다니다가 주원장과
이정을 만나는 부분이다. ⑧은 유기가 주원장의 비범함과 천자의 기
상이 있음을 알고 교제하는 부분이다. 그리고 자신의 재산을 기우려
걸인을 모집하자 사방에서 수십 만이 모여 하나의 커다란 세력을 형성
하게 된다. 비로소 유문성에 필적하는 세력으로 성장한 것이다.

---

28) 〈유문성전〉, 329쪽.
29) 〈유문성전〉, 329~330쪽.

일반적으로 어느 하나가 절대적인 힘의 우위를 점하고 있을 때는 큰 다툼이 일어나지 않는다. 심각한 갈등이나 대결은 양자간의 힘이 평형 상태에 가까울 때 성립된다. 유문성 진영과 주원장 진영의 대결은 바로 이러한 양상을 지니고 있다. 양자 모두 거대한 세력과 천명이라고 하는 신탁을 명분으로 하여 황성으로 진군해 가다가 맞닥뜨린 것이다. 이 대결에서 처음에는 서로 우열을 가리기 힘든 접전이 전개되었으나, 시간의 경과와 더불어 유문성이 승기를 잡게된다.

간신 달목이 찬역하여 자칭 황제라 칭하고 있고, 이 양자는 그러한 달목을 내치고 창업하는 것이 목적이므로 반목할 이유가 없어 보인다. 왜냐하면 양군이 합세하여 간신을 징벌하고 신탁에 따라 주원장이 창업을 하면 되기 때문이다. 그러나 상대를 설득할 만한 확증이 양자 모두에게 불충분한 상태이므로, 간신과의 대결보다 창생을 구제코자 하는 적 아닌 적과의 대결이 더욱 첨예해지는 것이다. 이러한 갈등과 대결이 지속된다면, 민중이 염원하는 새로운 세계는 요원해지게 마련이다. 따라서 이를 중재할 무언가가 필요하게 된다. 이렇듯 첨예한 대결 구도를 화합시켜 하나의 응집된 힘으로 거듭나게 하는 것이 바로 스승 일광도사를 통한 신탁의 재확인이다.

⑨ 류원수 도독으로 더부러 촉하에 안져 병셔를 보며 고금 영웅의 득실과 역디 흥망을 의론ㅎ더니 호련 몽롱ㅎ야 셔안을 의지ㅎ야 잠간 조을시 일광도시 싱시와 갓치 몸에 가사를 입고 복발염쥬를 목에 걸고 류환장 손에 쥐고 완연히 드러와 쟝디 압헤 드러와 읍ㅎ야 왈 반갑도다 류쟝군은 그 사이 무량흔가 긴요흔 말을 젼코즈 왓노라 그디 오날 싸홈에 텬수를 모로고 헛도히 승부를 다토왓거니와 쥬티공은 하늘이 졍ㅎ신바라 승위홀 운수 임박ㅎ엿스니 공련히 힐란말고 셔로 화친ㅎ라[30]

⑩ 장군에 진중에 장셩과 심셩이 빗최오니 장셩은 왕의 즉셩이라 장군의 즉셩인줄 알거니와 심셩은 후비셩이라 --- --- 만일 쥬씨로 더부러 동심동모홀진디 진졍을 통흐고 그럿치 안이흐면 소회를 힝홀가 흐얏삽더니 --- --- 유원수 유긔의 말을 일일이 듯고 놀나 왈 그러흐오면 쥬씨의 직셩은 무엇시라 흐느잇가 류긔 디왈 쥬원슈는 룡안일각이요 벼안음준이며 이빅과 면흐야 광디흠이 두뢰를 덥헛고 지각이 광활흐야 풍치에 지느가며 슈슈슬하흐고 룡보호힝이며 음셩이 화셩과 금셩을 겸흐얏스며 지미셩이 주야 조림흐고 각셩이 시위흐며 오식 서긔 응위흐얏스니 당당흔 창업홀 텬즈의 긔샹이니이다 --- --- 텬수를 위흐야 생민을 건지랴 흐오니 텬하에 두 인군이 업고 죠졍에 두령상이 업는지라 --- --- 장군이지지 안이흐고 젼투 무궁에 즈응을 결단치 못흐면 이는 스사로 텬슈 어기미이라 순텬즈는 흥흐고 역텬즈는 망흐나니 원컨더 장군은 당세 령우으로 이째를 당흐야 승부를 헛도히 닷토지 말고 몸을 흔 번 굽히면 장군은 바룸을 엇은 범이요 쥬원수는 구류을 엇은 룡이라 흔 번 북쳐 두젹을 파흐시면 이는 텬시 인사를 응홈이니[31]

⑪ 류원수 이 말을 드르미 일광도사의 부탁흔 말을 크게 끼닷고 즉시 이러느 룡긔의 손을 손을 잡고 왈 선생은 진실로 만고 영웅이라 --- --- 이졔 나를 히흔다 흐야도 결둔코 바리지 아니홀거이니 원컨딕 선생은 나를 위흐야 뜻을 쥬쟝군에게 젼흐소셔 --- --- 원수 웃고 즈약의 손을 잡고 왈 쟝스의 협긔로 괴이치 안이흐나 니 말을 드르라 녜로부터 텬시로 일은즈는 흥흐고 힘으로 이른즈는 픠흐느니 이졔 텬시가 쥬씨에게 잇는지라 엇지 뜻디로 흐리오[32]

예문 ⑨는 유문성이 스승으로부터 들은 신탁을 어기고 주원장과의

---

30) 〈유문성전〉, 339쪽.
31) 〈유문성전〉, 341~343쪽.
32) 〈유문성전〉, 333~334쪽.

대결이 지속되자, 현몽하여 재차 신탁의 엄정성을 이야기하고 있는 부분이다. 스승 일광도사의 말에 의하면, 천명이 주원장에게 있는데 유문성은 그것을 모르고 헛되게 싸웠다는 것이다. 그리고 주원장이 승위할 운수가 임박하였으니 서로 화친하라고 하고 있다.

예문 ⑩은 주원장의 심복 유기가 유문성 진영에 자객으로 침입하여 유문성을 설득하는 대목이다. 유기의 말에 의하면 유문성은 왕의 직성(直星)을 타고 났고, 주원장은 천자의 기상을 타고 났다고 한다. 그리고 천수를 위하여 생민을 건지려 한다는 점과, 천하에 두 인군이 없고 조정에 두 영상이 없다고 하고 있다. 아울러 유문성이 지지 아니하고 끝까지 싸우려 든다면 이는 천수를 어기는 것이며, 순천자는 흥하고, 역천자는 망하니 주원장에게 몸을 굽히라 하고 있다.

예문 ⑪은 그러한 유기의 말을 듣고 스승 일광도사의 말을 상기한 유문성이 천의에 순응하는 부분이다. 그리고 자약을 비롯한 반대하는 부하들에게, '천시로 이룬 자는 흥하고, 힘으로 이룬자는 패한다'고 하면서, 천시가 주원장에게 있으니 자기 뜻대로 할 수 없음을 설파하고 있다. 여기까지가 주인공의 투쟁과 신탁 수행의 제3단계에 해당되며, 하나의 전환점을 이루는 부분이다.

이와 같이 유문성이 힘의 우위에도 불구하고 천시가 자신에게 없음을 알고 심경의 변화를 일으키는 것에서 천명결정론적 성향의 한 단면을 엿보게 된다. 제2, 제3의 인물인 스승 일광도사와 유기의 설득이 유문성의 깨달음으로 이어지면서, 신탁에 의한 투쟁과 입공과정은 새로운 전기를 마련하게 된다.

유문성과 주원장의 대결이 화합이 전제된 '신탁을 받은 인물'끼리의 갈등이었다면, 이제부터는 신탁을 받은 자와 받지 않은 자간의 대결

과 투쟁의 양상을 띠게 된다. 유문성과 주원장이 체제 개혁적인 인물
이라면, 자칭 元 황제라 칭하고 있는 간신 달목은 수구 세력을 대표하
는 인물이라 할 수 있다.

개혁 세력이라 할 수 있는 유·주 양인과 수구 세력이라 할 수 있는
달목과의 대결은, 앞서 유·주 양인의 대결 때보다 더 팽팽한 대결구
도를 형성하게 된다. 이는 구질서가 아무리 문란하다 하더라도 나름
대로는 공고하게 자리잡고 있다는 것을 뜻한다. 따라서 신·구 세력간
의 대결은 더 이상 개인간의 문제가 아니라 사회적 대결 구도로 전환
된 것임을 뜻한다. 여기에 구질서를 지원하는 세력이 더해짐으로써
신·구 세력간의 대결은 한 층 첨예하게 된다. 달목이 장발이라는 장
사와 오왕, 초왕의 도움으로 완강하게 저항하고, 유문성 진영이 한
때 곤욕을 치르는 깃은, 신·구 질서의 대립 정도를 상징적으로 보여
주고 있는 것이라 할 수 있다. 앞서 유문성이 자약과의 싸움이나 주원
장과의 대결에서는, 힘과 기량 및 술책에 의존하였다. 그러나 달목과
의 대결에서는 유문성이 신이한 능력을 발휘하여 그를 제압하게 되는
것으로 보아 그 정도를 얼마만큼 가늠해 볼 수 있다.

이러한 상황을 유문성이 타개함으로써, 천명을 받은 주원장은 대명
(大明)을 창업하게 된다. 아울러 주인공의 신탁을 통한 투쟁과 입공도
마무리 된다. 이러한 신탁의 수행 과정은, 현실의 부조리를 일소하고
자 하는 민중들의 염원을 초월계가 수용한 것으로 해석할 수 있다.
즉, 하늘이 인간 세계에 보다 많은 관심을 가지고 있다는 종교적 믿음
의 표명인 것이다.

이상을 통해서 볼 때, 신탁을 통한 주인공의 투쟁이나 입공 과정은
여타 적강형 영웅소설에서도 공통적으로 발견할 수 있는 사항이다.

그러나 〈유문성전〉에서 몇 가지 두드러지는 점은 투쟁의 목표가 기존 왕조로의 복귀가 아닌 새로운 왕조의 창업이라는 점과, 투쟁 주체와 창업의 주체가 다르다는 점이다. 〈유문성전〉이나 적강형 영웅소설이, 신탁을 통한 주인공의 투쟁이나 입공 과정을 공통적으로 가지고 있으면서도, 서로 다른 결과를 낳은 것이다. 이는 현실의 부조리를 해결하고자 하는 민중의 염원이 수용된 점에 있어서는 같지만, 그 해결 방식에 있어서의 차이라고 할 수 있다. 말하자면 〈유문성전〉에서 보다 근본적인 개혁을 하고자 하는 민중들의 의지가 역사적 사실을 바탕으로 하여 상징적으로 반영된 것이라고 할 수 있다.

4. 신탁을 통한 역성혁명에 내재된 작가의식

그렇다면 〈유문성전〉과 여타 적강형 영웅소설의 공통점과 차이점을 드러낸 것으로 이 작품에 대한 진정한 평가가 이루어진 것일까? 유형 범주에서 가지고 있는 공통점 이 외에, 작품의 독자적 차이를 해명하는 일은 분명 의의 있는 일이다. 그러나 그러한 차이가 함의하고 있는 의의가 드러나지 않는다면 그것은 절반의 성공에 그치고 말 것이다.

우리가 본 절에서 관심을 가지는 것은 바로 그러한 차이를 가능하게 했던 작가의식과 사회·역사적 배경에 대한 탐색이다. 앞서 논의한 바에 의하면, 신탁에 의한 '출생 – 시련 –극복 – 투쟁 – 입공'의 과정은 공통 사항이었고, 주인공의 투쟁 목표가 기존 왕조로의 복귀가 아닌 새로운 왕조의 창업이라는 점과, 투쟁 주체와 창업의 주체가 다르다는 점은 차이점으로 나타났다.

이러한 차이, 즉 〈유문성전〉이 여타 적강형 영웅소설에서 발견되지 않는 '새로운 왕조의 창업'과, '투쟁 주체와 창업 주체의 상이'[33])에서 우리가 견지해야 할 점은, 역사·사회적 사실과 문학적 이상에 대한 동시 고려이다. 왜냐하면, 〈유문성전〉에서 신탁에 의한 인물의 모든 행위 과정은 바로 이 두 가지를 적확하게 드러내는데 사용되고 있기 때문이다.

따라서 〈유문성전〉이나 〈장백전〉이 역성혁명을 중심 내용으로 하고 있다고 하여, 이를 단순히 '민간의 역성 혁명 의지가 반영된 작품'[34])이라고 단정짓는 것은 재고해 보아야 할 것이다. 역사적 시기로 본다면 그 당시는 분명 세도정치의 전횡과 부패, 그리고 잦은 민란의 발발이 있었고,[35]) 이것이 이느 정도 작품에 투영되었음을 부인힐 수는 없다. 그러나 이러한 사회적 상황만으로 이들 작품을 '민간의 역성 혁명 의지가 반영된 작품'이라고 단정하는 것은 무리가 있다. 왜냐하면 조선 중기 이후 정치적 상황에서, 왕권이나 지배체제가 민중적 지지기반을 상실하였다고 할지라도 그 견고성은 유지되었으며, 이러한

---

33) 여기서 투쟁 주체와 창업 주체가 다른 점은, 실제 명나라를 건국한 인물이 朱元璋이라는 인물이기 때문에, 아무리 허구적인 소설이라 하더라도 왜곡할 수 없었다고 보아 본고에서는 논외로 하기로 한다.

34) 서대석은 〈유문성전〉이나 〈장백전〉에 나타난 '역성혁명 사상'과, 조선 후기에 발생했던 민란의 배경 사상이 일치되는 것으로 보고 있다. 그 예로는 숙종 14년에 일어났던 요승 여환 등이 伏誅된 미륵신앙 사건을 비롯한, 민간에 뿌리 깊이 잡은 초월적 신비주의를 예로 들면서, 이들 유형이 보여주는 사회의식을 '민중의 역성혁명 의지'로 귀결시키고 있다.(서대석, 『군담소설의 구조와 배경』, 이화여자대학교출판부, 1985, 112~120쪽 참고)

35) 이형근, 前揭論文, 259~261쪽 참조.

상황에서 체제 부정이나 혁명적 사고를 작품화하기는 어려웠다고 보기 때문이다.[36] 더구나 유교적 질서가 공고한 시대적 현실을 감안할 때, 이렇듯 완전한 체제 전복을 문학작품으로 형상화하고도 문제화되지 않고 사회적으로 상당히 많이 유통되었다는 점은 이를 확증할 수 있는 중요한 단서가 된다. 그리고 더 중요한 점은 작가나 민중의 염원이 '역성혁명' 그 자체에 있는 것이 아니라는 점이다.

이 작품에 표면적으로 드러나는 '역성혁명'은 작가가 민중의 염원을 문학적으로 형상화하였을 때 제시되는, '보다 근본적인 변화'를 의미한다. 다만 이러한 문학적 형상화의 기저에는 부조리한 사회 현실이 있는 것만은 부인할 수 없다. 〈유문성전〉에서는 이러한 부조리한 사회를 아주 구체적으로 드러내고 있는데, 그 양상을 살펴보면 다음과 같다.

> ① 이제 텬하 요란ᄒ야 인류이 샹ᄒ고 도적이 텬의를 찬역ᄒ야 창생이 도탄에 니르니[37]
> ② 이 ᄣᅢ 맛춤 인군이 탐지 호식ᄒ야 졍령이 물란ᄒ고 법강이 희이흠으로 탐관오리 여ᄎᆞᆫ 긔회를 리용ᄒ야 박탈민지ᄒᄆᆡ 빅셩들이 ᄒ눌을 부르지져 나라를 원망ᄒᄂᆞᆫ 중에 한ᄌᆡ 티심흠을 인ᄒ야 사방에 흉년이 됨으로 인심이 흉흉ᄒ야 도적이 벌일 듯ᄒᄂᆞᆫ지라[38]

위 예문 ①에서는 元 천자의 실정으로 말미암아 천하가 요란하여 인륜이 상하였고, 또 도적이 천의를 찬역하여 창생이 도탄에 들었다

36) 정상진, 前揭論文, 97~98쪽 참조.
37) 〈유문성전〉, 328쪽.
38) 〈유문성전〉, 329쪽.

고 하고 있다. 그리고 ②에서는 보다 구체적으로 예시하고 있는데, 인군이 탐재호색하여 정령이 문란하고 법강이 해이해졌다고 하였다. 그리하여 탐관오리가 백성들의 재물을 탈취하고, 백성들은 하늘을 부르짖고 나라를 원망한다고 하였다. 여기에 더하여 자연적 재이인 흉년까지 겹쳐 인심이 흉흉하고 도적이 발호하였다고 한다.

여기서 가장 중요한 것은 '백성들이 하늘을 부르짖고 나라를 원망한다'는 점이다. 이것은 元 천자의 실정이 극에 달했음을 보여주는 것이면서, 조선조의 사회적 현실을 암시하는 것이라 할 수 있다. 유가에서 '天이 보는 것은 우리 백성들을 통해 보는 것이고, 天이 듣는 것은 우리 백성들을 통해 듣는 것이다'[39]라고 하는 것과 같이 백성들이 더 이상 살 수 없다고 부르짖으므로, 하늘은 다른 유덕자에게 천명을 내리는 것이다. 작가는 '유덕자 친명설'이라는 유가의 징치적 명분을 문학적으로 형상화하여 현실의 불합리를 해결해보고자 하였던 것이다.

이를 통해서 볼 때, 역성혁명을 통한 정치 체제의 개혁은 부차적인 것이며, 보다 궁극적인 것은 백성들의 실제 생활의 변혁을 초래하는 것[40]을 작가는 꾀하고 있다고 할 수 있다.

작가의 이러한 의도는, 세계의 변혁을 수행하는 신탁을 받은 인물들을 통해서 나타난다. 〈유문성전〉에서 신탁을 수행하는 인물로 확인되는 것은 유문성, 이소저, 주원장 세 사람이다. 이들이 보여주는 신탁 수행의 과정 하나하나는, 현실의 부조리를 낱낱이 고발하는 문학

---

39) 『書經』 卷6, 周書·泰誓 中, "天視 自我民視하시며 天聽이 自我民聽하시나니"
40) 정연식·김명하, 「선진 유가 천관념의 정치사상적 성격」, 『경북대학교 논문집』 52집, 111~112쪽 참조.

적 장치이면서 문학적 대안이라 할 수 있다. 왜냐하면 여기에는 두 가지 요소가 함의되어 있는데, 그 두 가지는 각각 당대 현실을 비판하는 요소와 함께, 하나의 대안을 제시하는 요소로 기능하기 때문이다. 그 중 하나는 천명으로 표명되는 유교적 세계관으로서 현실의 정치를 비판하고, 민중들이 염원하는 왕도정치를 구현하는 것이다. 또 하나는 그러한 정치 이념이 관념으로만 머무르지 않고 구체적으로 실현되기를 열망하는 민중적 세계관으로서, 민간신앙적 요소로 이루어져 있다. 현실계 인물이 아닌, 천신의 대리자라 할 수 있는 적강형 인물이 직접 하강하여 현실의 불합리를 해소하는 것은 바로 그 예가 된다. 이 양자를 통하여 작가는 현실의 불합리한 세계에 대한 비판과 함께, 새로운 이상 세계를 염원하는 민중들의 열망을 표현하고 있다.

그런데 우리가 간과하지 말아야 할 것은, 이러한 모든 민중의 염원이 숭명반청 의식을 기반으로 이루어지고 있다는 점이다. 작품 속 元과 조선조에 치욕을 주었던 淸은 모두 오랑캐라는 점에서 공통점을 지닌다. 따라서 혁명에 의해 붕괴되는 대상이 元이고 창업되는 나라가 明이라는 사실이 중요한 의미를 지닌다. 그리고 이 때문에 역성혁명을 작품 전면에 내세우고도 큰 문제가 없었던 것[41]이다. 따라서 이 작품은 '민간의 역성 혁명 의지가 반영된 작품'이라고 하기에는 무리가 있다. 이 보다는 불합리한 현실에 대한 불만과 이상적 사회에 대한 열망을, 신탁에 의한 '역성혁명'이라는 유가적 정치이념과 천상계의 직접적 하강을 통한 문제 해결이라는 민간신앙적 요소를 통하여 표현한 것이라 할 수 있다. 그리고 역성혁명이라는 반체제적인 내용을 숭

---

41) 정상진, 前揭論文, 101쪽 참고.

명반청 의식으로 치환함으로써 민중적 공감을 얻었다고 할 수 있다.

5. 결론

이상에서 〈유문성전〉에 나타난 신탁의 실현과정을 살펴보았다. 본고에서 관심을 가지고 논의해온 '신탁의 실현 과정'은 적강형 영웅소설에서 공통적으로 발견되는 요소이다. 그런데 이 작품은 그러한 영웅소설에서 공통적으로 발견되는 '신탁의 실현과정'과 '영웅의 일생'을 구조적 근간으로 하면서도, 여타 작품들과 변별되는 특징이 있는 작품이다. 그것은 바로 역성혁명을 중심 내용으로 한다는 점과, 신탁에 의한 인물의 출생을 비롯한 행위의 모든 과정이 이것으로 귀결된다는 점이다.

일반적으로 적강형 영웅소설에서 발견되는 주인공의 영웅적 과업 수행과정과 최종적인 목표는, 현실 세계의 부조리를 바로 잡아 기존 왕조로 회귀하는 복고주의에 있다. 그러나 이 작품에서는 인물 행위의 지향점이 그러한 복고주의에 있는 것이 아니라, 새로운 왕조를 창업하는 것으로 나타난다.

필자는 여타 적강형 영웅소설과 〈유문성전〉의 이러한 차이를 가능하게 한 가장 본질적인 요소를 인물에게 내린 신탁의 내용적 차이가 아닌가 생각한다. 그리고 이러한 차이의 결과 표면적으로 드러나는 '역성혁명'은 작가가 민중의 염원을 문학적으로 형상화하였을 때 제시한 '보다 근본적인 변화'를 상징하는 것이 아닌가 생각된다. 작가가 이러한 변화를 요구하게 된 원인으로는, 조선 중기 이후의 국내 사회적 현실과, 국외적으로는 숭명반청 의식이 고조된 결과로 생각된다. 때문에 '역성혁명'이라는 내용을 문학작품으로 형상화하고도 문제시 되지 않았고, 또 민간에 널리 유통되었다고 생각된다.

제2부

설화 문학 속
영웅의 출생과 자아성취

주몽, 온조, 홍길동의 인물성격 연구

- 출생담과 현실적 제약을 중심으로 -

1. 서론

우리 서사문학에 등장하는 영웅들의 삶은 일정한 서사단락으로 어느 정도 구조화할 수 있다. 일찍이 조동일이 고대 신화에서부터 근대 신소설에 이르기까지 서사문학 속에 등장하는 주인공들의 공통된 서사구조를 '영웅의 일생'으로 정리한 것은 그 대표적인 예라 할 수 있다.[1) 이러한 그의 이론은 설화와 고소설 연구에서 획기적인 것으로 평가되어 여전히 통용되고 있다. 하지만 모든 영웅설화나 고소설에서 '영웅의 일생'이 온전하게 드러나는 것도 아니고 인물의 성격이 이에 딱 부합되지 않는 것들도 있다는 점에서 얼마간의 한계도 있는 것이 사실이다. 이러한 점에서 서사문학의 영웅들을 반드시 '영웅의 일생'

---

1) 조동일, 「英雄의 一生, 그 文學史的 展開」, 『東亞文化』 10집, 서울대학교 동아문화연구소, 1971, 165~214쪽. 그가 제시한 영웅의 일생을 일곱 단락으로 정리하면 다음과 같다.

    A. 고귀한 혈통을 지닌 인물이다. B. 잉태나 출생이 비정상적이었다. C. 범인과는 다른 탁월한 능력을 타고 났다. D. 어려서 기아가 되어 죽을 고비에 이르렀다. E. 구출·양육자를 만나 죽을 고비에서 벗어났다. F. 자라서 다시 위기에 부딪쳤다. G. 위기를 투쟁적으로 극복하고 승리자가 되었다.

이라고 하는 특정한 구조로만 독해할 필요는 없다. 그래서 필자는 영웅담에 대한 선행 연구방법과 다른 측면에서 '인물 출생담'을 통해 영웅신화나 영웅설화의 인물들이 가진 성격을 새롭게 탐색한 바 있다.[2]

본고는 기간(旣刊)의 영웅담 연구가 가진 문제점과 필자의 선행 연구에서 미처 다루지 못한 부분을 보완하는데 관심을 둔다. 그래서 기존과는 조금 다른 방식으로 영웅의 성격을 탐색하기 위해 '출생담[3]과 인물이 처한 현실적 제약의 관계'를 통해 초기 영웅들[4]의 성격적 특징과 건국의 의미를 탐색해 보고자 한다. 본고에서 논의의 대상으로 삼은 것은 주몽과 온조, 그리고 홍길동이다.[5] 이중에서 주몽과 홍길동은 조동일이 '영웅의 일생'이라는 서사구조로 논의한 바가 있고 필자 또한 선행 연구에서 일부 언급하였으나,[6] 본고에서 인물 성격을

---

2) 김용기, 「인물 출생담을 통한 서사문학의 변모양상 연구」, 중앙대학교 대학원 박사학위논문, 2007 참조.

3) 필자가 제시하고 있는 '출생담'도 넓은 의미에서는 '영웅의 일생' 범주에 포함된다고 할 수 있다. 하지만 '영웅의 일생'은 구조적인 틀의 문제이기 때문에 그 틀이 깨어지면 심각한 문제가 발생하는데 비해, '출생담'은 인물 출생과 이후 서사의 관계를 문제 삼기 때문에 출생의 성격에 따라 맺을 수 있는 서사 관계가 탄력적이라는 특징이 있다.

4) 홍길동이 초기 영웅에 해당되는지의 재고의 여지가 있다. 그러나 고소설사에서 보면 작품의 창작연도와 관계없이 비교적 초기 영웅서사 양식을 구유하고 있다고 보아 편의상 초기 영웅이라고 명명하기로 한다.

5) 우리 서사문학에서 출생담을 담고 있는 영웅이야기는 무수히 많다. 그럼에도 불구하고 필자가 이들 세 작품만을 논의의 대상으로 선정한 것은 다음과 같은 상황을 고려했기 때문이다. 첫째, 이들 세 인물은 출생이후에 곧바로 주류가 아닌 비주류에 포함되는 문제적 인물이라는 점이다. 둘째, 이들은 적장자가 아닌 차자이거나 서자, 아니면 그와 유사한 처지라는 점에서 공통점이 있다. 문제의 소지가 있는 주몽의 경우도 실질적으로는 해모수의 아들이지만, 금와왕의 밑에서 그의 적장자인 대소나 그 형제들에게 위험한 인물로 박해를 받고 있다는 점에서 온조나 홍길동과 별로 다른 처지가 아니라고 볼 수 있다. 셋째, 이들이 모두 건국주가 되었다는 점과 그 건국이 기존 세계와 차별되는 새로운 질서와 세계를 의미한다는 점에서 공통적 속성이 있다고 보았다.

6) 김용기, 上揭論文, 38~42쪽 참조.

추론하는 방식은 이와 많이 다르다. 그리고 온조에 대해서는 '영웅의 일생'이라는 서사구조로 구조화하기 어려운 면이 있다. 하지만 온조도 주몽과 홍길동의 인물 성격을 추론하는 방식으로 설명할 수 있는 요소가 분명하게 존재하기 때문에 이들과 같은 맥락에서 논의해 보고자 한다.

필자의 이러한 연구는 주몽이나 온조, 그리고 홍길동의 인물 성격과 그들의 행위의 종착점이라 할 수 있는 건국의 의미를 좀 더 인과적인 방식으로 설명하는데 기여하리라 생각한다.

2. 출생담과 현실적 제약에 따른 인물의 성격과 과업 성취

서사문학에 등장하는 영웅들은 어려서 시련을 겪은 후 이를 극복하고 위대한 과업을 성취한다는 것이 '영웅의 일생'이라는 서사구조의 주요 골자이다. 그러나 온조와 같이 특별한 시련은 없지만 당대 현실이나 질서에 수용되기 어려워서 새로운 세계를 찾는 경우에는 '영웅의 일생'이라는 서사구조로 설명하기 어렵다. 물론 온조가 당면한 현실적 어려움이나 심리적 갈등이 또 다른 의미의 시련이라 할 수도 있겠지만, 그것은 '영웅의 일생'에서 말하는 시련과는 본질적으로 다른 문제이다. 특히 주몽, 온조, 홍길동이 최종적으로 건국을 하게 되는 것과 직접적으로 관련을 맺는 것은 인물의 시련이 아니라, 그들이 기존 세계로부터 이탈할 수밖에 없었던 요인이다.

그래서 주몽과 온조, 홍길동이 비범한 출생 이후와 건국 이전에 가지는 공통된 속성을 추출할 필요가 있는데, 이때 중요하게 고려되어야 할 것은 '인물의 시련'이 아니라, 세 인물이 현재 상황을 벗어나 다른 세계로 이동할 수밖에 없었던 이유이다. 왜냐하면 주몽이나 온조, 홍길동의 건국은 '시련'과 직접적으로 관련을 맺기 보다는 그들이 기존 세계에서 용납되지 못하였던 상황과 관계된 결과물이기 때문이다.[7]

필자는 주몽, 온조, 홍길동이 다른 세계로 이동할 수밖에 없었던 중요한 이유가 그들이 처한 '현실적 제약' 때문이라고 생각한다. 이러한 개념에 따르면 주몽이나 홍길동이 처한 상황을 포함하면서도 온조가 당면한 문제도 흡수할 수 있다는 장점이 있다. 그리고 세 인물의 건국이 가지는 의미를 자연스럽게 설명할 수도 있다. 이렇게 되면 본고에서 다루고자 하는 세 인물의 공통적 속성에 대한 윤곽은 다 드러난 셈이다. 그것은 바로 인물의 '출생담', '현실적 제약', '건국'이라는 화소이다.[8] 본장에서는 이러한 기본 요소들을 토대로 세 인물의 성격

---

7) '영웅의 일생'에서 말하는 어려서의 고난이나 시련은 인물의 비범한 자질을 부각시키기 위한 요소에 해당된다고 할 수 있다. 주인공이 당면한 시련과 고난을 극복하는 그 과정 자체가 인물의 비범성을 드러내고 또 최종적 입공에 대한 개연성도 확보할 수 있기 때문이다. 이에 비해 '현실적 제약'은 주인공이 극복할 수 있는 대상이 아니라 그가 투쟁할 수밖에 없는 동기가 되며, 이후 새로운 세계로의 이동을 통해 건국을 해야만 한다는 상황적 요인에 해당된다. 즉 주인공에게 주어진 '시련'이 영웅의 자질적 요인을 부각시키는 것이라면, '현실적 제약'은 주인공에게 행위 동기를 부여하여 행동 범위를 이동시키게 하는 동기적·상황적 요인에 해당한다고 할 수 있다.

8) 필자는 기존의 '영웅의 일생'에 포함되는 7가지를 위의 세 가지로 압축하여 영웅서사의 특징을 드러내고자 하였다. 이것은 '영웅의 일생' 구조에 7가지 화소를 제시하고, 각 작품에서 몇 가지가 나타나지 않는 경우에는 궁색한 변명을 하거나 동일한 성격이 아님에도 불구하고 견강부회하는 논의 방식에 문제가 있다고 보기 때문이다. 이보다는 몇몇 화소를 포함하는 내용을 '현실적 제약'에 포함시켜서 한 두 화소가 탈락되더라도 서사적 통일성과 일관성에 문제가 발생하지 않게 하는 것이 더 적절한 방법이라고 판단된다. 따라서 영웅서사에 대한 연구는 각 작품에서 동일하게 나타나지도 않고 또 탈락하거나 변개를 보이는 요소를 끼워 맞추는 방식에서 탈피하여 이들을 아우를 수 있는 개념을 규정할 필요가 있다고 본다.

과 건국의 의미를 살펴보고자 한다.

1) 신성한 출생과 현실적 제약에 따른 주몽의 성격

주몽에 대한 출생담은 여러 기록에서 다양하게 나타나고 있다. 본 고에서는 주몽의 출생담에 대한 이본을 다루는 것이 목적이 아니기 때문에 주몽신화에 대한 가장 풍부한 내용을 담고 있는 이규보의 「동명왕편 병서」를 통해 주몽의 출생담과 현실적 제약을 살펴보고 이를 통해 인물의 성격과 건국의 의미를 탐색해보고자 한다. 먼저 주몽의 출생담을 요약하여 정리하면 다음과 같이 할 수 있다.

[A] **주몽의 신성한 혈통**
① 천제의 아들 해모수가 하백의 세 딸이 웅심 물가에서 노는 것을 보다.
② 해모수가 나가서 사냥하다가 보고 눈짓을 보내며 마음에 두다.
③ 해모수가 하백의 딸들에게 마음을 둔 것은 곱고 아름다운 것을 좋아함이 아니라 뒤 이를 아들 낳기에 급함이었다.
④ 해모수가 좌우에게 "얻어서 왕비를 삼으면 후사를 둘 수 있다."고 하다.
⑤ 해모수가 말채찍으로 땅을 그어 구리집을 지은 후 비단 자리를 깔아 놓고 금 술잔에 맛있는 술을 차려 놓아 세 여인을 유인하다.
⑥ 세 여인이 술에 취하자 해모수가 나아가 가로 막으니 놀라 달아나다가 맏딸 유화가 붙잡히다.
⑦ 하백이 노하여 꾸짖으니, 해모수는 자신이 천제의 아들이라 하고, 하백에게 구혼하고자 한다고 하다.
⑧ 하백이 "네가 천제의 아들이고 내게 구혼할 생각이 있으면 중매를 시켜 말할 것이지 내 딸을 잡아두니 어찌 그리 실례가 심한가?"하고 꾸짖다.

⑨ 해모수가 부끄러워하며 하백을 뵈려 하였으나 궁실에 들어갈 수가 없어 그 여자를 놓아 보내고자 하니, 그 여자가 해모수와 정이 들어서 떠나려 하지 않았다.

⑩ 해모수가 유화의 말을 듣고 오룡거를 타고 하백의 궁에 이르다.

⑪ 하백이 예를 갖추어 해모수를 맞아 좌정한 후에 "그대가 상제의 아들이라면 재주를 시험하여 보자."고 하다.

⑫ 하백이 해모수의 재주를 시험한 후에 그에게 신통한 재주가 있음을 알고 술자리를 벌이고 서로 기뻐하다.

⑬ 하백이 해모수가 만취한 틈을 타서 가죽 수레에 싣고 딸도 수레에 함께 태워 함께 천상에 오르게 하려고 하다.

⑭ 그 수레가 물 밖에 나오기 전에 해모수가 술이 깨어 일어나 유화의 황금비녀로 가죽을 뚫고 나와 赤霄를 타고 올라가서 다시는 돌아오지 않았다.

[A]-1. 주몽의 신이한 출생

① 하백이 그 딸에게 노하여 좌우를 시켜 딸의 입을 잡아당겨 길이가 석 자나 되게 하고 노비 두 사람 만을 주어 우발수 가운데로 추방하다.

② 漁師 强力扶鄒가 "근자에 魚梁 속의 고기를 도둑질해 가는 것이 있는데 무슨 짐승인지 알 수 없습니다."라고 하다.

③ 왕이 어사를 시켜 쇠그물을 만들어 당겨서 돌에 앉아 있는 여자를 얻으니, 그 여자는 입술이 길어서 말을 못하므로 입술을 세 번 잘라내니 말을 하였다.

④ 부여왕은 그 여인이 해모수의 왕비인 것을 알고 별궁에 두니, 그 여인의 품 안에 해가 비치자 임신하여 좌편 겨드랑이로 알 하나를 낳았는데 크기가 닷되들이 만하였다.

⑤ 왕이 괴이하게 여겨 말하기를, "사람이 알을 낳았으니 상서롭지 못하다"하고 사람을 시켜 마구간에 두었더니 여러 말들이 밟지 않고, 깊은 산에 버렸더니 모든 짐승이 호위하고, 구름 끼고 음침한 날에도

알 위에 항상 햇빛이 있었다.

⑥ 왕이 알을 도로 가져다가 어미에게 보내어 기르게 하였더니, 알이 마침내 갈라져서 한 사내 아이를 얻었는데 낳은 지 한 달이 지나지 않아서 언어가 모두 정확하였다.

⑦ 아들이 어미에게 "파리들이 눈을 빨아서 잘 수가 없으니 어머니는 나를 위하여 활과 화살을 만들어 주오."라고 했다.

⑧ 그 어머니가 댓가지로 활과 화살을 만들어 주니 스스로 물레 위의 파리를 쏘는데 화살을 쏘는 족족 맞혔다. 부여에서 활 잘 쏘는 것을 주몽이라고 했다.9)

위 예문 [A]와 [A]-1은 연속되어 있는 주몽의 출생담을 편의상 두 부분으로 나누어 본 것이다. 그 중에서 [A]는 주몽의 혈통과 직접적으로 관련되는 것으로서, 주몽의 부계가 천상과 관련이 있음을 드러낸다. 이러한 주몽의 신성한 혈통은 이후 그의 모든 비범한 행위를 해석히는 준기기 된다. 주몽의 비범성이나 그에게 닥친 위기를 해결할 수 있게 하는 결정적인 도움은 모두 하늘과 관련이 있다고 볼 수 있는데, 이 역시 그의 신성한 혈통과 관련지을 때 보다 쉽게 이해될 수 있다. 특히 주몽의 최종적인 과업이라 할 수 있는 건국의 정당성은 천상과 관련을 맺고 있는 신성한 혈통에서 확보된다. 물론 그 과정에서 하늘의 직접적인 영향력 행사보다는 주몽의 개인적인 노력과 투쟁이 강조되어 있다. 하지만 천상과 관계된 그의 혈통은 비류국 송양과의 대결에서 결정적인 명분으로 작용하게 된다. 또한 비류국을 표몰시킬 때

---

9) 이규보, 『東國李相國集』 卷第三 古律詩, 「東明王篇 并序」. 본고에서 사용된 번역은 다음을 참고로 하였다. 민족문화추진회 역, 『동국이상국집 I』, 민족문화추진회, 1981, 127~135쪽. 이하에서는 원문의 출처만 밝히기로 한다.

에 흰 사슴을 거꾸로 매달아 천제의 마음을 움직이게 하기도 하는데, 이 또한 그의 혈통과 관련이 있다고 하겠다.

예문 [A]-1은 그러한 신성한 혈통을 가진 주몽의 신이한 출생을 제시하고 있는 부분이다. 주몽은 그의 부계가 지상을 떠남으로 인해 출생 자체에서 문제적 요인을 안고 태어나게 된다. 그것은 바로 일광을 통한 임신과 알을 통해 태어나는 것으로 나타난다. 일광을 통한 임신은 그의 혈통이 천제의 아들 해모수와 관련이 있기 때문에 쉽게 납득이 갈 수도 있다. 그러나 여전히 지상 세계의 사람들에게는 이것이 기이한 현상이고 쉽게 수용될 수 없는 부분이다. 특히 출생하는 방식이 사람에 의한 것이 아닌 인생란(人生卵)이라는 과정 후에 다시 알을 깨고 나오는 출생 과정을 거치고 있어서 더욱 비정상적인 것이 되고 말았다.

이렇게 인생란에 의한 출생은 그의 신성성이 훼손되어 그의 정체성이 부정되는 역할을 하게 된다.10) 그 단적인 예가 위 예문 '[A]-1-⑤'의 내용이다. 이를 보면 주몽은 인생란으로 태어난 그 자체에서 벌써 정체성이 부정되어 마구간이나 산야에 버려지는 운명에 처한다. 그러면서 또 한편으로는 그의 신성한 혈통 때문에 말들이 밟지 않고 짐승들이 호위하며 날이 음침한 날에도 항상 알 위에 햇빛이 있게 되는 신이한 현상들이 나타나게 된다.

이렇게 주몽의 신성한 혈통과 인생란을 통한 출생은 출생담 이후 주몽의 전체 서사를 암시하는 역할을 하게 된다. 전자는 그의 비범성

---

10) 실제로 주몽은 人生卵을 통하여 출생함으로 인해 신성성이 훼손되고 그 정체성이 부정된다. 그래서 그는 투쟁적인 성격을 가지는 것으로 이어진다. 이에 대해서는 필자의 다음 논문을 참고하기 바란다.(김용기, 前揭論文, 38~42쪽)

과 건국의 명분을 획득하게 하는 기제로 작용하고, 후자는 주몽의 건국 과정에 시련과 고난이 많이 따라서 전체적으로 녹록치 않을 것임을 시사한다고 하겠다. 주몽의 이러한 시련은 그가 어려서 금와왕의 아들들과 맺게 되는 갈등들로 나타나게 되고, 이는 그의 전체 삶을 제약하는 것으로 나타난다. 이와 관련된 내용을 간략하게 정리하면 다음과 같다.

[B] 주몽의 비범성과 현실적 제약
① 주몽의 나이가 많아지자 재능이 다 갖추어졌다.
② 금와왕에게 아들 일곱이 있는데 항상 주몽과 함께 놀며 사냥하였으나 늘 주몽의 능력에 미치지 못하였다.
③ 태자 대소가 시기하여 왕에게 "주몽이란 자는 신통하고 용맹한 장사여서 눈초리가 비상하니 만일 일찍 도모하지 않으면 반드시 후환이 있을 것입니다."라고 참소하다.
④ 금와왕이 그 뜻을 시험하고자 주몽을 시켜 말을 기르게 하다.
⑤ 주몽이 천제의 손자로서 천하게 말 기르는 것이 부끄러워 탄식하다.[11]

위 예문 [B]에서 ①,②는 주몽이 신성한 혈통을 통해 획득된 비범성이라고 할 수 있다. 그리고 ③,④,⑤는 신성한 혈통에 의해 획득된 비범성이 현실에서 수용되지 않음을 드러내는 부분이다. 여기에서 주몽이 당면한 문제의 핵심이 드러나고, 이로 인해 그의 인물 성격이 분명하게 부각된다. 주몽은 신성한 혈통을 잇고 있지만 그의 부계는 실체나 권능을 현실에 두지 않고 있고, 모계 또한 금와왕에게 의탁하여

---

11) 이규보, 『東國李相國集』卷第三 古律詩, 「東明王篇 幷序」.

신분이 불안정한 상태에 있다. 그리고 능력은 뛰어나지만 그 능력이 부친이 아닌 금와왕에게는 득이 아닌 위해 요소가 될 수도 있으며, 더구나 금와왕에게는 대소를 비롯한 여러 아들이 있기 때문에 주몽이 직접적으로 소용될 수 있는 인물이 아니다. 그렇기 때문에 주몽은 '신성한 혈통과 비범한 능력'이 현실에 수용될 수 없음을 알게 된다. 즉 '신성한 혈통과 비범한 능력' → '현실적 제약'으로 이어지게 됨으로써 주몽은 문제적 성격을 가진 인물이 된다.

그렇기 때문에 주몽은 필연적으로 현재 자신이 몸담고 있는 세계와 질서로부터 벗어나야만 된다. 그래서 혈통은 신성하나 현실적으로 왕이 될 수 없는 주몽은 투쟁적인 성격을 가질 수밖에 없다. 이러한 점은 난생(卵生)을 하였음에도 불구하고 쉽게 왕으로 등극하는 혁거세나 수로와는 분명하게 다른 부분이다. 탄생 후에 별다른 저항 없이 곧바로 왕으로 추대되는 혁거세와 수로에게는 주몽에게서 발견되는 투쟁적 성격이 존재하지 않는다.[12] 즉 주몽은 시련과 고난을 스스로 극복하고 건국을 해야만 하는 인물인 것이다. 이러한 면은 그의 건국 과정에서 분명하게 드러난다. 이를 간략하게 제시하면 다음과 같다.

[C] 주몽의 고구려 건국

① 주몽이 장차 남쪽으로 가서 나라를 세우고자 하나 어머니가 계시기 때문에 시행하지 못하다.

② 그 어미가 이 말을 듣고 자신은 생각지 말라고 하고, 장사가 먼 길을 가려면 반드시 준마가 있어야 한다고 하다.

③ 그 어미가 아들을 데리고 마구간에 가서 긴 채찍으로 말을 때려 준마

---

12) 김용기, 전게논문, 29~38쪽 참조.

를 골라 바늘을 혀에 꽂아두다.

④ 금와왕이 돌아보고 이 말을 주몽에게 주니, 주몽은 비로소 바늘을 뽑고 밤낮으로 도로 먹이다.

⑤ 烏伊, 摩離, 陝父와 벗을 맺어 남쪽으로 향하다가 淹滯水에 이르러 배가 없어 건너지 못하다.

⑥ 주몽이 하늘을 가리키며 탄식하기를, "나는 천제의 손자요 하백의 외손인데 지금 난을 피하여 여기에 이르렀으니 황천과 후토는 나 孤子를 불쌍히 여기시어 속히 배와 다리를 주소서"하고 활로 물을 치니 고기와 자라가 나와 다리를 이루어 건너니 따르는 군사가 쫓지 못하다.

⑦ 어미가 싸준 오곡 종자를 잊고 와서 큰 나무 아래서 쉴 때에 비둘기 한 쌍이 날아오니, 주몽이 "아마도 神母께서 보리 종자를 보내신 것이리라."고 하고 활을 쏘아 한 화살에 모두 떨어뜨려 목구멍을 벌려 보리 종자를 얻고 나서 물을 뿜으니 비둘기가 다시 소생하여 날아가다.

⑧ 주몽이 형세 좋은 땅을 골라 왕도를 개설하고 띠자리 위에 앉아서 대강 군신의 위치를 정하다.[13]

위 예문 [C]는 자신의 능력이 현실적 제약으로 인해 수용될 수 없음을 알고 난 이후에 나타나는 주몽의 행위이다. 그는 자신의 능력이 부여에서 펼쳐질 수 없음을 알고 남쪽으로 가서 나라를 세우고자 한다. 그리고 어머니의 지혜로 준마를 얻고 오이, 마리, 협부 세 벗과 함께 남쪽으로 향하게 된다. 그러나 그의 출생담에서 암시된 바와 같이 주몽의 일생은 순탄하지 않다. 그것은 바로 부여에서의 탈출이 쉽지 않은 것으로 드러나는데, 이를 가장 상징적으로 보여주는 것이 엄

---

13) 이규보, 『東國李相國集』卷第三 古律詩, 「東明王篇 幷序」.

체수를 건너기까지의 장면과 이후 비류국 송양과의 투쟁이다. 위 예
문 ⑤에 제시된 바와 같이 부여에서 현실적 제약이 있었던 주몽은 부
여를 떠나는 것도 쉽지 않다. 주몽이 부여를 떠나는 것을 알게 된 부여
군은 그를 쉽게 보내주지 않고 추격하게 된다. 주몽은 이를 피해 가다
가 엄체수에 이르나 다리가 없어 건너지 못한다. 이러한 절체절명의
순간에 예문 ⑥번의 내용과 같이 그의 신성한 혈통이 다시 한 번 부각
된다.

  이러한 과정을 거쳐 주몽은 형세 좋은 땅을 골라 왕도를 개설하고
띠자리 위에 앉아 군신의 위를 정하는 것으로 고구려를 건국하게 된
다. 이러한 건국 이후에도 국가의 기틀이 서기까지 주몽은 수많은 투
쟁을 거치는 것으로 나타난다. 그것은 바로 비류국 송양과의 투쟁으
로 제시되는데, 이를 잠시 살펴보면 다음과 같다.

> ① 沸流王 松讓이 사냥하다가 주몽의 용모가 비상함을 보고 어디서 왔
>   느냐고 묻다.
> ② 주몽은 송양에게, 자신은 天帝의 손자요 西國의 왕이라고 하다.
> ③ 송양이 자신은 仙人의 후손인데 여러 대 왕 노릇을 하였으며, 지금
>   지방이 작아서 나누어 두 왕이 될 수 없고, 주몽은 나라를 만든 지가
>   얼마 되지 않았으니 자신의 부속국이 되는 것이 좋겠다고 하다.
> ④ 주몽이 자신은 천제의 뒤를 이었지만 비류왕은 神의 자손도 아니면
>   서 억지로 왕이라 칭호하니 자신에게 복종하지 않으면 하늘이 반드
>   시 죽일 것이라 하다.
> ⑤ 송양은 주몽이 여러 번 천제의 손자라 자칭하는 것을 듣고 마음에
>   의심을 품어 그 재주를 시험하고자 하여 활쏘기를 하다.
> ⑥ 송양은 그린 사슴을 1백보 안에 놓고 쏘아, 그 화살이 사슴 배꼽에
>   들어가지 않았는데도 힘에 겨워하였으나, 주몽은 玉指環을 가져다

가 1백보 밖에 달아매고 쏘아 맞추다.

⑦ 주몽이, "국가의 기업이 새로 창조되었기 때문에 鼓角의 威儀가 없어서 沸流의 사자가 왕래함에 내가 왕의 예로 맞고 보내지 못하니 그 까닭으로 나를 가볍게 여기는 것이다."라고 하니, 扶芬奴가 자신이 가져오겠다고 하다.

⑧ 비류에서 와서 고각을 볼까 두려워하여 주몽은 빛깔을 오래된 것처럼 검게 만들어 놓으니 송양이 감히 다투지 못하고 돌아갔다.

⑨ 송양이 도읍을 세운 先後를 따져 附庸國을 삼고자 하니, 왕이 궁실을 지을 때 썩은 나무로 기둥을 세워 천년 묵은 것 같이 하니, 송양이 와서 보고 도읍을 세운 선후를 따지지 못하다.

⑩ 동명왕이 서쪽으로 순수할 때 우연히 눈빛 고라니를 얻어 해원 위에 거꾸로 달아매고 스스로 저주하기를, "하늘이 만일 비를 내려 비류왕의 도읍을 표몰시키지 않는다면 내가 너를 놓아주지 않을 것이니 이 곤란을 면하려거든 네가 하늘에 호소하라."고 하다.

⑪ 사슴의 우는 소리가 심히 슬퍼 위로 天帝의 귀에 사무쳐, 장맛비가 이레를 퍼부어 송양의 노읍을 표몰시켰다.[14]

위 예문은 주몽의 고구려 건국 이후에 나타나는 송양과의 투쟁 장면이다. 대개 영웅신화에서는 건국 이후에 별다른 장애나 시련이 거의 나타나지 않는다. 이에 비해 주몽의 경우에는 건국 이후에 더 치열한 투쟁 과정을 거치고 있다. 이것은 앞서도 논의한 바와 같이 혁거세나 수로의 경우에는 그들의 출생담에서 신성성이 훼손되지 않은 것에 비해, 주몽의 경우에는 그의 신성한 혈통을 인정받지 못하는 인생란을 통해 출생함으로 인해 신성성이 훼손되었던 것과 관련이 있다.

그런데 이 부분에서 특기할 것은, 주몽의 출생담에서 제시되었던

---

14) 이규보, 『東國李相國集』 卷第三 古律詩, 「東明王篇 幷序」.

신성한 혈통과 주몽의 개인적인 투쟁과 지략이 적절하게 혼용되어 있다는 점이다. 위 예문 ②,④와 같이 주몽은 송양과의 대화에서 자신이 천제의 손자임을 밝힘으로써 신성한 혈통을 투쟁의 명분으로 삼고 있다. 이와는 달리 위 예문 ⑥-⑨에서는 주몽의 개인적인 재주와 지략이 중심이 되고 있고, 예문 ⑩에서는 혈통의 신성성과 주몽의 개인적 행위가 적절하게 결합되어 있다.

이상에서 살펴본 바와 같이, 주몽의 출생담에서 그의 신성한 혈통은 그의 개인적 비범성과 고구려의 건국에 대한 명분을 제공하고 있으며, 인생란에 의해 출생하는 출생의 신이성은 주몽의 현실적 제약과 관련을 맺는다. 그리고 이러한 현실적 제약은 주몽이 현재의 세계에 안주하지 않고 새로운 세계를 개척하여 창업을 해야만 하는 필연적 기제로 작용하고 있으며 그에게 투쟁적 영웅이라는 성격을 부여하였다.

2) 부계 혈통의 신성성과 현실적 제약에 따른 온조의 성격

앞서 논의한 바와 같이 '신성한 혈통 – 현실적 제약 – 새로운 건국'의 과정을 거치는 인물로는 백제의 시조 온조에게서도 발견된다. 하지만 온조의 경우에는 어떤 사정으로 인해서인지는 모르겠으나 온조의 출생이나 성장과정에 대한 구체적인 사실을 확인하기는 어렵다.15)

---

15) 백제의 시조에 관한 가장 상세한 기록은 국내사서인 『삼국사기』이다. 간혹 중국측 사료에 일부 언급이 있으나 극히 소략하고, 또 『삼국사기』와 다른 부분이 있다. 김부식의 경우도 시조 온조설과 시조 비류설, 그리고 중국측 사료를 근간으로 한 시조 구태설을 언급하면서 어느 것이 옳은지는 알 수 없다고 하였다. 그러면서도 실제 백제 본기에서는 온조를 중심으로 상세하게 기록하고 있는 것으로 보아 편찬자의 심정은 '시조 온조' 쪽에 있었던 듯하다.

그가 왕이 된 이후의 치적에 대해서는 비교적 많은 정보가 남아 있는 편이나 왕이 되기까지의 과정은 거의 알 수 없는 상태로 전해지고 있다. 이러한 저간의 상황을 감안하여 온조의 출생과 왕위 등극 과정을 정리해 보면 다음과 같다.

[A] 온조의 신성한 혈통
① 백제의 시조는 溫祚王이며, 그의 아버지는 鄒牟인데 朱蒙이라고도 한다.
② 주몽이 北扶餘로부터 어려움을 피해 卒本扶餘에 이르다.
③ 졸본부여 왕에게는 아들이 없고 세 딸만 있었는데, 주몽을 보고 보통 사람이 아닌 줄 알고 둘째 딸을 그의 아내로 주었다.
④ 얼마 되지 않아 부여 왕이 죽자 주몽이 왕위를 이었다.
⑤ 주몽이 두 아들을 낳았는데 큰 아들이 沸流요, 둘째 아들이 溫祚였다.16)

위 예문 [A]는 온조의 신성한 혈통을 제시하고 있다. 앞서 논의한 바 있는 주몽이 출생의 신성성을 구체적으로 드러낸 것에 비하면 아주 소략한 편이지만, 부계가 주몽이라고 분명하게 언급하여 혈통의 신성성은 유지되고 있음을 알 수 있다. 온조가 천제의 손자인 주몽의 혈통을 잇고 있다는 사실은 이후 그가 백제를 건국하는 것과는 직접적으로 아무 관련성이 없어 보인다. 아마도 온조의 출생담에 대한 구체적인 전거가 없다는 것에 기인하는 것이기는 하겠지만,17) 이것은 주몽이

---

16) 金富軾, 『삼국사기』 권 제23 백제본기 제1 始祖 溫祚王. 본고의 번역문은 '이강래 역, 『삼국사기Ⅱ』, 한길사, 2003, 485~486쪽'을 참고로 하였다. 이하에서 참고로 하는 번역문도 이를 따르기로 하며, 이하에서는 원문의 출처만 밝히기로 한다.
17) 한미옥은 여타의 한국 건국신화들이 보여주는 시조의 신성성이 백제 건국신화에 보이

신성한 혈통을 바탕으로 고구려를 건국하는 명분을 삼았던 것과는 차원이 다른 듯하다. 이런 점에서 온조의 신성한 혈통은 부계인 주몽에 비해 상대적으로 많이 약화되어 있다고 할 수 있다.

그러나 온조의 출생담에 제일 먼저 언급되고 있는 것이 천제의 손자인 주몽을 내세웠다는 점에서 그 나름의 상징성은 인정된다. 이러한 혈통의 상징성은 온조의 백제 건국의 정통성 확보에 기여하고 있으며, 후반부에 발견되는 온조의 통치력과 관련이 있기 때문이다. 어느 국가이든지 그 나라 건국의 정통성은 꼭 필요한 요소라고 할 수 있는데, 백제가 고구려 시조 주몽의 아들인 온조에 의해 건국되었다는 점은 단순히 부계의 혈맥 이상의 의미를 가진다. 또 후반부에서 도읍지를 고르는 혜안이 있는 점은 주몽이 투쟁 과정에서 보여주었던 지략과 관련이 있으며, 백성들이 기꺼이 따랐다는 점도 온조의 신성한 혈통과 무관하지 않은 현상이라고 하겠다. 그리고 이러한 신성한 혈통의 연속성은 백제가 고구려 건국신화를 공유하고 있음을 통해 재확인 된다.[18] 따라서 공동 시조신화를 공유하고 있다는 점과 온조의 부계가 주몽으로 나타나고 있다는 점에서 온조 혈통의 신성성은 크게 훼손되

지 않는 이유에 대해서, "신라에 의한 삼국통일과 고려에 의한 후삼국의 통일이라는 시기를 거치면서 신라와 고려에 의해 백제 신화가 의도적으로 훼손과 변질을 당했을 것"이라고 추측하였다.(韓美玉, 「百濟 建國神話의 系統과 傳承硏究」, 전남대학교대학원 박사학위논문, 2003, 52쪽)

18) 고구려와 백제가 동명신화를 공유하고 있음은, 『北史』 卷九十四, 「列傳」 第八十二, 〈百濟〉條와 『隋書』 卷八十一, 「列傳」 第四十六, 〈東夷〉條에서 확인된다. 이에 대한 자세한 원문과 번역문은 다음을 참고하였다.(대한민국문교부 국사편찬위원회 편, 『中國正史 朝鮮傳』 譯註 二권, 1988, 37~120쪽, 123~222쪽. 이 외에도 부여족이 공동의 신화를 공유했음을 논의하고 있는 것으로, '이복규, 『부여·고구려 건국신화 연구』, 집문당, 1998. 9~19쪽; 이지영, 『한국 건국신화의 실상과 이해』, 월인, 2000. 138쪽'을 참고로 하였다.

지 않고 유지되고 있는 것으로 볼 수 있다.

하지만 이렇게 신성한 혈통을 가지고 있는 온조도 부계인 주몽과 마찬가지로 현실에서 온전하게 수용될 수 없는 제약을 가지고 있다. 이를 간단하게 정리하면 다음과 같다.

[B] 온조의 현실적 제약
① 주몽이 북부여에 있을 때에 낳은 아들이 찾아와 태자가 된다.
② 비류와 온조는 태자에게 용납되지 못할 것을 두려워하다.[19]

위 예문 [B]는 신성한 혈통을 가진 온조가 무난하게 왕위에 등극하지 못한 현실적 제약을 제시하고 있는 부분이다. 이는 부계인 주몽과 전체적인 골격에서는 유사하면서도 세부적인 내용에서 차이가 있는 것이다. 두 주인공이 신성한 혈통을 잇고 있음에도 불구하고 쉽게 현실에 용납되지 않는다는 점에서 주몽과 온조가 처한 상황은 유사하다고 할 수 있다.

그러나 두 인물이 현실적 제약에 처해지는 과정이나 상황에서는 분명한 차이가 발견된다. 주몽의 경우에는 부계의 혈통은 신성하지만 출생의 방식이 인생란을 통해 이루어지기 때문에 신성성이 훼손되고 정체성의 부정을 가져 온다. 그리고 부계로부터 분리되어 모계와 함께 금와왕에게 의탁하여 불안한 입지가 형성되기도 한다. 또 비범한 능력으로 인해 함께 자란 금와왕의 아들로부터 시기와 질투의 대상, 위협의 대상으로 인식되어 애초에 주어진 세계에서 용납될 수 없었던 것이다.

---

19) 金富軾, 『삼국사기』 권 제23 백제본기 제1 始祖 溫祚王.

이에 비해 온조의 경우에는 출생담 자체에서 발견되는 신성성의 훼손 같은 것은 목도되지도 않고 그러한 것을 암시받을 만한 단서도 없다. 또 자신을 위협하는 대상도 없으며, 어머니가 고구려 시조인 주몽의 아내였기 때문에 그 입지 또한 부계인 주몽과 많이 다르다.

그럼에도 불구하고 온조가 주어진 현실 세계에 수용될 수 없었던 것은, 그가 적·장자가 아니었다는 점이다. 위 예문 ①, ②에 제시된 바와 같이, 주몽이 북부여에 있을 때 낳은 아들인 유리가 찾아와 태자가 됨으로 인해 비류와 온조는 태자에게 용납되지 못할 것을 인식하게 된 것이다. 이로 인해 비류와 온조 또한 부계인 주몽이 그러했던 것처럼 현재의 세계를 떠나야만 하는 존재가 된 것이다. 그리고 이러한 분리를 통해 온조는 현재의 세계에서는 불가능한 왕, 즉 새로운 건국주가 된다. 이를 간략하게 제시하면 다음과 같다.

[C] **온조의 백제 건국**

① 온조가 열 명의 신하와 더불어 남쪽으로 떠나가자 따르는 백성이 많았다.

② 漢山에 이르러 負兒嶽에 올라 살 만한 땅을 찾아 둘러보다.

③ 열 명의 신하가 하남의 땅이 천연의 요충이라고 간언하니, 沸流는 그 말을 듣지 않고 바닷가에 살고자 하여 미추홀(彌鄒忽.)에 가서 살았고, 온조는 하남의 慰禮城에 도읍하여 나라 이름을 십제(十濟)라고 하다.

④ 비류는 미추의 땅이 습하고 물이 짜서 편안히 살 수 없다 하여 위례로 돌아와, 온조의 도읍이 탄탄히 안정되고 백성들이 태평한 것을 보고 마침내 부끄러워하며 후회하다 죽다.

⑤ 비류의 신하와 백성들은 모두 위례에 귀속하였으며, 그 뒤 위례로 올 때 백성들이 기꺼이 따랐다고 하여 국호를 百濟로 고쳤다.[20]

위 예문 [C]는 온조가 그 형 비류와 함께 고구려를 떠나 건국하는 과정을 담은 것이다. 여기서 발견되는 중요한 특징은 현실적 제약으로 인해 현재의 세계에서 분리된 온조의 성격이다. 부계인 주몽은 현실적 제약으로 인해 투쟁적 성격을 가진 인물로 부각되고 있지만, 온조는 그와 전혀 다른 성격의 인물로 나타나고 있다. 위 예문 ①,⑤에 제시된 바와 같이 온조는 투쟁적 성격보다는 백성들이 많이 따르는 통치자로 그려지고 있다. 또 ②,③,④에서는 좋은 땅을 알아 볼 수 있는 능력이 뛰어난 것으로 나타난다. 이와 같은 온조의 성격은 투쟁적 영웅의 모습이라기보다는 어진 통치자의 모습에 훨씬 가깝다.[21]

이상에서 살펴본 바와 같이 온조의 신성한 혈통은 주몽으로부터 비롯되었음을 간략하게 제시하여 백제 건국의 정당성을 확보하고 있다. 그리고 온조는 부계와 같이 현실적 제약을 가지나 그 제약의 성격은 주몽과 달랐으며, 이로 인해 현재의 세계에서 분리되는 과정을 겪는다. 또 이로 인해 획득된 온조의 성격은 투쟁성보다는 어진 군왕에 가깝게 형성되었음을 알 수 있다. 그것은 아마도 부계로부터 분리되기는 하였지만 부계와 같은 치열한 경쟁과 투쟁을 할 필요가 없이 애초에 어느 정도 갖추어진 상황 속에서 백제의 건국이 이루어졌던 것과 무관하지 않다고 생각된다.

---

20) 김부식, 『삼국사기』 권 제23 백제본기 제1 시조 온조왕.
21) 임재해, 『민족신화와 건국영웅들』, 천재교육, 1995, 173~175쪽.

3) 출생담의 이중적 성격과 현실적 제약에 따른 홍길동의 성격[22]

앞서 논의되었던 주몽이나 온조의 경우에는 부계의 혈통을 통해 신성성과 정통성을 어느 정도 확보하게 된다. 물론 주몽의 경우 그러한 신성성이 일부 훼손되기도 하고 정체성이 부정당하기도 하지만, 결정적인 부분에서는 천제의 손자라는 혈통이 위기의 순간과 투쟁의 상황에서 활용되고 있다. 온조 또한 구체적이지는 않지만 부계의 혈통에 의해 백제 건국의 정당성을 확보하고 있는 것으로 볼 수 있다.

이에 비해 홍길동의 경우에는 부계인 홍판서의 혈통이 현실 세계에서 거의 수용되지 않는다. 특히 홍판서의 혈통을 물려받았다는 것이 홍길동의 비범성이나 율도국의 왕이 되는 것과는 큰 관련을 맺지 못한다. 홍길동이 현실 세계에서 보다 직접적으로 영향을 받는 것은 부계의 혈통이 아니라 미천한 모계의 혈통이다. 홍길동의 모계가 미천했기 때문에 부계의 혈통이 우수하다는 것과는 상관없이 그는 현실적 제약을 받는 인물이 된 것이다. 그리고 홍길동의 비범성과 율도국 왕이 되는 것의 상관관계는 부계와 모계 모두와 상관없이 그의 태몽이 암시하는 것으로 드러난다. 먼저 홍길동의 출생담을 간략히 정리하면 다음과 같다.

[A] 홍길동 출생담의 이중적 성격
① 홍판서가 낮잠을 자다가 靑龍이 달려드는 꿈을 꾸다
② 홍판서가 용몽을 얻었으니 반드시 貴子를 얻으리라 하고 즉시 유씨

---

22) 필자는 선행 연구에서 〈홍길동전〉의 출생담과 인물의 성격을 논한바 있다. 본고는 그러한 선행연구에서 드러내지 못하였던 홍길동의 현실적 제약과 출생담의 이중적 성격을 더욱 명료화하였다.(김용기, 전게논문, 109~120쪽 참조)

　　부인과 親狎하고자하나, 유씨 부인이 홍판서에게 年少輕薄子의 鄙
　　陋한 행위라 하며 거절하다
　③ 홍판서가 외당에서 나와 부인의 지식 없음을 한탄하다가, 侍婢 춘섬
　　을 이끌고 夾室에 들어가 친압하고 잉첩으로 삼다.
　④ 그 달부터 태기 있어 십 삭 만에 일개 옥동을 생산하다.[23]

　위 예문 [A]는 홍길동의 출생담 중에서 본고의 논의와 관련된 부분
만을 간략하게 정리한 것이다. 이를 보면 홍길동의 출생이 가지는 성
격은 하나로 정리될 수 없다는 것을 알 수 있다. 먼저 논의될 수 있는
것은, 홍길동도 주몽과 온조의 경우처럼 홍판서라고 하는 고귀한 혈
통을 지니고 있음을 알 수 있다. 다만 주몽과 온조와는 다르게 그 모계
가 미천한 인물로 나타남으로 인해 부계 혈통의 정통성을 인정받지
못한다. 주몽이나 온조는 모계의 위치가 공고하지는 않았지만 그 출
시성분이 문제가 되지 않은 것에 비해, 홍길동의 경우에는 모계의 위
치가 불안정할 뿐만 아니라 신분마저도 미천하여 부계 혈통의 장점을
전혀 살리지 못하는 인물이 된다. 다른 하나는 홍판서의 꿈에 나타나
는 청룡의 상징성이다. 대개 동양에서 용은 제왕이나 왕권을 상징하
는 경우가 많은데, 이러한 상징성이 이후 홍길동의 비범성이나 율도
국 건국과 밀접하게 관련이 된다.

---

23) 京板 24장본 〈홍길동전〉, 國學資料院, 『韓國古小說板刻本資料集』 3, 1994, 411쪽.
　　〈홍길동전〉의 원본은 현재 전하는 것이 없는 것으로 보이며, 다만 경판 24장본이 원본
　　에 가장 가깝다고 하였고(丁奎福, 「洪吉童傳 異本考(一)」, 『국어국문학』 48호, 국어국
　　문학회, 1970), 현전 이본 중에서 가장 허균의 의식에 접근하고 있으며 다른 판본에
　　비해 논리의 일관성을 지니고 있는 것으로 보고 있다.(李文奎, 「洪吉童傳」, 金鎭世 編,
　　『韓國古典小說作品論』, 집문당, 1990, 247쪽). 따라서 본고에서는 이를 텍스트로 하며,
　　이하의 인용문에서는 작품명과 이 판본이 영인된 자료의 페이지만을 밝히기로 한다.

이런 점에서 홍길동의 출생담은 주몽이나 온조와는 다른 중층적인 성격을 가지고 있는 것으로 볼 수 있다. 부모로부터 물려받은 혈통과 용몽으로 상징되는 태몽이 인물의 성격과 행위에 영향을 주기 때문이다. 그리고 홍길동은 긍·부정의 의미를 가지고 있는 부계와 모계의 혈통 중에서 보다 직접적으로는 모계의 부정적인 혈통에 의해 현실적 제약을 받게 된다. 이를 잠시 살펴보면 다음과 같다.

[B] 홍길동의 비범성과 현실적 제약
① 홍길동은 시비 춘섬의 아들이며, 홍판서의 次子이다.
② 길동이 비범하여 영웅호걸의 기상이 있고, 팔 세가 되니 총명이 과인하여 하나를 들으면 열을 통하다.
③ 비범한 길동을 홍판서가 더욱 의중하나 근본 천생이라 호부호형하면 꾸짖어 못하게 하다.
④ 길동이 십 세 넘도록 부형을 부르지 못하고 비복 등이 천대함을 각골 통한하여 심사를 정치 못하다.
⑤ 길동이 미천한 서자라 孔孟을 본받아 출세할 수 없다.[24]

위 예문 [B]는 홍길동에게 가해지는 현실적 제약을 정리한 것이다. 홍길동의 현실적 제약은 미천한 모계 혈통이라는 점과 적·장자가 아닌 차자라는 상황에 기인한다. 그 중에서도 모계의 미천한 혈통의 제한을 강하게 받고 있다. 이러한 점은 온조가 적·장자 모두에 해당되지 않아서 현실적 제약을 받았던 것과는 다른 것이다. 그리고 여기서 또 하나 특징적인 것은, 부계 혈통의 고귀함이나 용몽의 신성성은 그러한 현실적 제약에 아무런 기능을 하지 못하는 것으로 나타난다. 물

---

24) 京板 24장본 〈홍길동전〉, 411쪽.

론 용몽의 신성성이 발휘되지 못하는 것은 일시적이지만, 부계의 고
귀한 혈통은 거의 발휘되지 않는다. 이러한 모계의 혈통으로 인해 홍
길동이 현실적 제약을 받는 것은 크게 두 가지이다. 하나는 가정적
차원의 문제로서 호부호형을 하지 못한다는 점이고, 다른 하나는 사
회적 차원이 문제로서 출장입상할 수 없다는 문제이다.

그런데 이러한 현실적 제약이 있음에도 불구하고 홍길동은 그러한
제약에 쉽게 승복하지 않는다. 그것은 위 예문 ②에 제시된 그의 비범
성 때문이다. 그래서 홍길동은 문제적 인물이라는 성격을 가지게 된
다. 자신에게서 감지되는 비범한 능력과 현실적 제약 사이에 상호 충
돌이 발생할 수밖에 없기 때문에 이를 해결하기 위해서는 홍길동이
현실의 세계와 분리되어야 한다. 홍길동의 이러한 분리는 부모가 살
고 있고 또 자신의 왕이 존재하는 조선에서는 현실적으로나 윤리적으
로 실현될 수 없다. 그래서 홍길동이 선택할 수 있는 대안은 주몽과
온조의 경우처럼 새로운 세계를 개척해야 하는 것으로 나타난다. 그
것이 바로 홍길동의 율도국 건국이다. 이를 잠시 정리해 보면 다음과
같다.

[C] **홍길동의 율도국 건국**
① 제신 중 일인이 "길동의 원이 병조판서를 한 번 지내면 조선을 떠나리
   라 하오니, 한 번 제 원을 풀면 제 스스로 사은할 것이니 이때를 타
   잡음이 좋을 것"이라 하다.
② 왕이 옳게 여겨 홍길동에게 병조판서를 제수하고 사문에 방을 붙이
   니, 길동이 궐내에 들어가 왕에게 평생의 한을 풀고 돌아간다고 하다.
③ 길동이 몸을 솟아 남경으로 향하여 가다가 율도국에 이르니 산천이
   淸秀하고 인물이 번성하여 가히 安身할 곳이라 생각하다.

④ 길동이 이미 자신은 조선을 하직하였으니 이곳에 와 아직은 거하였다가 大事를 도모하리라 하다.

⑤ 길동이 다시 왕을 찾아가 자신의 소원을 들어 주었으니 자신은 전하를 하직하고 조선을 떠나가니 만수무강하라고 인사하다.

⑥ 길동이 조선을 하직하고 남경 땅 저도섬으로 들어가 수천호 집을 짓고 농업을 힘쓰고 재주를 배워 武庫를 짓고 군법을 연습하니 兵精糧足하다.

⑦ 길동이 洛川 땅에서 울농이란 요괴가 작란함을 알고 그 괴수를 활로 쏜 후 의원으로 위장하여 치료하는 척 하다가 괴수를 죽이고 다른 요괴들도 신통을 써서 물리치다.

⑧ 길동이 백룡의 딸과 조철의 딸을 구해주고 이후 아내로 삼다.

⑨ 길동이 제인에게 남해중에 율도국이란 나라가 있으니 땅이 기름지고 살기 좋은 부국이라 한 후 율도국을 정벌하겠다고 하다.

⑩ 길동이 정병 오만을 거느려 율도국을 쳐서 태수 김현충을 베고, 율도왕에게 격서를 보내어 자신은 天命을 받아 기병하였으니 율도왕은 항복하라고 하다.

⑪ 율도왕이 항복하니 길동이 새로운 왕이 되고, 길동이 율도왕이 되어 치국한 지 삼 년에 山無盜賊하고 道不拾遺하여 태평성대가 되다.25)

위 예문은 홍길동이 조선에서의 의적 활동을 끝내고 조선을 떠나 저도섬과 율도국에서의 투쟁을 통해 율도국의 왕이 되는 과정을 정리한 것이다. 여기서 알 수 있는 것은 홍길동 또한 주몽이나 온조처럼 현실적 제약으로 인해 새로운 세계를 개척해야만 했다는 동질성이다. 다만 그 성격에 있어서 온조의 어진 통치자의 모습보다는 주몽의 투쟁적 성격에 좀 더 가깝다고 할 수 있다.26)

---

25) 京板 24장본 〈홍길동전〉, 420~422쪽.
26) 홍길동의 저도섬에서의 지도력과 율도국에서 산무도적하고 도불습유했다는 전체적

위 예문 ①,②는 홍길동이 조선에서의 현실의 제약에서 벗어나 새로운 세계로 갈 것이라는 홍길동의 내면이 드러난 부분이다. 그리고 ③,④는 홍길동이 구체적으로 조선을 떠날 준비를 하는 과정이며, ⑤는 홍길동이 왕에게 조선을 떠날 것임을 직접적으로 말하는 대목이다. 이후 ⑥-⑪까지는 홍길동이 저도섬과 율도국에서 투쟁을 거쳐 율도국 왕이 되는 것과 관련된 부분이다.

이렇게 홍길동이 율도국의 왕이 되는 과정에서 특징적인 것은 그의 출생담에서 나타났던 용몽이 실현되었다는 점이다. 즉 부계 혈통의 고귀함과 모계 혈통의 미천함에서 모계의 미천한 신분이라는 부정성으로 인해 현실적 제약을 받았던 홍길동이 용몽이 상징하는 바에 따라 왕이 됨으로써 주몽과 온조가 보여주었던 것과 같이 유사한 서사 패턴을 형성하게 되었다. 차이점이 있다면 주몽이나 온조의 경우에는 직접적이든 간접적이든 간에 부계 혈통의 신성성이 건국에 활용되었다면, 홍길동의 경우에는 부계의 고귀한 혈통은 별다른 서사적 기능을 발휘하지 못하였다는 점이다. 다만 그러한 부계 혈통은 작품 전체 서사에서 길동이 신분 문제를 촉발시키는데 기여함으로써[27] 출생담에 나타났던 부계 혈통의 고귀성은 여전히 유효한 화소로 남게 된다.

인 평가는 온조의 통치행위와 얼마간 유사한 면이 있다. 그러나 전체적으로 율도국을 건국하기까지의 과정과 홍길동의 행위는 그러한 유연한 온조보다는 투쟁과 대결을 통해 고구려를 건국했던 주몽의 성격에 더 잘 부합된다고 할 수 있다.

27) 이 부분은 홍길동이 애초에 부계와 모계 모두 천민 출신이었다면 신분문제로 인한 갈등을 하지 않았을 수도 있는데, 통상적으로 중요하게 인식되는 부계가 고귀함에도 불구하고 모계의 신분에 따라 자신의 능력이 현실적 제약을 받게 되었다고 생각하는 것으로 본 것이다.

3. 출생담에 나타난 신성성과 영웅서사와의 관계

서사문학에서 인물의 혈통이 신성하거나 고귀한 경우에는 그 인물의 행적 또한 비범한 것으로 나타나는 것이 일반적이다. 이를 간단하게 도식화 하면 '혈통의 신성성 ⇒ 위대한 과업'으로 이루어지는 공식이 성립된다. 그러나 그 사이에는 '현실적 제약'이라는 매개항이 개입되어 있는 경우도 있는데, 이 현실적 제약은 인물의 비범성과 대치됨으로써 주인공의 성격을 결정짓는 것에 관여하게 된다. 따라서 주인공은 이 과정에서 현재의 세계나 질서에서 분리되어 자기 주도적 성격이 강한 것으로 변모된다. 그리하여 최종적인 성격은 투쟁적이거나 백성들이 따르는 통치자의 모습과 같이 독립성이 강한 것으로 나타난다.

이러한 특징과 함께 인물이 처한 '현실적 제약'이라는 매개항의 성격에 따라 주인공의 성격과 건국에 이르는 방식이 달라지기도 한다. 즉 '고귀한 혈통 – 현실적 제약 – 위대한 과업 성취(건국)'라는 단계를 거치는 경우라 하더라도 최초 출생담에서부터 최종 건국에 이르는 세부적인 양상은 차이가 있으며, 인물의 성격도 아주 다양하게 설정될 수 있다는 점이다. 본고에서 다루지 않은 작품을 하나 예로 들어본다면, '견훤'은 신화적 출생담을 가지고 있고, 신라를 떠나 후백제를 건국하였다는 측면에서는 이들과 유사하다. 하지만 작품 중반부에 나타나는 그의 부도덕한 행위 때문에 견훤은 비극적 영웅으로 남게 된다. 큰 틀은 비슷하면서도 세부적인 인물의 행위에 의해 자신이 건국한 나라가 자신에 의해 파멸하게 되는 것이다.

이와 같이 영웅서사에서 외형적으로 주어진 고귀하거나 신성한 혈통은 그것이 항상 동일한 형태를 양산하는 것은 아님을 알 수 있다. '신성한 혈통(1)', '현실적 제약(2)', '위대한 과업(3)' 중에서 서사적인 의미 면에서는 (1)과 (3)이 중요시 되지만, 서사적 긴장감이나 인물 성격의 탄력성은 (2)에 의해 형성된다. 그래서 작품의 질적인 수준이나 흥미는 (2)에 더 지배받게 되어 있다. 그리고 (2)에는 다른 부가적인 인물의 요소가 첨가되거나 탈락되는 방식을 통해 (3)의 내용을 결정하기도 하고 작품 전체 의미망에 영향을 주기도 한다.

앞서 잠시 예를 든 견훤의 경우에는 (2)에 의해 (3)의 성격이 급격하게 변화를 일으킨 경우에 해당된다고 할 수 있다. 이러한 경우는 다른 영웅들도 마찬가지이다. 주몽의 경우에는 인생란(人生卵)이라는 출생 방식과 금와왕의 아들들이 가진 시기와 질투가 (2)에 해당되고 이로 인해 인물의 성격과 서사의 방향이 결정되었다. 온조의 경우에는 적·장자가 아니라는 혈연적 친소관계에 의해 현실적 제약이 발생하였으나, 이 경우에는 주인공이 기존 세계와 분리될 때에도 그러한 혈연적 친소 관계 때문에 심각한 갈등이나 투쟁은 발생하지 않았다고 생각된다.

이와는 달리 홍길동의 경우에는 이들보다 좀 더 복잡한 양상을 보인다. 모계 혈통의 미천함으로 인해 운명 지워진 사회적 제약이 중심이 되고 있지만, 이와 대응하고 있는 부계의 혈통이 고귀하기 때문에 문제의 심각성은 더욱 커지고, 또 용몽이 상징하는 인물의 비범성이 개입됨으로 인해 주인공은 사회 및 현실적 제약에 대해 쉽게 승복하지 않는 것이다. 그래서 전체 서사의 폭이나 범위가 넓어지게 되고 주인공이 지향하는 의식이나 행위가 더욱 큰 사회적 문제가 되기도 한다.

이런 점에서 영웅서사에 나타나는 신성한 혈통이나 위대한 과업은 어느 정도 고정된 틀을 가지고 있지만, 그 사이에 매개하는 현실적 제약은 다양한 요소가 탈락되기도 하고 첨가되기도 하면서 내용의 질적 변화를 유도한다는 특징이 있다고 할 수 있다. 물론 영웅서사의 중심이 '현실적 제약' 그 자체가 아니라 그러한 제약을 '극복해 나가는 과정'에 있다는 점을 간과해서는 안 된다. 그래서 영웅이 고난을 극복해 나가는 과정에서 생기는 사건과 인물과의 갈등, 대사회적인 갈등 등에 의해 인물의 성격이 형성된다고 할 수도 있다. 하지만 그러한 다양한 제 변인들 또한 역시 영웅의 신성한 출생과 그가 처한 '현실적 제약'과 관련을 맺고 있다. 이런 점에서 영웅서사에서 인물의 성격은 출생담과 '현실적 제약'이라는 요인에서 자유로울 수 없다.

영웅서사에서 인물의 출생담이나 '현실적 제약'이 가진 의미의 중요성은, 귀족 영웅과 민중 영웅 서사를 비교해 보면 그 의미가 분명하게 드러난다.28) 민중 영웅의 경우에는 홍길동과 같은 특별한 경우를 제외한다면 귀족 영웅들과 달리 신성하거나 신이한 출생담이 없는 경우가 대분이다. 그래서 이들의 일생에는 투쟁이 나타나기는 하나 대개 비극으로 끝난다는 특징이 있다.

물론 민중 영웅의 이러한 면은 민중 영웅이 애초에 추구하는 바가

---

28) 귀족 영웅과 민중 영웅의 비교는 조동일의 다음 글을 참고할 수 있다. 다만 그는 애초에 '평민적 영웅의 일생'이라는 용어를 사용하고 평민적 영웅의 일생은 상층영웅과는 다르게 다음의 세 단락으로 이루어져 있다고 하였다. 그것은 '첫째, 미천한 혈통을 지닌 인물이다. 둘째, 범인과는 다른 탁월한 능력을 타고났다. 셋째, 능력을 발휘하지 못하고 비참하게 죽었다'이다(조동일, 「영웅의 일생, 그 문학사적 전개」, 『동아문화』 10집, 서울대학교 동아문화연구소, 1971, 207쪽). 그러나 이후 그는 '평민적 영웅의 일생'이라는 용어를 '민중 영웅의 일생'이라는 용어로 바꾸고 위에서 제시한 세 단락을 민중 영웅의 일생이 가진 구조적 특징으로 제시하였다.(조동일, 「영웅의 일생, 그 문학사적 전개」, 『민중영웅이야기』, 문예출판사, 1992, 55쪽).

귀족 영웅과 다르고, 또 서사의 중심이 영웅에 의해 사회의 부조리를 드러내는데 있기 때문에 이 둘을 직접적으로 비교하기에는 무리가 있다. 이러한 창작의도를 감안하더라도 왜 굳이 민중 영웅 서사에서는 인물의 신성한 출생담을 제외시켰는가에 대한 문제가 제기된다. 그것은 인물의 신성한 출생담을 포함시킬 경우 민중 영웅의 본질은 흐려지게 되고, 또 비극적 결말과 잘 부합하지도 않기 때문일 것이다. 또 민중 영웅이 처한 '현실적 제약'은 개인적이면서 동시에 사회적 의미를 가지고 있는데, 이 두 가지 종류의 제약은 모두 해결되지 못하는 경우가 대부분이다. 이에 비해 신성한 출생담이 있는 영웅서사의 경우에는 사회적인 의미의 '현실적 제약'보다 개인적인 성격의 '현실적 제약'이라는 의미가 일차적으로 중요시된다. 그러나 최종적으로는 그러한 개인적 성격의 '현실적 제약'의 극복을 통해 완전히 새로운 질서나 세계를 구축하기 때문에 민중 영웅이 해결하고자 하는 사회의 부조리 같은 것은 일시에 해소된다. 왜냐하면 주몽이나 온조, 홍길동과 같은 영웅이 새롭게 구축하는 질서나 세계는 건국과 같은 신성한 것이기에 거기에는 기존 세계에 있던 부조리는 존재하지 않게 되는 것이다. 따라서 영웅서사에서 인물의 신성한 출생담과 '현실적 제약'은 인물의 성격을 규정하는데 중요한 역할을 한다고 할 수 있다.

4. 결론

　필자는 '영웅의 일생'으로 영웅서사를 구조화는 방식과 달리 출생담과 현실적 제약을 통해 인물의 성격과 작품의 서사적 특징을 살펴보고자 하였다. 본고에 사용된 작품은 〈주몽신화〉, 〈온조설화〉, 〈홍길동전〉이다. 이 세 작품의 주인공들은 '신성한 혈통 – 현실적 제약 – 위대한 과업(건국)'이라는 구조적 틀을 공유하고 있다. 이러한 구조적 틀은 인물의 출생담에서 시작되어 전체적인 서사가 유기적으로 연결되는 특징을 가진다. 하지만 각 인물이 처한 현실적 제약으로 인해 서사의 편폭과 인물의 성격이 달라지게 된다. 이하에서는 각 작품에서 나타나는 이러한 특징을 요약하는 것으로 결론을 대신하고자 한다.

먼저 주몽의 경우에는 부계가 천손 해모수로 제시되어 혈통의 신성성이 보장되어 있다. 그러나 부계가 하늘로 올라가 지상에서 사라진 이후에는 모계가 금와왕에게 의탁하여 신분상으로 불안정한 상태에 있게 되고, 여기에 더하여 주인공이 인생란이라는 방식으로 출생하게 됨으로 인해 신성성의 훼손과 정체성의 부정을 가져온다. 그리고 금와왕의 아들들에 의한 시기와 질투로 인해 위협을 받게 됨으로써 주몽은 그의 비범성이 발휘될 수 없는 현실적 제약을 받게 된다. 이로 인해 그는 현재의 세계에서 분리되어 건국을 하게 되는데, 이 과정에서 주몽은 자기주도적이면서 투쟁적 성격이 강한 인물로 나타난다.

온조의 경우에는 그의 신성한 혈통의 근거가 주몽에게 있음을 서두에 분명하게 밝히고 있는데, 이는 백제 건국의 정당성을 확보하는데 기여한다. 그리고 부계인 주몽과 마찬가지로 현실적 제약으로 인해 현재의 세계와 분리되나 그 과정에서 드러나는 온조의 성격은 투쟁성보다는 백성들이 따른 통치자로 나타난다. 그것은 아마도 부계로부터 분리는 되었지만 혈연적 친소관계에 의해 어느 정도의 조건이 구비된 상태에서 백제가 건국되었다는 점과 무관하지 않다고 보았다.

홍길동은 출생담 자체가 이중적 성격을 가지고 있다는 점이 특이한 현상으로 발견되었고, 출생담에 나타난 부계의 고귀한 혈통이 인물의 성격과 율도국 왕이 되는 것에 별다른 영향력을 행사하지 못하는 것으로 나타난다. 그리고 홍길동의 출생담이 가진 이중적인 성격은 부계의 고귀한 혈통과 모계의 미천한 혈통 중에서 미천한 모계의 혈통에 의해 현실적 제약을 받는다는 점이 그 하나이고, 다른 하나는 용몽의 상징성인데 이것에 의해 홍길동에게 비범한 능력이 부여되고 최종적으로 율도국의 왕도 된다. 그리고 그 과정에서 홍길동은 투쟁적인 성격이 강한 인물로 그려지고 있다.

그리고 마지막으로 출생담에 나타난 신성성과 영웅서사와의 관계는 '신성한 혈통', '현실적 제약', '위대한 과업 성취'의 구조로 설명될 수 있다. 이 중에서 '신성한 혈통'과 '위대한 과업 성취'는 서사적 의미 면에서 중요한 기능을 하는 섯이 사실이지만, 작품의 질적 수준이나 서사적 긴장감, 혹은 인물 성격의 탄력성은 '현실적 제약'에 더 강한 지배를 받는 것으로 나타난다. '현실적 제약'은 각 작품마다 다양한 요소가 첨가되거나 탈락되면서 인물의 성격과 서사의 질적 변화를 유도하는 것으로 보았다.

서사문학에 나타난 돼지의 신성성과 세속성

1. 서론

동아시아 문화에서 돼지는 인물의 신이한 출생이나 괴이한 행동과 관련되어 폭넓게 전하고 있는 동물이다. 먼저 황제의 아내 뇌조(雷祖)가 창의(昌意)를 낳고, 창의가 하늘에서 내려와 약수 지역으로 폄적(貶謫)되어 그곳에서 한류(韓流)를 낳았는데, 한류는 사람 얼굴에 돼지 입을 하고 있으며 발이 돼지발처럼 생겼다[1]는 『산해경』의 기록은 반인반수 신화의 한 예를 보여주고 있다. 그리고 왕씨 성의 한 선비가 곡아현의 집으로 돌아오는 길에 강 언덕에서 17~18세 쯤 되는 여인을 만나 함께 밤을 보내고, 그 여자의 팔뚝에 자신의 금방울을 매어 준 후 사람을 시켜 그 방울 소리를 따라가 보니 어떤 집의 돼지우리 속으로 들어갔으며, 그 어미돼지 앞다리에 금방울이 매여 있다[2]는 『수신기』의 기록도 돼지가 신이한 동물임을 암시한다. 또 몽고계 kirghiz족 시조신화에서도 보면, 징기스칸의 아들이 고비사막에서 야저(野豬)와 같이

---

1) 예태일·전발평 편저, 서경호·김영지 역, 『산해경』, 海內經編, 안티쿠스, 2008, 386쪽 참조.

2) 干寶 撰, 林東錫 譯註, 『搜神記』 下 卷十八, 430, 猪臂金鈴, 東文選, 1997, 689쪽 참조.

살고 있었는데, 얼마 안 있어 그의 아들을 많이 낳았고 여기서 kirghiz
인들이 생겨났다[3]는 이야기에도 돼지는 부족의 시조와 관련되어 등
장한다.

  우리나라에서는 고구려 유리왕의 천도나 동천왕의 출생, 비처왕의
피화와 태종 춘추공의 천하통일 이야기와 같은 역사설화에 돼지가 중
요한 역할을 하는 동물로 등장하고 있다. 그리고 최치원과 관련된 설
화나 일부 민담 및 고소설에서 돼지가 신이한 대상으로 등장하고 있음
을 발견할 수 있고, 여인 납치담 설화나 고소설에서도 간혹 눈에 띈다.
그러나 그 성격이나 기능은 동일하지 않고 큰 차이를 보인다. 이는
전자가 신화적 성격을 가진 작품들이고 후자가 대개 허구적 창작물에
해당한다는 태생적 차이와도 무관하지 않을 것이다.

  선행연구에서는 이러한 돼지의 성격을 여러 관점에서 논의하였다.
돼지설화를 다루면서 돼지가 미련과 탐욕, 지혜와 보은, 복과 부, 신
성과 예시를 상징한다는 점을 단편적으로 논의하거나[4] 이류교혼설화
를 다루면서 인수혼(人獸婚)의 신성한 대상으로 돼지를 논의[5]하기도
하였다. 그리고 한국 띠 동물의 상징체계를 정리하면서 돼지의 성격
을 다각적으로 분석한 연구[6]도 있으며, 설화에 나타난 돼지의 다양한
성격을 바탕으로 문화콘텐츠를 개발하려는 시도[7]도 있었다. 특히 문

---

3) '몽고계 kirghiz족 시조신화', Uno Holmberg, 『the Mytholgy of All Race』, Boston,
   1927, 501쪽. 金廷信, 「異類交婚說話硏究－人獸婚모티프를 중심으로－」, 梨花女子大學
   校 大學院 碩士學位論文, 1994, 42쪽에서 재인용.
4) 趙昭珍, 「돼지설화연구」, 전북대학교 교육대학원 석사학위논문, 2006, 1~56쪽.
5) 김정신, 상게논문, 1~145쪽.
6) 천진기, 「한국 띠 동물의 상징체계 연구」, 중앙대학교 대학원 박사학위논문, 2001,
   253~266쪽.
7) 김숙영, 「설화를 바탕으로 한 12지 문화콘텐츠 개발 및 시각화 연구」, 한양대학교

학 영역에서는 최치원과 관련된 설화나 고소설 연구에서 인물의 성격을 금돼지와 관련시켜 논의한 것들이 쉽게 목도되고 있으며, 여인납치담이나 괴물퇴치 설화에 나타난 돼지를 다룬 경우도 많다.[8] 하지만 필자가 과문한 탓인지는 모르겠으나, 역사설화와 허구적 서사문학 작품 속 돼지의 성격과 기능을 비교한 연구는 아직 보이지 않는다. 이에 필자는 역사적 자료와 고전 서사문학 작품에 형상화 된 돼지의 성격을 비교해 보고자 한다.

2. 역사설화 속 돼지의 신성성과 제왕

먼저 역사설화 속 돼지는 제왕이나 제왕이 되려는 사람들과 깊은 관련을 맺으면서 신성한 대상으로 나타난다. 이는 앞서 간략히 제시한 중국 측 고전 기록에서도 대략 확인이 된 바 있고, 한국 측 기록에서도 구체적으로 나타난다. 이와 관련하여 제왕과 관련된 돼지의 신성성은 크게 두 가지 방향에서 살펴볼 수 있다. 하나는 천도나 도읍과 같은 길지와 관련된 것이고, 다른 하나는 제왕의 출생 및 등극과 관련된 돼지의 신성성이다.

대학원 석사학위논문, 2005, 1~98쪽.

8) 이에 대한 연구물은 다 언급할 수 없지만, 대략 몇 가지만 제시하면 다음과 같다. 이월영, 「최고운전 연구」, 전북대학교 대학원 석사학위논문, 1984, 1~76쪽; 한석수, 『崔致遠傳承의 硏究』, 계명문화사, 1989, 5~241쪽; 김용기, 「인물 출생담을 통한 서사문학의 변모양상 연구」, 중앙대학교 대학원 박사학위논문, 2007, 89~109쪽; 김정원, 「한국 고전서사문학에 나타난 여인납치담 연구」, 한국학중앙연구원 박사학위논문, 2009, 1~149쪽; 金玄生, 「한국 괴물퇴치담의 연구」, 영남대학교 대학원 박사학위논문, 2009, 1~150쪽.

1) 길지 선정과 돼지의 신성성.

먼저 돼지가 천도와 길지 선택과 관련이 있음은 유리왕의 교사(郊祀) 돼지와 고구려 천도, 그리고 돼지가 작제건에게 선조의 땅을 안내하는 곳에서 확인 된다. 논의의 편이와 이해를 위해 내용을 간략히 제시하면 다음과 같다.

[가] 유리왕의 교사 돼지와 고구려의 천도
① 유리왕 21년 3월 봄에 교사에 쓸 돼지가 달아나다.
② 왕이 희생을 관장하는 설지에게 명해 돼지를 쫓게 하여 국내의 위나암에 이르러 붙잡이서 국내 사람 집에 가두어 기르게 하다.
③ 설지가 王에게 국내 지역의 토양이 비옥하여 그곳으로 도읍을 옮긴다면 백성들의 복리가 끝없을 것이며 전쟁의 환란을 면할 수 있을 것이라 하다.
④ 유리왕이 국내에 가서 지세를 살피고 재위 22년 10월에 국내로 도읍을 옮기고 위나암성을 쌓았다.[9]

[나] 작제건의 비범성과 돼지가 안내한 선조의 땅
① 작제건은 어려서부터 총명하고 용맹이 있었으며, 글씨와 활재주가 뛰어나 신궁으로 불리다.
② 작제건은 아버지를 찾아가기 위하여 상선을 타고 떠났는데, 배가 바다 한 복판에서 사흘 동안 가지 못하니, 뱃사람이 점을 친 뒤 고려인을 내려놓고 가야겠다고 하다.
③ 작제건이 바다 가운데서 서해 용왕을 만나고 늙은 여우로부터의 고통을 해결해 주다.
④ 작제건이 용왕의 장녀 저민의와 혼인하고, 저민의의 말을 듣고 용왕

---

9) 김부식, 『삼국사기』 권 제13, 「고구려본기」 제1 琉璃明王 21년–22년條 참조.

에게 버드나무 지팡이와 돼지를 달라고 하니, 용왕이 칠보와 함께 돼지를 주다.

⑤ 백주의 유상희 등이 작제건이 서해용왕에게 장가를 들어왔음을 듣고 여러 주와 현의 사람들을 데리고 와서 영안성을 쌓고 궁실을 건축하여 주다.

⑥ 영안성에서 산 지 1년이 지난 어느 날 돼지가 우리로 들어가지 않으니, 주인이 돼지에게 묻기를 "만일 이 곳이 살 곳이 못 된다면 내가 장차 네가 가는 데로 따라가겠다"고 하였더니 이튿날 아침에 돼지는 송악산 남쪽 기슭에 가 누웠다.

⑦ 거기에 새 집을 짓고 살게 되었는데 그 곳은 곧 작제건의 조상인 강충이 살던 옛터였다.

⑧ 용녀가 네 아들을 낳았는데, 맏이가 용건이며 이가 곧 고려 세조이다.

⑨ 용건(세조)에게 도선이 찾아와 그 집 터가 길지임을 말하고, 명년에 반드시 슬기로운 아들을 낳을 것이니 그에게 왕건이라는 이름을 지으라고 하다.

⑩ 용건(세조)이 도선의 말대로 집을 짓고 살았는데 그 달부터 위숙(몽부인)이 태기가 있어 태조(왕건)를 낳았다.[10]

먼저 [가]의 예문은 고구려 2대왕인 유리왕대의 일을 기록한 것이다. 유리왕대에는 교사에 쓸 돼지가 달아나는 사건이 두 번 나타나는데, 위의 기록은 그 두 번째이다. 첫 번째는 유리왕 19년 가을 8월에 교사에 쓸 돼지가 달아난 사건이다. 이때 왕은 탁리와 사비를 시켜 쫓아가 잡아오게 했더니 장옥택에 이르러 잡아서 칼로 돼지의 다리 힘줄을 잘라버리니, 왕이 하늘에 제사를 지낼 희생에 상처를 내었다

---

10) 김부식, 『高麗史』, 권제1, 「高麗王室 世系」, 고전연구실 역, 『신편 고려사』, 「世家1-太祖-獻宗」, 신서원, 2001, 56~61쪽 참조.

며 두 사람을 구덩이에 던져 죽인 일이 있다. 그리고 왕이 질병에 걸리
자 무당은 '탁리와 사비의 귀신이 빌미가 된 것이다'라고 하니 왕이
무당을 시켜 귀신에게 사과하게 했더니 병이 나았다[11]고 한다.

그리고 두 번째는 위의 [가]에 제시된 바와 같이 21년 봄 3월에 역시
교사에 쓸 돼지가 달아난 것이다. 왕이 희생을 관장하는 설지에게 명
하여 잡게 하니, 설지가 국내의 위나암에서 잡아 국내 사람에게 기르
게 한 후 왕에게 위나암으로 천도할 것을 권한다. 설지는 위나암으로
도읍을 옮기게 되면 백성들의 복리가 끝없을 뿐만 아니라, 전쟁의 환
란을 면할 수 있을 것이라 한다. 이에 왕이 위나암의 지세를 살펴 본
후 그곳으로 도읍을 옮기고 위나암성을 쌓았다는 것이다.

[가]의 예문이나 유리왕 19년 조의 교사 돼지 기록을 보면 돼지는
특별한 동물로 인식되고 있음을 알 수 있다. 즉 국가적인 제사에서
하늘에 희생으로 바쳐지는 신성한 동물인 것이다. 그래서 왕은 교사
돼지를 상하게 한 두 신하를 죽이기까지 했던 것이다. 고구려에서 하
늘과 산천에 제사를 지낼 때 돼지를 희생으로 사용했다는 기록은 『古
記』의 내용을 인용한 『삼국사기』의 기록에서도 확인된다. 이 기록을
보면 "고구려는 항상 삼월 삼일에 낙랑의 구릉에 모여 사냥하고 돼지
와 사슴을 잡아 하늘과 산천에 제사한다"[12]고 되어 있다. 이러한 전통
은 이후 풍속에도 영향을 주어 조선시대 납향에서 산돼지가 제물로
사용되고 있다. 이는 다음의 『동국세시기』의 기록을 통해 확인할 수
있다.

---

11) 김부식, 『삼국사기』 권 제13, 「고구려본기」제1 琉璃明王 19년條 참조.
12) 김부식, 『삼국사기』 권 제32, 雜志 제1 祭祀.

조선시대에는 동지 후 第三 未日을 臘日로 정하여 종묘와 사직에 큰
제사를 지냈다. –(필자 생략)– 납향에 쓰는 고기로는 산돼지와 산토끼를
사용했다. 경기도 내 산간의 郡에서는 예로부터 납향에 쓰는 산돼지를
바쳤다. 그러기 위해서 그곳 수령은 온 군민을 발동하여 산돼지를 수색하
여 잡았다. 이러한 관습은 폐단이 있어 정조 때부터는 서울의 포수들을
시켜 산돼지를 사냥해오도록 하였다고 한다.[13]

이와 같은 전통은 무당의 큰 굿이나 동제에도 영향을 주어 돼지를
희생으로 사용하게 되었는데, 제전에 돼지를 쓰는 풍속은 고구려부터
시작하여 오늘날까지도 전승되게 된 것이다.[14] 이를 통해 알 수 있는
것은 돼지가 국가적 의례와 도읍을 옮기는데 결정적인 기여를 하였으
며 제천의 희생으로 사용되던 신성한 대상이었다는 점이다. 그리고
이것이 전승되어 이후 민간의 풍속에도 영향을 주었다. 즉 국가의 희
생으로 바쳐질 돼지는 하늘과 인간의 뜻을 연결하는 사자의 역할을
하고 있으며, 그것은 곧 제왕의 치국과 관련되어 있는 신성한 동물이
었음을 의미한다.

이 외에도 돼지가 고구려 사회에서 중요하고 신성한 동물로 인식되
었음을 증명하는 사례가 또 있다. 그것은 고구려 유적지 발굴에서 나
타난 멧돼지 뼈의 흔적이다. 남한 내 고구려 성곽으로 알려진, 경기도
연천군 장남면 원당리의 고랑포 북쪽에 위치하는 호로고루에서 여러
종류의 동물 뼈가 출토되었는데, 소, 말, 개, 멧돼지, 사슴 등이었으

---

13) 『동국세시기』 十二月 臘. 이에 대한 번역은 '국립민속박물관 세시기 번역총서5, 『조선
대세시기Ⅲ』, 국립민속박물관, 2007, 259~260쪽'을 참고로 하였다.
14) 천진기, 『한국동물민속론』, 민속원, 2004, 420쪽 및 한국문화상징사전편찬위원회,
『한국문화 상징사전』, 동아출판사, 1992, 231쪽 참조.

며, 이 중 멧돼지는 머리 부분만 집중적으로 출토되었다는 점에서 제사나 의례와 관련될 가능성이 큰 것으로 보고 있다.[15] 그리고 이들 동물들은 대개 〈주몽신화〉에 등장하는 동물들이라는 점에서 특징적이다. 익히 알고 있듯이 〈주몽신화〉에는 유화가 알을 낳자 금와왕은 그것을 개와 돼지에게 주려 했으나 모두 먹지를 않고, 길에 내다 버리게 하였더니 소와 말이 모두 그 알을 피해가 갔다는 기록이 있다.[16] 이 신화에 등장하는 동물들은 구가(狗加), 저가(猪加), 우가(牛加), 마가(馬加)라고 하는 부여의 관명과 일치[17]한다는 점에서 우연한 일이 아니다. 따라서 역사설화나 신화, 그리고 고구려 유적물을 통해서 볼 때, 고대 고구려 사회에서 돼지는 평범한 동물이 아니라 국가적 의례에 사용된 신성한 동물이었다는 점을 확신할 수 있다.

예문 [나]는 고려 태조 왕건의 할아버지인 작제건과 돼지에 얽힌 이야기이다. 물론 이 이야기가 나오기까지에는 호경과 강충, 보육의 오줌 꿈과 그 딸의 오줌 꿈, 둘째딸 진의가 그 꿈을 산 후 당나라 숙종과 관계하여 작제건을 낳는 이야기가 장황하게 진행된다. 왕건의 조상 강충은 풍수에 능한 신라 감간 팔원이 집터를 부소산 남쪽으로 옮기면 삼한을 통일하는 자가 출생할 것이라는 말을 듣고 집터를 부소군 남쪽으로 옮기고 소나무를 많이 심은 다음 송악군이라고 하였다. 그런데 그러한 옛 강충의 집터로 작제건을 안내한 것이 서해 용왕으로부터 받은 돼지인 것이다. 그런데 후일 그 아들 용건이 송악산 옛집에

---

15) 백종오, 「남한 내 고구려 유적 유물의 새로운 이해 – 최근 발굴 유적을 중심으로 –」, 『선사와 고대』 28집, 한국고대학회, 2008, 131~137쪽.

16) 일연, 『삼국유사』기이 권 제1, '고구려' 참조.

17) 백종오, 상계논문, 137쪽.

여러 해 살다가 그 남쪽에 새집을 건설하니 도선이 와서 그 선택이 잘못되었음을 꾸짖자 용건은 다시 도선의 말대로 집을 짓고 살자 그 달부터 아내가 잉태하여 태조 왕건을 낳았다.

[나]에 나타난 작제건의 돼지는 그 조상 강충이 풍수에 능한 팔원에 의해 점지 받은 신성한 도읍터를 다시 찾아준 영물로 제시된다. 실제로 그 돼지는 일반 동물이 아니라 서해 용왕이 애지중지하는 보배 중의 보배였다. 마지막 단계에서 도선이라는 신이한 인물의 도움이 있기는 하지만, 작제건의 신성한 돼지의 역할이 있었기에 그 땅에서 고려 건국주인 왕건이 출생할 수 있었다. 이런 점에서 작제건의 돼지는 그 출신성분 자체가 신성하며, 고려 건국주가 출생할 수 있는 정기어린 땅으로 안내할 뿐만 아니라, 제왕의 출생과도 관련이 있다.

이상과 같이 위 예문 [가]와 [나]를 통해서 볼 때, 돼지가 천도와 왕도가 될 만한 땅을 알아보는 능력이 있음을 알 수 있다.[18] 이러한 특징들로 인해 돼지는 신의 뜻을 전하는 사자의 상징[19]으로 독해되기도 하였다. 이런 점에서 도읍의 선정이나 제왕의 출생은 다른 특별한 존재의 보호나 뜻에 의해 이루어진다는 것을 돼지를 통해 상징적으로 드러내었다고 생각된다. 돼지 그 자체는 그냥 평범한 자연존재의 대

---

18) [가],[나]에 등장하는 돼지가 도읍지를 알려주는 신성한 능력이 있다는 점은 선행연구에서 논의된 바 있다. 이 부분에 있어서만큼은 필자 또한 선행연구자들과 의견이 다르지 않다. 다만 역사설화 속에 등장하는 돼지는 이렇게 신성한 동물이었는데 허구적 서사문학에서는 그 성격이 판이하게 달라지는 점은 아직 구체적으로 논의된 바 없다. 이에 필자는 그 과정을 천착하고자 선행연구를 참조하여 돼지의 신성성을 확인하고 그 변화과정을 추적해 보고자 한다.(천진기, 「돼지의 생태와 관련 민속」, 제27회 국립민속박물관 학술강연회, 국립민속박물관, 1994, 10~23쪽; 천진기,「한국 띠동물의 상징체계 연구」, 중앙대학교 대학원 박사학위논문, 2001, 253~256쪽.

19) 한국문화상징사전편찬위원회, 『한국문화 상징사전』, 동아출판사, 1992, 231쪽.

상이지만, 그것이 역사적 맥락에 개입되었을 때에는 상징적 동물로 승화되어 신성한 존재로 성격의 전화(轉化)가 일어나고, 이로 인해 역사적 인물이나 정치적 행위는 민중들에게 특별한 것으로 의미화 되었던 것이다.

2) 제왕의 출생 및 피화와 돼지의 신성성

돼지가 제왕의 신성한 출생과 관련이 있음은 앞서 제시한 [나]의 예문에서 왕건이 출생하는 장면에서 확인된다. 왕건 출생담에서는 돼지 자체의 존재본원이 서해 용궁이었고, 또 용왕이 보배로 아끼는 신성한 동물이었다. 그리고 그 돼지가 왕도를 정해주고, 또 그 자리에서 고려 건국주가 되는 왕건이 출생하고 있다. 이런 점에서 작제건의 돼지는 길지 선정과 제왕의 출생에 모두 기여하는 것으로 볼 수 있다.

이 외에도 돼지가 제왕의 출생과 관련이 있음은 고구려 '산상왕의 교사 돼지와 동천왕의 출생'에서 확인할 수 있다. 논의의 편의와 이해를 위해 간략히 정리하면 다음과 같다.

[다] 산상왕의 교사 돼지와 동천왕의 출생
① 산산왕이 아들이 없어 산천에 기도하다.
② 꿈에 하늘이 왕에게 이르기를, '내가 너의 小后로 하여금 아들을 낳게 할 것이니 걱정하지 말라'고 하다.
③ 왕이 신하들에게 꿈 이야기를 하고 어찌할 것인가 하고 물으니, 을파소가 하늘이 정한 운명은 헤아릴 수 없는 것이니 기다리라고 하다.
④ 산상왕 재위 12년 11월에 교사에 쓸 돼지가 달아나다.
⑤ 담당자가 쫓아가서 주통촌까지 이르렀는데 돼지가 날뛰어 잡을 수가

없다.

⑥ 스무 살쯤 되는 아름다운 여자가 얼굴에 미소를 띠고 나와 잡은 다음
에야 돼지를 찾아올 수 있었다.

⑦ 왕이 이 말을 기이하게 여겨 그 여자를 찾아가 동침하려 하니, 여자가
'대왕의 명을 거절할 수 없으나 만약 총애를 입어 아들이 생기게 된다
면 버림받지 않기를 바란다'고 하자 왕이 허락하다.

⑧ 왕이 주통촌의 여자에게 갔던 것을 안 왕후가 알고 질투하여 병사를
보내 죽이려 하자 여자는 男服을 하고 달아나다.

⑨ 병사들이 쫓아가 잡아서 해치려고 하니, 지금 자신의 뱃속에는 아이
가 있으니 이는 왕이 주신 혈육이라고 하자 죽이지 못하다.

⑩ 왕이 그녀의 집으로 가서 지금 임신한 것이 누구의 아이냐고 묻자
여자가 대왕께서 주신 혈육이라고 하고, 왕이 위로한 후 돌아와 왕후
에게 알리자 왕후가 끝내 감히 그녀를 죽이지 못하고 주통촌의 여자
가 아들을 낳다.

⑪ 왕이 기뻐하여 말하기를 '이 아이는 하늘이 내게 주신 후사로다'고
하고, 교사에 쓸 돼지 사건으로 인해 그 어머니를 총애할 수 있었다
하여 그 아이의 이름을 郊彘라 하고 그 어머니를 小后로 삼았다.

⑫ 왕이 교체를 왕태자로 삼았다.[20]

[다]의 예문은 고구려 산상왕의 교사 돼지와 동천왕의 출생과정을
정리해 본 것이다. 산상왕은 애초에 자식이 없어 산천에 기자치성을
드린다. 그러자 하늘이 그의 꿈에서 소후로 하여금 자식을 점지해 줄
것을 약속한다. 그리고 예문 [다]④-⑦처럼 산상왕을 그 소후가 될
여자에게로 인도하는 것은 교사 돼지이다. 이때 교사 돼지는 하늘의
뜻을 인간에게 미칠 수 있게 하는 사자 역할을 하되, 그 상황은 인간이

---

20) 김부식, 『삼국사기』 권 제13, 「고구려본기」 제4 山上王 7년-17년條 참조.

알 수 없는 힘에 의한 것으로 나타난다. 그러나 산상왕의 꿈에 제시된 하늘의 뜻과 이후 죽통촌의 여자가 산상왕의 아이를 잉태하고 왕태자 교체를 낳아 그가 왕이 되는 과정을 연결지어보면 그 교체 돼지는 하늘의 뜻을 인간 세상에 실현시킨 신성한 대상으로서의 기능을 한 것이 된다.

이상에서 살펴본 바와 같이 세 명의 제왕과 관련되는 돼지의 성격과 기능에는 얼마간 차이가 있으면서도 공통점이 있다. 차이점은 유리왕과 작제건의 돼지가 제왕의 치국과 관련되는 왕도와 관련이 있었다면, 산상왕의 돼지는 제왕의 후사를 잇고자 하는 욕망을 실현시키는데 기여한다는 점이다. 그리고 유리왕과 산상왕의 돼지가 국가에서 하늘에 희생 제사를 지낼 때 쓰는 사자의 성격이 강하다면, 작제건의 돼지는 그 존재본원 자체가 초월세이며 용왕으로부터 신성한 보배로 인식되고 있다는 점이 다르다. 그러면서도 이들은 모두 제왕의 치국이나 왕도 건설 및 대를 이를 후사를 잇도록 하는데 결정적인 기여를 하는 신성한 동물로 나타난다는 점에서 공통점이 있다.

이 외에도 역사설화에서 돼지의 신이한 행적은 더러 목도 된다. 한 예로 신라 21대 왕인 비처왕과 관련된 〈사금갑설화〉에서는 제왕의 피화와 관련되어 나타나고, 태종 춘추공 대목에서는 그의 천하통일을 암시하는 동물로 등장한다. 비처왕의 경우에는 그가 천천정(天泉亭)으로 거동을 할 때에 쥐가 사람말로 "이 까마귀가 가는 곳을 찾아가 보시오"라고 하는 말을 듣고 까마귀를 따라 가다가 피촌(避村)에서 돼지 두 마리가 싸우는 것을 구경하다가 까마귀가 간 곳을 잃고, 못 속에서 나온 늙은이에게서 글을 받는다. 노인은 이 글을 떼어 보면 두 사람이 죽을 것이고, 가만 두면 한 사람이 죽을 것이라 하기에 왕은 그냥 둔다. 그런데 일관이 두 사람은 서민을 말함이고, 한 사람은 왕을 말함이라 하기에 떼어 보니, '거문고 갑을 쏘라'고 적혀 있었다. 이에 왕이 궁에 돌아가 거문고 갑을 쏘았다. 거기에는 내전에서 분향 수도 하던 중이 궁주와 간통하고 있기에 두 사람을 잡아 처형하였다고 한다. 이로부터 나라의 풍습에 해마다 정월 上亥·上子·上午日에는 모든 일을 조심하고 감히 움직이는 것을 삼갔다[21]고 한다. 그리고 태종 춘추공의 경우에는 그가 처음 즉위하였을 때 머리는 하나에 몸은 둘이고 다리는 여덟 개나 되는 돼지를 바치는 사람이 있었는데, 의론한 자가 있어 이는 반드시 천하를 통일할 좋은 징조[22]라고 하였다는 기록이 있다.

이와 같이 역사설화에서 돼지는 제왕들의 신이한 출생이나 제왕으로의 등극과 관련되어 있다. 이는 〈삼국유사〉 서문에 나와 있는 바와 같이 제왕의 출생이나 등극은 인간의 힘으로 될 수 없고, 하늘의 뜻에 의해 이루진다는 것을 상징적으로 보여준다. 평범한 일상에서는 기이하거나 괴이함으로 치부될 수 있는 것이, 제왕의 출생이나 등극과 관련을 맺으면서 신이와 신성의 상징물로 탈바꿈 되는 것이다.

---

21) 일연,『三國遺事』「紀異卷第一」射琴匣, 朴性鳳·高敬植 譯,『三國遺事』, 서문문화사, 1987, 80~81쪽 참조. 이하 본고에서 사용된『삼국유사』의 번역문은 이를 참고로 하였음을 밝혀 둔다.

22) 일연,『三國遺事』「紀異卷第一」太宗春秋公, 朴性鳳·高敬植 譯,『三國遺事』, 서문문화사, 1987, 103쪽 참조.

3. 허구적 서사문학 속 돼지의 세속성

역사설화 속 돼지와는 달리, 허구적 서사문학 속의 돼지는 길조나 복의 근원으로 나타나기도 하고, 탐욕이나 징치의 대상으로 등장하여 이원화 되는 양상을 보인다. 역사설화 속 돼지의 신성한 성격이 민중적 기대와 인식으로 치환되어 기복신앙의 상징물로 나타나기도 하고, 몇몇 설화나 후대의 일부 고소설에서는 돼지의 초월적 능력이 부정적으로 나타남으로써 전체적으로는 그 초월성이 부정되는 양상을 보이기도 한다.

1) 돼지 능력의 신이성과 기복관념의 결합

본 절에서 논의할 자료에는 전대에 제왕과 관련되어 등상하던 돼지가 민중의 소망을 해결해 주는 대상으로 나타난다. 이런 점에서 돼지의 성격은 신성성보다는 신이성의 차원에서 논의될 수 있다. 그리고 이 신이성은 민중의 기복관념과 관련된다는 점에서 역사설화에 나타난 돼지보다는 일정 부분 세속화 된 감이 있다고 생각된다. 그리고 앞서 제시한 돼지들의 경우에는 상징적이거나 암시적인 방법으로 신성한 결과를 얻는데 기여하고 있다면, 다음의 자료에서는 직접적으로 말을 하여 자신의 신이한 능력을 드러낸다. 주요 내용을 정리하여 제시하면 다음과 같다.

[라] 산돼지의 도움으로 장가간 총각
① 옛날 어떤 총각이 남의 집 살이를 하고 있었는데, 주인 딸이 무척 예뻐서 이 집으로 장가를 들까 고민을 하다.

② 어느 날 총각이 산돼지가 돌아다니는 꿈을 연이어 꾸었는데, 산돼지가 '내 털 세 개만 가지면 너 장가갈 수 있다'고 하고, '내 털 세 개를 그 색시 오줌 누는 자리에다 가서 꽂아놓으면 색시가 병이 나고 병이 나을려면 그걸 빼놓으면 낫는다'고 하다.

③ 머슴 총각이 나무하러 갔다가 산돼지 털뭉텅이를 주우니, 그 꿈이 자신이 장가갈 꿈이라고 생각하고, 굵직한 산돼지 털 세 개를 골라 가지고 주인 딸이 오줌 누는 곳을 찾아 꽂으니 느닷없이 병이 나고, 털을 치워 놓으면 병이 낫다.

④ 머슴 총각이 다음 기회를 타서 주인 딸이 오줌 누는 곳에 가서 또 꽂아두고 꾀를 내어, 집안 사람이 주인 딸의 약을 지으러 갈 때에 그 근처에 가서 자신의 성기에다 먹을 시커멓게 발라놓고 오줌을 누니, 약 지으러 가는 사람이 그 성기를 보고 궁금해 하다.

⑤ 총각이 '내 ××는 약××요'하니 미친 놈 취급을 하고, 총각은 돌아서 조금 가다가 '약방에 아무리 쫓아다녀봐야 자신의 ××라야 고칠 것이라'고 하다.

⑥ 주인 영감이 그 소식을 듣고 자신의 딸을 죽일 수 없어 머슴 총각에게 '네 ××가 약××라고 하는 것이 무슨 소리냐'고 묻고 한 번 보기를 청하다.

⑦ 머슴 총각이 그 자리에서는 보여주지를 않다가 먹을 바른 다음에 주인 영감을 보여주니 성기가 새까맣다.

⑧ 주인 영감이 자신의 딸 병만 고쳐주면 재산도 반을 주고 딸도 머슴 총각에게 줄 것이니 고쳐 줄 수 있느냐고 묻고, 머슴 총각은 고칠 수 있다고 말한 후, '오늘 저녁에 목욕을 시켜서 색시 방에 이부자리를 깔고 발가벗고 드러누워 있으라'고 하다.

⑨ 주인 영감이 딸을 살리기 위해 그렇게 하고 몰래 보니, 병을 고치는 것이 아니라 성행위를 하고, 총각은 그 후 곧바로 오줌 싼 자리에 꽂은 털을 빼니 주인 딸의 병이 나아서 장가를 가다.[23]

---

23) 이 민담은 충청남도 서천군 판교면 만덕리 지태모씨(당시 67세)의 이야기를 최운식

위 예문 [라]는 머슴 총각이 신이한 산돼지 꿈을 꾼 후 그 돼지가
일러 준 방법을 활용하여 소원하던 장가를 가게 되었다는 민담의 일부
이다. 여기에서는 돼지가 제왕이나 그 외 신성한 대상과 관계하기보
다는 일상의 서민과 관계하면서 그의 세속적인 행복을 실현시키는 대
상으로 등장한다. 다만 능력에 있어서는 비범하고 초월적인 능력을
겸비하고 있고, 또 그 능력의 발휘가 최종적으로 사람을 불행하게 하
거나 위해를 가하는 것으로 작용하지 않고 행복을 주는 것으로 기능한
다는 점에서 긍정적인 면이 있다.

이와 유사한 성격으로, 〈산돼지를 구해 준 머슴〉도 있다. 이 작품에
등장하는 돼지 또한 신이한 능력을 바탕으로 머슴에게 길복을 가져다
주는 대상이다. 대략의 내용을 정리하면 다음과 같다.

[마] 산돼지를 구해 준 머슴
① 옛날 한 마을에 마음씨 착한 머슴과 악한 주인이 살고 있었는데,
주인이 조반도 먹이지 않고 나무를 해오라고 하다.
② 머슴이 나무를 하는데, 산돼지가 와서 살려달라고 하여 나무 속에
감추어 주고 포수에게는 거짓으로 다른 방향을 알려 주다.
③ 산돼지는 은혜에 보답을 할 테니 나무를 갖다 두고 오라고 하고,
머슴은 주인에게 집을 나가겠다고 인사를 해도 내다보지도 않다.
④ 머슴이 산돼지의 등을 타고 바위 속으로 가니, 산돼지가 자기 말을
잘 들으면 장가도 보내 주고 잘 살게 해줄 것이라고 한 후, 아랫동네
대감 집에 가서 머슴을 살라고 하다.
⑤ 머슴이 아랫동네 대감에게 가서 머슴을 살고, 다음날 나무를 하러
가서 산돼지에게 가니 산돼지가 나무를 해주며 그 집 뒷광에 있는

교수가 채록한 것을 요약정리 한 것이다.(최운식, 『한국의 민담』 2권, 시인사, 제2판
1쇄, 1999, 395~398쪽)

소를 끌고 오라고 하다.

⑥ 머슴이 주인에게 소를 끌고 가서 나무를 해오겠다고 하니, 그 소는 천하장사도 못 끈다고 하고, 머슴은 아무렇지 않게 끌고 나오다.

⑦ 머슴이 산돼지에게 소를 끌고 가니 칡을 한 짐 해오라고 하고, 칡을 해서 가지고 가니 산돼지가 집채만한 너뭇더미를 해놓아 머슴이 그 것을 싣고 내려오니, 주인은 자기 딸과 결혼해 달라고 하고, 머슴이 내일 대답하겠다고 한 후 산돼지에게 전후 사정을 이야기하니 산돼지가 결혼을 하라고 하다.

⑧ 산돼지가 머슴에게 첫날밤에 지네가 와서 신부를 데려 갈 것이니 자지 말고 자신이 부르면 세 마디 전에 대답하고 나오라고 하다.

⑨ 머슴이 주인에게 말하여 결혼을 한 후 첫날밤에 깊이 잠이 들어 산돼지가 목이 쉬도록 불러도 대답이 없다가 마지막으로 불렀을 때에 잠이 깨니 산돼지가 머슴에게 너의 아내가 없어진지 오래라고 하고 등에 타라고 하다.

⑩ 산돼지가 천 리를 단숨에 뛰어 간 후 한 집을 가리키며 거기로 들어가 '너희들 무엇을 하느냐?'라고 하면 지네가 '네, 하느님 내려오셨습니까?' 할 것이며, 그래도 잠자코 있으면 장기를 두자고 할 것이니 져주고, 지네가 기뻐서 부채질을 하면 지네의 왼 뺨을 때리고 부채 밑의 빨강, 노랑, 파랑의 세 가지 주머니를 빼앗아 오고, 지네가 파리가 되어 쫓아오면 차례로 주머니를 던지라고 하니 머슴이 그대로 하되, 마지막 세 번째 빨강 주머니를 던지니 지네가 타죽다.

⑪ 산돼지가 머슴에게 "그 집에는 광이 열 둘이 있는데, 첫째 광에는 죽은 사람을 살리는 빨간 열매와 흰 열매가 들어 있다고 하고 사용법을 일러 준 후, 여섯째 광에 네 부인이 있는데 죽어 있으니 이를 살려 주고, 열째, 열두째 광에는 산 사람이 있으니 살려주고 오라"고 하다.

⑫ 머슴이 많은 사람을 살리고 처와 둘이 산돼지 등에 타고 집으로 돌아 오니, 산돼지가 "나는 내일 하늘로 올라가니 내 가죽을 잘 묻고 행복 하게 살아라"하다.

⑬ 머슴은 산돼지가 하늘로 올라간 날을 잘 알아 두어 제를 지내며 행복
하게 살았는데, 먼저 주인 집안이 망했다는 소식을 듣고 가족을 데려
다 한 살림을 하니, 점점 부자가 되어 천하에 보기 드물게 잘 산다.[24]

위 예문 속 산돼지는 그 존재본원이 하늘이다. 이 산돼지는 천상적
존재임에도 불구하고 포수에 쫓겨 죽을 위기에 처하고, 이를 구해준
머슴에게 복을 가져다주는 길상의 동물이다. 이 작품에서 산돼지는
직접적으로 특정 대상을 징치하지는 않지만, 전체적인 맥락을 통해서
볼 때 권선징악을 실현하는 절대적 존재자이기도 하다. 그래서 착한
머슴에게는 특정한 계기를 만든 후 끊임없이 복을 주고, 악한 주인에
게는 벌을 내리는 역할을 한다. 이는 예문 ①과 같이 착한 머슴과 악한
주인이라는 인물 설정을 통해 어느 정도 암시 된다. 그리고 산돼지는
예문 ②-⑦의 과정을 통해 그를 대감 집 사위가 되게 하여 의식주를
해결해 준다. 그리고 이 과정은 다소 황당한 이야기이기는 하지만 전
체적으로는 유기적인 관련성을 맺고 다음 상황으로 전개되는 특징을
가진다. 그 과정에 나타나는 다소 억지스럽고 황당한 내용은 민담의
특성을 고려할 때 크게 문제되지 않는다.

이 작품을 두 부분으로 나눌 경우 예문 ⑦번까지가 전반부에 해당
된다. 이것만으로도 돼지의 보은은 충분히 이루어졌으며, 머슴에게
있어 산돼지는 길복의 대상으로 부족함이 없다. 그런데 후반부의 내
용을 통해 머슴은 더 큰 복을 누리며, 그러한 복을 주는 산돼지는 평범
하지 않은 천상의 존재였음이 드러난다. 하지만 산돼지는 머슴에게
그냥 복을 내려주는 것이 아니라, 복을 받을 수 있는 상황이나 문제를

---

24) 임동권, 〈산돼지를 구해 준 머슴〉, 『한국의 민담』, 서문당, 1996, 108~111쪽.

제시한 후, 동시에 그것을 해결할 방도까지 알려주어 머슴이 이를 수행하도록 돕는다. 그래서 머슴이 그러한 과정을 수행하였을 때에는 그가 받는 복이 단순히 산돼지 자신이 준 것이 아니라 머슴의 노력과 선행의 결과인 것으로 치환하고 있다. 이는 예문 ⑧-⑪의 과정에서 잘 나타난다. 지네에 의해 아내가 납치되는 상황을 알려주고, 또 아내가 납치된 후에는 이를 해결할 수 있는 방법을 알려 주어 그녀를 구하도록 한다. 그리고 비범한 능력을 지닌 지네의 광에서 얻은 약으로 죽은 여인 넷을 살려주고, 다른 광에 갇혀 있던 여인들도 살려주어서 그의 선행을 극대화하고 있다. 이 모든 과정을 다 마치자 산돼지는 머슴에게 잘살라고 하고, 자신은 하늘나라로 돌아간다. 그리고 직접적인 행위는 나타나지 않지만, 악한 전 주인을 망하게 하여 악인에 대한 징벌도 빠뜨리지 않는다. 그러면서도 그 가족은 착한 머슴이 거두도록 하여 마지막까지 머슴을 선한 인물로 형상화하고 있다.

이를 통해서 볼 때 [라]와 [마]의 설화는 민중의 기복관념과 밀접하게 관련이 있다고 생각된다. [라]에서 남의집살이 하는 총각이 꿈 속 돼지의 말대로 행하여 그 집 딸과 결혼하였다는 이야기나, 머슴이 산돼지의 도움으로 대감 집 사위가 되고 큰 부자가 되었다는 자체는 비현실적이며 가난한 민중들의 꿈과 관련되기 때문이다. 이는 [라],[마]의 내용이 황당하거나 일상의 상식을 초월하는 내용으로 이루어져 있다는 점과, 그 핵심 인물이 가난하거나 미약한 남성이 아름다운 여인이나 대갓집 딸을 맞아 잘 살게 된다는 설정에서 충분히 짐작 가능하다. 그리고 이를 모두 가능하게 해 준 대상이 돼지이며, 그 돼지는 신이한 능력을 발휘하여 주인공에게 길복을 주는 대상으로 등장한다는 점이 특징적이다.

이 외에도 『구비문학대계』에는 돼지로 인해 행복해 지는 설화가 더
있다. 〈업돼지 설화〉25)이나 〈멧돼지의 보은〉과 같은 작품이 여기에
해당된다. 이 중에서 〈멧돼지의 보은〉26)의 경우는 우리가 흔히 알고
있는 〈나무꾼과 선녀 이야기〉의 내용과 거의 비슷하다. 쫓기는 동물
이 '사슴'에서 '멧돼지'로 바뀐 정도가 다르다.

이와 같이 초기 역사설화에서 제왕의 출생이나 도읍지 선정과 같은
신성한 행위나, 제왕의 피화나 천하통일을 암시하는 동물이었던 돼지
가 [라],[마]의 허구적 서사문학 속에서는 민중의 세속적인 욕망 실현
의 조력자로 등장한다. 이것은 역사설화에 나타난 돼지의 신성한 기
능과 역할들이 민중들의 세속적인 기복신앙과 결합되면서 나타난 현
상이 아닌가 추측된다.

2) 돼지 능력의 초월성과 괴이성

그런데 위에서 논의한 기복관념과 관련된 신이적 성격의 돼지는 본
절에서 논의하게 될 〈아내를 훔쳐간 산돼지 퇴치〉나 〈이수문전〉, 그
리고 본고에서 직접 다루지는 않겠지만 〈최고운전〉이나 '최치원'과
관련되는 구전설화의 내용과는 성격이 많이 다르다. 뿐만 아니라, 『대
계』와 같은 자료집에서 여인 납치담과 관련되는 구전설화 역시 앞서
논의한 돼지의 성격과 차별된다. 고소설인 〈최고운전〉이나 〈이수문
전〉, 그리고 여러 여인납치담이나 최치원과 관련되는 설화에서는 돼
지의 초월적인 능력이 탐욕과 부정의 대상으로 나타난다. 이는 초기

---

25) 윤광봉, 『돼지띠』, 국학자료원, 1998, 89쪽 참조.
26) 『구비문학대계』 6-5, 한국정신문화연구원, 36~41쪽 참조.

의 역사설화에 나타난 돼지의 신성성과 다르며, 허구적 서사문학에 나타는 긍정적 의미의 돼지와도 변별된다. 이는 허구적 서사문학 속에 나타나는 돼지가 길복(吉卜)과 같은 긍정적 의미와 탐욕이나 징치의 대상이 되는 부정적 의미로 이대별하여 볼 수 있다는 것을 의미한다. 그리고 그 돼지의 부정성은 이념적으로 징치해야 할 대상으로 형상화되기 때문에 나타난 현상이 아닌가 생각된다. 본 절에서 살펴볼 한 편의 설화와 〈이수문전〉과 같은 고소설에서는 돼지가 탐욕과 부정의 대상으로 등장한다. 먼저 돼지가 부정적으로 등장하는 설화 하나를 정리해 보기로 한다.

[바] 아내를 훔쳐간 산돼지 퇴치

① 산중호걸 호랑이 생일날 여러 동물들이 노는 모습이 너무나 우습고 보기 싫은 토끼가 달아나는 모습을 본 어떤 부인이 토끼를 잡으러 가다가 산돼지에게 납치되다.

② 남편이 부인을 찾으러 깊은 산중 바위 구멍 속으로 들어가니 수많은 여인들이 납치되어 피 묻은 옷을 빨며 울기도 하고 웃기도 하며 일을 하고 있다.

③ 남편이 여러 부인들이 하는 말을 듣고 산돼지 출입구를 알아 낸 다음 집으로 돌아와 작두만한 단도를 들고 다시 찾아가다.

④ 남편이 자기 아내를 발견하고, 아내도 간밤 꿈에 자기 남편이 찾아온 것을 보았는데 실제로 남편이 온 것을 보다.

⑤ 남편과 아내가 만나고, 아내는 여기 있는 여자들은 모두 산돼지에게 잡혀와 종노릇, 빨래 등을 하고 새로 잡아온 젊은 여자들은 데리고 산다고 하고, 자기가 술을 먹여 돼지를 잠들게 하면 그때 들어오라고 하다.

⑥ 산돼지가 들어와 오늘은 한 계집도 못 잡았다고 하며, 밥거리를 장만

하지 못하여 고기를 먹을 수 없다고 투덜대니 아내가 잘 달래며 비위를 맞추다.

⑦ 아내가 산돼지에게 술과 고기를 많이 먹여 잠재우고, 남편은 하느님께 기도하고 돼지의 목을 자르며, 아내는 재와 고춧가루를 잘린 돼지목에 뿌리니 돼지가 죽다.

⑧ 아내와 남편은 산돼지의 여러 창고에서 많은 재물을 얻고, 150여명의 여자들에게 골고루 나누어 준 후 자기들도 많은 재물을 얻어돌아와 잘 살았다.27)

위 예문 [바]는 지하국대적퇴치담에서 흔히 발견할 수 있는 내용의 설화이다. 그리고 전형적인 여인납치담에 속하는 이러한 유형에서는 돼지가 탐욕과 퇴치의 대상으로 등장한다. 또 대부분 남녀 중 어느하나에 의해 돼지는 죽고 주인공들은 돼지가 모아둔 재물을 가지고 돌아와 행복하게 잘 산다.

예문 [바]⑤,⑧에 제시된 바와 같이 돼지는 150여 명의 여자를 납치하여 종노릇을 시키거나 아내로 삼아 함께 살기도 하며, 여러 창고에 금과 은, 곡식 등을 많이 모아둔 탐욕의 대상으로 등장한다. 돼지의 이러한 성격은 수많은 여인납치담에서 확인되며28), 많은 이본이 전하는 최치원 관련 설화에서도 거의 비슷하게 나타난다. 이와 같은 유형의 설화에 등장하는 돼지는 비범한 능력을 가지고 있기는 하지만

27) 최운식 편저, 『한국의 민담1』, 시인사, 1999, 43~50쪽.

28) 김정원은 여러 설화에 나타난 여인납치담을 분류하여 비인간에 의한 여인납치담, 인간에 의한 여인 납치담, 그리고 이를 다시 신화적 계열, 전설적 계열, 민담적 계열로 구분하여 그 특징과 차이점을 자세하게 밝힌 바 있다. 여인납치담에 관한 특징은 이를 많이 참고하였고, 필자는 김정원이 다루지 않은 자료를 제시하여 돼지의 탐욕적 성격을 드러내는데 주목하였다(김정원, 「한국 고전서사문학에 나타난 여인납치담 연구」, (한국학중앙연구원 한국학대학원 박사학위논문, 2008), 1~62쪽 참조).

그것은 대개 사람을 해치거나 위협의 대상으로 나타난다. 이런 점에서 [바]와 같은 유형의 설화에 등장하는 돼지는 세속적 욕망에 젖어 있는 탐욕적 인간이나 괴물을 상징한다고 할 수 있으며, 그러한 탐욕이 선량한 민중을 해칠 수도 있음을 괴기스럽게 형상화하고 있는 것으로 볼 수 있다.

　돼지의 이러한 탐욕스럽고 괴이한 형상은 여인납치담의 설화에서뿐만 아니라 고전소설에서도 확인된다. 여인납치담이 포함되어 있는 고전소설은 여럿 있으나 그 중에서도 돼지가 괴이한 요괴로 등장하는 작품으로는 〈최고운전〉과 〈이수문전〉 등이 있다. 이 중 〈최고운전〉은 필자가 이미 旣刊에 논의[29]한 바가 있으므로 논외로 하고, 본고에서는 그간 학계에 별로 소개된 적이 없는 〈이수문전〉을 통해 돼지의 성격을 탐색해 보기로 한다.

[사] 〈이수문전〉에 나타난 금돼지

① 옛 고려시절 황해도에 이완진이라는 사람이 한 아들을 두고 일찍 죽었는데 그 아들 이수문의 재주가 비범하다.

② 이수문이 과거를 보러 장안으로 가다가 노상에서 봉사에게 복채를 내고 과거 득실을 물으니, 금번 과거에 장원급제를 할 것이지만 죽을 액이 있다고 한 후 자신의 말대로 하라고 하고, 그렇지 아니하면 흉악한 변을 당할 것이라 하다.

③ 봉사가 이수문에게, 장안에 들어가는 날 밤에 길가에서 괴이한 짐승을 만날 것이니 비수를 가져다가 그 짐승을 찔러 죽이면 더욱 귀하게 되고, 그렇지 못하면 고생을 당할 뿐만 아니라 죽을 수 있다고 하다.

④ 이수문이 남대문에 들어서니 문득 비린내가 진동하고, 이름 모를

짐승이 빠르게 지나가며 애연한 울음소리가 나기에 봉사의 말을 떠올리고 차고 있던 칼을 빼어 그 짐승을 치니 소리도 없이 사라지고 없으며, 다만 옥지환 한 짝이 땅에 떨어져 있는 것을 주워 과거장에 들어가 장원급제 한 후 한림학사에 제수되다.

⑤ 이때 밤에 공주가 시녀와 함께 화장실에 간 후 거처를 알 수 없어, 임금이 공주를 찾아오는 사람에게 천금 상에 만호후를 봉하고 부마로 삼겠다고 하니, 한 대신이 장원급제 한 이수문이 지략도 있고 충효를 겸전하였다고 하자, 임금이 이수문과 부장원 김계택에게 공주를 찾아오도록 명하다.

⑥ 이때 백토산 아래에 수천 년 된 한 짐승이 있는데, 도술이 기이하여 천하를 주류하는 술법이 있으며, 이 금돼지는 저팔계의 5대손이라 신통한 술법이 많아 천지간에 두려운 것이 없고, 금돼지는 밤마다 작란하여 절대미색을 데려다가 제 굴속에 넣어 두고 제 계집을 삼아 호강하되 누가 감히 금단할 사람이 없다.

⑦ 금돼지가 장안에 들어와 공주를 업고 남대문으로 나가다가 과거 선비에게 칼을 맞고 긴신히 자신의 굴로 돌아갔으나 길 밑은 상처가 곪아 공주의 몸을 더럽히지 못하니 공주가 귀체를 보존하다.

⑧ 이수문이 명산대천을 순행하다가 백토산 산봉우리에 올라 사방을 살펴보니 한 곳에 구멍이 있기에 들어가 한 처자가 목을 매려는 것을 발견하여 구하고 그 여인이 공주임을 알다.

⑨ 이수문이 공주에게 금돼지의 상극을 알아내도록 한 후 녹피를 금돼지의 이마에 붙이고 칼로 찔러 죽이다.

⑩ 이수문이 공주와 여러 사람을 데리고 굴 앞에 와서 공주를 먼저 올려 보내니, 김계택이 시기하여 공주를 설득하여 돌아가고 줄을 끊어버리다.

⑪ 금돼지가 龍子에게 수궁 출입하는 술법을 가르쳐달라고 하자 수궁 작란할 것을 염려한 용자가 가르쳐 주지 않아 죽을 위기에 처하고, 이를 이수문이 구해준 후 수궁으로 가서 용녀와 혼인하다.

⑫ 이수문이 용녀의 조언으로 용왕의 연적을 얻어 밖으로 나오나, 주점 부부가 연적의 조화를 알고 술에 독약을 타서 죽이고, 용녀가 용궁으로 돌아가 약을 구하여 이수문을 환생시키다.

⑬ 이때 공주가 궁으로 돌아가니 조정백관과 궁중 사람들이 기뻐하고, 임금은 김계택을 부마로 삼겠다고 하니 공주가 이를 알고 병환이 나고, 임금과 왕후가 그 연유를 물으니 공주가 자초지정을 이야기하여 김계택을 벌하다.

⑭ 이수문이 돌아오니 임금이 그를 공주와 혼인시키고 용녀는 정열부인에 봉하며, 공주는 숙열부인에 봉하고, 이들 부부는 아들 딸 낳고 잘 살다.[30]

위 예문 [사]는 〈이수문전〉의 순차단락을 간략하게 정리해 본 것이다. 이 작품은 생소하기는 하나 그 전체적인 내용은 지하국대적퇴치담과 유사하다. 작품 서두의 일부 내용이 첨가되고 용궁 장면과 용녀와의 혼인 후 지상에 나와 그녀가 정열부인이 되고, 공주가 숙열부인이 되며 전체적으로 유교이념이 강조된 것을 빼면 거의 전체 서사구조와 내용이 방불하다고 할 수 있는 것이다. 또 이 작품의 금돼지는 〈최고운전〉의 영향을 받지 않았나 생각되지만 이는 본고의 관심사가 아니기에 생략하기로 한다.

〈이수문전〉에 등장하는 금돼지는 앞서 논의한 허구적 설화 속 돼지들에 비해 그 능력이 특별하다. 인간 세상을 작란하는 것은 물론이고

---

30) 위 서사단락은 〈이수문전〉의 내용을 대강 정리한 것이다. 〈이수문전〉은 오광근이 필사본을 소개한 이후 최용남에 의해 일부 소개되었고, 이후 김정원이 그의 박사학위논문에서 부분적으로 논의하였으나 그 외 연구된 것은 없다. 본고에 사용된 텍스트는 오광근의 저서 중 일부에 영인되어 수록된 것을 대본으로 하였다. 본고에서는 이 작품의 전체 페이지를 밝히되, 저서에 수록된 페이지도 함께 밝히기로 한다. 〈이수문전〉, 1~80쪽, 오광근, 『川原隨錄』, 신영출판사, 1994, 292~371쪽.

예문 [사]⑪에 제시된 바와 같이 수궁을 작란할까 龍子가 두려워하는
대상이기도 하다. 이러한 금돼지의 초월성은 그가 수천 년을 산 동물
이며 도술이 기이하고 저팔계의 5대손이라 무수한 술법이 있다는 예
문 [사]⑥의 내용을 통해 십분 감지할 수 있다. 그리고 용자가 두려워
한 바와 같이 이제 수궁까지 작란할 능력을 갖추었을 정도로 그 능력
이 비범한 돼지이다. 다만 수궁에 출입할 수 있는 술법을 모르기에
용자를 겁박했던 것이다. 이러한 금돼지의 능력은 역사설화에서 하늘
의 사자 역할을 하던 돼지나 상징적으로 하늘의 뜻을 전한 돼지와 뚜
렷이 구별된다. 또 [마]나 [바]의 허구적 설화에 등장하는 산돼지의
능력과도 비견될 성질이 아니다. 이 작품의 금돼지의 능력은 조상의
혈통으로부터 부여 받은 능력이며, 수천 년을 수련하여 획득한 초월
직 능력이다. 그래서 그 능력의 행사는 식섭석이고 사적인 성격으로
발현된다.

따라서 〈이수문전〉에 등장하는 금돼지는 그러한 사적인 능력을 개
인적인 탐욕을 해결하는데 사용하고 있기에, 능력은 초월적이지만 그
능력의 발휘는 신성한 것과 거리가 먼 탐욕과 괴이함으로 인식된다.
그래서 이 작품에서는 금돼지의 그러한 괴기성을 탐욕과 더러운 냄새
가 나는 존재라는 암시를 통해 드러내고 있다. 예문 [사]④, ⑥에서 비
린내가 진동한다거나 절대미색을 탐한다는 표현은 금돼지의 탐욕스
럽고 더러운 성정을 잘 부각시키는 표현이라고 생각된다. 돼지의 이
러한 성정은 속담에서도 여실히 확인된다.[31]

---

31) 천진기는 돼지에 대한 인식은 긍정과 부정의 이중적인 면이 있다고 하고, 돼지의 부정
    적인 성격을 속담에 나타난 예를 통해 제시한 바 있다.(천진기, 「한국 띠동물의 상징체
    계 연구」, 중앙대학교 대학원 박사학위논문, 2001, 263~265쪽 참조)

그런데 〈이수문전〉에 등장하는 금돼지의 초월적이면서 괴이한 능력은 바로 유교적 이념을 구현하는 이수문과 공주의 기지와 용기에 의해 퇴치되는 것으로 나타난다. 이 작품에서 이수문과 공주는 평범한 주인공의 범주에서 형상화되고 있는 것이 아니라, 유교이념을 체득하여 이것을 구체적으로 구현하고 있는 인물들이다. 이들의 모든 행위와 판단은 유교이념의 가치관 속에서 행해진다. 따라서 이들이 금돼지를 퇴치하는 것은 단순히 지하국 괴물을 제거하는데 그치는 것이 아니라, 여자의 정절을 훼손하고 유교적 질서를 해치는 반이념적 존재이기 때문이기도 하다. 이러한 유교적 정조 관념은 예문 [사]⑦에서 금돼지가 이수문의 칼에 찔린 상처 때문에 공주를 범하지 못하였고 이로 인해 공주의 귀체가 보존되었나는 것을 통해 드러난다. 그리고 작품 서두에서부터 결말까지 줄곧 서사를 지배하는 것은 유교적 충효와 정절과 신의이다. 이를 실현하는 남녀 주인공과 용녀, 용자는 선한 인물로 그려지고, 이에 반하는 김계택이나 금돼지는 악한 인물로 형상화되고 있다.

이상에서 살펴본 바와 같이 돼지는 역사설화에서는 제왕과 관련되어 하늘의 사자 역할을 하거나 천도와 도읍을 정해주는 신성한 존재로 등장한다. 그리고 암시적이고 상징적인 방식으로 제왕의 출생과 관련을 맺기도 하고 제왕의 화를 면하게 하기도 하며 천하통일을 암시하는 역할을 하기도 한다. 이러한 전통은 무당의 큰 굿이나 동제와 같은 민속에서도 그 원형의 일단이 엿보인다.

그런데 허구적 서사문학에서는 그러한 신성성이 상실되고 신이하고 초월적인 능력을 발휘하는 돼지의 모습이 주로 나타난다. 그런데 그 형상화 방식은 민중의 기복관념과 결합되어 긍정적으로 나타나는 경우와 탐욕적이고 징치의 대상으로 나타나는 경우로 이대별 해 볼 수 있었다. 허구적 서사문학에 나타난 돼지의 성격이 긍정적이거나 부정적인 대상으로 나타나는 것은 '허구'라는 문학적 특징을 통해 하나는 민중들의 원망(願望)을 길복과 관련시켜 형상화시켰다고 생간된다. 그리고 다른 하나에서는 유교이념과 같은 이념을 구현해 내는 과정에서 돼지를 부정적 대상으로 형상화 한 것으로 보인다. 이는 작가의식에 의해 새롭게 창조된 것으로 볼 수 있는데, 전대의 비범한 능력은 그대로 가져오면서도 그 성질을 변화시켜 독자의 흥미와 작가가 지향하는 바를 모두 충족시켰던 것으로 보인다.

4. 결론

밀지는 역사적 설화와 허구적 서사문학에 나타난 돼지의 성격을 비교해보는데 목적을 두었다. 초기 역사적 설화에 나타난 돼지는 제왕과 관련되어 신성한 인물로 형상화 되었다. 그런데 허구적 서사문학에서 나타난 돼지는 민중의 기복관념을 드리내는 길복의 대상이거나 탐욕과 징치의 대상으로 양분되어 나타나는 특징을 보인다. 이하에서는 논의한 내용을 요약하는 것으로 결론을 삼고자 한다.

먼저 1장에서는 돼지의 신성성과 제왕과의 관계를 논의하였다. 1) 절에서는 돼지가 천도나 개국의 도읍지를 택하는 과정에서 길지 선정의 신성성을 드러낸다고 보았다. 이는 현재 제왕의 치국을 돕고 미래 제왕이 태어날 땅을 정해준다는 점에서 제왕과 돼지의 신성성이 밀접한 관련이 있다고 보았다. 그래서 이때의 돼지는 하늘의 뜻을 인간에게 전하는 사자로서의 성격이 있고, 그러한 성격이 돼지의 성격을 더욱 신성하게 한다고 보았다. 그리고 이러한 돼지의 속성은 후대 민속으로 전승되고 있음을 알 수 있었다.

그리고 2)절에서는 이러한 돼지가 제왕의 출생과도 밀접한 관련이 있음을 살펴보았다. 이는 산상왕의 교사 돼지와 동천왕의 출생을 통해 살펴보았는데, 산상왕의 기자치성과 하늘의 응답이 교사 돼지를 통해 실현되었다고 보았다. 또 〈사금갑설화〉에 나타난 돼지는 신라 비처왕의 피화와 관련되어 나타나고 있었고, 태종 춘추공 대목에서는 천하통일을 암시하는 기능을 하는 것으로 확인되었다. 이런 점에서 역사적 설화 속 돼지는 제왕들의 신성하고 신이한 행적과 관련된다고 판단하였다.

3장에서는 이러한 돼지의 신성성이 허구적 서사문학에서는 세속화되고 있음을 두 가지 측면에서 살펴보았다. 먼저 1)절에서는 〈산돼지의 도움으로 장가간 총각〉과 〈산돼지를 구해준 머슴〉을 통해 돼지가 길복의 대상으로 나타나고 있음을 탐색해 보았다. 그리고 이러한 속성은 돼지의 신이성이 민중의 기복관념과 결합되어 나타난 현상이라고 판단하였다. 그런데 2)절에서는 돼지의 세속성 중에서도 괴이성을 중심으로 한 특징을 살펴보았다. 이러한 면은 〈아내를 훔쳐간 산돼지 퇴치〉와 고소설 〈이수문전〉을 통해 확인해 보았다. 특히 〈이수문전〉에서는 돼지의 초월적인 능력과 신이한 혈통이 긍정적으로 실현되지를 못하고 부정적이고 괴이한 행위를 통해 드러나고 있었다. 그래서 〈이수문전〉에서는 금돼지의 초월적 비범성이 사적인 탐욕으로 일관하고 있으며, 그 탐욕이 유교이념을 구현하는 남녀 주인공과 대비되어 그의 모든 능력이나 행위는 괴기스러운 것으로 인식된다. 그리고

이 작품에서 강조하는 유교이념은 충효와 정절, 그리고 신의로 정리
될 수 있는데, 지하국 괴수인 금돼지는 여자의 정절을 훼손하고 절대
미색을 탐하는 요괴로 형상화 되어 있으며, 유교이념을 구현하는 이
수문과 공주의 적대자로 그려지고 있다. 이러한 금돼지의 세속적인
탐욕은 사적이면서 동시에 당대 이념에 반하는 것으로 형상화되어 징
치의 대상이 되고 있는 것으로 보았다.

퇴계 이황 설화 출생담의 특징 연구

1. 서론

이 글은 문헌과 구전에서 확인되는 총 340여 편의 퇴계 이황 설화 중에서, 출생담의 흔적이 엿보이는 11편의 작품을 대상으로 하여 이황 출생담의 특징을 살펴보는데 목적을 둔다. 이황 출생담은 종래의 서사문학에 나타나는 것과 다른 형식과 내용을 담고 있다는 점에서 특이한 점이 발견된다. 그것은 아마도 이황이 성리학자로서 학문과 인품의 측면에서 주변 사람들의 존경의 대상이 되었기 때문이 아닌가 생각된다.

익히 알려진 바와 같이, 퇴계 이황은 연산군 7년(1501)에 태어나 선조 초기(3년-1570년)까지 활동한 성리학자이다.[1] 율곡이나 기대승과 함께 조선 초기 성리학의 태두답게 오래전부터 그의 사상이나 성품, 학문에 대한 관심이 많았다. 특히 여러 대학에 퇴계학 연구소가 설치되어 있어서 그와 관련된 수많은 연구 결과물도 상당히 축적되어 있다.

학계에서 학문적 차원의 이러한 관심 외에도, 민간에서는 아주 오

---

1) 이병휴, 「퇴계 이황의 가계와 생애」, 『퇴계학과 유교문화』 1집, 경북대학교 퇴계학연구소, 1973, 71쪽.

래전부터 퇴계의 사상이나 인간성, 학문 등에 대한 이야기가 인구에 회자되어 왔다. 그것은 문헌과 구전 양면에 걸쳐 서로 영향을 주고받으며 전승되었고, 지금까지도 많은 사람들의 입에 오르내리고 있다. 그것은 단순히 퇴계의 사상적 깊이나 학문적 깊이를 전제로 한 것이 아닌, 그의 인간성 총체에 대한 세간의 관심이 민중들의 입을 통해 유전되어온 이야기이다. 이런 점에서 퇴계에 관한 설화는 그의 성리학적 깊이와 같은 사상적 차원이 아닌, 아주 인간적인 차원에서 흠모와 숭앙의 대상으로 재생산되었다고 볼 수 있다.

그리고 이러한 퇴계의 설화에 대한 관심은 몇몇 학자들에 의해 민간의 자료를 수집하게 하는 동인이 되었고, 그 결과 수백여 편에 이르는 작품이 채록되었다. 본고 또한 그러한 선행 연구자들의 노력을 바탕으로 하여 진행되는 것이고, 그 중에서도 퇴계의 출생담이 가진 특징을 탐색해 보고자 한다. 왜냐하면 우리 서사문학에서 특정 인물이 신이한 출생담을 가지고 있다는 것은 그 인물의 신성화 내지 비범성을 드러내는 서사 기법으로 존재하는데, 퇴계의 출생담은 이러한 서사적 전통과 많이 다르게 나타나기 때문이다. 그러면서 한편으로는 그 출생담이 작품 문면에 나타나지 않은 서사를 설명해 주는 단서로, 인물을 이해하는 기능적 요소로 작용하기도 한다.

이에 본고에서는 퇴계 설화에 나타난 출생담의 양상을 정리해 보고, 그 출생담의 의미와 전승 방식에 대해 고찰해 보고자 한다. 그리하여 이러한 설화 속 퇴계의 출생담과 퇴계의 이야기는 실제 퇴계 이황의 삶의 어떤 측면을 문학적으로 형상화한 것인지, 그것이 설화 독자들에게 가지는 의미가 무엇인지도 함께 구명해 보고자 한다.

2. 인물설화 출생담의 서사적 관습과 특징

인물설화는 서사문학의 초기에서부터 조선후기까지 지속적으로 나타나지만, 개념 규정을 어떻게 하느냐에 따라 귀속시킬 수 있는 작품의 범위가 넓거나 좁아지기도 한다. 그리고 이와 관련되어 사용하는 용어도 매우 다양하여 일괄하여 설명하기 어려운 점도 있다. 열전과 같은 전문학을 인물설화의 범주에 포함시켜 다룰 수도 있고,[2] 포괄적 개념으로 일화라는 용어를 사용[3]할 수도 있으며, 좀 더 구체적으로 역사인물담[4]이나 인물전설[5]로 분류하여 논의할 수도 있다. 그리고 이러한 구분 없이 통상적인 의미의 '인물설화'[6]라는 용어를 사용할 수도 있을 것이다.

이와 같은 용어들은 논자의 입론 목적에 따라 달리 쓰이고는 있으나, 큰 틀에서 보면 모두 '인물설화'라는 범주에서 소통 가능한 것들이다. 그리고 이러한 인물설화 중에는 출생담이 서사의 한 부분으로 삽입되어 있는 경우도 있고, 출생담이 없이 인물의 특별한 행위나 결과에만 관심을 두고 있는 작품들도 있다. 출생담이 인물서사에 포함되는 경우에는 인물의 생애 전체를 관심영역으로 두는 경우가 많은데,

2) 주명희, 「전의 양식적 특징과 소설로의 수용 양상」, 서울대학교대학원 박사학위논문, 1985, 1~166쪽 참고.
3) 이강옥, 「조선초·중기 일화의 형성과 변모과정 연구」, 서울대학교대학원 박사학위논문, 1993, 1~342쪽 참고.
4) 신동흔, 「역사인물담의 현실대응방식 연구」, 서울대학교대학원 박사학위논문, 1993, 1~421쪽 참고.
5) 조동일, 『인물전설의 의미와 기능』, 영남대학교 민족문화연구소, 1994, 1~449쪽 참고.
6) 이상설, 「삼국유사 인물설화의 소설화 과정 연구」, 명지대학교대학원 박사학위논문, 1994, 1~191쪽 참고.

이때 출생담은 작품 중후반부에서 드러나는 인물의 비범성을 설명하는 기제로 작용하는 것이 일반적이다.

이러한 특징은 초기 신화적 영웅이나 역사적 영웅에게서 흔히 나타나는 현상이고, 후대 고소설에서 적극적으로 수용되는 양상을 보인다. 일반적으로 신화적 영웅의 출생담은 천상계나 초월계와의 관계를 통해 인물의 신성한 혈통을 드러내고, 역사적 영웅의 경우에는 천상 성신의 상징이나 이물과의 교구를 통해 혈통을 강조하는 영이탄생[7]에 비중이 실리는 경우가 많다. 본고와 좀 더 밀접한 관련을 가지고 있는 역사적 영웅들 중에서 김유신, 강감찬, 서동, 견훤 등은 성신의 상징이나 이물과의 교구에 의한 출생담을 가지고 있다.[8] 이들 인물 설화는 대개 '영이 출생담 – 비범성 – 입공'의 과정으로 결구된다. 이런 경우에는 인물 출생담이 서사의 전반부부터 중반, 결말에 이르기까지 아주 유기적으로 조직화 되는 것이 일반적이다. 그래서 서사의 전반부나 중반 이후에 인물이 비범한 능력을 발휘하는 것을 설명해 주는 중요 기제로 작용하기도 한다.

인물 출생담의 이러한 특징은 합리적 사유를 중시했던 조선시대에 이르러서는 많이 약화된 것이 사실이지만, 영웅을 서사화하는 설화나 고소설 영역에서는 여전히 서사적 관습으로 존재한다. 뿐만 아니라 신이성을 중시하는 종교적 인물의 경우에도 이러한 서사적 관습을 그대로 차용하였다.[9] 이러한 서사적 관습은 위대한 과업을 성취한 인물

---

7) 김현룡은 〈최고운전〉의 최치원이 그러한 인물에 해당된다고 보고 있다(김현룡, 「최고운전의 형성시기와 출생담고」, 『고소설연구』 4집, 한국고소설학회, 1998, 5쪽 참조).
8) 이러한 양상에 대해서는 필자가 선행 연구에서 그 유형과 특징을 밝힌 바 있으므로, 본고에서는 더 이상 재론하지 않기로 한다.(김용기, 「인물 출생담을 통한 서사문학의 변모양상 연구」, 중앙대학교대학원 박사학위논문, 2008, 52~86쪽 참조)

의 경우 보통사람과 다른 특징이 있다는 점을 신이한 인물 출생담을
통해 강조하고, 그러한 강조는 곧 인물서사 전체의 개연성을 확보하
여 서사적 완결성 및 독자의 이해와 공명도를 높이는 결과를 낳는다.

3. 문헌설화 속 이황 출생담의 특징

앞서 언급한 인물설화의 출생담과 달리, 퇴계 이황 설화에 나타난
출생담은 종래의 신화적 영웅이나 역사적 영웅, 또는 고소설의 허구
적 영웅과는 상당히 다른 면모를 보인다.[10] 퇴계 설화에 나타나는 출
생담은 이후 서사를 담보하는 전반부의 주요 요소가 아니라, 퇴계가
출생한 것에서 서사가 종료되며, 그것이 실제 이황의 학문이나 인품
을 포괄적으로 설명하는 요소가 된다. 먼저 문헌설화에 나타난 퇴계
의 출생담을 간단하게 정리해 보면 다음과 같다.

[A] 강대현선아정산실(降大賢仙娥定産室)
① 퇴계 선생의 외할아버지가 함창에서 살았는데, 집이 부유하고 사람

---

9) 무학대사나 사명당, 서산대사와 같이 조선시대 유명 승려의 경우, '출생담 – 비범성
 – 입공(종교적 입공)'의 형식을 갖추고 있다(李智冠, 『校勘譯註 歷代高僧碑文–朝鮮篇
 1』, 가산불교문화연구원출판부, 2003, 85~98쪽(무학대사) 참조 및 李智冠, 『校勘譯註
 歷代高僧碑文–朝鮮篇1』, 가산불교문화연구원출판부, 2003, 113~137쪽(사명대사) 참
 조). 이 외에도 조선시대 승려들의 비문들을 살펴보면, 많은 고승 비문에서 이러한 출
 생담을 활용한 서사적 관습을 활용하고 있다는 점이 확인된다. 이에 관해서는 좀 전에
 소개한 이지관의 자료집을 통해서 쉽게 확인할 수 있다.
10) 현재까지 확인된 퇴계 이황 설화는 문헌과 구전을 포함하여 총 340여 편 정도 되는데,
 이 중에서 조금이라도 출생담의 흔적이 있는 것은 총 11작품이다.(강재철 외 편, 『退溪
 先生說話』, nosvos, 2011 참조)

됨이 후덕하며 영남의 부자로 불리다.

② 어느 엄동설한에 나병을 앓는 여자가 찾아와 재워주기를 청하자, 집안 사람들이 모두 박대하나 퇴계의 외할아버지는 그녀를 내쫓지 말라하고 들이다.

③ 밤이 깊자 여자가 추워 죽겠다고 하여 그녀를 방안으로 들여 윗목에서 자게 하니, 그 여인은 노인이 잠든 틈을 타서 아랫목으로 내려와 발을 노인 이불 속에 넣고, 노인은 그녀의 발을 밖으로 내놓기를 수차례 반복하다.

④ 새벽이 되어 여자는 간다는 말이 없이 갔다가 며칠 간격으로 다시 오면, 노인은 괴로워하는 기색 없이 같이 자니 집안 사람들이 민망해 하다.

⑤ 일일은 그 여자가 아름다운 여인이 되어 오니 노인이 의아해 하며 묻고, 여인은 자신이 천상의 선녀이고, 잠시 생원님의 심덕을 시험해 본 것이며 다른 뜻은 없다고 하다.

⑥ 노인이 부지불식간에 선녀를 존경하여 감히 우러러 보지 못하니, 여인은 지난 며칠간 자신의 수족을 가까이 하였는데 다시 남녀의 유별이 있겠느냐고 하고, 자신은 생원님과 전생에 인연이 있었으니 괴이하게 생각지 말라고 한 후 동침하다.

⑦ 노인과 여인이 열흘 정도를 지내자 집안사람들이 모두 괴이하게 생각하고 혹자는 도깨비로 지목하기도 하였으나 노인은 동요되지 않고 성심껏 대하다.

⑧ 하루는 여인이 생원과 이별해야 할 때가 되었다고 하니 노인이 그 연유를 묻고, 여인은 사소한 곡절을 다 말할 수 없다고 한 후 한 가지 드릴 말이 있으니 반드시 따르라고 하다.

⑨ 여인은 다짐을 받은 후, "안 뜰에 모 좌향으로 집을 한 칸 지어 정결하게 도배한 후 굳게 자물쇠를 채워 한만(汗漫)하게 사용하지 말고, 반드시 주인댁과 동성의 임산부가 분만할 때를 기다렸다가 분만할 때 당해서 그 곳에 들어가 거처하여 산실로 삼으십시오"라고 하고

문을 나갔는데 문득 보이지 않다.

⑩ 노인이 선녀가 시킨 대로 집을 지어 아무리 긴요한 일이 있어도 그 곳에 거처하지 않다가, 자손 중 임신하여 해산에 임박한 자를 그 곳에 들어가 거처하게 하면, 그들은 어김없이 고통스러워하며 해산하지 못하고 다른 방으로 옮긴 연후에라야 분만하다.

⑪ 노인은 선녀의 말이 맞지 않은 것을 이상하게 여기면서도 그 집을 한만하게 사용하지 않다.

⑫ 노인의 사위는 禮安 사람인데, 그의 아내가 임신을 하여 분만하려고 할 즈음 부인을 데리고 오니, 노인은 그들을 맞아 집안에 두었으며, 산달이 되자 갑자기 몸에 병이 생겨 몹시 않다.

⑬ 백방으로 치료하여도 효험이 없자, 그 딸이 아버지에게 선녀가 강림하였을 때의 이야기를 하며 자신을 그 방으로 옮겨 달라고 하고, 노인은 선녀가 말했던 주인과 동성인 자가 바로 자신의 딸임을 알다.

⑭ 노인은 선녀가 말한 사람이 이 딸인 줄 알고 산실로 들어가 거처하게 하였더니, 며칠 만에 신병이 쾌유하고 순산하여 아들을 얻었으니 그가 곧 퇴계 선생이다.

⑮ 퇴계는 동방의 대유(大儒)가 되어 문묘에 배향되었으니 대현(大賢)의 강생은 이처럼 자별한 것이다.[11]

[A]의 예문은 '선녀가 대현이 태어날 산실을 정해 주었다'는 설화이다. 이를 보면 신이한 사건의 결과 태어난 인물이 퇴계 이황이라는 점을 소개하고 있다. [A]①-④까지는 퇴계 외조부의 심덕과 선행을 드러낸 것이고, [A]⑤-⑧은 퇴계 외조부와 선녀와의 전생 인연 및 현생에서의 애정 실현 장면이다. [A]⑨-⑬은 퇴계가 출생하기까지의 금기와 준비과정이고, [A]⑭-⑮는 퇴계 이황의 출생과 그가 대현이 될

---

11) 『青邱野談』 卷之十九, 〈降大賢仙娥定産室〉. 최웅 역, 『주해 청구야담 Ⅲ』, 국학자료원, 2005, 365~368쪽.

수 있었던 이유를 부연 설명하는 부분에 해당된다.

이를 보면 위 예문 [A]에 나타난 퇴계의 출생담은 기존 인물설화와 차별화되는 점이 발견 된다. 그것은 곧 인물의 출생과 인물의 비범한 이유를 설명하는 곳에서 서사가 종결된다는 점이다. 신화적 영웅이나 역사적 영웅의 출생담은 서사의 전반부를 장식하고, 그것이 중후반부의 서사 내용을 담보하는 기능적, 의미적 요소로 작용하는데 비해 퇴계의 출생담은 그러한 후반부의 서사가 생략된 채 인물의 신이한 출생에서 서사가 종결되는 것이다.

또 이 설화는 내용 구성상 크게 두 가지로 해석이 가능하다. 하나는 현실세계에서 퇴계 이황이 이룩한 학문적 성취나 대유로서의 성격을 이러한 신이한 출생담을 통해 그 비범성을 강조하는 것이다. 다른 하나는 퇴계 이황이라는 대 유학자가 태어나기 위해서는 하늘에서 강림한 선녀의 두움이 있어야 했으며, 그 선녀의 두움은 퇴계 외조부의 선행과 심덕에 의한 것임을 강조하는 것이다. 즉 퇴계 외조부의 심덕에 의한 적선이 없었다면 선녀의 시험을 통과하지 못했을 것이고, 그러면 결국 퇴계와 같은 큰 인물이 태어나는 것은 불가능했을 것이라는 논리가 이면에 숨어 있다.

따라서 이 설화의 출생담은 퇴계 이황이라는 실존 인물의 훌륭한 인품과 빼어난 학문적 능력 능력에 대한 원인을 설명하는데 중심을 두고 있다는 점에서 '능력 해명담'으로서의 성격이 짙다고 하겠다. 이는 종래의 영웅서사물에 나타는 인물들이 비범한 출생을 하여 위대한 과업을 성취하는 것과는 다른 차원의 성격이다. 퇴계의 경우에는 성리학자였기 때문에 보다 직접적으로 민중이나 국가를 위해 공을 세운 것은 아니다. 다만 학문적으로 인간적으로 타인의 모범이 될 만한 행

적을 드러내었고 이것이 당대 민중들에게 존경과 숭앙의 대상이 되었
으며, 이를 개연성 있게 설명하기 위해 신이한 출생담을 차용하였다
고 생각된다.

이와 거의 동일한 이야기가 『동야휘집』에 〈선녀정실강유현〉이라는
제목으로 전하고 있는데, 이 또한 예로 든 설화와 그 성격이 동일하다.
이 설화는, '선녀가 집을 정하고 유현을 낳았다'는 이야기인데, 앞서
[A]에서 제시한 퇴계의 설화와 비교해 보면 두 설화가 대동소이함을
알 수 있다. 지면의 한계와 이해의 편의를 위해 두 작품의 주요 화소를
간단하게 비교해 보면 다음과 같다.

NO	주요 내용	[A] 降大賢仙娥定産室	[B] 仙女定室降儒賢[12]
1	인물과 상황	퇴계 외조부 - 부유하고 후덕함	퇴계 외조부 - 부유하고 후덕함
2	방문한 여자	나병을 앓는 여자	문둥병에 걸린 여자 거지
3	상황1	여자의 유숙 청함과 외조부의 허락	여자의 유숙 청함과 외조부의 허락
4	상황2	여자를 방에 들여 잠을 재움	여자를 방에 들여 잠을 재움
5	상황3	아침에 사라졌다가 다시 오기를 반복	아침에 사라졌다가 다시 오기를 반복
6	여인의 변신	절세의 미인으로 변함	20살 남짓 절세의 미인으로 변함
7	병이 나은 이유		퇴계 외조부가 여인을 내치지 않은 은혜를 입어 앓던 병이 나음
8	여인의 신분	천상 선녀	봉래궁 선녀
9	여인의 행위 이유	퇴계 외조부의 심덕을 시험	퇴계 외조부의 심덕을 시험하여 宿世의 인연을 마치고자 한 것이지 다른 뜻은 없음

12) 李源命 原著, 鄭明基 編, 『原本 東野彙輯』 上, 寶庫社, 1992, 24~30쪽. 강재철 외
    편, 『退溪先生說話』, nosvos, 2011, 58~66쪽에서 재인용 및 번역 참고.

10	여인과 노인의 관계	전생에 인연이 있음	삼생의 아름다운 약속이 있음
11	동침 여부	열흘 정도 함께 지냄	하룻밤 동침
12	여인의 흔적과 이후 관계		여자의 화장 자국이 팔뚝에 남아 있고, 이상한 향내가 옷에서 나며, 여자의 생각을 하면 여인이 찾아와 동침하고 천상의 일과 신선의 술법을 이야기해 준 후 어느 날 영원히 이별해야 한다고 함.
13	여인의 지시	안 뜰에 모 좌향으로 집을 짓고 정결하게 도배한 후 함부로 사용하지 말고, 주인댁과 동성의 임산부가 분만할 때 거처하게 하여 산실로 삼으라 함	문창제군의 명을 받들어 공의 집안 일을 부탁할 일이 있다고 한 후, 집 후원에 방 한 칸을 좌향으로 짓고 정결하게 꾸민 후 함부로 사용하지 말고, 주인댁과 성씨가 같은 임산부가 해산할 때를 기다려 해산하라 함
14	행위1	자손 중 임신하여 해산에 임박한 자를 들어가 거처하게 하면 고통스러워하고, 다른 방으로 옮겨 분만함	자손과 며느리 가운데 해산이 임박한 임산부를 머물도록 하면 고통스러워하고, 다른 방으로 옮긴 후에 해산함
15	행위2	시집 간 딸이 임신하여 해산하려고 찾아와 병이 들고, 백방으로 치료하여도 효험이 없다가, 딸의 요청으로 선녀가 일러준 방에 거처하였더니 병이 낫고 순산하여 아들을 낳음	시집 간 딸이 임신하여 해산하려고 찾아와 병이 들고, 백방으로 치료하여도 효험이 없다가, 딸의 요청으로 선녀가 일러준 방에 거처하였더니 병이 낫고 순산하여 아들을 낳음
16	태어난 인물과 성격	퇴계 이황이 출생하여 동방의 大儒가 됨	퇴계 이황이 출생하여 문묘에 배향됨

위의 예문을 보면 [A]에 없는 12번의 내용이 [B]에서 상세하게 나타나며, 6,8,9,10,13번에서 [A]와 [B]의 표현상 차이가 날 뿐 큰 차이는 보이지 않는다. [B]가 [A]보다 조금 더 상세하다는 점이 조금 다르지만, 선녀에 의해 외조부의 선행과 심덕이 시험당하고, 그에 대한 보응으로 퇴계가 출생하여 큰 학자가 된다는 점은 거의 동일하다.

이 두 작품은 전대 인물설화의 서사적 관습과 많이 다르다. 신이한 출생담 이후 어려서의 비범성이나 수학의 과정과 같은 단계는 생략되어 있으며, 그로 인한 입공도 나타나지 않는다. 초월적 인물의 원조에 의해 퇴계 이황과 같은 위대한 인물이 태어날 수 있었다는 사실을 해명하고 있다. 특히 퇴계의 외조부와 선녀가 수차례 동침은 하였지만, 그 결과로 태어난 것이 퇴계가 아니라는 점에서 퇴계 출생담은 기존의 혈통을 강조하던 인물 설화와는 변별된다. 오직 실존 인물 퇴계의 능력이 어떻게 해서 형성된 것인지를 해명하는 성격이 강하다. 이런 점에서 두 문헌설화에 나타난 출생담은 혈통의 강조에 의한 입공을 강조한 것이 아니라, 퇴계 이황이 유능한 성리학자가 될 수 있었던 이유를 인과적으로 설명하는 '능력 해명담'이라는 성격이 짙다고 하겠다.

4. 구전설화 속 이황 출생담의 양상과 특징

문헌설화와 달리 구전설화에서는 퇴계 이황의 출생담이 아주 다양하게 나타난다. 이는 구전 자체로 전승된 면도 있고, 문헌설화의 영향을 받았으나 구전에 적합하게 축약된 모습도 보인다. 그 내용은 대개 선조의 묘자리나 집터와 같은 풍수와 관련된 것과 태몽담에 대한 내용이다. 전체적으로 문헌설화에 비해 내용이 소략하고 서사의 유기적 완결성도 많이 떨어진다는 점이 특징이다. 먼저 퇴계 선조의 묘자리와 관련한 퇴계의 출생담을 살펴보기로 한다.

[A] 퇴계 선조의 무덤
① 퇴계 윗대가 이방을 하고 있을 때 나라 국풍이 와서 신점을 내놓고

가는 것을 보다.

② 이방이 몰래 안장을 했는데, 그 이튿날 가면 영장이 튀어나오다.

③ 서울로 올라가 국풍에게 가서 물으니 이방의 복이라고 하고, 그저 묻어서는 안 되고 헌 관복을 입혀서 묻으면 된다고 하다.

④ 이방이 국풍이 시킨 대로 하고, "그 전엔 소인이 누웠는데, 금일은 대인이 누웠구나"하고 이것을 건드리면 큰일 난다고 하고 가다.

⑤ 그 집에서 달걀을 묻었는데, 참 달걀을 묻었으면 꼬꼬 할 것인데, 썩은 달걀을 묻어서 소리가 안 나온다고 하다. 그 자리가 그렇게 용하다고 한다.13)

[B] 선조의 못바람으로 태어난 퇴계

① 진보 남각산이라는 곳에서 퇴계 증조부가 머슴살이를 하다.

② 퇴계 고조부가 돌아가셨는데, 증조부가 머슴살이를 하는 형편이라 장시를 못 지내다.

③ 주인집에서 초상이 나니 풍수를 불러 터를 잡고, 그 풍수는 초저녁에 계란을 갖다 묻어놓으면 다음날 부화되어 큰 닭이 된다고 하다.

④ 주인이 일꾼에게 풍수가 말한 대로 하고 오라고 시키니, 퇴계 증조부가 그 대화하는 소리를 듣고 썩은 계란을 묻어놓다.

⑤ 이튿날 주인이 가서 보고 오라고 하여 가보니, 이제 겨우 병아리 소리가 난다고 하고, 주인은 닭이 회를 치고 운다고 들었는데, 겨우 병아리 소리가 난다고 하니 그 땅을 버리라고 하다.

⑥ 퇴계 증조부는 그 터를 버릴 것이면 자신의 어른이 아직 장사를 못 지냈으니 달라고 하여 묘를 쓰고, 이후 퇴계가 태어났다고 하다.14)

위의 [A]와 [B] 두 예문은 퇴계 선조가 묘를 잘 써서 후대에 퇴계와

---

13) 한국정신문화연구원, 『韓國口碑文學大系』 7-6(慶尙北道 盈德郡篇), 1981.

14) 김시호 제보자로부터 강재철 채록, 『퇴계학연구』 19집, 단국대학교 퇴계학연구소, 2005, 150~152쪽.

같은 인물이 태어났다는 것인데, 전체적으로 우리의 전통 풍수사상이 반영되어 있다. 둘 다 구연된 것을 정리한 것이라 앞뒤 서사가 유기적으로 연결되지 않고 어색한 감이 있으나, 묘의 터가 좋아서 달걀을 묻어 놓으면 다음날 닭이 될 정도로 명당이라는 점은 공통적이다. 다만 그러한 명당에서 퇴계가 태어났다는 내용을 구체적으로 전달하고 있는 [B]에 비해, [A]에는 그러한 내용이 결락되어 있다.

여기서 특징적인 것은 [A]와 [B] 모두 퇴계의 선조가 타인의 묘자리를 자신이 중간에서 탈취하여 묘를 쓰고, 그 덕분에 후세에 퇴계와 같은 큰 인물이 태어났음을 드러내고 있다는 점이다. 원래 순리대로 두었다면 그 묘자리는 퇴계 선조가 묘자리로 쓸 수 없었고, 동시에 그 터의 영험을 받은 퇴계도 태어날 수 없었다.

그런데 [A]에서 퇴계의 선조는 국풍이 자신이 죽으면 묻힐 묘 터를 잡아 놓는 신점 자리에 몰래 묘를 쓴다. 그러나 안장을 해도 영장이 튀어 나오자, 그 국풍을 찾아가 해결책을 물어 자신이 뜻하는 바를 이루기도 하는 대범함을 보인다. 그리고 [B]의 퇴계 선조 역시 주인집에서 풍수를 불러 잡아 놓은 좋은 터를 차지하고 있다. 퇴계의 선조는 주인에게 거짓말을 하여 주인이 버리고자 하는 그 터를 자신이 받아서 부친을 안장한다. 그 결과 후일 퇴계와 같은 큰 인물이 태어나게 된다.

이 두 설화의 공통점은 퇴계의 선조가 명당을 알아보는 혜안은 없지만, 타인이 정해 둔 명당을 약간의 기지를 발휘하여 가로채었고, 그 결과 후세의 운명이 영화롭게 되었다는 점이다. 이러한 점은 일부 운명설화에서 운명을 극복하는 유형의 설화와 흡사하며,[15] 신분이나

---

15) 운명설화의 유형과 성격에 관해서는 정재민의 논문을 참고하기 바란다.(정재민, 「한국 운명설화에 나타난 운명관 연구」, 서울대학교대학원 박사학위논문, 1998, 1~211쪽

가정형편이 그리 좋지 않은 퇴계 본가의 형편을 상당부분 반영하여 허구적으로 결구한 것으로 보인다. 이는 실제로 퇴계의 조상은 고려 말의 향리였던 것16)과 관련되며, 퇴계 선생 선조의 분묘가 풍수상으로 매우 뛰어나다는 기록17)이 전해 지는 것으로 어느 정도 짐작할 수 있다.

이상을 통해서 볼 때 문헌설화의 경우에는 퇴계라는 대현이 태어나게 된 것은, 천상에서 하강한 선녀와 같은 초월적 존재의 도움이 있었으며, 그러한 신이한 존재의 지시에 의해 오랜 준비기간을 거친 후 퇴계가 태어났다고 하는 것을 해명하는 설화임에 비해, 구전설화의 경우에는 조상의 재치로 명당을 얻어 묘를 쓴 결과 그 후광으로 퇴계와 같은 인물이 태어났다는 것을 설명하고 있다는 것을 알 수 있다. 공통점이 있다면, 문헌설화나 구전설화 모두 좋은 터와 관련된 풍수가 매개되어 있다는 점이다. 이는 다음의 집터와 관련된 설화도 마찬가지이다.

[C] **퇴계의 조부가 집터 잡은 이야기**

① 퇴계 조부가 노송정 터를 잡을 때, 중과 제자가 이야기하는 것을 듣다.
② 퇴계 조부가 뒤에서 듣고 어떻게든 가르쳐달라고 하니, 중이 내려와서 노송정 집터를 가르쳐 주다.
③ 노송정 집터, 태실 있는 곳에서 대인이 난다고 하다.18)

참조)

16) 李秉烋, 「퇴계 이황의 가계와 생애」, 『퇴계학과 유교문화』 1집, 경북대학교 퇴계학연구소, 1973, 71~72쪽 참조.
17) 조선총독부, 『朝鮮의 風水』, 1931, 546쪽.

[D] 이퇴계 외가의 집터

① 이퇴계의 외가는 함창인데, 집터가 매우 좋다는 소문이 있다.

② 이퇴계의 외조부가 덕망이 높고 후덕하기로 소문이 났는데, 몹시 추운 어느 날 나환자 여자 거지가 와서 자고 가게 해 달라 하다.

③ 집안사람들은 모두 거절했으나 이퇴계의 외조부는 허락하다.

④ 여자 거지가 춥다고 울면서 방안으로 들어가게 해 달라고 호소하니, 노인이 거지를 방안으로 들이고, 여자 거지는 진물을 흘리면서 노인 의 이불 속에 발을 넣기도 하고 노인의 몸에 점점 가까이 해도 노인은 싫어하지 않고 이불을 덮어주다.

⑤ 이튿날 여자 거지가 사라졌다가 며칠 후 다시 왔는데, 나병이 완전히 나았으며 얼굴 또한 예쁘다.

⑥ 여인이, 자신은 인간 세상 사람이 아니고, 태어나는 아이에게 복을 내리는 신령이며, 생원님이 후덕하다는 이야기를 듣고 시험해보려 고 나환자로 나타났으며, 자신과 전생의 인연이 있어 10일 동안 함께 생활하면서 동침을 하고, 생원님의 후덕하신 정기를 받아 생원님의 異姓 후손에게 복록을 내려야 한다고 하다.

⑦ 그 후 여인은 매일 밤 이퇴계의 외조부와 동침하였는데, 노인을 전혀 힘들게 하지 않고 각종 기능을 발휘해 정감을 고조시켜 주다.

⑧ 10일 후 여인이 떠나면서 이 집터가 매우 좋은 집터이지만, 생원님과 같은 성씨 여인이 훌륭한 아들을 낳게 되어 있는 집터이니, 뜰에 초 당을 지어 깨끗하게 하고 아무나 들어가지 못하게 한 후, 동성여인이 해산하게 될 때 그 방에 들어가서 아이를 낳게 하면 훌륭한 아들이 출생할 것이라 하다.

⑨ 이퇴계 외조부가 여인이 시키는 대로 준비하고, 자부와 손부가 임신 하기를 기다렸다가 그 방에 들어가 해산하라고 했더니 통증을 견디 지 못하고 다른 방에 가서 해산하다.

---

18) 이원우 제보자로부터 강재철 채록, 『퇴계학연구』 19집, 단국대학교 퇴계학연구소, 2005, 152~153쪽.

⑩ 노인의 딸이 임신하여 해산을 하러 친정에 왔다가, 진통이 시작되어
몸이 아파 못 견디고, 부친에게 전에 지어둔 초당에 들어가고 싶다고
하니, 노인이 옛날 여인의 말을 떠올리고 딸을 초당에 들여보냈더니
진통이 안정되고 쉽게 해산을 하여 옥동자를 낳았으며, 그가 퇴계
이황이다.[19]

위의 예문 중 [C]는 퇴계가 실제로 노송정 종택 태실에서 태어난
것과 관련이 있다. 퇴계는 1501년 노송정 종택 태실에서 태어났는데,
선생이 태어나신 태실은 그의 조부가 50년 전에 두 번째 중수하여 오
늘에 이르고 있고, 그 정문은 그의 선비(先妣) 정경부인 박씨가 태몽에
서 공자가 대문으로 들어오는 것을 본 후에 선생을 낳았기 때문에 이
문을 성인이 들어온 문이라 하여 성림문이라고 한다.[20] 즉 태실이 명
당이라 퇴계 선생 같은 대유학자가 태어났다[21]는 것이다.

[D]는 앞서 논의한 바 있는 문헌설화 속 퇴계의 출생담과 거의 동일
한 내용이다.[22] 이는 구전에서 문헌으로, 혹은 문헌에서 구전으로 서
로 영향을 받으며 설화가 전승된다는 점을 확인할 수 있는 부분이
다.[23]

[C]와 [D]의 예문과 같은 퇴계 출생 설화는 인물 형성에 미치는 풍

---

19) 김현룡, 『한국인 이야기』 7, 자유문학사, 2001, 252~255쪽.
20) 안동군수, 『내고장 전통가꾸기』, 1985, 48쪽.
21) 金基虓, 「퇴계선생 태생풍수 연구-朱子 高祖母墓와 비교분석을 통하여-」, 『퇴계학
   과 유교문화』 32집, 경북대학교 퇴계학연구소, 2003, 230쪽.
22) 김기신에 의하면, 퇴계선생께서 노송정 종택의 태실에서 태어나지 않고, 함창의 외가
   댁에서 태어났는지의 여부는 확인할 수 없다고 한다.(김기신, 상게논문, 232쪽 참고)
23) 문헌설화와 구비설화의 상호 영향관계에 대한 설명은 강재철의 다음 저서를 참고로
   하였다.(강재철 외 편, 『退溪先生說話』, nosvos, 2011, 38~39쪽)

수지리의 영향을 반영한 것으로서, 큰 인물은 좋은 땅 즉 명당의 정기
를 받아야 태어날 수 있다[24]는 믿음이 반영된 것이다. 이는 문헌설화
속 퇴계 출생담에서도 풍수와 관련된 부분이 있다는 점에서 일정부분
공유되는 부분이 있다. 하지만 구전설화의 경우는 문헌설화보다는 비
교적 단순화 된 형식으로 전승되고 있음을 알 수 있다.

이와는 달리 풍수와 같은 지리적 요소가 배제된 채 순수한 태몽만
으로 퇴계의 신이한 출생을 드러내는 설화도 있다. 다만 그 내용이
매우 소략하여 좀 더 온전한 서사문학으로서의 기능은 많이 상실했다
고 생각된다. 이와 관련된 예문을 참고로 소개하면 다음과 같다.

[E] **퇴계 선생 나실 적에 부모님 태몽**
① 퇴계 모친이 공자가 현몽하는 태몽을 꾸다.
② 그래서 퇴계 집 노송정에 성림문이라고 써 두다.[25]

[F] **퇴계 선생 나실 적에 박씨 부인의 태몽**
① 박씨 부인이 공자가 대문 안에 들어오시는 꿈을 꾸고 퇴계를 낳다.
② 그래서 그 문을 성림문이라고 하는데, 지금도 도산 온내리에 가면
  퇴실과 성림문이 보존되어 있다.[26]

위 두 예문은 퇴계 모친의 태몽에 공자가 현몽하였고, 퇴계 또한
그에 어울리는 대 유학자가 되었다는 실제 사실에 부합되도록 결구되

---

24) 김기신, 상계논문, 219~220쪽.
25) 이동은 제보자로부터 박연우 외 채록, 『퇴계학연구』 17집, 단국대학교 퇴계학연구소,
   2003, 140~141쪽.
26) 이규식 제보자로부터 김수연 외 채록, 『퇴계학연구』 17집, 단국대학교 퇴계학연구소,
   2003, 146~147쪽.

어 있다. 자질구레한 주변적 요소는 모두 제거된 채 태몽의 중심내용
과 출생하는 인물의 성격을 직접적으로 연결시키고 있다는 점이 특징
적이다.

이 외에도 놋그릇을 훔친 외조부의 위급함을 재치로 해결한 퇴계
모친이 후일 이황 선생을 낳았다는 설화[27]는 현명한 어머니에게서
훌륭한 퇴계가 출생하였다는 것을 강조하고 있다. 그리고 퇴계 선생
의 할아버지가 노송정 집터의 습기를 제거한 다음 해에 퇴계 선생이
태어났다고 하는 설화[28]도 있다. 또 퇴계 선생 아버지에게 어떤 스님
이 찾아와서 자신이 시키는 대로 하면 큰 사람을 낳을 것이라고 하여
몇 번의 실패 끝에 그대로 실행하여 퇴계를 낳았으며, 퇴계를 낳을
때 홍수가 나서 처마 밑까지 물이 들어왔다가 퇴계 울음소리가 나니
마당에 물이 빠졌다고 하여 물러갈 '퇴' 자, 시내 '계' 자를 써서 '退溪'
라고 이름을 지었다고 구전되는 설화[29]도 있다.

이상을 통해 볼 때, 구전설화의 퇴계 출생담은 [D]의 작품을 제외하
면 모두가 기서결의 유기적 완결성을 결여하고 있으며, 선조의 묘 터
가 명당이라거나 집터가 명당이어서 퇴계와 같은 훌륭한 유학자가 태
어날 수 있었다는 인상적 정보를 전달하는데 주력하고 있다. 그리고
구전설화와 문헌설화 모두 출생담이 서사의 전반부를 장식하는 것이
아니라, 그 자체가 서사의 중심축이 된다는 점에서 매우 특이한 수사

---

27) 라종석 제보자로부터 고승희 외 채록, 『퇴계학연구』 17집, 단국대학교 퇴계학연구소,
   2003, 158~159쪽.
28) 남재주 제보자로부터 김수연 외 채록, 『퇴계학연구』 17집, 단국대학교 퇴계학연구소,
   2003, 147~148쪽.
29) 이상학 제보자로부터 신혜원 채록, 『퇴계학연구』 16집, 단국대학교 퇴계학연구소,
   2002, 207~209쪽.

적 장치로 활용되고 있음을 알 수 있다.

5. 설화문학 속 이황 출생담의 의미와 전승방식

그렇다면 이러한 특이성을 보이는 퇴계 설화의 출생담이 지향하는 궁극적인 의미는 무엇일까? 난순히 훌륭한 인물이 태어날 수 있었던 원인을 설명하여 실제 역사 속 이황의 이미지에 부합시키는 역할만 한 것일까? 문면에 나타나는 것만 본다면 퇴계 설화의 출생담은 1차적으로 퇴계라는 훌륭한 인물이 태어날 수 있었던 이유를 해명하는 역할을 한다.

그러나 서사문학에서 인물 출생담은 단순하면서도 거기에 함의되어 있는 의미는 아주 깊고 넓으며, 무한한 서사적 확장성을 가지고 있다는 점을 잊어서는 안 된다. 모두 말하지 않으면서 이심전심으로 소통될 수 있는 내용이 설화 향유자들 간에 다양하게 형성될 수 있기 때문이다. 그 서사적 확장은 실제로 여러 유형의 설화문학으로 나타날 수도 있고, 그 뒤의 내용을 암시적으로 처리하여 잠재적 가능성으로만 제시될 수도 있다. 이중 퇴계 이황 설화의 출생담은, 출생담이 퇴계의 인물됨을 확증하는 방식으로 주로 나타나며, 그것이 실제 퇴계 이황의 행적과 연결됨으로서 유사한 내용의 이야기가 무한하게 생산될 수 있는 가능성을 배태하게 된다.

그것은 동일하거나 유사한 모티프를 반복하면서 제2, 제3의 비슷한 이야기를 생산하는 방식으로 나타난다. 이는 앞서 제시한 문헌설화나 구전설화에 나타난 퇴계의 출생담에서 쉽게 확인할 수 있다. 내용의 가감이 있기는 하지만, 이들 설화가 전체적으로 강조하고 있는 서사의 핵심은 '풍수'와 '퇴계의 출생'이며, 이는 곧 설화 향유자들에게 공감을 획득하여 지속적으로 변이를 거듭하며 전승되었다.

여기에는 설화 전승집단의 의식이 매우 중요하게 작용하고 있는데, 퇴계는 훌륭한 학자라는 인식이 설화 향유자들에게 각인되어 있으며, 이를 믿음의 차원에서 해명해 주는 것이 바로 풍수이다. 그래서 퇴계 설화의 출생담에서는 풍수와 출생담이 공존해 있는 양상을 보인다. 이런 점에서 퇴계 설화에 나타난 출생담은 '풍수사상 + 인물 출생담의 서사 관습'의 변용으로 이해할 수 있다. 위대한 인물은 신이한 출생담을 가지고 있다는 서사 관습이 퇴계 설화에서는 매우 축약되고 기호화 된 잔영으로 남아 있으며, 그것을 사상적, 인식적으로 뒷받침하는 것이 민간신앙적 차원의 풍수 관념이다. 그래서 인물에 대한 형상화나 설화의 배경이 초월적이기보다는 현실적이고 구체적인 속성이 강하다.

실제로 퇴계 출생담에는 문헌설화에서 잠시 나타나는 선녀를 제외하면, 퇴계 그 자체에 대한 신이성이나 초인적 활약상 같은 것은 거의 나타나지 않는다. 설화의 배경도 퇴계의 지역적 배경을 그대로 활용하고 있으며, 실제 역사현장 속 퇴계의 학문이나 인품과 다른 점은 거의 언급하지 않고 있다. 이는 퇴계 설화 및 출생담이 상당히 현실적이고 합리적인 논리에서 형상화되었음을 보여준다. 통상적으로 허구가 신비적인 요소와 결합하면 전기적 설화로 변모되는데,[30] 퇴계 설화의 출생담은 지역적 배경과 실제 역사현장 속 학문이나 인품에 기초

---

30) 최삼룡, 「최고운전의 출생담고-최치원의 출생과 관련하여-」, 『어문논집』 24·25집, 고려대학교 국어국문학연구회, 1985, 816쪽.

하고 있고, 또 이를 중점적으로 형상화하였기 때문에 초현실적 인물 설화로 변질되지 않았다. 그래서 같은 역사적 인물을 설화화 하면서 도 김유신이나 강감찬, 견훤 등과 같은 인물설화와 차별화되고, 여타 영웅설화와도 구별되는 독특한 출생담을 결구할 수 있었다고 본다.

6. 결론

앞서 논의한 바와 같이 퇴계 설화에는 출생담은 있으나 어려서의 비범성이나 수학의 과정과 같은 단계는 생략되어 있다. 출생담이 서 사의 전반부를 장식하는 것이 아니라 인물의 출생 그 자체가 서사의 마지막을 장식하고 있다는 점에서 전대의 인물 설화 출생담과 구성방 식이 다르고 서사의 지향점도 다르다.

퇴계의 출생담이 나타나는 문헌설화는 두 편이 확인 되었는데, 전 체적으로 내용이 대동소이하다. 두 편 모두 퇴계 이황이라는 실존 인 물의 훌륭한 능력에 대한 원인을 설명하는데 중점을 두고 있다. 그래 서 신이한 출생담을 바탕으로 한 어려서의 비범성이나 수학의 과정과 같은 단계는 생략되어 있으며 그로 인한 입공도 나타나지 않는다. 대 신 퇴계 이황과 같은 위대한 학자가 어떻게 해서 태어날 수 있었는가 를 해명하고 있다. 그래서 문헌설화에 나타나는 퇴계 이황의 출생담 은 '능력 해명담'이라는 성격으로 귀결시킬 수 있다.

이와 달리 구전설화 속 퇴계 출생담은 다양한 방식으로 나타나는 데, 문헌설화에 비해 내용이 소략하고 구성 또한 유기적 연결성이 약 하다. 전체적으로 보면 선조의 묘 터나 집터와 관련된 풍수를 퇴계의 출생과 연결시키고 있다. 그 외에도 퇴계 모친의 태몽담과 관련된 짧은 설화 두 편이 확인되고, 현명한 퇴계 모친 이야기, 퇴계 조부의 노송정 집터 습기 제거담, 퇴계 아버지와 어느 스님의 일화에 나타나는 퇴계의 출생담이 일부 산견되고 있다. 이들은 모두 '풍수'에 '출생담'이라는 서사 관습이 결합된 양상을 보이는데, 이는 좋은 땅에서 훌륭한 인물이 태어난다는 민간신앙적 믿음이 반영된 결과로 보인다.

그리고 퇴계 설화의 출생담은 동일하거나 유사한 모티프를 반복하면서 제2, 제3의 비슷한 이야기를 생산하는 방식으로 나타나는데, 길든 짧든 이들 설화가 전체적으로 강조하고 있는 서사의 핵심은 '풍수'와 '퇴계의 출생'이며, 이는 곧 설화 향유자들에게 공감을 획득하여 지속적으로 변이를 거듭하며 전승된 것이다. 그리고 이러한 전승은, 설화 전승집단의 현실적 의식이 매우 강하게 반영된 것으로 볼 수 있다. 그 결과 퇴계 설화는 전기적 설화로 변질되지 않고 합리적이고 현실적인 성격이 강한 작품들로 전승되었다.

고승 비문 출생담에 나타난 서사관습과
그 불교적 성격

– 신라시대 고승 비문을 중심으로 –

1. 서론

이 글은 고승들의 비문에 나타난 출생담이 불교적 종교관을 드러내는데 기여한다는 점을 살펴보고, 그러한 출생담이 오랜 문학적 전통을 가진 서사문법이라는 점을 밝히는데 목적이 있다.[1] 그래서 본고에서 논의하는 내용은 불교 일반에서 말하는 '生' 혹은 '출생'과는 다른 차원의 성격일 수 있다. 필자가 본고에서 다루고자 하는 고승들의 출생담은 문학적 성격이 강하면서 부분적으로 출생담의 구조 속에 일부 종교적인 성격이 함의되어 있다. 그래서 불교적 의미의 출생과 죽음의 개념을 본고에서 문제 삼는 것은 필자의 능력 밖이기도 하고 관심 영역도 아니다. 왜냐하면 고승들의 비문에는 불교적 관점에서 '출생'

---

1) 이 논문은 2011년 12월 16~17일 兩日間에 걸쳐 푸른역사아카데미에서 개최되었던, 제45회 동아시아고대학회 학술발표대회에서 기획주제(동아시아의 종교관)로 발표되었던 글을 대폭 수정·보완한 것이다. 부족한 글을 꼼꼼하게 읽고 문제점과 보완할 점을 지적해 주신 동국대 고영섭 교수님과 금강대학교 김천학 교수님께 깊은 감사의 마음을 전한다.

과 '죽음'을 다루고 있는 것이 아니라 '고승'이라고 하는 불교적 영웅
의 일생을 서사화하는 데 관심이 있기 때문이다.

이러한 고승 비문은 불교설화와 긴밀하게 관련을 가지면서 불교의
포교와 대중화에 기여했다고 판단된다. 왜냐하면 불교설화가 재래의
신화를 새로운 사고체계에다 편입시키면서 본래의 의의는 인정하지
않고 불교 정착에는 도움이 되게[2] 했듯이, 비교적 이른 시기에 하나
의 정형화된 서사적 틀을 통해 불교 포교의 기능도 함께 수행한 것이
바로 고승 비문이기 때문이다.

다만 고승들의 비문을 작성한 주체가 대개 당대의 이름난 유학자들
이었고, 그들이 왕명에 의해 고승들의 비범성과 업적을 기록하다보
니, 불교설화들과는 기록하는 방식이나 내용적 측면에서 다른 점이
있을 수 있다. 그것은 곧 '사실'과 '허구화'의 문제이다. 불교설화들이
사실성보다는 허구성이 강하다면, 고승 비문은 허구성보다는 사실성
이 좀 더 강화되어 있는 것이다. 이는 기록 주체나 향유 주체가 유학자
들이었는가, 아니면 승려나 일반 사람에 의한 것이었느냐에 의한 차
이에서 생기기도 하고, 전승과 기록 방식이 고정된 형식이면서 사실
성을 중시하는 '비문'이었느냐, 아니면 변개가 용이하고 허구성을 중
시하는 '설화'였느냐에 따라 나타난 현상이다.

그런데 '고승 비문'에 나타난 고승들의 사실적 기록을 어떻게 받아
들이느냐에 따라 비문의 문학적 성격은 완전히 달라질 수 있다. 고승
의 비범성과 불교와의 인연, 그리고 '불교'라고 하는 종교적 깨달음을
드러내는 과정 속에 동원된 형식이나 내용에 정형성이 발견된다면 '고

---

2) 조동일, 제4판 『한국문학통사1』, 지식산업사, 2005, 208쪽.

승 비문'은 '사실'과 '허구'가 동시에 강조된 문학양식이 될 수도 있는 것이다. 이런 점에서 고승 비문은 불교적 차원의 서사문법3)으로 작성되지 않았을까하는 추측을 가능하게 한다. 다만 그러한 방식이 불교나 고승 비문의 독자성이 아니라, 전대의 영웅서사담에서 흔히 발견된다는 점에서 완전히 새로운 것은 아니다.

따라서 필자는 전대 영웅출생담의 특징을 간략하게 소개한 후 고승비문의 출생담이 이러한 영웅서사담의 영향을 받아 고승을 불교적 차원에서 영웅화시켰다는 점을 살펴보고자 한다. 그리고 이러한 고승비문의 출생담이 오랜 기간 향유된 서사 관습이라는 점과 거기에 담긴 종교적 의미도 함께 탐색해 보고자 한다.

2. 출생담의 서사관습

출생담은 한국은 물론 중국이나 일본, 그리고 유럽의 영웅서사담에서도 확인된다. 우리 서사문학에서 인물 출생담은 구전 서사무가에서 시작되었고, 건국신화에서 구체적이고 다양한 형식으로 확인된다. 이후 역사적 영웅설화를 거쳐 고소설의 허구적 영웅 출생담으로 유전된다. 그리고 이들 서사문학에서 인물의 출생담은 주인공들이 고난을 극복하고 행복해 질 수 있는 조건으로 작용한다. 이런 점에서 서사문학에서의 출생담은 형식적 요소이면서 기능적 요소이기도 하다. 하지

---

3) '서사문법'이라는 말은 '서사'와 '문법'의 합성으로 이루어진 개념이다. '서사'가 '이야기' 혹은 이야기 단위를 나타낸다고 한다면, '문법'은 그러한 이야기를 전개시켜 나갈 때 필요한 하나의 규칙성을 의미한다.

만 그 형식은 동일하지 않고, 작품에 따라 조금씩 편차를 보이기도 한다. 본고에서 다루는 고승 비문과 시간적 거리가 비교적 가까운 건국신화나 영웅설화에 국한해서 본다면 출생담은 크게 4가지 정도로 유형화할 수 있다.

첫째는 건국신화에서 천신이 직접 강림하거나 천신이 상징적으로 강림하여 그 신성성을 인정받는 경우이다. 이 중 전자에는 〈단군신화〉4)가 있고, 후자에 속하는 작품으로는 〈혁거세신화〉5)나 〈수로왕신화〉6)가 있다. 혁거세나 수로는 천강란에 의해 탄강한 후 2차 출생하는 인물들이다. 하지만 이들은 천신의 하강이라는 신성성을 인정받아 순탄하게 왕위에 오르게 된다.

둘째는 천손의 후손이거나 신성한 혈통을 가지고 있으면서도 그 신성성을 의심받는 경우이다. 이에 속하는 작품으로는 〈주몽신화〉7)나 〈탈해신화〉8)가 있다. 주몽은 천신 해모수의 후손이지만 유화의 몸을 통해 알로 태어나 그 신성성을 의심받게 되고, 탈해는 용성국 함달파의 아들이지만 역시 알로 태어나 버림을 받는 인물이다. 그러나 주몽은 비범한 능력을 통해 투쟁으로서 고난을 극복한 후 고구려를 건국하게 되고, 탈해는 지략으로서 고난을 극복하고 왕위에 오르게 된다.

셋째는 천신이나 천손이 직접 강림하는 것은 아니지만, 역사적 영웅설화의 주인공의 존재본원이 천상 성신으로 상징화되고, 이러한 상

---

4) 『삼국유사』 「기이」 卷 第一, '고조선 – 왕검조선'조 참조.

5) 『삼국유사』 「기이」 卷 第一, '신라시조 혁거세왕'조 참조.

6) 『삼국유사』 「기이」 卷 第二, '가락국기'조 참조.

7) 이규보, 『동국이상국집』 卷三 고율시, 〈동명왕편〉 및 일연, 『삼국유사』 「기이」 卷 第一, '고구려'조 참조.

8) 『삼국유사』 卷 第一 「기이」, '제4대 탈해왕'조 참조.

징성이 이후 인물 서사에서 구체화되는 경우이다. 이는 후대 고소설에서 본격적으로 수용되어 영웅소설 주인공에 큰 영향을 주었다. 이에 해당하는 인물로는 김유신9)과 강감찬10)과 같은 인물이 있다.

넷째는 이물교혼에 의해 출생하는 인물담이다. 이 경우에는 이물과 모계가 교구(交媾)하여 주인공을 낳고, 이 주인공은 비범한 능력을 발휘하는 경우이다. 이에 해당하는 인물로는 서동11)과 견훤12)이 있다. 하지만 전자는 모계가 과부로서 지룡과 교접하여 서동을 출생하였기에 윤리적으로 문제될 것이 없고, 최후의 행적도 긍정적이다. 이에 비해 견훤의 경우에는 모계가 처녀의 몸으로서 지렁이에게 겁간을 당하여 출생하였기 때문에 윤리적으로 문제가 있다. 그래서 서두에서는 비범한 능력을 발휘하지만 후반부에서는 비윤리적인 행위를 많이 하게 되고, 결국 비극적인 결과를 맺는 것으로 나타난다.13)

이러한 출생담은 후대 고소설에서 본격적으로 수용되어 보다 풍부한 문학문화의 저변이 되었다. 이런 점에서 출생담은 오랜 문학적 전통을 가지고 있는 서사 관습으로 활용되었다고 할 수 있으며, 고승 비문에서도 이러한 전통은 적극 수용되고 있다. 이 중에서 고승 비문은 세 번째의 유형을 수용하면서 태몽이나 주인공의 존재본원에 약간의 변화를 주고 있다. 다음 장에서는 이에 대해서 구체적으로 살펴보

---

9) 『삼국유사』「기이」卷第一, '김유신'조 참조.
10) 『고려사』권 제94 〈열전〉 제7, '강감찬'조 참조.
11) 『삼국유사』「기이」卷第二, '무왕'조 참조.
12) 『삼국유사』「기이」卷第二, '후백제 견훤'조 참조.
13) 인물 출생담의 전통과 유형에 대한 논의는 필자의 선행 연구가 있으므로, 이를 참고하기 바란다.(김용기, 「인물 출생담을 통한 서사문학의 변모양상 연구」, 중앙대학교대학원 박사학위논문, 2007, 19~86쪽 참조.

기로 한다.

3. 고승 비문의 영웅설화 출생담 수용

앞서 언급한 바와 같이 서사문학에서 출생담은 서사무가나 건국신화에서부터 조선후기 고소설에 이르기까지 폭넓게 나타난다는 점에서 문학적 연원이 깊고 넓다. 그리고 이러한 출생담은 유교 열전에서도 그 형식적 유사성이 발견된다. 유교 열전은 취의부(自序)−행적부(本贊)−평결부(論贊)의 3단 형식을 고수하고, 특히 일대기를 수습·정리해 주는 행적부는 '가계·환경·출생−성장·학업−활동·업적·죽음·후손'과 같이 서술된다.14) 그러나 이때의 출생담은 단순한 사실의 전달에 그치는 경우가 많고, 신화나 영웅설화의 출생담과 같이 이후 서사와 신빌한 유기성을 갖추고 있는 경우는 드물다.15) 이는 본고와 어느 정도 관련이 있는 인물인 설총을 통해서 확인할 수 있다. 김부식의 『삼국사기』〈열전〉제6, '설총'조를 보면, 출생담이 없이 '본성이 총명하고 예민하여 니면서부디 도술을 알았다'16)는 식으로 시술되어 있다. 이는 김부식이 유학자의 입장에서 승려의 아들인 설총의 신이한 출생담을 의도적으로 배제했다는 의문을 가질 수도 있지만, 다른 인물들

---

14) 김승호, 『한국승전문학의 연구』, 민족사, 1992, 37쪽.
15) 김부식의 『삼국사기』〈열전〉의 김유신 같은 경우는 영웅설화적 요소를 함께 가지고 있어서 그의 출생담이 이후 서사와 긴밀하게 관련이 있는 것으로 나타난다. 그 외 상당수의 인물들은 출생담이 없거나 형식적인 것으로 삽입되어 있다.(김부식, 『삼국사기』 권제41, 〈열전〉제1 − 권제43, 〈열전〉제3 '김유신'조 참조). 본고에서는 이강래 역, 『삼국사기 II』, 한길사, 2003, 749~783쪽을 참고로 하였다.
16) 김부식, 『삼국사기』 권제46, 〈열전〉제6, '설총'조 참조.

의 열전을 볼 때 그럴 가능성은 매우 낮다. 이는 열전에서의 출생담과
이후 서사와의 긴밀성이 신화나 영웅설화에 비해 상대적으로 약하게
형상화 된 것과 관련된다.

　이러한 면은 본격적인 승전에서도 비슷하게 발견된다. 13세기 초엽
에 지어진 각훈의『해동고승전』을 보면, 소수림왕대에 불상과 불경을
가지고 들어온 순도를 시작으로, 고구려인 亡名, 義淵, 관중 사람 曇
始, 胡僧 마라난타, 천축 혹은 오나라 사람 阿道, 法空(法興王), 法雲(진
흥왕), 覺德, 智明, 圓光, 圓安, 安含, 아리야발마, 慧業, 惠輪, 玄恪,
玄照, 玄遊, 玄太 등[17] 비교적 자세한 기록을 하고 있는 20여 명의
승려들에 대한 출생담은 거의 보이지 않는다. 이 중 아도의 경우는
간략한 출생담이 있지만, 역시 이후 서사와 긴밀한 관련을 가지지 못
하고 있다. 또 구비문학적 성격이 강한, 13세기 후반 일연의『삼국유
사』속〈아도기라〉,[18]나〈원광서학〉[19], 9~11세기 중엽의『수이전』에
수록되어 있는〈아도〉,〈원광〉,〈아도전〉,〈아도기라〉,〈원광전〉,
〈원광서학〉의 경우도 마찬가지다. 이들의 내용은 대개『해동고승전』
의 경우와 별반 다를 것이 없고,[20] 또『수이전』의 경우에는『해동고
승전』이나 이를 참고한『삼국유사』의 내용을 그대로 전하고 있다.[21]

　그런데 이들과 달리 8세기 중엽부터 10세기 초반에 집중적으로 나
타나는 신라 고승 비문에서는 영웅설화에서 향유되던 출생담이 거의

---

17) 覺訓 찬, 장휘옥 외 譯,『해동고승전 외』, 동국역경원, 1994, 25~70쪽.
18) 일연,『삼국유사』卷第三,〈흥법〉第三, '아도기라'조 참조.
19) 일연,『삼국유사』卷第四,〈의해〉第五, '원광서학'조 참조.
20) 일연의『삼국유사』에 수록되어 있는 阿道나 圓光에 대한 내용은 대부분『해동고승전』
　　에서 거의 그대로 가져온 것으로 추정된다. 이는『수이전』의 경우도 마찬가지다.
21) 김현양 외 공역,『역주 수이전 일문』, 박이정, 1996, 21~111쪽 참조.

그대로 재현되고 있다. 현재 자료집에 실려 있는 10여 편의 신라 고승 비문 중 8편에서 출생담이 나타나고 있고, 그 중 6편이 출생담과 이후 서사와의 유기적 관계가 긴밀하며, 1편은 유기성을 추정할 수 있는 것으로 나타난다.22) 이와 관련된 내용을 간단하게 요약하여 표로 제시하면 다음과 같다.

내용 NO	주인공	가계	출생담			수학 및 특이한 행적23)	출생담과 이후 서사의 유기성24)
			태몽	태교	비범성 및 특징		
[1]	誓幢和上	×	○	×	○	○	×
[2]	神行禪師	○	×	×	×	○	△
[3]	寂忍禪師	○	○	×	○	○	◎
[4]	普照禪師	○	○	○	○	○	◎
[5]	弘覺禪師	○	×	×	×	○	△
[6]	眞鑒禪師	○	○	×	○	○	◎
[7]	朗慧和尙	○	○	○	○	○	◎
[8]	圓朗禪師	○	×	○	○	○	◎
[9]	智證大師	○	○	○	○	○	◎
[10]	眞鏡大師	○	○	○	○	○	◎

---

22) 본고에서 대상으로 한 자료집은 '李智冠, 『校勘譯註 歷代高僧碑文-新羅篇』, 伽山文庫, 1993'을 대상으로 하였다. 여기에는 총 11편의 碑文이 수록되어 있는데, 그 중 하나는 高僧 개인의 기록이 아니라 崇福寺와 관련된 내용이다. 본고에서는 이를 제외한 10편을 참고로 하였다. 그리고 같은 내용을 수록한, '韓國古代社會研究所 編, 『譯註 韓國古代金石文 제3권-신라·발해 편』, 財團法人 駕洛國史籍開發研究院, 1992'를 참고로 하였다.

23) 출생담이나 특이한 행적의 유무에 대해서는 다음의 기호로 약호화하여 제시한다. 있음(○), 없음(×).

24) 출생담과 이후 서사의 유기적 관련성은 다음의 약호로 대신하기로 한다. 유기적 긴밀성 강함(◎), 유기적 긴밀성 추정할 수 있음(○), 유기적 긴밀성 없음(×), 유기적 긴밀성 판단하기 어려움(△). 이 중에서 유기적 긴밀성의 판단을 유보한 '△'의 경우에는 출생담

위의 표는 현재 비문 자료집에 있는 10명의 신라 고승 비문의 내용 중에서 출생담의 유무와 서사적 유기성을 약호화하여 정리해 본 것이다. 시기적으로는 [1]번의 서당화상이 혜공왕대(765~780년)로 추정되어 가장 빠르다. 이 비문은 원효의 전기에 관한 最古의 자료로 알려져 있다.[25] 이 경우는 원효의 자세한 전기가 없어서 비문의 내용도 비교적 소략하다고 판단된다. 그래서 출생담이 있기는 하지만 아주 간략하고 이후의 서사와도 유기성이 약하다. 그러나 차츰 후대로 갈수록 출생담의 출현 빈도도 높아지고 이후 서사와의 유기성도 긴밀해지고 있다. 다만 [2]의 신행선사와 [5]의 홍각선사의 경우에는 출생담이 없어서 이후 서사와의 유기성을 판단하기 어려운 점이 있다. 그 외 원랑선사를 제외한 모든 고승의 비문에서 출생담이 있고 이후 서사와도 유기적인 관련을 맺는 것으로 나타난다. 이 중에서 [4]번 보조선사와 [9]번 지증대사의 비문을 구체적으로 살펴보기로 한다.

1) 장흥 보림사 보조선사 창성탑비문[26]

이 비문은 김영이 왕명을 받들어 찬하고, 무주 곤미 현령 김원이 왕명을 받들어 비문을 썼다. 선의 경지가 그윽하고 고요하며 바른 깨달음은 깊고 오묘하다는 것을 시작으로 하여 용수[27]와 사자존자[28]가

이 없거나, 너무 미약하여 정확한 논리적 관련성을 포착하기 어려운 경우로 볼 수 있다.

25) 韓國古代社會研究所 編, 『譯註 韓國古代金石文 제3권-신라·발해 편』, 財團法人 駕洛國史籍開發研究院, 1992, 3쪽.

26) *세운 때 : 신라 헌강왕 10년(884)에 세움. *소재지 : 전라남도 장흥군 유치면 봉덕리 보림사.

27) B.C. 2~3세기 무렵의 남인도 사람으로 인도의 대승불교를 크게 중흥시켜 제2의 석가, 八宗의 祖師라고 일컬어지는 인물. 李智冠, 上揭書, 102쪽에서 인용함.

중생을 깨우쳤다는 내용과 불교의 색과 공의 깨달음에 대한 소개 이후
에 선사의 가계와 출생담이 제시된다. 이를 정리해 보면 다음과 같다.

[A] 가계

① 선사의 이름은 體澄이고 宗姓은 김씨이며 熊津 사람이다.

② 대대로 명망과 어진 가풍을 이어왔으며, 이로써 즐거운 일이 하늘로
부터 모이고 덕이 큰 산으로부터 내려와 효의가 향리에서 기려졌고
벼슬에 나아가서는 예악이 뛰어났다.

[B] 출생담

① 선사를 잉태하던 해 어머니의 꿈에, 둥근 해가 공중에 떠서 빛을
내려 배를 뚫고 지나가고, 이 때문에 놀라 깨어 임신하였음을 깨닫다.

② 1년이 지나도록 태어나지 않으니, 어머니가 상서로운 꿈을 미루어
살펴 좋은 인연이 이루어지도록 빌다.

③ 식사에 고기를 멀리하며 술을 금하고 계율로써 태교하면서 복전(三
寶)을 섬기고, 해산하여 아들을 낳다.

[C] 비범성

① 신사는 체모가 거시 신이 우뚝 선 듯히고 기색이 윤택하어 河伯과
같았으며, 치아가 고르고 금발이 특이하여 마을 사람들이 찬탄하고
친척들이 모두 놀라워하다.

② 갓난아이 때부터 세속을 떠나고자 하는 뜻이 뚜렷했고, 7,8세가 되어
서는 같이 세속을 버리려는 攀緣[29]을 품으니, 양친이 부귀로써 붙잡
아 두기 어렵고 財色으로써 얽맬 수 없음을 알아 출가하여 유학할

---

28) 인도의 28祖 중 第24祖이며, 3세기 무렵의 中印度 사람으로 鶴勒那尊者에게 법을
받았다. 계빈국을 교화하고 바사사다에게 법을 전수하였으며, 그 후 외도들에게 몰살당
했다.

29) 반연 : 마음이 대상에 의지하여 작용함. 휘어잡고 의지하거나 기어 올라감.

것을 허락하다.

[D] 출가·수학 및 행적과 죽음

① 지팡이를 짚고 스승을 찾아 나서 花山 권법사의 문하에 들어가 경을 듣는 것으로 일을 삼고 법문을 청하여 열심히 정진하다.

② 항상 마음의 때를 씻고 닦으며 승려로서의 몸가짐을 익히고, 항상 마음을 비우고 고요하게 하여 神通妙用하니 견줄 사람이 없다.

③ 태화 丁未年(827)에 普願寺에서 具足戒를 받을 때 戒壇場에 들어가 7일 동안 도를 닦을 때에 문득 어떤 이상한 꿩이 갑자기 순하게 날아 들다.

④ 어떤 옛일을 잘 아는 사람이 "옛날에는 陣倉에서 覇王의 道를 드러냈는데, 오늘은 절에 날아드니 장차 불법을 일으킬 큰스님이 나타날 징조일 것이다"라고 말하다.

⑤ 開成 2년(837) 서쪽 중국에 들어가 수학하고, 5년(840) 봄 2월에 平盧使를 따라 신라에 돌아와 고향을 교화하다.

⑥ 檀越들이 마음을 불교에 기울여 발길을 잇는 것이, 수백의 내가 鼈壑에 모이듯 수많은 계곡과 산들이 영취산을 우러르듯 하니, 대왕이 소문을 듣고 사모하여 선사를 청하나 사양하다.

⑦ 咸通 辛巳年(861)에는 十方에서 시주한 재물로써 절을 넓히고 그 낙성일에 선사가 사찰에 이르니, 암수 무지개가 법당 안으로 뚫고 들어와 갈라진 빛이 방안을 비추고 반짝이는 빛이 사람을 비추니, 이는 堅牢30)와 娑迦31)가 상서로움을 알려 표하는 것이었다.

⑧ 廣明 元年(880) 3월 9일 여러 제자에게 "나는 현생의 報業이 다하여

---

30) 堅牢는 낙가라, 곧 堅牢地神으로 대지를 맡은 신을 이른다. 이 신은 능히 대지를 견고하게 하므로 이와 같이 일컬으며, 항상 교법이 유포되는 곳에 가서 법좌 아래에서 설법하는 이를 호위한다.

31) 娑迦는 娑迦羅 용왕을 가리키니, 사가라는 큰 바다라는 뜻으로 바다의 용왕을 이른다. 八大龍王의 하나로서 불법을 수호하고, 『法華經』에 나타나듯이 八歲 龍女의 成佛을 말하여 그 상서로움을 알렸다고 한다.

나무가 재가 되듯 사라지려니 너희들은 마땅히 불법을 잘 지키고
게으르지 말라"고 이른 후 열반에 들다.

⑨ 헌강왕 9년(883) 봄 3월에 문인 義車 등이 행장을 엮어 멀리 王京에
나아가 碑銘을 세워 불도를 빛나게 할 것을 청하니, 임금이 담당 관
사에 명하여 시호를 普照, 塔號를 彰聖, 절이름을 寶林이라 하다.[32]

위의 예문은 보조선사의 비문 내용을 정리해 본 것이다. 조선 말기
(고종 31년-1894년) 범해각안의 『동사열전』에 수록된 것과 비교했을 때,
내용이나 큰 틀에서의 차이는 없다. 이는 아마도 범해각안이 『동사열
전』을 찬술할 때, 이 비문을 참고로 하였기 때문일 것이다.[33] 다만
승전에는 비문에 있는 출생담이 없고, 대사의 행적을 좀 더 쉽게 풀이
하고 압축되어 있다는 정도가 다르다.

위의 예문 [B]의 출생담과 이후의 서사를 비교해 보면, [C]이하의
내용들은 모두 [B]의 출생담과 긴밀한 관련이 있음을 알 수 있다. '[B]
①'에서 둥근 해가 공중에 떠서 빛을 내려 배를 뚫고 지나가고, 이로
인해 임신하였다는 내용은 선사가 세상을 교화할 인물임을 암시한다.
이는 '[D]⑤,⑥'에서 세상을 교화하거나, '[D]⑦'에서 암수 무지개가
법당 안으로 들어와 갈라진 빛이 방안을 비추고 반짝이는 빛이 사람을
비추는 상서로움으로 구현된다.

그리고 '[B]③'에서 어머니가 태몽을 꾼 후 식사에 고기를 멀리하고
술을 금하며, 계율로써 태교하면서 복전을 섬긴 내용은, '[C]②'에서
갓난아이 때부터 세속을 떠나고자 하는 뜻이 뚜렷했고, 7,8세가 되어

32) 李智冠, 『校勘譯註 歷代高僧碑文-新羅篇』, 伽山文庫, 1993, 101~112쪽.
33) 범해각안, 『동사열전』 제1권, 〈보조선사전〉 참조.

서는 세속을 버리려는 반연을 품었다는 것으로 형상화 된다. 따라서 보조선사의 출생담은 이후 [C], [D]의 전체 서사와 긴밀하게 조응되고 있는 것으로 볼 수 있으며, 영웅설화의 출생담 및 서사 전개 방식과 매우 유사하다. 이는 앞서 제시한 출생담의 유형 중 세 번째에 해당되는데, 그 중에서도 김유신 설화와 상당히 비슷하다.[34] 즉 출생담의 상징적인 암시가 주인공이 장차 어떠한 인물이 될 것임을 제시하고, 이후 서사에서는 이것이 구체적으로 실현되는 것이 영웅설화의 서사방식인데, 보조선사의 출생담은 이와 유사한 것이다. 고승 비문의 출생담은 그러한 면에서 영웅설화의 서사방식과 유사하다. 이러한 면은 다음의 지증대사에서도 거의 동일한 방식으로 나타난다.

2) 문경 봉암사 지증대사 적조탑비문[35]

이 비문은 瑞書院 學士 최치원(崔致遠)이 왕명을 받아 찬하였다. 동방에 配對한 것이 仁이며 유·불·선 삼교에서 각기 이름을 내세웠는데, 청정한 경지를 나타낸 이가 부처님이며 仁의 마음이 곧 부처님이라고 한 후 불교가 중국과 신라 등지로 퍼져가서 안착되는 과정을 서술하였다. 그러면서도 높은 산에 해가 떠있음과 같이 진성을 터득한 자가 많아 세상 가운데 있으나 대개 세상이 알지 못한다는 안타까움을 드러내고 있다. 그러다가 선(禪)이 들어온 이후에 중생을 구제함이 쉬워지고, 祖師를 따를 문도들이 번창하였다고 한 후, 선종인으로 덕이

---

34) 영웅설화 및 김유신 설화의 출생담과 서사전개에 대해서는 앞서 제시한 필자의 논문을 참고하기 바란다. 김용기, 前揭論文, 52~86쪽.

35) *세운 때 : 新羅 景明王 8년 甲申(924년)에 세움. *소재지 : 경상북도 문경군 가은면 원북리 봉암사.

두터워 중생들의 아버지가 되고 道가 높아 왕의 스승이 된 신라시대 고승들을 소개하고 있다. 그리고 이어서 지증대사는 서역이나 중국에 가지 않고도 道에 이르고, 이 땅 또한 엄하지 않음에도 자비로써 다스려졌으며, 칠현 중에 누구도 스님과 비교될 수 없다고 한 후 스님의 가계와 출생담을 소개하고 있다.[36] 지증대사의 신이한 출생담은 6異와 6是로 구체화되고 있다.

[A] 가계

① 스님은 王都人으로 金氏姓의 子孫이며 호는 道憲이요 字는 智詵이며, 아버지는 贊壞이고 어머니는 尹氏이다.

[B] 출생담

① 처음 어머니의 꿈에 한 巨人이 여쭈기를 "나는 옛 勝見佛[37]의 말세에 沙門이 되었는데, 禍를 낸 까닭에 오랫동안 龍報에 떨어져 있다가 이제는 業報가 다하였으므로 마땅히 法孫이 되려합니다. 그러한 까닭에 묘한 인연에 의탁하여 자비한 교화를 넓히기를 원합니다"라고 하다.

② 꿈을 깬 후 임신하여 4백일이 지나 부처님을 관욕하는 날인 灌佛會(음력 4월 8일)의 아침에 태어나다.

③ 태어난 지 며칠 동안 젖을 먹지 않아, 젖을 억지로 갖다 대도 울면서 구역질을 하려고 하니, 홀연히 어떤 道人이 문을 지나다가 "어린아이의 울음소리를 그치려면 냄새나는 채소와 고기를 끊으시오"라고 하여, 그 어머니가 그대로 하였더니 아무 일이 없게 되다. 이후 젖을 먹이는 자로 하여금 더욱 삼가게 하고, 고기 먹는 사람으로 하여금

---

36) 李智冠, 上揭書, 294~309쪽 참조.
37) 過去 7佛 가운데 제1佛인 毘婆尸佛을 말한다.

더욱 부끄럽게 하였다.

[C] 비범성

① 스님의 키는 한 길이 넘고 얼굴은 한 자 남짓하였으며 풍채가 뛰어나고 음성은 웅장하며 명랑하였으니 참으로 위엄스러우면서도 자비가 넘쳐흘렀다.

[D] 출가·수학 및 행적 – 6異와 6是[38]

[D]-1. 〈6異〉

① 강생지이(降生之異), ② 숙습지이(宿習之異), ③ 효감지이(孝感之異), ④ 능성려심지이(能腥勵心之異), ⑤ 율신지이(律身之異), ⑥ 수훈지이(垂訓之異)

[D]-2. 〈6是〉

① 행장지시(行藏之是), ② 지보지시(知報之是), ③ 단사지시(檀捨之是), ④ 개발지시(開發之是), ⑤ 출처지시(出處之是), ⑥ 용사지시(用捨之是)

[E] 죽음

① 中和 壬寅年(헌강왕 8년 – 882년) 12월 18일 가부좌하고 마주보고 앉아서 이야기를 마치고 단정히 앉아 열반하다.

② 별은 돌아 하늘로 올라가고 달은 져서 천지가 깜깜하니, 온종일 바람이 골짜기를 울리고 시내소리가 虎溪에 鳴咽하였으며 눈이 쌓여 소나무가 부러지니 색이 鶴樹와 같다.[39]

---

38) 지증대사의 6異와 6是의 내용은 분량이 상당하여 일일이 자세한 내용을 모두 옮기기가 용이하지 않다. 그래서 내용을 포괄하는 핵심용어 만을 제시하고, 그 중에서 출생담과 좀 더 직접적으로 관련되는 6異를 위주로 설명하고, 6是의 경우에는 대략의 내용을 소개하는 것으로 대신하고자 한다.

39) 李智冠, 上揭書, 309~328쪽 참조.

위 예문은 지증대사의 비문을 간략하게 정리한 것이다. 지증대사의 출생담은 주로 6異蹟을 통해 구체화되고 있다. 이 중에서 첫 번째와 두 번째 이적은 이미 출생담에 포함되어 있다. 첫째는 태어날 때의 이적이며, 둘째는 숙습의 이적이다. 이 두 가지 이적은 '[B]①'에 나타난 지증대사의 전생과 관련이 있다. 그는 전생에 승견불의 말세에 사문이 되었는데, 화를 낸 까닭에 오랫동안 용보에 떨어져 있다가 업보가 다하여 법손이 되려고 하여 출생한 인물이다. 그래서 그는 부처님을 관욕하는 날인 음력 4월 8일에 태어나고, 이후 승려로 출가하게 된다. 그리고 원래 승려였기 때문에 어린 시절 어머니가 냄새나는 채소와 고기를 먹은 후에 주는 젖에도 구역질을 하게 된다.

이러한 출생과 숙습의 이적 다음에 제시되는 효도와 감읍의 이적은 이후 그의 삶에 지속적으로 관여하는 승려나, 점복에서 나타나는 불교와의 인연과 관련이 있다. 지증대사는 9세에 아버지를 잃고 거의 사경이 되었는데, 이때 어떤 추복승이 "꿈(幻)과 같은 육신은 쉽게 멸하고 장한 뜻은 이루기 어렵다. 옛날 부처님이 부모의 은혜를 갚는데 큰 방편을 두었으니 그대는 힘쓸지어다"라고 격려하는 말을 듣고 깊이 깨달아 어머니에게 불교에 귀의할 것을 청한다. 그러나 어머니가 허락을 하지 않자 대사는 몰래 도망가 불교를 배운다. 그런데 어느 날 갑자기 마음이 불안하여 안절부절 할 때에 어머니가 병이 났다는 소식을 듣고 돌아가서 뵈니 병이 나았다. 그러다가 갑자기 대사가 전염병에 깊이 감염되어 의원을 찾아가도 효험이 없어 여러 번 점을 치니 한결같이 "아이의 이름을 부처님께 예속시켜라"고 하는 점괘가 나왔다. 그래서 어머니가 태몽을 생각하고 시험 삼아 가사로 덮고 울면서 맹서하기를 "만약 이 병이 나아 일어난다면 부처님께 빌어 제자로 하겠습니다."라고 하였더니, 이튿날 말끔히 나았다. 이에 대사는 뜻을 이루어 출가하게 된다.[40] 따라서 이 세 번째 이적 역시 지증대사의 전생과 관련된 내용이 현세에서 그대로 이루어진 것으로서, 이는 곧 불가적 緣起 법칙을 강조하여 형상화 한 것이고, 대사의 출가가 우연이 아님을 드러낸 것이다.

네 번째 이적은 마음을 격려하는 이적이다. 지증대사가 17세에 이르러 구족계를 받고 처음으로 강단에 나아갔는데 소매 속에 신광(神光)이 요연하게 비추는 것을 깨닫고 더듬어 한 구슬을 얻었다. 이는 '대사가 스스로 구슬을 탐하여 구한 것이 아니라, 발이 없어도 이른 것이며, 굶주려 부르짖는 것으로 하여금 제 스스로 배부르게 하고, 취해서 넘어지는 것으로 하여금 능히 깨어나도록 한 것이니 이는 곧 마음을 격려하는 이적'이라고 하였다. 이는 곧 불가에서 말하는 마음의 중요성을 강조한 것인데, 이 또한 출생담과 이후 특이한 행적에서 나타나는 불가적 연기와 관련이 있다.

다섯 번째 이적은 몸을 다스리는 이적이다. 대사가 하안거를 마치고 다른 곳으로 가려하는 날 밤 꿈에 보현보살이 나타나 "고행은 행하기 어렵지만 행하면 반드시 이루어지리라"고 하는 말을 듣고 깊이 깨달아 이후 다시는 비단과 명주옷을 입지 않고 바느질이 필요하면 반드시 삼과 닥나무를 쓰고 가죽신을 신지 않았으며, 모시나 고운 삼베를 입은 자로 하여금 눈을 뜨게 하고 명주옷을 입은 이가 낯 뜨겁게 했다고 한다. 이 역시 대사의 깨달음과 수행에 불교 신격이 개입함으로써 그의 전생 인연이 지속적으로 연계됨을 알 수 있다.

---

40) 李智冠, 上揭書, 318~327쪽 참조.

여섯 번째 이적은 훈계를 내려준 이적이다. 이는 대사의 명성을 듣
고 후배들이 찾아와서 법을 청하니 대사가 거절한 것과 관련이 있다.
대사는 이후 산행을 하다가 나무꾼 할아버지가 앞을 막고 "선각이 후
각을 깨우치는데 어찌 모름지기 육신을 인색하게 하겠습니까?"라고
하여 가까이 가보니 보이지 않았다. 이에 부끄러워하면서 깨달아 그
후부터는 구법하는 것을 막지 아니하였다. 이는 나무꾼 할아버지로
나타난 관음이 훈계를 준 것으로 보인다. 간혹 불교설화에 보면 관음
은 직접 현신하지 않고 '흰 옷을 입은 여인'과 같은 인물로 나타나 깨
달음을 주기도 하는데,41) 여섯 번째의 이적도 그러한 성격으로 보이
며, 이 또한 대사와 불가적 인연의 선상에서 독해가 가능하다고 본다.

이 외에도 어머니의 꿈에 나타난 인물이 巨人이었다는 점과 '[C]①'
에서 대사의 키는 한 길이 넘고 얼굴은 한 자 남짓하며, 풍채가 뛰어나
고 음성이 웅장하다는 것도 출생담과 이후 인물의 성격이 긴밀하게
조응하고 있는 부분이다.

그리고 6분는 이러한 6異가 바탕이 되어 나타난 행위라고 보는데,
의미 풀이를 통해서 대강의 내용을 알 수 있다. 첫째는 사람으로 하여
금 더욱 삼가게 하여 나아가고 물러나는 옳음이고, 둘째는 은혜를 알
아 은혜를 갚는 옳음, 셋째는 시주로서 희사한 것의 옳음, 넷째는 善心
을 개발한 것의 옳음, 다섯째는 세상에 나가서 교화하고 물러와 도를
닦는 것의 옳음, 여섯째는 취사의 옳음이다.42) 이 6분와 출생담과의

---

41) 『삼국유사』〈낙산이대성 관음·정취 조신〉조에서 원효 법사 앞에 나타는 흰 옷을 입은
여인이 그렇다.

42) 이미 앞서 밝힌 바와 같이 이와 관련된 구체적인 논의는 생략하기로 한다. 이와 관련된
자세한 내용은 다음을 참고하기 바란다. 李智冠, 上揭書, 311~313쪽 참조.

직접적인 연계는 쉽게 목도되지 않지만, 이는 6異를 바탕으로 이루어진 승려로서의 인간적이고 사실적인 행위라고 추측된다. 6異와 같은 불가적 인연과 초월성이 있었기에 인간인 지증대사가 6분와 같은 행적을 실천할 수 있었다고 보는 것이다.

이상과 같은 고승 비문의 출생담은 고승의 비범성과 불교적 연기를 강조하는 형식적 요소이면서 동시에 이후 서사에 개연성을 부여한다는 기능적 성격도 함께 가지고 있다. 이는 전후대의 영웅설화에서 나타났던 인물 출생담의 운용 방식과 거의 같다. 이는 곧 고승 비문과 같은 승전이 영웅의 일생에 매우 근접한 전기적 유형[43]임을 의미한다.

고승 비문보다는 조금 모자란 감이 있지만, 이러한 면은 불교설화에서도 그 흔적이 발견된다. 불교설화에서도 일반 영웅 대신에 고승을 내세웠다. 가장 위대한 인물은 불도의 높은 경지에 이르러서 신이한 능력을 발휘하는 고승이라고 하면서 고승을 높이 받들고 그 행적을 다채롭게 하기 위해서 설화를 적극적으로 이용한 것이다.[44] 서술 대상을 고승으로 하고, 이야기 시간은 그의 일대기를 중심으로 하였다는 점에서 이를 '승전'의 범주에서 논의할 수도 있다.[45] 그리고 승전의 주체를 '종교적 영웅', 혹은 '불교적 영웅'으로 논의할 수도 있다.[46]

---

43) 곽정식, 『한국 전문학의 이해』, 경성대학교 출판부, 1998, 49쪽 참조.
44) 조동일, 제3판 『한국문학통사1』, 지식산업사, 1994, 208쪽.
45) 김승호는 '승전'의 개념을 광의적으로 해석하여 승려와 관련된 불교설화를 '승전문학'으로 다루었다. 그의 시각에 의하면 『삼국유사』 속 승려와 관련되는 설화들도 '승전'에 포함되고, 실제로 그렇게 다루었다.(金承鎬, 『韓國僧傳文學의 硏究』, 民族社, 1992, 13~301쪽) 그러나 필자는 나름대로 찬술된 목적이 다른 승려들의 傳記, 碑文, 碑銘, 佛典說話를 '승전'으로 포괄하여 다룬 논의에서 시각을 달리하여 '高僧碑文'으로 그 범위를 한정시켜 그 문학적 특징을 살펴보고자 한다.

그러한 점을 비교적 잘 드러내고 있는 것이 바로『균여전』이다.

본고에서 제시한 신라 고승 비문보다는 후대에 지어졌고, 각훈의
『해동고승전』보다는 이른 시기에 지어진 11세기 혁연정의『균여전』[47])
의 출생담은 '영웅의 일대기' 구조에 거의 방불하는 구조로 이루어져
있으며, 출생담과 이후 서사와의 유기적 관련성도 매우 긴밀한 것으로
나타난다. 이는 불교설화들이 승려와 관련된 소략한 정보나 단편적인
내용을 부각하는 것에서 나아가, 균여와 같은 인물의 전기가 필요하다
는 목적성에 의해 지어졌다는 찬술동기에서 차이가 있다. 이러한 면은
고승 비문의 제작의도와 크게 다르지 않다.

『균여전』은 크게 보아 序와 本傳, 後序로 짜여져 있는데, 이 중 본
전은 다시 10장으로 분단되어 있다. 1장의 강탄영험분(降誕靈驗分), 2
장의 출가청익분(出家請益分), 3장 자매제현분(姉妹齊賢分), 4장 입의정
종분(立義定宗分), 5장 해석제장분(解釋諸章分), 6장 감통신이분(感通神異
分), 7장 가행화세분(歌行化世分), 8장 역가현덕분(譯歌現德分), 9장 감응
항마분(感應降魔分), 10장 변이생사분(變異生死分)에 이르는 전 과정을
하나의 서사 맥락으로 펼쳐 놓으면 전형적인 '영웅의 일생' 구조가 된
다.[48]) 이『균여전』은 전대의 영웅설화의 영향을 많이 받았으며, 특히
같은 승려들을 기록한 신라시대 고승 비문의 체제도 적극 수용했다고

---

46) 김승호, 상게서, 86~127쪽 참조. 하지만 필자는 고승들의 碑文, 승려들의 傳記,『삼국
　　유사』속 佛典說話를 망라하는 논의를 지양하고, 꼭 필요한 경우가 아니라면 그 범위를
　　'高僧碑文'으로 한정하여 논의하고자 한다. 왜냐하면 이들은 특별한 승려들의 행적을
　　드러내고 있다는 점에서는 공통점이 있지만, 찬술된 동기나 작가가 다르고 전승 방식이
　　나 형식적 체제도 분명히 다르기 때문이다. 또 후대 승려들의 전기나『삼국유사』속
　　불교설화 등에 많은 영향을 준 것이 高僧 碑文이라고 판단된다.
47) 1075년 혁연정이 균여(923~973)의 전기를 기록한 전기서이다.
48) 赫連挺 著, 최철, 안대회 역주,『譯註 均如傳』, 새문사, 1986, 31~79쪽.

추측된다. 이는 혁연정의 『균여전』의 행장이, 최치원의 〈법장화상전〉을 본뜬 것49)이라는 것을 통해 짐작 가능한 부분이다. 왜냐하면 최치원은 신라시대에서 왕명을 받아 고승 비문을 많이 지은 인물 중의 한 사람이기 때문이다. 최치원은 일반 승전 외에도 앞서 제시한 10개의 고승 비문 중에서 3개의 비문을 지은 사람이다.50)

　이상으로 미루어 볼 때 혁연정의 『균여전』은 전대에서부터 향유되어오던 영웅설화의 출생담과 이를 수용한 고승 비문을 적극 수용하였다고 판단된다. 이는 곧 신라 시대 고승 비문이 전대의 영웅서사담과 이후의 승전을 잇는 교량 역할을 하고 있다는 것을 의미한다. 동시에 고려시대에 양산된 수많은 고승 비문에도 영향을 주었다. 지면 관계상 본고에서 직접 거론할 수는 없지만, 불교가 가장 융성했던 고려시대 고승 비문들 대부분이 앞서 논의한 신라 시대 고승 비문들의 형식을 답습하고 있는데, 전체적인 내용은 고승들의 불가와 관련된 신이한 출생담을 통해 이후에 제시되는 불교적 영웅으로서의 면모와 깨달음에 대한 개연성을 마련해 주는 것으로 이루어져 있다. 그리고 불교가 쇠퇴한 조선시대 고승들의 비문에도 거의 같은 방식으로 나타난다.51) 따라서 신라시대부터 조선후기까지 찬술된 고승 비문들은 전

---

49) 赫連挺, 上揭書, 6쪽.

50) [6]진감선사, [7]낭혜화상, [9]지증대사의 비문을 최치원이 찬술하였다.

51) 이 글은 동아시아고대학회 기획주제로 발표된 것인데, 발표 당시에는 고려시대 고승 비문과 조선시대 고승비문을 함께 다루었다. 그런데 토론하신 두 분의 선생님과 참석하시 선생님들께서 범위가 너무 넓어 어느 한 시대로 압축하고, 작품 수도 줄여서 밀도 있게 다루는 것이 좋겠다고 하여 본고에서는 직접 다루지 않았다. 고려시대와 조선시대 고승 비문에 관해서는 이후 지면을 달리하여 다루고자 한다. 고려시대와 조선시대 고승 비문도 본고에서 직접적으로 논의한 두 편의 비문과 그 형식이나 내용이 매우 비슷하다. 다만 승려의 개인적 행적에 의한 차이가 비문 전체의 내용에 영향을 주고 있을 뿐이다.

·후대 영웅설화의 출생담과 서사전개 방식을 적극적으로 수용하여 고승들을 불교적 영웅의 관점에서 형상화한 것으로 볼 수 있다.[52]

4. 고승 비문 출생담과 종교관

이상에서 살펴본 바와 같이 고승 비문은 전대의 영웅설화 속 출생 담과 서사전개 방식을 적극적으로 수용하고 있음을 알 수 있고, 형식 또한 상당히 정형성을 가지고 있는 것으로 나타난다. 8세기 말에서 19세기까지 거의 천여 년 동안 찬술된 고승 비문들이, 대상은 다르면 서도 그 형식에서 정형성을 가지고 있고, 내용적으로 불교와 깊은 관 련을 맺고 있다는 것은, 일정한 서사문법에 의해 작성되었다는 것을 의미한다.

여기서 말하는 일정한 서사문법이란, 형식적 측면에서 영웅설화의 출생담과 일대기를 차용한 것이고, 내용적 측면에서는 불교적 연기 법칙과 불가적 수행 및 깨달음을 말한다. 불교설화가 재래의 신화를 새로운 사고체계에다 편입시키면서 본래의 의의는 인정하지 않고 불 교 정착에는 도움이 되게 했다[53]면, 고승 비문은 불교 정착 이후 고 승들의 실제 삶의 행적을 기록하여 알리면서, 거기에 영웅설화의 허 구적 수법을 가미하여 불교적 영웅으로 윤색하고 있다고 하겠다. 그 리고 그러한 영웅화의 과정이나 열반에 들기 직전에 제시되는 고승

---

52) 이와 유사한 의견으로 僧傳 속 僧의 생애가 영웅화의 과정이라고 논의한 김승호의 연구가 있다. 김승호, 上揭書, 79~192쪽 참조.
53) 조동일, 제4판『한국문학통사1』, 지식산업사, 2005, 208쪽.

의 깨달음을 함께 부기하여 불교 본래의 의미를 잃지 않으려고 노력
했다.

고승 비문에 나타나는 이러한 종교관은 『삼국유사』 속 불교설화가
불교적 권능을 내세우는 것과 차이가 있다. 이는 아마도 불교설화와
고승 비문의 생래적 특징에서 연유한 것이라 생각된다. 불교가 초기
에 정착하면서 재래 신격들과 경쟁하고 갈등하는 과정 속에서 불교의
우위와 권능을 강조한 것이 불교설화이다. 이는 우리의 불교설화만
그런 것이 아니라 일본의 최초 불교설화집인 『일본영이기』도 마찬가
지다. 이 불교설화집도 불교가 일본의 토착신앙과 어떻게 만나는지를
보여주면서 불교의 영험과 권능을 강조하고 있다.54) 이에 비해 고승
비문은 그러한 불교가 정착되고 난 후 승려들의 고상한 삶을 전생에
걸쳐 불교적 연기 법칙과 필연성을 강조하고 있다. 태생적, 목적성의
측면에서 이 둘은 그 성격을 달리하고 있기 때문에 거기서 도출되는
종교관 역시 다를 수밖에 없다.55) 불교설화집이 불교와 신승의 권능
을 강조하고 있다면, 고승 비문은 고승이 승려가 될 수밖에 없는 불교
적 연기 법칙과 승려로서의 삶 후에 얻게 되는 종교적 통찰에 주안점
이 있다고 하겠다.

---

54) 쿄오카이 저, 정천구 역, 『日本靈異記』, 도서출판 씨아이알, 2011, 15~379쪽.

55) 이러한 점은 17세기 초반 雲棲 袾宏의 『죽창수필』이나 현대의 지허 스님이 쓴 『禪房日記』의 종교적 깨달음과 비슷하면서도 다른 점이 있는 것을 통해 알 수 있다. 『죽창수필』이나 『선방일기』는 이미 출가한 스님들이 자신의 일상에서 체험하여 얻은 종교적 깨달음을 담담하게 기술한 것이 대부분이다. 이에 비해 고승 비문의 주인공들은 유학자들이 고승의 출생과 행적 중에서 특기할 만한 것을 부각시키고, 그 과정이나 말미에 고승의 불교적, 종교적 통찰을 그리고 있다는 점에서 다르다. 그리고 고승 비문의 경우에는 고승이 그렇게 되는 것이 우연한 것이 아니었으며 불교적 인연과 緣起 법칙에 의해 필연적인 것임을 형상화하고 있다.

이 외에도 고승 비문에서 중요하게 다루고 있는 고승의 출생담이나
入寂 역시 정통 불교에서 인식하는 출생이나 죽음과는 조금 다르게
형상화 되어 있다는 점에서 특징적인 면이 있다. 일반적으로 불교에
서는 출생과 죽음을 윤회의 과정으로 보기에 이를 구분하지 않는다.
즉 불교에서는 인간 윤회전생을 四有로 설명하고 있는데,56) 생유와
본유, 사유, 중유가 그것이다. 그 가운데 자신의 업력 및 아뢰야식이
모태에 의탁해 태어나는 찰나를 生有라 하고, 그로부터 죽음에 이르
는 상속 기간을 本有라 하며, 죽는 찰나를 死有, 죽어서 다시 태어
날 때까지의 상속 기간을 中有라 하고 있다.57) 이는 삶과 죽음의 문제
가 전 존재적 변화의 연속58)이라는 의미인데, 위에 제시된 고승 비문
은 출생담을 통해 고승이 승려로 출생해야만 하고 승려로서의 삶을
살아야 한다는 필연성을 강조하고 있다. 즉 불교 일반에서의 출생과
죽음은 자연스러운 전 존재적 변화의 연속임에 비해, 고승 비문에서
는 출생담에 불교적 의미를 특별히 강조하고 있다는 점에서 차이가
있다는 것이다. 다만 두 번째 지증대사의 출생담과 행적은 전생의 업
보로 인한 연기론적 입장에 있기에 첫 번째의 보조선사의 출생담 및
행적 기술과 약간의 변별점이 있기는 하다. 하지만 큰 틀에서는 위에
제시한 대부분의 비문은 고승의 불교적 인연에 의한 필연적 출생과
삶의 영적 완성 및 깨달음을 추구하는 태도에 초점이 맞춰져 있다는

---

56) 『成實論』(『大正藏』 32, 256b, "經中說四有 本有 四有 中有 生有"). 문상련, 「대승불교
에 있어 출생과 죽음의 과정에 대한 記述」, 『불교학연구』 제15호, 불교학연구회, 2006,
6쪽에서 재인용.

57) 『阿毘達磨俱舍論』(『大正藏』 29, 46a). 문상련, 상계논문, 6쪽에서 재인용.

58) 이덕진, 「한국 불교의 생사관」, 유초하 외 공저, 『한국인의 生死觀』, 태학사, 2008,
105쪽.

점에서 구도형의 인물 출생담이라 할 수 있다.

5. 결론

이글은 신라시대 고승 비문을 중심으로 하여, 고승 비문 출생담이 하나의 정형화 된 서사문법으로 오랜 시간 향유되어 온 서사 관습이었음을 드러내는데 목적이 있다. 이러한 서사 관습을 가진 고승 비문 출생담은, 그 이전의 서사무가에서 시작되어 신화와 영웅설화로 전승되어 왔다. 서사무가에서 시작되어 신화나 영웅설화로 전승되어온 출생담은, 그 유형을 대략 4가지로 나누어 볼 수 있는데, 이 중에서 고승 비문 출생담은 영웅설화를 적극 수용하면서 태몽이나 주인공의 존재 본원에 약간의 변화를 주고 있다.

이러한 고승 비문의 영웅설화 출생담의 수용 양상은, 김부식의 『삼국사기』 〈열전〉 속 '설총'이나 『삼국유사』 소재 불교설화 속 승려들의 전기와 많이 다르다. 이러한 자료집에서는 승려들의 출생담이 거의 보이지 않는다. 뿐만 아니라 구비문학적 속성을 가지고 있는 『수이전』이나 본격적인 승전이라 할 수 있는 『해동고승전』의 승려담에도 출생담은 나타나지 않는다.

이에 비해 필자가 확인한 10편의 신라시대 고승 비문에서는 거의 대부분에서 출생담이 확인된다. 현재 자료집에 있는 신라 고승 비문 10여 편을 분석해 본 결과 8편에서 출생담이 나타나고 있었고, 그 중 6편에서 출생담과 이후 서사의 유기적 관련성이 있다. 그리고 전대의 영웅설화를 수용한 고승 비문과 이들의 영향을 받았을 것으로 추정되

는 고려시대 혁연정의『균여전』에서는 출생담이 나타난다. 따라서 고
승비문은 전대의 영웅서사담과 이후의 승전을 잇는 교량 역할을 하고
있다고 볼 수 있다.

　이러한 고승 비문의 출생담은, 불교가 가장 융성했던 고려시대 고
승 비문에서도 거의 그대로 재현되며, 불교가 쇠퇴하였던 조선시대
고승 비문에도 그 정형성과 내용적 특성이 발견된다. 이런 점에서 고
승 비문은 정형화된 서사문법을 바탕으로 오랜 시간 향유된 서사 관습
으로 전승되었다고 볼 수 있다.

　이러한 고승 비문 출생담에는 다른 불교설화나 승려들이 자신들의
수행을 통해 종교적 깨달음을 전하는 수필들과도 다른 종교관이 나타
난다. 한국과 일본의 불교설화들은 재래신격과의 대결을 통해 불교와
신승들의 권능을 내세우는데 비해, 고승 비문에서는 불교가 정착된
이후 고승들의 고상한 삶을 전생에 걸쳐 보여주면서, 불교적 연기법
칙과 승려로서의 삶 후에 얻게 되는 종교적 통찰이 중심이다. 그리고
일부 출가한 스님들이 자신의 일상적 체험에서 얻은 종교적 깨달음을
담담하게 기술한 수필들과도 다르다. 왜냐하면 고승 비문의 주인공들
은 유학자들이 고승의 출생과 행적 중에서 특기할 만한 것을 부각시키
고, 그 과정이나 말미에 고승의 불교적, 종교적 통찰을 그리고 있기
때문이다.

참고문헌

자료

『고려사』.

『구비문학대계』 6-5, 36~41쪽.

『동국세시기』 十二月 臘.

『北史』 卷九十四, 「列傳」 第八十二, 〈百濟〉條.

『書經』

『成實論』(『大正藏』 32, 256b).

『隋書』 卷八十一, 「列傳」 第四十六, 〈東夷〉條.

『阿毘達磨俱舍論』(『大正藏』 29, 46a).

『靑邱野談』

〈유문성전〉, 동국대 한국학 연구소 편, 『활자본고전소설전집』 제5권, 아세아문화
        사, 1976.

〈이수문전〉, 1~80쪽.

〈장백전〉, 『구활자본고소설전집』 12, 인천대학교민족문화연구소 편, 1983.

覺訓 찬, 장휘옥 외 譯, 『해동고승전 외』, 동국역경원, 1994.

干寶 撰, 林東錫 譯註, 『搜神記』 下 卷十八, 430, 猪臂金鈴, 東文選, 1997, 689쪽.

강재철 외 편, 『退溪先生說話』, nosvos, 2011.

京板 24장본 〈홍길동전〉, 國學資料院, 『韓國古小說板刻本資料集』 3, 1994.

고전연구실 역, 『신편 고려사』, 「世家1-太祖-獻宗」, 신서원, 2001. 56~61쪽.

국립민속박물관 세시기 번역총서5, 『조선대세시기Ⅲ』, 「동국세시기」, 十二月 臘,
        국립민속박물관, 2007, 259~260쪽.

국사편찬위원회 외, 국역 조선왕조실록 CD-ROM 1집-3집.

金道洙 편(刊寫年未詳), 『창선감의록 上』, 국립중앙도서관, 한古朝48-151.

김부식, 『高麗史』, 권 제1, 「高麗王室 世系」.

김부식, 『삼국사기』.

김부식, 『삼국사기』 권 제13, 「고구려본기」.

김부식, 『삼국사기』 권 제32, 雜志 제1 祭祀.

김수봉, 역·주해(2008), 『옥린몽』, 한국학술정보.

김시호 제보자로부터 강재철 채록, 〈선조의 못바람으로 태어난 퇴계〉, 『퇴계학연구』 19집, 단국대학교 퇴계학연구소, 2005.

김용천·최현화 역주, 『天地瑞祥志』, 예문서원, 2007.

김현룡, 『한국인 이야기』 7, 자유문학사, 2001.

김현양 외 共譯, 『역주 殊異傳 逸文』, 박이정, 1996.

남재주 제보자로부터 김수연 외 채록, 〈집터 제습 후 퇴계 선생 태어나다〉, 『퇴계학연구』 17집, 단국대학교 퇴계학연구소, 2003.

대한민국문교부 국사편찬위원회 편, 『中國正史 朝鮮傳』 譯註 二권, 1988.

라종석 제보자로부터 고승희 외 채록, 〈퇴계 선생의 외조부는 왜 놋그릇을 훔쳤을까?〉, 『퇴계학연구』 17집, 단국대학교 퇴계학연구소, 2003.

민족문화추진회 역, 『동국이상국집 I』, 민족문화추진회, 1981.

朴健會 편, 『창선감의녹』, 조선서관, 大正3(1914).

朴性鳳·高敬植 譯, 『三國遺事』, 瑞文文化社, 1987.

박재연·양승민 교주, 『옥기린』, 도서출판 다운샘, 2004.

白斗鏞, 『懸吐 彰善感義錄』, 翰南書林, 大正6(1917).

범해각안, 『동사열전』 제1권, 〈보조선사전〉.

成百曉 譯註, 『懸吐完譯 詩經集傳』上, 傳統文化硏究會, 2010.

안동군수, 『내 고장 전통가꾸기』, 1985.

예태일·전발평 편저, 서경호·김영지 역, 『산해경』, 海內經編, 안티쿠스, 2008, 386쪽.

운서 주굉 저, 연관스님 선역, 『山色』, 도서출판 호미, 2005.

운서 주굉, 『죽창일기』.

이강래 역, 『삼국사기 II』, 한길사, 2003.

이규보, 〈동명왕편〉, 『동국이상국집』 제3권, 고율시.

李奎報, 『東國李相國集』 卷三 古律詩, 〈東明王篇〉.

이규식 제보자로부터 김수연 외 채록, 〈퇴계 선생 나실 적에 박씨 부인의 태몽〉, 『퇴계학연구』 17집, 단국대학교 퇴계학연구소, 2003.

이덕진, 「한국 불교의 생사관」, 유초하 외 공저, 『한국인의 生死觀』, 태학사, 2008.

이동은 제보자로부터 박연우 외 채록, 〈퇴계 선생 나실 적에 부모님의 태몽〉, 『퇴계
　　　학연구』 17집, 단국대학교 퇴계학연구소, 2003.

李來宗 역주, 〈창선감의록〉, 고려대학교 민족문화연구원, 2003.

李翔九 편, 『창선감의록 天』, 二葉房, 1916(우촌 古3736-6).

이상학 제보자로부터 신혜원 채록, 〈퇴계 선생 탄생 설화〉, 『퇴계학연구』 16집,
　　　단국대학교 퇴계학연구소, 2002.

李源命 原著, 鄭明基 編, 『原本 東野彙輯』上, 寶庫社, 1992.

이원우 제보자로부터 강재철 채록, 〈퇴계의 조부가 집터 잡은 이야기〉, 『퇴계학연
　　　구』 19집, 단국대학교 퇴계학연구소, 2005.

李智冠, 『校勘譯註 歷代高僧碑文-新羅篇』, 伽山文庫, 1993.

李智冠, 『校勘譯註 歷代高僧碑文-朝鮮篇1』, 가산불교문화연구원출판부, 2003.

일연, 『三國遺事』 「紀異卷第一」 高句麗.

일연, 『三國遺事』 「紀異卷第一」 射琴匣.

일연, 『三國遺事』 「紀異卷第一」 太宗春秋公.

임동권, 〈산돼지를 구해 준 머슴〉, 『한국의 민담』, 서문당, 1996, 108~111쪽.

임치균 교주, 〈태원지〉, 권지일, 한국학중앙연구원출판부, 2010.

임치균, 배영환 여, 〈태원지〉, 한국학중앙연구원, 2010.

임치균, 이래호 옮김, 〈영이록〉 한국학중앙연구원 출판부, 2010.

임치균, 허원기 교주, 『녕이록』, 한국학중앙연구원 출판부, 2010.

정선희 역주, 〈소현성록 2〉, 소명출판, 2010.

정선희·조혜란 역주, 〈소현성록 1〉, 소명출판, 2010.

조선총독부, 『朝鮮의 風水』, 1931.

지허 스님, 『禪房日記』, 불광출판사, 2010.

최수현·허순우 역주, 〈소현성록 3〉, 소명출판, 2010.

최수현·허순우·정선희 역주, 〈소현성록 4〉, 소명출판, 2010.

최운식 편저, 『한국의 민담1』, 시인사, 1999, 43~50쪽.

최운식, 『한국의 민담』 2권, 시인사, 제2판 1쇄, 1999, 395~398쪽.

최웅 역, 『주해 청구야담 Ⅲ』, 국학자료원, 2005.

쿄오카이 저, 정천구 역, 『日本靈異記』, 도서출판 씨아이알, 2011.

韓國古代社會硏究所 編, 『譯註 韓國古代金石文 제3권-신라·발해 편』, 財團法人
　　　駕洛國史籍開發硏究院, 1992.

한국문화상징사전편찬위원회, 『한국문화 상징사전』, 동아출판사, 1992, 231쪽.

한국정신문화연구원, 『韓國口碑文學大系』 7-6(慶尙北道 盈德郡篇), 1981.

한국학중앙연구원 장서각 소장 낙선재본, 『손텬스녕이록』.

許愼 撰, 『說文解字注』, 上海古籍出版社出版, 1981.

赫連挺 著, 최철, 안대회 역주, 『譯註 均如傳』, 새문사, 1986.

논저

姜在哲, 「通過儀禮에 나타난 諸習俗의 象徵性 考察」, 『國文學論集』 15집, 단국대학교 인문대학 국어국문학과, 1997, 53쪽.

郭正植, 『韓國 傳文學의 理解』, 경성대학교 출판부, 1998, 49쪽.

權性旻, 「玉所 權燮의 國文詩歌 研究」, 서울대학교 대학원 석사학위논문, 1992, 32쪽.

권연웅, 「조선전기 經筵의 災異論」, 『역사연구논집』 13·14합집, 역사연구회, 1990.

金敎鳳, 「바보사위 설화의 희극미와 그 의미」, 흔미 최정여박사송수기념논총편찬위원회, 『민속어문논총』, 계명대학교출판부, 1983, 637~652쪽.

金基虎, 「퇴계선생 태생풍수 연구—朱子 高祖母墓와 비교분석을 통하여—」, 『퇴계학과 유교문화』 32집, 경북대학교 퇴계학연구소, 2003.

金秉權, 「17世紀後半 創作小說의 作家社會學的 研究—金萬重과 趙聖期를 중심으로—」, 부산대학교 대학원 박사학위논문, 1990, 1~121쪽.

金承鎬, 『韓國僧傳文學의 研究』, 民族社, 1992, 37쪽, 13~301쪽.

금장태, 『한국유교의 이해』, 민족문화사, 1985, 35쪽.

金廷信, 「異類交婚說話研究—人獸婚포티프를 중심으로—」, 梨花女子大學校 大學院 碩士學位論文, 1994, 42쪽.

金玄生, 「한국 괴물퇴치담의 연구」, 영남대학교 대학원 박사학위논문, 2009, 1~150쪽.

김경돈, 「한국원시종교사 二 —하느님 관념 발달사」, 『한국문화사대계 10』, 종교·철학사 편, 고려대학교 민족문화연구소, 1992.

김경미, 「주자가례의 정착과 〈소현성록〉에 나타난 혼례의 양상 —본전을 중심으로—」, 『한국고전연구』 13집, 한국고전연구학회, 2006, 5~28쪽.

김경미, 「타자의 서사, 타자화의 서사, 〈홍길동전〉」, 『고소설연구』 제30집, 한국고소설학회, 2010, 204~205쪽.

김병권, 「창선감의록의 작명과 그 서술의 서사적 의미」, 『한국민족문화』 18집, 부산대학교 한국민족문화연구소, 2001, 1~21쪽.

김선정, 「적강형 영웅소설 연구 -유충렬전, 유문성전, 김진옥전, 소대성전을 중심으로-」, 『인문논총』 제2집, 경남대학교부설인문과학연구소, 1990.

김숙영, 「설화를 바탕으로 한 12지 문화콘텐츠 개발 및 시각화 연구」, 한양대학교 대학원 석사학위논문, 2005, 1~98쪽.

김용기, 「동명·주몽 출생담의 유형별 특징과 문학문화로의 전승」, 『동아시아고대학』 24집, 동아시아고대학회, 2011, 230쪽.

김용기, 「소현성록 인물 출생담의 특징과 서사적 기능」, 『어문연구』 149호, 한국어문교육연구회, 2011, 223~251쪽.

김용기, 「왕조교체형 영웅소설의 왕조교체 방식 연구 -음양삼태성과 현수문전을 중심으로-」, 『국어국문학』 153호, 국어국문학회, 2009, 105~134쪽.

김용기, 「인물 출생담을 통한 서사문학의 변모양상 연구」, 중앙대학교 대학원 박사학위논문, 2007.

김용기, 「출생담을 통한 장백전과 유문성전의 내용 비교 연구」, 『어문연구』 142호, 한국어문교육연구회, 2009, 191~219쪽.

김용기, 「출생담을 통해서 본 〈소현성록〉 가문의식의 발현 양상」, 〈고전문학과 교육〉 21집, 한국고전문학교육학회, 2011.

김재환, 「한국서사문학의 천사상」, 『천과 인간』, 동의대학교 인문과학연구소, 1998.

김정원, 「한국 고전서사문학에 나타난 여인납치담 연구」, 한국학중앙연구원 박사학위논문, 2009, 1~149쪽.

김준겸, 「고대인의 하늘관 - 고전문학의 사상적 근원으로서 -」, 『무애 양주동 박사고희기념논문집』, 无涯梁杜東博士古稀紀念論叢刊行委員會, 1972.

김진세, 「태원지 고-李朝後期 社會人들의 Utopia를 中心으로-」, 『영남대학교논문집』 1·2 합집, 영남대학교, 1968, 13~14쪽.

김진세, 〈태원지〉, 사단법인 국학자료보존회, 1980, 서문(I~Ⅷ쪽).

김현룡, 「최고운전의 형성시기와 출생담고」, 『고소설연구』 4집, 한국고소설학회, 1998.

김홍균, 「못마땅한 사위형 소설의 형성과 변모양상」, 『정신문화연구』 1985년 겨울호(통권 제27호), 정신문화연구원, 1985, 145~165쪽.

노정은, 「소현성록의 인물 형상화 변이 양상 –이대본과 서울대 21권본을 중심으로–」, 고려대학교 대학원 석사학위논문, 2004, 61~67쪽 및 1~97쪽.

문상련, 「대승불교에 있어 출생과 죽음의 과정에 대한 記述」, 『불교학연구』 제15호, 불교학연구회, 2006, 6쪽.

민관동, 「중국고전소설의 한글 번역문제」, 『고소설연구』 제5집, 한국고소설학회, 1998, 417~455쪽.

민관동, 『중국 고전소설의 전파와 수용–한국편–』, 아세아문화사, 2007, 24·28·44·48쪽.

박대복, 「조선조 서사문학에 수용된 저주와 천관념(Ⅱ)」, 한국어문교육연구회, 『어문연구』, 2001년 29권 1호(통권 109호).

박대복, 『고소설과 민간신앙』, 계명문화사, 1995.

박대복·이명현, 「유문성전에 나타난 갈등과 해결원리 –천정과 천명을 중심으로–」, 『인문학연구』 제33집, 중앙대학교 인문과학연구소, 2002.

박성의, 『한국문학 배경 연구』 上, 三友社, 1976.

박영희, 「蘇賢聖錄 연작 연구」, 이화여자대학교 대학원 박사학위논문, 1993, 197~205쪽.

朴英姬, 「소현성록 연작 연구」, 이화여자대학교 대학원 박사학위논문, 1993, 1~258쪽.

박일용, 「소현성록의 서술시각과 작품에 투영된 이념적 편견」, 『한국고전연구』 14집, 한국고전연구학회, 2006, 5~37쪽.

박일용, 「倡善感義錄의 구성원리와 미학적 특징」, 『고전문학연구』 18집, 한국고전문학회, 2000, 323~356쪽.

박재연, 『中國小說繪模本』, 강원대학교출판부, 1993, 156·164쪽.

백종오, 「남한 내 고구려 유적 유물의 새로운 이해 –최근 발굴 유적을 중심으로–」, 『선사와 고대』 28집, 한국고대학회, 2008, 131~137쪽.

서대석, 「영웅소설론」, 한국고전소설 편찬위원회 편, 『한국고전소설론』, 새문사, 1992.

서대석, 「영웅소설의 전개와 변모」, 성오 소재영 교수 환력기념논총간행위원회, 『고소설사의 제문제』, 집문당, 1993.

서대석, 『군담소설의 구조와 배경』, 이화여자대학교출판부, 1985.

성현경, 『한국소설의 구조와 실상』, 영남대학교 출판부, 1981, 45·180쪽.

손찬식, 「靈異錄의 巫俗的 考察」, 『어문논집』 26집, 안암어문학회, 1986, 117~141쪽.

손찬식, 「靈異錄의 民譚受容樣相」, 『국어교육』 49집, 한국국어교육연구회, 1984, 227쪽.

신동흔, 「역사인물담의 현실대응방식 연구」, 서울대학교대학원 박사학위논문, 1993.

신태수, 「임진록 천명관의 성격과 기능」, 『영남어문학』 제19집, 영남어문학회, 1991.

梁鍾國, 「北宋初 帝權確立과 太宗政權의 性格」, 渭堂申採湜敎授停年紀念論叢刊行委員會, 『宋代史硏究論叢』, 三知院, 2000, 29쪽.

梁鍾國, 『宋代士大夫社會硏究』, 三知院, 1996, 241쪽.

예태일, 전발평 편저, 서경호, 김영지 역, 『산해경』 제1장 南山經, '南次三經', 안티쿠스, 2008, 23쪽.

오광근, 『川原隨錄』, 신영출판사, 1994, 292~371쪽.

오수형 옮김, 『韓愈 散文選』, 서울대학교출판문화원, 2010, 544~545쪽.

吳淳邦, 「韓日學者硏究中國小說的一些優勢」, 『중국소설논총』 14집, 한국중국소설학회, 2001, 255~266쪽.

우쾌재, 「고소설의 명칭 및 연구경향의 통계적 고찰」, 『인천어문학』 5, 인천대 국어국문학과, 1989.

윤광봉, 『돼지띠』, 국학자료원, 1998, 89쪽.

윤열수, 『신화 속 상상동물 열전』, 한국문화재보호재단, 2010, 14쪽.

이강옥, 「조선초·중기 일화의 형성과 변모과정 연구」, 서울대학교대학원 박사학위논문, 1993.

이경원, 「서경에 나타난 상제천관」, 『동양철학연구』 16집, 동양철학연구회, 1998.

이내종, 「彰善感義錄 異本 考」, 『숭실어문』 10집, 崇實語文學會, 1993, 237~267쪽.

이명현, 「고전소설에 나타난 천관념 연구」, 중앙대학교 대학원 박사학위논문, 30~35쪽.

李文奎, 「洪吉童傳」, 金鎭世 編, 『韓國古典小說作品論』, 집문당, 1990, 247쪽.

이병휴, 「퇴계 이황의 가계와 생애」, 『퇴계학과 유교문화』 1집, 경북대학교 퇴계학연구소, 1973.

이복규, 『부여·고구려 건국신화 연구』, 집문당, 1998, 9~19쪽.

이상설, 「삼국유사 인물설화의 소설화 과정 연구」, 명지대학교대학원 박사학위논문, 1994.

이상택, 「낙선재본소설연구 -그 예비적 작업으로서의 혼사장애 주지의 문제를 중심으로-」, 『한국고전소설의 탐구』, 중앙출판인쇄주식회사, 1981.

이상택, 「靈異錄 小考」, 『한국고전소설의 탐구』, 중앙출판, 1981, 149·154쪽.

李成九, 「戰國時代의 養生術과 德·聖人觀」, 『古代中國의 理解Ⅱ』, 지식산업사, 1995, 109~185쪽.

李成權, 「家庭小說의 歷史的 變貌와 그 意味」, 고려대학교 대학원 박사학위논문, 1998, 1~53쪽.

이성춘, 「다산 정약용의 천명사상과 인륜」, 『한국종교』 18집, 원광대 종교문제 연구소, 1993.

이승수, 「창선감의록의 인물과 은폐된 현실」, 『한국학논집』 26집, 한양대학교 한국학연구소, 1995, 529~561쪽.

이신복, 「靈異錄 考」, 『公州敎大論文集』 8집 1호, 공주교육대학교, 1971, 37~50쪽.

이월영, 「최고운전 연구」, 전북대학교 대학원 석사학위논문, 1984, 1~76쪽.

李在重, 「麒麟圖像研究」, 대구가톨릭대학교 대학원 박사학위논문, 2000, 135~136쪽.

李智瑛, 「창선감의록의 이본 변이 양상과 독자층의 상관관계」, 서울대학교 대학원 박사학위논문, 2003, 1~224쪽.

이지영, 『한국 건국신화의 실상과 이해』, 월인, 2000, 138쪽.

이형근, 「이조말기 민란과 영웅소설 - 완판본 조웅전을 중심으로 -」, 『어문교육론집』 제2집.

임금자, 「고대소설에 나타난 선인들의 하늘관」, 『聖心』 창간호, 聖心女子大學校, 1972.

임성래, 『영웅소설의 유형 연구』, 태학사, 1990, 39~44쪽.

임재해, 『민족신화와 건국영웅들』, 천재교육, 1995, 173~175쪽.

임치균, 「연작형 삼대록 소설 연구」, 서울대학교 대학원 박사학위논문, 1992.

임치균, 「영이록 연구」, 『고전문학연구』 8집, 한국고전문학회, 1993, 327~349쪽.

임치균, 「조선조 대하소설에서의 충·효·열의 구현 양상과 의미」, 『한국문화』 15집, 서울대학교한국문화연구소, 1994, 135~158쪽.

임치균, 「태원지 연구」, 『고전문학연구』 제35집, 한국고전문학회, 2009, 355~384

쪽.

임치균, 『조선조 대장편 소설 연구』, 태학사, 1996, 290~318쪽.

林熒澤, 「17世紀 閨房小說의 成立과 〈倡善感義錄〉」, 『동방학지』 57집, 연세대학교 국학연구원, 1988, 103~165쪽.

장시광, 「소현성록 여성반동인물의 행위 양상과 그 의미」, 『여성문학연구』 11집, 한국여성문학학회, 2004, 347~373쪽.

장시광, 「소현성록 연작의 여성수난담과 그 의미」, 『우리문학연구』 28집, 우리문학회, 2009, 131~165쪽.

丁奎福, 「洪吉童傳 異本考(一)」, 『국어국문학』 48호, 국어국문학회, 1970.

정길수, 「17세기 長篇小說의 형성 경로와 장편화 방법」, 서울대학교 대학원 박사학위논문, 2004, 1~254쪽.

정길수, 『한국 고전장편소설의 형성과정』, 돌베개, 2005, 166~173쪽.

정병설, 「장편 대하소설과 가족사 서술의 연관 및 그 의미-고전소설의 창작시기와 창자과정에 대한 가설-」, 〈고전문학연구〉 12집, 한국고전문학회, 1997, 221~248쪽.

정병욱, 「樂善齋文庫 目錄 및 解題를 내면서」, 『국어국문학』 44·45 합병호, 국어국문학회, 1969, 3·51쪽.

정상진, 「장백전과 유문성진의 구조와 두 가지 문제」, 『우암어문논집』 제4호, 부산외국어대학교 국어국문학과, 1994.

정선희, 「소현성록에서 드러나는 남편들의 폭력성과 서술 시각」, 『한국고전여성문학연구』 14집, 한국고전여성문학회, 2007, 453~484쪽.

정연식, 김명하, 「선진유가 천관념의 정치사상적 성격」, 『경북대학교논문집』 52집, 1992.

정운채, 「유생전의 이본적 특성과 부녀 대립 양상」, 『선청어문』 제24집, 서울대학교 사범대학 국어교육과, 1996.

정재민, 「한국 운명설화에 나타난 운명관 연구」, 서울대학교대학원 박사학위논문, 1998.

정창권, 「소현성록의 여성주의적 성격과 의의 -장편 규방소설의 형성과 관련하여-」, 〈고소설연구〉 4집, 1998, 293~328쪽.

조광국, 「소현성록의 벌열 성향에 관한 고찰」, 〈온지논총〉 7집, 온지학회, 2001, 87~113쪽.

조동일, 「英雄의 一生, 그 文學史的 展開」, 『東亞文化』10집, 서울대학교 동아문화
　　　연구소, 1971, 165~214쪽 및 207쪽.

조동일, 「영웅의 일생, 그 문학사적 전개」, 『민중영웅이야기』, 문예출판사, 1992,
　　　55쪽.

조동일, 제3판 『한국문학통사1』, 지식산업사, 1994, 208쪽.

조동일, 제4판 『한국문학통사1』, 지식산업사, 2005, 208쪽.

조동일, 『인물전설의 의미와 기능』, 영남대학교 민족문화연구소, 1994.

趙昭珍, 「돼지설화연구」, 전북대학교 교육대학원 석사학위논문, 2006, 1~56쪽.

趙春鎬, 「彰善感義錄 研究」, 『문학과 언어』4집, 문학과 언어연구회, 1983, 72쪽.

조혜란, 「소현성록 연작의 서술과 서사적 지향에 대한 연구」, 『한국고전연구』13집,
　　　한국고전연구학회, 2006, 91~129쪽.

조혜란, 「소현성록에 나타난 가문의식의 이면-반복 서술을 중심으로-」, 『고소설연
　　　구』27집, 한국고소설학회, 2009, 4~107쪽.

曹喜雄, 「樂善齋本 飜譯小說 研究」, 『국어국문학』62·63 합병호, 1973, 266~267
　　　쪽.

주명희, 「전의 양식적 특징과 소설로의 수용 양상」, 서울대학교대학원 박사학위논
　　　문, 1985.

진경환, 「倡善感義錄의 작품구조와 소설사적 위상」, 고려대학교 대학원 박사학위논
　　　문, 1992, 210쪽.

천진기, 「돼지의 생태와 관련 민속」, 제27회 국립민속박물관 학술강연회, 국립민속
　　　박물관, 1994, 10~23쪽.

천진기, 「한국 띠 동물의 상징체계 연구」, 중앙대학교 대학원 박사학위논문, 2001,
　　　253~266쪽.

천진기, 『한국동물민속론』, 민속원, 2004, 420쪽.

村山智順 저, 金禧慶 역, 『조선의 점복과 예언』, 동문선, 2005, 295쪽.

최기숙, 『17세기 장편소설 연구』, 월인, 1999, 146~177쪽 및 219~477쪽.

최길용, 「한·중 고소설의 인물출생담과 비교 연구」, 『고소설연구』제26집, 한국고
　　　소설학회, 2008, 363~395쪽.

최삼룡, 「최고운전의 출생담고-최치원의 출생과 관련하여-」, 『어문논집』24·25
　　　집, 고려대학교 국어국문학연구회.

최윤희, 「손천사영이록의 도교적 면모와 의미」, 『우리어문연구』38집, 우리어문학

회, 2010, 37~64쪽.

최윤희, 「손천사영이록의 이본 특징과 존재 의미」, 『한국학연구』 32집, 고려대학교 한국학연구소, 2010, 169~192쪽.

최현성, 「손천사영이록에 나타난 소현성록에 대한 시각」, 고려대학교 대학원 석사학위논문, 2011, 1~62쪽.

페르디낭 드 소쉬르 저, 최승언 역, 『일반 언어학 강의』, 민음사, 2010, 91~96쪽 참조.

何新 著, 홍희 譯, 『신의 기원』, 동문선, 2010, 5·74쪽.

한국문화상징사전편찬위원회, 『韓國文化 상징사전』, 동아출판사, 1992, 355~357쪽.

한길연, 「대하소설의 환상성의 특징과 의미」, 『고전문학과 교육』 20집, 한국고전문학교육학회, 2010, 469~513쪽.

韓美玉, 「百濟 建國神話의 系統과 傳承研究」, 전남대학교대학원 박사학위논문, 2003, 52쪽.

한석수, 『崔致遠傳承의 研究』, 계명문화사, 1989, 5~241쪽.

허순우, 「영이록의 성장소설적 면모와 교육적 함의 -소운성을 중심으로」, 『국어교육연구』 29집, 서울대학교국어교육연구소, 2012, 323~352쪽.

허순우, 「중화주의 균열이 초래한 주체의식의 혼란과 극복의 서사 -〈태원지〉-」, 『고소설연구』 제33집, 한국고소설학회, 2012, 215~245쪽.

허원기, 「손천사 영이록의 도교적 상상력」, 『고소설 연구』 29집, 한국고소설학회, 2010, 223~251쪽.

현혜경, 「知人知鑑型 古典小說 研究」, 이화여자대학교 대학원 박사학위논문, 1989, 57~70쪽.

홍현성, 「太原誌 시공간 구성의 성격과 의미」, 『고소설연구』 제29집, 한국고소설학회, 2010, 291~319쪽.

Uno Holmberg, 『the Mytholgy of All Race』(Boston), 1927, 501쪽.

찾아보기

저자 **김용기**(金鏞基)

중앙대 대학원 국어국문학과 박사과정 졸업(문학박사)
열화당서숙 장재한 선생님에게 한문 수학
서울대학교 언어교육원 한국어교사 양성과정 수료
현재 시온고등학교 교사, 중앙대 국문과 강사

논저: 『고전문학의 전통과 고소설의 세계』(저서), 『동아시아 세계의 기록문화와 학문정신』
(공저), 『동아시아의 종교와 문화』(공저), 「인물 출생담을 통한 서사문학의 변모양상 연구」,
「조선후기 고소설에 나타난 여성상 연구」, 「고등학교 7차 개정 국어교과서의 시조 문학교육
실태」, 「설화문학교육의 실태와 개선방안」, 「만복사저포기의 서술기법과 인물 성격의 형상
화 방식 연구」, 「왕조교체형 영웅소설의 왕조교체 방식 연구」, 「경판 24장본과 완판 71장본
〈심청전〉의 출생담 비교 연구」, 「출생담을 통한 여성영웅의 성격 변모 연구」, 「2009 개정
문학 교과서의 시조 수록 실태와 문학교육」, 「2009 개정 문학교과서의 正典 속 定典의 문제-
고소설 문학교육을 중심으로-」외 다수.

고전문학 속 영웅의 출생과 자아성취

2013년 8월 30일 초판 1쇄 펴냄

지은이 김용기
펴낸이 김흥국
펴낸곳 도서출판 보고사

등록 1990년 12월 13일 제6-0429호
주소 서울특별시 성북구 보문동7가 11번지 2층
전화 922-5120~1(편집), 922-2246(영업)
팩스 922-6990
메일 kanapub3@naver.com
http://www.bogosabooks.co.kr

ISBN 979-11-5516-044-2   93810
ⓒ 김용기, 2013

정가 21,000원
사전 동의 없는 무단 전재 및 복제를 금합니다.
잘못 만들어진 책은 바꾸어 드립니다.

이 도서의 국립중앙도서관 출판시도서목록(CIP)은 서지정보유통지원시스템 홈페이지
(http://seoji.nl.go.kr)와 국가자료공동목록시스템(http://www.nl.go.kr/kolisnet)에서
이용하실 수 있습니다. (CIP제어번호: CIP2013014012)